T0258423

BESTSELLER

Biblioteca
CLARE MACKINTOSH

Si te miento

Traducción de
Ana Alcaina y **Verónica Canales**

DEBOLS!LLO

Papel certificado por el Forest Stewardship Council®

Título original: *Let Me Lie*

Primera edición: julio de 2018

© 2018, Clare Mackintosh
Publicado originalmente en inglés en el año 2018 en el Reino Unido por Sphere,
un sello de Little, Brown Book Group
© 2018, Penguin Random House Grupo Editorial, S. A. U.
Travessera de Gràcia, 47-49. 08021 Barcelona
© 2018, Ana Alcaina y Verónica Canales, por la traducción

Printed in Spain – Impreso en España

ISBN: 978-84-663-4583-5 (vol. 1180/3)
Depósito legal: B-10.591-2018

Impreso en Liberdúplex
Sant Llorenç d'Hortons (Barcelona)

P 3 4 5 8 3 5

Penguin
Random House
Grupo Editorial

Para Rob, que lo hace todo

Tres pueden guardar un secreto si dos de ellos están muertos.

BENJAMIN FRANKLIN

PRIMERA PARTE

1

La muerte no me sienta bien. La llevo como un abrigo prestado; me queda ancha por los hombros y la arrastro por el suelo. Me queda fatal. Me resulta incómoda.

Tengo ganas de quitármela de encima; de dejarla tirada en el armario y volver a ponerme mis prendas hechas a medida. No quería dejar mi antigua vida, aunque albergo esperanzas en la siguiente; esperanzas de convertirme en alguien bello y vital. Por ahora, estoy atrapada.

Entre vidas.

En el limbo.

Dicen que las despedidas inesperadas son más fáciles. Menos dolorosas. Se equivocan. Cualquier sufrimiento, salvo el del adiós que se prolonga por una enfermedad que te va consumiendo, es menos intenso en comparación con el horror provocado por una vida sesgada sin previo aviso. Una vida arrebatada con violencia. El día de mi muerte caminé por una cuerda floja entre dos mundos, con la red de seguridad hecha jirones bajo mis pies. Por aquí se iba a la seguridad; por allí, al peligro.

Di un paso adelante.

Morí.

Antes bromeábamos con la muerte, cuando éramos muy jóvenes para hacerlo, cuando la muerte era algo que ocurría a los demás.

—¿Quién crees que morirá primero? —me preguntaste una noche cuando nos habíamos quedado sin vino y estábamos tumbados junto a la estufa eléctrica de mi piso alquilado en Balham.

Una mano juguetona, que me acariciaba el muslo, suavizó tus palabras. Yo respondí enseguida.

—Tú, por supuesto.

Me tiraste un cojín a la cabeza.

Llevábamos un mes juntos; gozando de nuestros cuerpos, hablando sobre el futuro como si perteneciera a otra persona. Sin ataduras, sin compromisos, solo posibilidades.

—Las mujeres viven más años. —Sonreí—. Lo sabe todo el mundo. Es por la genética. La supervivencia del más fuerte. Los hombres no saben apañárselas solos.

Te pusiste serio. Me tomaste la cara con una mano y me obligaste a mirarte. Se te veían los ojos negros con la luz mortecina; las resistencias encendidas de la estufa se reflejaban en tus pupilas.

—Es verdad.

Me desplacé para besarte, pero tú seguías sujetándome con los dedos e impedías que me moviera; noté la presión de tu pulgar en el hueso de la barbilla.

—Si te ocurriera algo, no sé qué haría.

Sentí el más fugaz escalofrío, a pesar de la intensidad del fuego. Pisadas sobre mi tumba.

—Aceptarlo.

—También me moriría —insististe.

Entonces puse freno a tu dramatismo juvenil, levanté una mano para apartar la tuya y conseguir que me soltaras la barbilla. Con mis dedos entrelazados con los tuyos para que el rechazo no te doliera. Te besé, con ternura al principio, luego con más pasión, hasta que te echaste hacia atrás y yo me coloqué encima de ti y mi melena ocultó tras una cortina nuestros rostros.

Habrías muerto por mí.

Nuestra relación era joven; una chispa que podía sofocarse con la misma facilidad con la que podía consumirse envuelta en llamas. No habría imaginado que dejarías de amarme; que yo dejaría de amarte. No pude evitar sentirme halagada por la profundidad de tu sentimiento, la intensidad de tu mirada.

Habrías muerto por mí y, en ese momento, yo también creía que habría muerto por ti.

Pero jamás creí que ninguno de los dos tuviera que hacerlo.

2

ANNA

Mi hija Ella tiene ocho semanas. Está con los ojos cerrados, y sus pestañas largas y negras le acarician las mejillas sonrosadas, que se mueven arriba y abajo mientras mama. Los dedos de su mano diminuta están desplegados sobre mi pecho como una estrella de mar. Estoy sentada, pegada al sofá, y pienso en todo lo que podría estar haciendo mientras ella toma pecho. Leer. Ver la tele. Hacer la compra por internet.

Hoy no.

Hoy no es un día para hacer las cosas de siempre.

Contemplo a mi hija, y, después de un rato, sus pestañas se levantan y clava sus ojos azul marino en mí, con solemnidad y confianza. Sus pupilas son estanques profundos de amor incondicional; mi reflejo es diminuto, pero estable.

La pequeña Ella empieza a succionar con más lentitud. Nos miramos, y pienso en que la maternidad es el secreto mejor guardado: ni todos los libros, películas ni consejos del mundo pueden prepararte para el omnipresente sentimiento de serlo todo para una personita. De que esa persona lo sea todo para ti. Yo perpetúo el secreto, no se lo cuento a nadie, porque ¿con quién iba a compartirlo? Menos de una década después de haber terminado el colegio, mis amigas comparten sus camas con amantes, no con bebés.

Ella sigue mirándome, pero, poco a poco, el enfoque de su mirada se nubla, tal como ocurre cuando la bruma matutina se cierne sobre una panorámica. Se le caen los párpados una vez, dos, y al final los cierra. Sus succiones —siempre tan ávidas al principio y después rítmicas y relajadas— se ralentizan hasta que pasan varios segundos entre cada una. Para. Se duerme. Levanto una mano, presiono ligeramente el dedo índice sobre mi pecho y rompo la unión entre mi pezón y los labios de Ella, luego vuelvo a ajustarme el sujetador de lactancia. La pequeña sigue moviendo la boca durante un rato; a continuación, el sueño la sumerge en un lugar más profundo y sus labios se congelan formando una «o» perfecta.

Tendría que tumbarla. Aprovechar al máximo el tiempo que permanezca dormida. ¿Diez minutos? ¿Una hora? Nos queda mucho para alcanzar cualquier clase de rutina. ¡Ay, la rutina! El lema de la madre novata; el tema de conversación de las mañanas de café postparto con las que mi asesora del centro sanitario me da la tabarra para que asista. «¿Ya duerme de un tirón? Deberías intentar el método del llanto controlado. ¿Has leído a Gina Ford?»

Yo asiento en silencio, sonrío y respondo: «Ya le echaré un vistazo», y luego me aparto para hablar con otra de las madres novatas. Con alguien diferente. Alguien menos estricto. Porque la rutina me da igual. No quiero dejar a Ella llorando arriba mientras estoy sentada en la planta baja publicando un post en Facebook sobre mi «pesadilla de la maternidad».

Duele llorar por una madre que no regresa. Mi pequeña Ella no tiene por qué saberlo todavía.

Se agita mientras duerme, y noto cómo se me forma el sempiterno nudo en la garganta. Cuando está despierta, Ella es mi hija. Cuando los amigos señalan su parecido conmigo o cuando dicen lo mucho que se parece a Mark, yo no lo veo. Miro a Ella y solo veo a Ella. Pero, dormida... Cuando está dormida veo a mi madre. Hay un rostro en forma de corazón oculto bajo esas mejillas rechonchas de bebé, y la curvatura de la línea de su cabello es tan parecida a la de mi madre que sé que, dentro de unos años, mi hija se pasará horas ante el espejo, intentando domar esos pelillos que crecen en una dirección distinta al resto.

¿Los bebés sueñan? ¿En qué pueden soñar teniendo tan poca experiencia en el mundo? Envidio su forma de dormir, no solo porque esté cansada de un modo que jamás había experimentado antes de tener un bebé, sino porque, cuando por fin llega el sueño, trae consigo las pesadillas. Los sueños me enseñan aquello que es imposible que sepa. Suposiciones derivadas de los informes policiales y el informe forense. Veo a mis padres, con las caras abotargadas y desfiguradas por el agua. Veo el miedo en sus rostros cuando cayeron por el acantilado. Oigo sus gritos.

Algunas veces, mi subconsciente es amable conmigo. No siempre veo caer a mis padres; en ocasiones los veo volar. Los veo pisar en el vacío, extender los brazos y caer en picado sobre un mar azul que salpica sus rostros sonrientes. Entonces me despierto serena, con una sonrisa en los labios hasta que abro los ojos y me doy cuenta de que todo sigue como cuando los cerré.

Hace diecinueve meses, mi padre cogió un coche —el más nuevo y más caro— de la zona de exposición de su propio concesionario. Lo condujo durante diez minutos desde Eastbourne hasta Beachy Head, donde estacionó en el aparcamiento, dejó la puerta abierta y anduvo hasta el borde del acantilado. Por el camino fue recogiendo piedras para ponerse peso. Luego, cuando la marea estaba más alta, se tiró por el precipicio.

Siete meses después, consumida por la pena, mi madre siguió sus pasos, con una precisión tan devastadora que el periódico local lo calificó de «suicidio calcado».

Conozco todos estos hechos porque en dos ocasiones distintas escuché al forense describírnoslos, paso a paso. Permanecí sentada con el tío Billy mientras escuchábamos la atenta aunque dolorosa descripción de sendas misiones de rescate costero fallidas. Yo me miraba el regazo mientras los expertos daban detalles sobre las mareas, las estadísticas de supervivencia, las estadísticas sobre muertes. Y cerré los ojos mientras el forense daba cuenta del veredicto de suicidio.

Mis padres murieron con siete meses de diferencia, aunque la cercanía de sus muertes conllevó que se realizara una investigación durante la misma semana. Me enteré de muchas cosas esos días, pero no de la única que importaba.

Por qué lo hicieron.

Si es que en realidad lo hicieron.

Los hechos son irrefutables. Salvo que mis padres no tenían instintos suicidas. No eran personas depresivas, ni sufrían de ansiedad ni de fobias. Eran las últimas personas que una esperaría que se quitaran la vida.

—La enfermedad mental no es siempre tan evidente —dice Mark cuando saco el tema, sin transmitir con su tono de voz que le impaciente el hecho de que la conversación gire, una vez más, en torno a la misma cuestión—. Las personas más capacitadas y más optimistas pueden caer en una depresión.

Durante este último año he aprendido a guardarme mis teorías para mí misma; no verbalizar el cinismo que subyace bajo mi tristeza. Nadie más alberga dudas. Nadie más se siente incómodo.

Pero, claro, quizá nadie más conociera a mis padres como yo.

El teléfono suena. Dejo que responda el contestador automático, pero quien llama no deja mensaje. Enseguida noto la vibración del móvil en el bolsillo y sé, incluso antes de mirarlo, que es Mark quien llama.

—¿Estás bajo una bebé dormida, por casualidad?

—¿Cómo lo has sabido?

—¿Cómo está?

—Comiendo cada media hora. He intentado varias veces preparar la cena sin éxito.

—Déjalo, ya la preparo yo cuando llegue a casa. ¿Cómo te sientes?

Percibo un sutil cambio de tono del que nadie más se percataría.

Un subtexto. «¿Cómo te sientes precisamente hoy?»

—Estoy bien.

—Puedo ir a casa...

—Estoy bien. De verdad.

Mark detestaría tener que salir del curso a medias. Colecciona titulaciones como quien colecciona posavasos de cerveza o monedas extranjeras; tiene tantos títulos que ya no caben detrás de su nombre. Cada pocos meses imprime nuevas tarjetas profesionales y las titulaciones menos destacables acaban cayendo en el olvido. El curso de hoy es «El valor de la empatía en la relación entre cliente y terapeuta». No lo necesita; su empatía me resultó evidente en cuanto entré por la puerta de su consulta.

Me permitió llorar. Empujó hacia mí una caja de pañuelos de papel y me dijo que me tomara mi tiempo. Que empezaríamos cuando yo estuviera lista y no antes. Y, en cuanto paré de llorar, aunque seguía sin encontrar las palabras, me habló de las fases del duelo: negación, ira, negociación, depresión, aceptación. Y me di cuenta de que todavía seguía en la primera fase.

Llevábamos cuatro sesiones cuando Mark respiró hondo y me dijo que no podía seguir tratándome, y le pregunté si era por mí, y me respondió que había un conflicto de intereses y que aquello era muy poco profesional, pero que si me gustaría cenar con él alguna vez.

Era mayor que yo —más próximo a la edad de mi madre que a la mía— y tenía un aplomo en nada parecido al nerviosismo que ahora percibo emergiendo a la superficie.

No lo dudé. «Me encantaría.»

Más adelante me dijo que se sentía más culpable por haber interrumpido mi terapia que por las implicaciones éticas de salir con una paciente. «Antigua paciente», puntualicé.

Sigue sintiéndose mal por ello. Yo le recuerdo que las personas se conocen en toda clase de lugares. Mis padres se conocieron en un club nocturno de Londres; los suyos, en la sección de congelados del Marks & Spencer. Y él y yo nos conocimos en un séptimo piso de Putney, en una consulta con sillones de cuero y cálidas mantas de lana, y un cartel en la puerta que rezaba: MARK HEMMINGS, TERAPEUTA. ADMISIÓN EXCLUSIVA CON CITA PREVIA.

—Si estás segura... Dale a Ella-bella un beso de mi parte.

—Adiós.

Soy la primera en colgar, y sé que todavía tiene el teléfono pegado a los labios, como hace cuando está muy concentrado. Habrá salido para hacer la llamada, renunciando a tomar un café o aprovechar para hacer nuevos contactos, o lo que quiera que treinta terapeutas hagan cuando tienen un descanso de clase. En un instante volverá a reunirse con los demás y estará desaparecido para mí durante las próximas horas, mientras se esfuerza por demostrar empatía ante un problema inventado. Ansiedad fingida. Un luto ficticio.

A él le gustaría tratar el mío. No se lo permito. Dejé de visitar al terapeuta en cuanto me di cuenta de que ni todas las conversaciones del mundo me devolverían a mis padres. Llega un punto en que el dolor que sientes en tu interior es sencillamente tristeza. Y eso no tiene cura.

La aflicción por la pérdida es complicada. Mengua, fluye y tiene tantas facetas que desestructurarla me da dolor de cabeza. Puedo pasar días sin llorar y, de pronto, apenas logro respirar por los sollozos que me parten por dentro. Lo mismo estoy riendo con el tío Billy por una tontería que hizo mi padre alguna vez que de repente empiezo a echar humo por su egoísmo. Si él no se hubiera suicidado, mi madre tampoco lo habría hecho.

La ira es lo peor de todo esto. Esa ira encendida y silenciosa, y la culpa que inevitablemente le sigue. ¿Por qué lo hicieron?

He repasado los días previos a la muerte de mi padre millones de veces; me he preguntado si podríamos haber hecho algo para evitarla.

Tu padre ha desaparecido.

Leí el mensaje con el ceño fruncido, intentando encontrarle la gracia. Vivía con mis padres, pero había pasado la noche fuera por una conferencia en Oxford, y estaba hablando mientras tomaba el café del desayuno con una compañera de Londres. Me disculpé para llamar a mi madre.

—¿Qué quieres decir con que ha desaparecido?

Mi madre hablaba sin sentido, pronunciando las palabras muy poco a poco, como si estuviera desenterrándolas. Habían discutido la noche anterior; mi padre había salido disparado hacia el pub. Hasta ahí todo era muy normal. Hacía tiempo que yo ya había aceptado la tormentosa relación de mis padres; las borrascas que pasaban tan rápido como se levantaban. Salvo que, esa vez, mi padre no había regresado a casa.

—Creía que se habría quedado a dormir en casa de Bill —dijo mi madre—, pero ya estoy en el trabajo y tu tío no lo ha visto. ¡Estoy volviéndome loca, Anna!

Me marché enseguida de la conferencia. No porque me preocupara mi padre, sino porque me preocupaba mi madre. Siempre tenía la cautela de ocultarme el motivo de sus riñas, pero había sufrido las consecuencias demasiadas veces. Mi padre desaparecía: se iba al trabajo, al campo de golf o al pub. Mi madre se escondía en casa y fingía que no había estado llorando.

Todo había terminado cuando llegué a mi casa. Los agentes de policía estaban en la cocina, con la gorra en la mano. Mi madre temblaba de manera tan violenta que habían llamado a los paramédicos para que la sedaran por el shock. El tío Billy estaba pálido de aflicción. Laura, la ahijada de mi madre, había preparado el té y había olvidado añadir la leche. Ninguno de nosotros se dio cuenta.

Leí el mensaje que había enviado mi padre.

Ya no puedo seguir con esto. El mundo será un lugar mejor sin mí.

—Su padre ha cogido un coche del concesionario. —El policía tenía más o menos la misma edad de mi padre, y me pregunté si tendría hijos. Si estos creían que estaría siempre ahí—. Las grabaciones lo muestran dirigiéndose a Beachy Head a última hora de la noche de ayer.

A mi madre se le escapó un sollozo ahogado. Vi que Laura se desplazaba para consolarla, pero yo fui incapaz de hacer lo mismo. Estaba paralizada. No quería oír nada, pero a la vez no podía evitar escucharlo todo.

—Los agentes respondieron a una llamada aproximadamente a las diez de esta mañana. —El agente Pickett estaba mirando sus notas. Sospeché que era más fácil que mirarnos a nosotras—. Una mujer informó que había visto a un hombre llenando una mochila con piedras y dejar la cartera y el móvil en el suelo antes de tirarse por el acantilado.

—¿Y no intentó detenerlo? —Yo no quería gritar, y el tío Billy me posó una mano en el hombro. Se la aparté con brusquedad. Me volví hacia los demás—. ¿Se quedó ahí mirando cómo saltaba?

—Ocurrió todo muy deprisa. La mujer que llamó estaba muy disgustada, como puede imaginar.

El agente Pickett se dio cuenta de su falta de tino demasiado tarde para morderse la lengua.

—Conque ella era la que estaba disgustada, ¿verdad? ¿Cómo creía que se sentía mi padre? —Me volví de golpe en busca de apoyo en los rostros que me rodeaban, luego fijé la mirada en los agentes de policía—. ¿La han interrogado?

—Anna —dijo Laura en voz baja.

—¿Cómo saben que no lo empujó ella?

—Anna, esto no ayuda a nadie.

Estuve a punto de responder con brusquedad, pero miré a mi madre, apoyada sobre Laura, llorando en silencio. Se me pasaron las ganas de discutir. Yo estaba sufriendo, pero ella estaba sufriendo más. Crucé la cocina y me arrodillé a su lado, la tomé de la mano y las lágrimas de conmoción me humedecieron las mejillas antes de poder darme cuenta de que me habían brotado de los ojos. Mis padres llevaban veintiséis años juntos. Vivían juntos y trabajaban juntos y, a pesar de sus altibajos, se querían.

El agente Pickett carraspeó.

—La descripción del hombre correspondía al señor Johnson. Nos personamos en la escena en cuestión de minutos. Recuperamos su coche del aparcamiento de Beachy Head, y en el borde del acantilado encontramos... —Dejó la frase inacabada y señaló una bolsa de plástico con las pruebas, colocada en el centro de la mesa de la cocina, dentro de la cual vi el móvil de mi padre y su cartera de piel marrón.

Sin venir a cuento, pensé en el chascarrillo que siempre contaba entre carcajadas el tío Billy sobre las polillas que mi padre tenía en los bolsillos de la chaqueta y, por un segundo, creí que estaba a punto de echarme a reír. En lugar de eso, rompí a llorar y estuve haciéndolo durante tres días.

El brazo derecho, apretujado por debajo del cuerpo de Ella, se me ha dormido. Lo saco poco a poco, muevo los dedos y siento un cosquilleo mientras la sangre regresa a las extremidades. Inquieta de pronto, logro liberarme del cuerpo durmiente de Ella con mis recién adquiridas habilidades sigilosas de marine, y la acomodo tras un parapeto levantado con los cojines del sofá. Me levanto, me estiro para relajar un poco la musculatura tensa, resultado de demasiado tiempo sentada.

Mi padre jamás sufrió ni depresión ni ansiedad.

—¿Te lo habría contado aunque sí las hubiera sufrido? —preguntó Laura.

Estábamos sentadas en la cocina: Laura, mi madre y yo. La policía, los vecinos, todos se habían ido y nos habían dejado sentadas en la cocina con nuestro aturdimiento y una botella de vino que nos sabía a amargura. Laura tenía razón, aunque yo no quisiera reconocerlo. Mi padre procedía de una larga estirpe de hombres convencidos de que hablar de «sentimientos» era de «maricones».

Fuera cual fuese el motivo, su suicidio llegó por sorpresa y nos sumió a todos en la tristeza.

Mark —y su sustituto, en cuanto lo encontró— me animó a trabajar la ira que sentía en relación con la muerte de mi padre. Me aferré a las nueve palabras pronunciadas por el forense: «No estando en pleno uso de sus facultades mentales».

Me ayudaron a distinguir al hombre del acto en sí; me ayudaron a entender que el suicidio de mi padre no estaba destinado a dañar a quienes dejaba. Con su último mensaje sugería, más bien, su plena convicción de que seríamos más felices sin él. Nada podría haber estado más alejado de la verdad.

Más difícil que reconciliarme con el suicidio de mi padre fue lo que sucedió a continuación. Intentar imaginar por qué —tras sufrir en carne propia el dolor por esa clase de pérdida; de verme llorar por mi querido padre— mi madre me ha hecho pasar por lo mismo otra vez, y a conciencia.

La sangre me zumba en los oídos como una avispa atrapada tras un cristal. Entro en la cocina y bebo un vaso de agua, deprisa, luego presiono las palmas sobre la encimera de granito y me inclino sobre la pica. Oigo a mi madre cantando mientras lava los platos; metiéndose con mi padre por lavarlos de higos a brevas. Veo las nubes de harina mientras preparo con torpeza pasteles en el pesado cuenco de barro de mi madre. Siento sus manos sobre las mías dando forma a las galletas, amasándolas. Y más adelante, cuando volví a vivir en casa, recuerdo cómo nos turnábamos para apoyarnos contra la antigua cocina de leña Aga mientras la otra preparaba la cena. Mi padre estaba en su estudio o viendo la tele en la sala de estar. Y nosotras, las mujeres, en la cocina; no por obligación, sino por ganas. Chismorreando mientras cocinábamos.

Es en esta parte de la casa en la que me siento más cerca de mi madre. Es aquí donde más me duele.

Hoy hará un año.

«La doliente viuda se lanza al vacío», rezaba *The Gazette*. «El cuerpo de voluntarios parroquiales solicita el silencio de los medios sobre el popular escenario de reincidencia de suicidios», decía el titular de *The Guardian* con ironía no intencionada.

—Tú lo sabías —susurro, porque estoy segura de que hablar en voz alta no es el acto de alguien en su sano juicio, pero soy incapaz de contenerme ni un segundo más—. Sabías cuánto dolía, pero lo hiciste de todos modos.

Debí haber escuchado a Mark y planear algo para hoy. Alguna distracción. Podría haber llamado a Laura. Haber salido a comer. Ir de tiendas. Cualquier cosa que no implicara recorrer la casa con cara mustia, volver al pasado, obsesionarme con el aniversario de la muerte de mi madre. No hay ninguna razón lógica por la que hoy tenga que ser más difícil que cualquier otro día. Mi madre no está más muerta que ayer; no más de lo que lo estará mañana.

Con todo...

Inspiro con fuerza e intento dejar de pensar en ello. Dejo el vaso en la pica y chasqueo la lengua ruidosamente, como si el reprenderme de manera audible pudiera marcar la diferencia. Llevaré a Ella al parque. Podemos ir por el camino largo para matar el tiempo y al volver compraremos comida preparada para la cena. Antes de darme cuenta, Mark ya habrá vuelto a casa y el día de hoy ya casi habrá terminado. Esta determinación abrupta es un truco conocido, pero funciona. El dolor que me oprime el pecho se mitiga, y la presión en los ojos desaparece.

«Fíngelo hasta conseguirlo», dice Laura siempre. «Vístete para el trabajo que quieres, no para el que tienes», es otra de sus frases favoritas. Se refiere a la vida laboral (habría que escucharla con mucha atención para darse cuenta de que su acento de colegio privado es adquirido, no heredado), pero el principio es el mismo: finge que estás bien y te sentirás bien. No pasará mucho tiempo hasta que de verdad lo estés.

Todavía estoy trabajando en ese último aspecto.

Oigo un gritito y eso quiere decir que Ella está despierta. Estoy a medio camino del pasillo cuando veo algo que asoma por la ranura del buzón de la puerta de entrada. O bien lo ha metido alguien ahí o se ha quedado atascado durante la ronda del cartero. Sea como fuere no lo he visto cuando he recogido el correo del felpudo esta mañana.

Es una tarjeta. He recibido otras dos hoy —ambas de amigas de la escuela que se sienten más cómodas con la pena si la tratan de lejos—, y me siento conmovida por la cantidad de personas que expresan así la conmemoración de esta fecha. En el aniversario del suicidio de mi padre, alguien dejó un estofado en la escalera de la entrada con una brevísima nota: «Congélalo o recaliéntalo. Pienso en ti».

Sigo sin saber quién lo dejó. Muchas de las tarjetas de condolencia por la muerte de mis padres relataban las historias sobre los coches que ambos habían vendido durante años. Llaves entregadas a adolescentes demasiado confiados y padres demasiado inquietos. Coches deportivos de dos asientos cambiados por coches familiares. Automóviles para celebrar ascensos, cumpleaños importantes, jubilaciones. Mis padres desempeñaron un papel en muchas y diversas historias.

La dirección está impresa en una pegatina, el matasellos es un manchurrón de tinta en la parta superior derecha. La tarjeta es gruesa y cara; tengo que sacudir el sobre para sacarla.

Me quedo mirando la imagen.

Colores intensos llenan la página: un marco de rosas fucsias con los tallos entrelazados y relucientes hojas verdes. En el centro, dos copas de champán entrechocando. La felicitación está estampada en relieve y rematada con purpurina: «¡Feliz aniversario!».

Retrocedo como si me hubieran pegado un puñetazo. ¿Es una especie de broma macabra? ¿Un error? ¿Algún amigo bienintencionado con pocas luces que se haya equivocado al escoger la tarjeta? La abro.

El mensaje está escrito a máquina. Recortado de una hoja barata y pegado en el interior.

Esto no es un error.

Me tiemblan las manos y las palabras se confunden ante mis ojos.

Oigo la avispa en los oídos con más intensidad. Y vuelvo a leerlo.

¿Suicidio? Piénsalo mejor.

3

No fue como yo quería desaparecer. No fue como siempre creí que lo haría.

Cuando imaginaba mi muerte, visualizaba una habitación oscurecida. Nuestro dormitorio. Almohadas acomodadas por detrás de mi espalda; un vaso de agua tocándome los labios cuando mis manos estuvieran demasiado débiles para sostenerlo. Morfina para aliviar el dolor. Las visitas entrando con sigilo y de una en una para despedirse; tú, con los ojos rojos, pero sereno, asimilando sus amables palabras.

Y yo, cada vez más somnolienta y menos despierta, hasta que una mañana no volviera a despertar.

Solía comentar en broma que, en mi próxima vida, quería reencarnarme en perro.

Pues resulta que no puedes elegir.

Aceptas lo que te toca, te vaya bien o no. Una mujer como tú. Mayor, más fea. Lo tomas o lo dejas.

Resulta extraño estar sin ti.

Estuvimos juntos veintiséis años. Casi el mismo tiempo casados. En lo bueno y en lo malo. Tú llevabas traje y yo un vestido de corte imperio escogido para ocultar un bombo de cinco meses. Una nueva vida juntos.

Y ahora quedo solo yo. Sola. Asustada. Emergida de lo más profundo a las sombras de una vida que en una ocasión viví al máximo.

Nada salió como había imaginado.

Y ahora esto.

«¿Suicidio? Piénsalo mejor.»

La frase no está firmada. Anna no sabrá quién la envía.

Pero yo sí. Me he pasado un año esperando a que esto ocurriera, convenciéndome a mí misma de que el silencio era sinónimo de seguridad.

No es así.

Veo la esperanza en el rostro de Anna; la promesa de respuestas a las preguntas que la han mantenido en vela por las noches. Conozco a nuestra hija. Ella jamás creyó que tú y yo nos tirásemos por ese acantilado voluntariamente.

Tenía razón.

También veo, con dolorosa claridad, qué sucederá ahora. Anna acudirá a la policía. Exigirá una investigación. Luchará por que se sepa la verdad, sin saber que la verdad solo oculta más mentiras. Más peligro.

«¿Suicidio? Piénsalo mejor.»

Lo que no sabes no puede dañarte. Debo impedir que Anna acuda a la policía. Debo impedir que descubra la verdad sobre lo que ocurrió, antes de que salga mal parada.

Creía haber presenciado el final de mi antigua vida el día que conduje hasta Beachy Head, pero supongo que estaba equivocada.

Tengo que impedir esto.

Tengo que volver a bajar.

4

ANNA

Vuelvo a llamar a Mark. Le dejo un mensaje relacionado con la tarjeta; tiene tan poco sentido que no lo termino, inspiro y me explico mejor.

—Llámame en cuanto escuches esto —finalizo.

«¿Suicidio? Piénsalo mejor.»

El significado está claro.

Mi madre fue asesinada.

Todavía tengo el vello de la nuca erizado cuando me vuelvo muy lentamente y me quedo mirando la amplia escalera que tengo detrás, las puertas abiertas a ambos lados con los ventanales panorámicos. No hay nadie ahí. Claro que no hay nadie. Pero la tarjeta que sostengo me ha puesto tan nerviosa como si alguien hubiera entrado en la casa y me la hubiera entregado en mano, y ya no tengo la sensación de que Ella y yo estemos solas.

Vuelvo a meter la felicitación en el sobre. Necesito salir de aquí.

—¡Rita!

Se oye el alboroto de un movimiento repentino en la cocina, seguido por el deslizamiento de unas pezuñas sobre las baldosas. Rita fue el resultado de nuestra solicitud de adopción, es parte caniche gigante y parte mil leches. Tiene un flequillo castaño rojizo que le cae sobre los ojos y mostacho en el hocico, y, en verano, cuando le cortamos el pelo, las manchas blancas del pelaje parecen de nieve. Me lame con entusiasmo.

—Vamos a salir.

Jamás hay que decírselo dos veces; Rita sale disparada hacia la puerta, donde levanta la cabeza y me mira con impaciencia. El cochecito está en el recibidor, escondido bajo la escalera, meto la tarjeta anónima en el cestillo que hay debajo y lo tapo con una mantita, como si el no verla la hiciera desaparecer. Cojo a Ella en brazos justo cuando está pasando de la alegría al mal humor.

«¿Suicidio? Piénsalo mejor.»

Lo sabía. Siempre lo he sabido. Mi madre tenía una fortaleza tal que yo me habría conformado con tener una décima parte; una seguridad envidiable. Jamás se rendía. No habría renunciado a la vida.

Ella vuelve a enganchárseme al pecho, pero no hay tiempo. No quiero seguir en la casa ni un minuto más.

—Vamos a salir a tomar el aire, ¿te parece?

Localizo la bolsa de la muda en la cocina, compruebo si llevo lo básico —pañales, toallitas, los cambiadores de muselina— y meto dentro el monedero y las llaves de casa. Este es, por lo general, el momento en que Ella mojará el pañal, regurgitará la leche o necesitará una muda completa de ropa limpia. Le olisqueo a conciencia el culito y concluyo que está seco.

—¡Genial, vamos!

Hay tres escalones que llevan desde la puerta de entrada hasta la zona de grava entre la casa y la acera. Cada uno de ellos está hundido justo en el centro, donde incontables pies han pisado durante años. De niña bajaba de un salto hasta el último, cada vez con más confianza a medida que pasaban los años, hasta que —acompañada por el «¡ten cuidado!» de mi madre— logré saltar desde el primer escalón y aterrizar de pie sobre el camino, con los brazos levantados para recibir un aplauso invisible.

Con Ella en un brazo, voy bajando el cochecito por los escalones antes de sentarla dentro y remeterle bien las mantitas para taparla. La ola de frío no parece remitir y la acera brilla por la escarcha. La grava emite un crujido sordo cuando las placas de hielo se parten bajo mis pies.

—¡Anna!

Nuestro vecino, Robert Drake, está de pie del otro lado de las vallas negras que separan nuestra casa de la suya. Las propiedades son idénticas: casa de estilo georgiano de tres plantas con jardines traseros alargados y angostos caminos de entrada que recorren las casas desde la fachada hasta la parte de atrás entre ambas viviendas. Mis padres se mudaron a Eastbourne en 1992, cuando mi aparición inesperada había limitado su vida en Londres y los había empujado a la vida matrimonial. Mi difunto abuelo compró la casa —a dos calles de donde se había criado mi padre— en efectivo («es la única moneda que acepta la gente, Annie») e imagino que por mucho menos de lo que pagaría Robert cuando compró la casa vecina quince años después.

—He estado pensando en ti —dice Robert—. Es hoy, ¿verdad? —Esboza una sonrisa compasiva y ladea la cabeza. El gesto me recuerda a Rita, salvo por el hecho de que la mirada de Rita es cálida y fiable, y la de Robert...—. Tu madre —añade, por si no he escuchado lo que decía.

Su tono de voz denota cierta impaciencia, como si yo tuviera que estar más agradecida por su compasión.

Robert es cirujano, y aunque siempre ha sido amable con nosotros, tiene una mirada intensa, casi cínica, que me hace sentir como si me encontrara sobre su mesa de operaciones. Vive solo, aunque cabe mencionar los sobrinos y sobrinas que lo visitan a menudo, con los que demuestra el desapego típico de un hombre que jamás ha tenido, y jamás ha querido, hijos propios.

Enrollo la correa de Rita en el manillar del carrito de bebé.

—Sí. Es hoy. Es muy amable por tu parte que lo recuerdes.

—Los aniversarios son siempre duros.

Ya me he hartado de escuchar tópicos.

—Iba a sacar a Ella de paseo.

Robert parece contento de cambiar de tema. Echa un vistazo a través de la valla.

—¿No ha crecido?

Ella va tapada con tantas mantas que es imposible que Robert la vea, pero digo que sí y le preciso el percentil de crecimiento en el que está la niña, lo que es seguramente una información más detallada de la que necesitaba.

—¡Excelente! Muy bien. Bueno, te dejo seguir.

El camino de la entrada es del ancho de la casa, aunque tiene la longitud justa para los coches. Las verjas de forja, jamás cerradas desde que nací, están pegadas a la valla. Me despido y empujo el carrito por la salida hasta la acera. En la calle de enfrente hay un parque, un espacio verde con una compleja disposición de las plantas y carteles en los que se prohíbe pisar el césped. Mis padres se turnaban para llevar a Rita de paseo a ese lugar, a última hora de la noche, y ahora, la perra tira de la correa, pero yo la retengo y empujo el carrito en dirección a la ciudad. Al final de la hilera de casas, doblo a la derecha. Miro hacia atrás en dirección a Oak View y, al hacerlo, veo que Robert sigue en su camino de entrada. Mira hacia otro lado y vuelve a entrar en su vivienda.

Vamos por Chestnut Avenue, donde vallas pintadas de colores brillantes flanquean más casas con ventanales a ambos lados de la entrada; árboles de laurel decorados con parpadeantes luces blancas. Una o dos de las enormes casas de la avenida han sido reconvertidas en apartamentos, aunque la mayoría sigue intacta, con sus amplias puertas de entrada sin timbres ni buzones. Los árboles de Navidad están colocados en los ventanales panorámicos, y percibo destellos de actividad en las salas de techos altos que se ven a través de ellos. En el primero, un chico adolescente se desploma sobre un sofá; en el segundo, niños pequeños corretean por la sala, embriagados por la emoción de las fiestas. En el número seis, una pareja de ancianos lee sendos periódicos.

La puerta del número ocho estaba abierta. Una mujer —de casi cincuenta años, creo— se encuentra de pie en su recibidor pintado de color gris francés, con una mano ligeramente apoyada en el quicio de la puerta. La saludo con un movimiento de cabeza, pero aunque ella levanta una mano y responde, la sonri sa amplia va dirigida a un divertido trío que discute y se pelea por llevar un árbol navideño desde el coche hasta la casa.

—¡Cuidado, se os va a caer!

—¡Un poco a la izquierda! ¡Cuidado con la puerta!

Una carcajada de la chica adolescente; una seca sonrisa de su torpe hermano.

—Tendréis que pasarlo por encima de la valla.

El padre dirige la operación. Se entromete. Orgulloso de sus hijos.

Durante un segundo, me duele tanto que no puedo respirar. Cierro los ojos con fuerza. Echo muchísimo de menos a mis padres, de formas tan diversas que jamás habría podido imaginar. Hace dos navidades, la escena que contemplo la habríamos protagonizado mi padre y yo con el árbol; mi madre habría dado las órdenes en plan burlón desde la puerta. Habríamos tenido latas de bombones de colores, demasiado alcohol y comida suficiente para alimentar a cinco mil comensales. Laura habría llegado con una pila de regalos si hubiera acabado de empezar un nuevo trabajo; con vales de regalo y disculpas si lo hubiera dejado. Mi padre y el tío Billy habrían discutido por tonterías; habrían lanzado una moneda al aire para decidir una apuesta. Mi madre se habría puesto sentimental y habría puesto la canción «Driving Home for Christmas» en el reproductor de CD.

Mark diría que recuerdo un pasado color de rosa, pero no puedo ser la única que desee evocar solo los buenos tiempos. Además, color de rosa o no, mi vida cambió para siempre cuando mis padres murieron.

«¿Suicidio? Piénsalo mejor.»

Suicidio no. Asesinato.

Alguien me robó la vida que tenía. Alguien asesinó a mi madre. Y, si a ella la asesinaron, es de suponer que mi padre tampoco se suicidó. Ambos fueron asesinados.

Sujeto con más fuerza el manillar del carrito de Ella para no perder el equilibrio; me invade una oleada de culpabilidad por los meses que he odiado a mis padres por tomar la salida más fácil, por pensar en sí mismos y no en quienes dejaban atrás. Quizá me equivoqué al culparlos. Quizá el dejarme no fuera decisión suya.

El concesionario Automóviles Johnson se encuentra en la esquina de Victoria Road con Main Street; un rayo de luz en el punto donde las tiendas y peluquerías dan paso a los pisos y casas de las afueras de la ciudad. Los banderines ondeando al viento que recuerdo de mi niñez hace ya tiempo que no están, y Dios sabe qué habría pensado el abuelo de los iPad que llevan los comerciales bajo el brazo o de la gigantesca pantalla plana donde se proyecta la oferta especial de la semana.

Cruzo la entrada conduciendo el cochecito de Ella entre un reluciente Mercedes y un Volvo de segunda mano. Las puertas de cristal se abren en silencio cuando nos acercamos, y una corriente de aire caliente nos atrae hacia el interior. La música navideña se escucha a través de los carísimos altavoces. Tras el mostrador, donde solía sentarse mi madre, una chica despampanante con piel color caramelo y reflejos en el pelo del mismo tono teclea con sus uñas acrílicas el ordenador. Me sonríe y alcanzo a ver el destello de un diamante engastado en sus dientes. Su estilo no podría ser más distinto al de mi madre. Tal vez sea ese el motivo por el que la contrató el tío Billy; no debe de ser fácil acudir al trabajo, día tras día. Lo mismo, pero diferente. Como mi casa. Como mi vida.

—¡Annie!

Siempre Annie. Nunca Anna.

El tío Billy es el hermano de mi padre y la definición perfecta de «eterno soltero». Tiene un montón de amigas, se conforma con salir a cenar los viernes por la noche y hacer escapadas ocasionales a Londres para acudir a algún espectáculo, además de su habitual noche de póquer con los muchachos el primer miércoles de cada mes.

De vez en cuanto sugiero que Bev, o Diane o Shirley salgan

con nosotros a tomar una copa. La respuesta de Billy es siempre la misma.

—Mejor que no, Annie, cariño.

Sus citas nunca llegan a nada más serio. Una cena siempre es solo una cena; una copa es solo eso, siempre. Y aunque reserva en los mejores hoteles para sus viajes a Londres, y cubre de regalos a su compañera de turno, pasan varios meses antes de volver a verla.

—¿Por qué las mantienes a todas tan alejadas? —le pregunté en una ocasión, después de haber bebido demasiado gin-tonic, o lo que en nuestra familia llamamos un «Gran Turismo Johnson».

Billy me guiñó un ojo, pero me habló con tono serio.

—Porque así nadie sale herido.

Lo abrazo e inhalo una mezcla familiar a loción para después del afeitado y tabaco, junto con algo indefinible que me impulsa a hundir la nariz en su jersey. Huele igual que mi abuelo. Igual que mi padre. Igual que todos los hombres de la familia Johnson. Ahora solo queda Billy.

Me aparto. Decido soltárselo de sopetón.

—Mis padres no se suicidaron.

En el rostro de mi tío Billy aflora una expresión de resignación. Ya hemos tocado este tema antes.

—Oh, Annie...

Solo que esta vez es diferente.

—Fueron asesinados.

Me mira sin decir nada —me escruta con expresión de ansiedad—, luego tira de mí para conducirme a su despacho, lejos de los clientes, y me coloca en la carísima silla de cuero que lleva aquí toda la vida.

«Lo barato sale caro», solía decir mi padre.

Rita se tumba en el suelo. Me miro los pies. Recuerdo que antes me colgaban de la silla y cómo, poco a poco, me fueron creciendo las piernas hasta llegar al suelo.

En otro tiempo, estuve haciendo prácticas laborales aquí. Tenía quince años. Empecé animada por la idea de unirme al negocio familiar, hasta que me quedó claro que no sería capaz ni de vender agua en el desierto. Mi padre había nacido para esto. ¿Cómo es eso que dicen? Habría sido capaz de vender hielo a los esquimales. Yo solía observar cómo captaba clientes; «candidatos», los llamaba. Se fijaba bien en el coche que conducían, la ropa que vestían. Me fijaba en cómo decidía la técnica de aproximación más adecuada, como si estuviera escogiendo algo en un menú. Siempre era él mismo —siempre Tom Johnson—, pero variaba su entonación en agudos o graves, o se declaraba devoto del Watford Fútbol Club, de The Cure o de los labradores color chocolate... Era posible señalar el momento justo en que se producía la conexión; el segundo en que el cliente decidía que mi padre y él se encontraban en la misma onda. Que Tom Johnson era un hombre de fiar.

Yo era incapaz de hacerlo. Intentaba imitar a mi padre, intentaba trabajar con mi madre en la recepción y copiar la forma en que sonreía a los clientes y les preguntaba por sus hijos, pero me quedaba falso, incluso a mí me sonaba impostado.

—No creo que nuestra Annie esté hecha para las ventas —dijo Billy cuando mis prácticas laborales terminaron, y no pretendía ser desagradable.

Nadie le llevó la contraria.

Lo curioso es que, al final, acabé precisamente en el sector de ventas. Al fin y al cabo, en eso consiste el trabajo de beneficencia. En vender donaciones mensuales, financiar necesidades infantiles, herencias y donaciones caritativas. Vender culpa a quienes tienen medios para ayudar. He trabajado para Save the Children desde que salí de la universidad y no he sentido que estuviera vendiendo humo ni una sola vez. Sin embargo, jamás sentí una pasión equiparable vendiendo coches.

Billy lleva un traje azul marino de raya diplomática, los calcetines rojos y los tirantes le dan un aire a ejecutivo de Wall Street que sé que es totalmente deliberado. Mi tío no hace nada porque sí. En cualquier otra persona, los complementos ostentosos me parecen de mal gusto, pero a Billy le quedan bien —aunque los tirantes le cuelguen ligeramente sobre el vientre—; le dan un toque de ironía que resulta adorable, más que chabacano. Es solo dos años menor que mi padre, aunque no tiene entradas, y las canas que deberían empezar a aparecer en las sienes están cuidadosamente teñidas. Billy se enorgullece tanto de su apariencia como del concesionario.

—¿De qué va todo esto, Annie? —Es amable como siempre lo fue cuando me caía o tenía una discusión en el parque—. ¿Está siendo un día duro? Yo también las he pasado canutas hoy. Me alegro de que se termine, para serte sincero. ¡Aniversarios a mí! Son solo un montón de recuerdos.

Bajo esa aspereza subyace una vulnerabilidad que me obliga a jurarme que pasaré más tiempo con él. Antes venía muy a menudo al concesionario, pero, desde que mis padres murieron, siempre encuentro excusas para no hacerlo, incluso para mí misma. Estoy demasiado ocupada; Ella es demasiado pequeña; hace un tiempo horrible... La verdad es que me duele estar aquí. Pero eso no es justo.

—¿Vienes a cenar a casa mañana por la noche?

Billy se lo piensa.

—¿Por favor?

—Claro. Estará muy bien.

El cristal que separa el despacho de Billy de la zona de exposición de coches del concesionario está tintado por una cara, y del otro lado veo a uno de los vendedores estrechando la mano a un cliente. El comercial mira hacia el despacho con la esperanza de que el gran jefe esté mirando. Billy asiente con gesto de aprobación, algo que recordar en la próxima evaluación del personal. Me quedo mirándolo, a la espera del comentario; intentando leerle la mente.

El negocio está flojo. Mi padre era la fuerza de empuje, y su muerte fue un duro golpe para el tío Billy. Cuando mi madre también falleció, hubo un momento en que creí que iba a derrumbarse.

Poco después supe que Ella venía en camino. Me presenté en el concesionario para ver al tío Billy y me encontré con el lugar desmantelado. El despacho estaba vacío, y los vasos desechables de café llenaban las mesitas bajas de la zona de espera. Los clientes se paseaban sin asesoramiento entre los coches de la entrada. En la recepción, Kevin —un nuevo comercial con pelo rojo chillón— estaba recostado sobre el mostrador flirteando con la recepcionista, una trabajadora de una agencia temporal que se había incorporado la semana después de Navidad.

—Pero ¿dónde está mi tío?

Kevin se encogió de hombros.

—Hoy no ha venido a trabajar.

—¿Y no se te ha ocurrido llamarlo?

Mientras iba en el coche, camino a casa de Billy, ignoré el pánico creciente que me oprimía el pecho. Se habría tomado el día libre, eso era todo. No habría desaparecido. Él no me habría hecho eso.

Toqué el timbre. Aporreé la puerta. Y justo cuando estaba rebuscando el móvil en el bolso, cuando ya estaba frunciendo los labios para pronunciar la frase ya aprendida durante la búsqueda de mis padres —«temo por el bienestar de una persona»—, Billy abrió la puerta.

Finas venas rojas cubrían el blanco de sus ojos. Llevaba la camisa desabrochada; la americana del traje tan arrugada que supe que había dormido con ella puesta. Me golpeó su aliento a alcohol, y deseé que fuera consecuencia de la cogorza nocturna.

—¿Quién se encarga del concesionario, tío Billy?

Miró hacia la calle sin mirarme a mí, donde una pareja de ancianos avanzaba lentamente por la acera, dejando a su paso la estela de un carrito de la compra.

—No puedo hacerlo. No puedo estar allí.

Sentí una rabia repentina. ¿Es que no pensaba que yo también quería dejarlo todo? ¿Creía que solo le resultaba difícil a él?

El interior de la casa estaba hecho un desastre. El cristal de la mesita de centro de la sala de estar tenía un dedo de grasa. Platos sucios cubrían todas las superficies de la cocina; en la nevera no había más que media botella vacía de vino blanco. Era habitual que no hubiera comida en condiciones —el tío Billy consideraba comer fuera la principal ventaja de la vida de soltero—, pero es que no había ni leche, ni pan. Nada de nada.

Disimulé mi impacto. Metí todos los platos en la pica, pasé la bayeta por las encimeras y recogí la correspondencia del suelo del recibidor.

Mi tío me sonrió a pesar del agotamiento.

—Eres una buena chica, Annie.

—Te encargas tú de la colada, no pienso lavarte los calzoncillos.

Se me había pasado el enfado. Aquello no era culpa de Billy. No era culpa de nadie.

—Lo siento.

—Lo sé. —Le di un abrazo—. Pero tienes que volver al trabajo, Billy. Allí son todos unos críos.

—¿Qué sentido tiene? Ayer se presentaron seis clientes; una panda de mirones que solo sabían quejarse.

—Esos mirones quejicas son solo compradores que todavía no lo saben.

Repetir la frase favorita de mi padre me formó un nudo en la garganta. Billy me dio un apretón en el brazo.

—Él estaba muy orgulloso de ti.

—También estaba muy orgulloso de ti. Orgulloso de lo que ambos habíais conseguido con el negocio. —Esperé un poco—. No lo decepciones.

Mi tío estaba de regreso en el concesionario a la hora de comer, obligando a Kevin a ponerse las pilas y ofreciendo una botella de champán al primer comercial por cerrar una venta. Yo sabía que haría falta algo más que un espumoso para conseguir que Automóviles Johnson se estabilizara, pero al menos Billy volvía a estar al timón.

Fue mi padre quien instaló el cristal tintado, unas semanas después de que mi abuelo se jubilara y Billy y mi padre se trasladaran al despacho, con una mesa de escritorio en cada extremo de la sala.

—Así se andarán con ojo.

—Así no os verán echar la siesta, mejor dicho.

—Mi madre tenía calados a los hermanos Johnson. De toda la vida.

Billy vuelve a centrarse en mí.

—Creía que tu hombre te llevaría a algún sitio hoy.

—Se llama Mark, no es mi hombre. Me gustaría que le dieras una oportunidad.

—Lo haré. En cuanto te convierta en una mujer decente.

—No estamos en los años cincuenta, Billy.

—Te parecerá bonito que te haya dejado sola precisamente hoy.

—Se ofreció a quedarse en casa. Le dije que estaría bien.

—¿Lo decías en serio?

—Sí lo decía en serio. Antes de recibir esto.

Rebusco a tientas la tarjeta en el fondo del carrito de Ella y se la entrego. Le miro la cara cuando coge la felicitación y lee el mensaje cuidadosamente escrito a máquina que contiene. Se hace una larga pausa, luego vuelve a meter la tarjeta en el sobre. Tensa la mandíbula.

—Cabrones enfermos.

Antes de poder detenerlo, rompe la tarjeta en dos y vuelve a romperla por la mitad.

—¿Qué estás haciendo? —Me levanto de la silla de un salto y agarro los pedazos rotos de la tarjeta—. Tenemos que llevarla a la policía.

—¿A la policía?

—«Piénsalo mejor.» Es un mensaje. Están sugiriendo que alguien empujó a mi madre. Quizá también a mi padre.

—Annie, cariño, hemos hablado de esto cientos de veces. No creerás en serio que alguien asesinó a tus padres, ¿verdad?

—Sí. —Quedo boquiabierta y me muerdo el labio inferior con fuerza para recuperar cierto control—. Sí, sí lo creo. Siempre he pensado que había algo que no encajaba. Jamás he creído que fueran capaces de suicidarse, y menos mi madre, más cuando sabía lo mucho que nos afectó a todos la muerte de papá. Y ahora...

—¡Es alguien que quiere remover la mierda, Annie! Algún gilipollas oportunista al que le parece divertido rastrear entre las esquelas y atormentar a las familias de luto. Como esos cabrones que buscan los horarios de los funerales para averiguar cuándo pueden ir a robar a las casas vacías. Seguramente han enviado doce iguales al mismo tiempo.

Aunque sé que es el remitente de la tarjeta quien lo ha cabreado, parece como si estuviera enfadado conmigo. Me levanto.

—Pues con mayor razón debo llevarla a la policía. Para que puedan averiguar quién la ha enviado. —Hablo a la defensiva; o lo hago así o rompo a llorar.

—Esta familia no tiene por costumbre acudir corriendo a la policía. Nosotros resolvemos solos nuestros problemas.

—¿«Problemas»? —No entiendo por qué Billy está siendo tan tozudo. ¿Es que no ve que esto lo cambia todo?—. Esto no es solo un problema, Billy. No es una discusión que puedas solucionar en la parte trasera del pub. Podría tratarse de un asesinato. Y yo quiero saber qué le ocurrió a mi madre, aunque a ti no te importe. —Me muerdo la lengua demasiado tarde.

Mi tío se vuelve, pero no antes de que pueda ver el dolor en su expresión. Me quedo plantada sin saber qué hacer durante un rato, mirándole la nuca e intentando pedir perdón, pero no me salen las palabras.

Empujo el carrito de Ella para salir del despacho y dejo la puerta abierta de par en par. Si Billy no me ayuda, iré yo sola a la policía.

Alguien asesinó a mis padres y voy a descubrir quién lo hizo.

5

MURRAY

Murray Mackenzie daba vueltas a la bolsita de té dentro del vaso de poliestireno.

—¿Leche?

Abrió la nevera y disimuladamente olisqueó los tres cartones antes de encontrar el que parecía seguro para ofrecer a una ciudadana disgustada. Sin duda, Anna Johnson lo estaba. No estaba llorando, pero Murray sentía la incómoda certeza de que el llanto era una probabilidad muy segura. No se le daban bien las lágrimas. Nunca sabía si ignorarlas o reconocerlas, o si, en la actualidad, era políticamente correcto ofrecer un pañuelo de tela doblado con pulcritud.

Murray oyó un tenue murmullo que podría haber sido el precursor de un sollozo. Fuera o no políticamente correcto, si la señora Johnson no tenía un pañuelo de papel a mano, él tendría que acudir en su ayuda. Él no usaba pañuelo de tela, pero siempre llevaba uno encima, como hacía su padre, precisamente para ocasiones como esa. Murray se palmeó el bolsillo, pero cuando se volvió —con el vaso de poliestireno semivacío en una mano—, se dio cuenta de que ese gemidito lo emitía el bebé, no la señora Johnson.

A Murray le duró poco la sensación de alivio, hasta el momento en que Anna Johnson sacó con destreza la criatura de su cochecito y se la colocó en posición horizontal sobre el regazo, antes de levantarse la camiseta y empezar a amamantarla. Murray notó cómo iba poniéndose rojo, lo que aumentó todavía más el rubor. No se oponía a la lactancia materna, sencillamente jamás sabía hacia dónde mirar cuando esta tenía lugar. En una ocasión había sonreído para demostrar su apoyo a una madre que daba pecho en la cafetería de la azotea del Marks & Spencer, pero ella se quedó mirándolo y se tapó como si él fuera una especie de pervertido.

Fijó la mirada en algún punto por encima de la ceja izquierda de la señora Johnson mientras le servía el té con la misma reverencia que si estuviera sirviéndolo en una taza de porcelana fina.

—Me temo que no he encontrado galletas.

—El té está delicioso, gracias.

A medida que Murray se hacía mayor, se le daba cada vez peor calcular las edades de los demás, y cualquiera que tuviera aspecto de cuarentón le parecía joven, aunque estaba claro que Anna Johnson ni siquiera había cumplido los treinta.

Era una joven atractiva, con un pelo castaño claro ligeramente ondulado, cortado en una melena que le llegaba a los hombros y se agitaba cuando movía la cabeza. Tenía el rostro pálido y en él se notaban los efectos de la maternidad reciente, que Murray recordaba haber percibido en su hermana mientras sus sobrinos eran pequeños.

Se encontraban sentados en una pequeña zona por detrás del mostrador de recepción de la comisaría de Lower Meads, donde habían instalado un área de cocina para que Murray y sus compañeros disfrutaran de sus pausas para el almuerzo mientras vigilaban, al mismo tiempo, las posibles entradas de visitantes por la puerta. Se suponía que el público no debía estar en esa zona del mostrador, pero la comisaría estaba tranquila, y podían pasar horas sin que nadie entrara a denunciar la pérdida de un perro o firmar una libertad bajo fianza. Murray ya pasaba bastante tiempo a solas en casa para pensar en sus cosas; no necesitaba silencio también en el trabajo.

No era habitual ver a ningún cargo superior al de sargento

44

por allí, tan lejos de la central de policía, así que Murray había dejado las precauciones de lado y había admitido a la señora Johnson en el santuario del interior. No hacía falta ser inspector para saber que un metro de mostrador de melamina no contribuía a que un testigo se sintiera relajado. De todas formas, no parecía que la señora Johnson fuera a relajarse mucho, teniendo en cuenta el motivo de su visita.

—Creo que mi madre fue asesinada —había dicho al llegar.

Había mirado a Murray con aire decidido, como si él estuviera a punto de expresar su desacuerdo. Él sintió una inyección de adrenalina. Un asesinato. ¿Quién era el inspector de guardia ese día? Oh... El inspector Robinson. Aquello iba a ser exasperante: dar parte a un mocoso con pelusilla en el bigote y con cinco minutos de experiencia en el puesto. Sin embargo, Anna Johnson le contó que su madre había fallecido hacía un año, y que el forense ya había determinado la causa de la muerte y había establecido que se trató de un suicidio. Ese fue el momento en que Murray abrió la puertezuela lateral del mostrador e invitó a pasar a la señora Johnson. Sospechaba que iba a llevarles un rato. Una perra se tumbó a sus pies con actitud obediente, al parecer en absoluto extrañada por el entorno.

En ese momento, Anna Johnson se volvió con dificultad hacia atrás y sacó un montón de papel del interior del cochecito. Al hacerlo, la camiseta se le levantó y se le vio un centímetro del terso vientre; Murray tosió con fuerza y miró fijamente al suelo, al tiempo que se preguntaba cuánto se tardaba en amamantar un bebé.

—Hoy es el aniversario de la muerte de mi madre. —Hablaba en voz muy alta, con una fuerza que Murray suponía motivada por un intento de superar la conmoción. Eso tenía un extraño efecto de desapego en su voz, que chocaba con su mirada angustiada—. Tenía esto en el buzón.

Plantó el montón de papel en las narices de Murray.

—Iré a por unos guantes.

—¡Las huellas! No lo había pensado... ¿Habré destruido todas las pruebas?

—Veamos antes qué tenemos aquí, ¿le parece, señorita Johnson?

—Es «señora», en realidad. Pero puede llamarme Anna.

—Anna. Veamos lo que tenemos.

Murray regresó a su asiento y se colocó los guantes de látex con un gesto tan habitual que resultaba desconcertante. Puso una bolsa enorme para pruebas sobre la mesa que los separaba y colocó encima los pedazos de papel. Era una tarjeta, desgarrada con brusquedad en cuatro trozos.

—No llegó así. Mi tío... —Anna titubeó—. Creo que estaba disgustado.

—¿El hermano de tu madre?

—El de mi padre. Billy Johnson. ¿Conoce el concesionario Automóviles Johnson, en la esquina de Main Street?

—¿Es el concesionario de tu tío?

Murray había comprado allí su Volvo. Intentó recordar al hombre que se lo vendió; visualizó a un tipo muy elegante con el pelo cuidadosamente peinado con cortinilla para disimular la calva.

—Era de mi abuelo. Mi padre y mi tío Billy aprendieron el oficio con él, pero se marcharon a trabajar a Londres. Allí se conocieron mis padres. Cuando mi abuelo se puso enfermo, mi padre y Billy regresaron para ayudarlo, y, al jubilarse, se quedaron con el negocio.

—¿Y ahora el negocio pertenece a tu tío?

—Sí. Bueno, y a mí también, supongo. Aunque no es precisamente un chollo. —Murray permaneció a la espera—. El negocio no va muy bien ahora.

Ella se encogió de hombros, con cuidado de no molestar a la criatura que tenía en brazos. Murray se recordó a sí mismo retomar el tema de la herencia de los padres de Anna para saber cuál era exactamente y quién era el beneficiario. Por el momento, quería analizar la tarjeta.

Separó los pedazos de la felicitación de las partes correspondientes al sobre y los dispuso todos juntos. Se fijó en la imagen de celebración que ilustraba la tarjeta, en cruel yuxtaposición con el mensaje anónimo del interior.

«¿Suicidio? Piénsalo mejor.»

—¿Se te ocurre quién puede haber enviado esto?

Anna sacudió la cabeza.

—¿Tu dirección es muy conocida?

—He vivido en la misma casa toda mi vida. Eastbourne es un lugar pequeño; no soy difícil de localizar. —Cambió al bebé de lado con habilidad. Murray volvió a examinar la tarjeta, hasta que calculó que era seguro volver a levantar la vista—. Tras morir mi padre, recibimos mucho correo. Muchas tarjetas de condolencia, de muchas personas que recordaban los coches que les había vendido a lo largo de los años. —La expresión de Anna se endureció—. Algunas no eran muy agradables.

—¿En qué sentido?

—Alguien envió una carta diciendo que mi padre ardería en el infierno por quitarse la vida; otra simplemente decía: «¡Por fin!». Todas anónimas, por supuesto.

—Eso debió de provocaros un gran disgusto a tu madre y a ti.

Anna volvió a encogerse de hombros, aunque no resultó un gesto convincente.

—Eran una panda de chiflados. Personas cabreadas porque sus coches no funcionaron. —Captó la mirada de Murray—. Mi padre jamás ha vendido nada malo. Algunas veces haces una mala compra, eso es todo. La gente necesita encontrar un culpable.

—¿Conservaste esas cartas? Podríamos compararlas con esta. Para ver si alguien le guarda algún rencor.

—Fueron directamente a la basura. Mi madre murió siete meses después y... —Miró a Murray, su línea de pensamiento se desvió hacia algo más urgente—. He venido para que reabran la investigación sobre la muerte de mis padres.

—¿Hay algo más que te haga sospechar que los asesinaron?

—¿Qué más quiere? —Hizo un gesto en dirección a la tarjeta, que se encontraba despedazada entre ellos.

«Pruebas», pensó Murray. Tomó un sorbo de su té para conseguir algo más de tiempo. Si pasaba el asunto al inspector Robinson en ese momento, al final del día sería un caso cerrado. El CID, el departamento de investigación criminal, estaba hasta los topes de investigaciones en curso; haría falta algo más que una nota anónima y una corazonada para reabrir un antiguo caso.

—Por favor, señor Mackenzie, necesito saber qué ocurrió de verdad. —El control que Anna Johnson había demostrado durante toda su conversación empezaba a resquebrajarse—. Jamás he creído que mis padres se suicidaran. Estaban llenos de vida. Llenos de ambiciones. Tenían grandes planes para el negocio.

Ella había acabado de mamar. Anna la colocó sobre una rodilla, posó una mano por debajo de su barbilla y con la otra fue describiendo círculos sobre su espalda.

—¿Tu madre también trabajaba allí?

—Se encargaba de la contabilidad y de la recepción.

—Un negocio muy familiar.

Murray se alegró al escuchar que todavía quedaban empresas así.

Anna asintió con la cabeza.

—Cuando mi madre se quedó embarazada de mí, mi padre y ella se mudaron a Eastbourne para estar más cerca de mis abuelos paternos. Mi abuelo no estaba muy bien, y pasó poco tiempo hasta que mi padre y Billy dirigieron el negocio. Mi madre también. —Ya estaba cansada, y el bebé puso los ojos en blanco, como los borrachos de las celdas de un sábado noche—. Cuando no estaba trabajando, recaudaba dinero para su organización benéfica de animales, o recorría las calles haciendo campaña.

—¿Haciendo campaña para qué?

Anna soltó una breve risita. Le brillaron los ojos.

—Para todo. Amnistía Internacional, los derechos de la mujer. Incluso para el servicio de autobuses, aunque no creo que haya cogido un autobús en su vida. Cuando se proponía algo, siempre lo lograba.

—Parece una mujer maravillosa —comentó Murray con delicadeza.

—Una vez salió algo en las noticias. Hace años. Estaba en casa con mis padres, y la tele se oía de fondo. Un chico joven se había tirado en motocicleta desde Beachy Head. Recuperaron la moto, pero no el cuerpo del muchacho, y su madre salió en las noticias llorando porque no había podido enterrarlo como Dios manda. —La criatura se tensó, incómoda, Anna la cambió de posición y le dio unas palmaditas en la espalda—. Hablamos sobre ello. Recuerdo que mi madre miró la noticia tapándose la boca con las manos, y mi padre estaba enfadado por lo que el chico había hecho pasar a sus padres. —Se quedó callada y detuvo sus palmaditas rítmicas para quedarse mirando a Murray—. Vieron lo que ese chico hizo a su madre y ellos jamás de los jamases me lo habrían hecho a mí.

A Anna le cayeron lágrimas por el rabillo de los ojos, siguieron la línea de su delgada nariz y descendieron a la par hacia la barbilla. Murray le ofreció su pañuelo y ella lo aceptó, agradecida, presionándolo contra su cara como si la fuerza pudiera detener el llanto.

Murray permaneció sentado y muy quieto. Podía decir muchas cosas sobre el impacto que provocan los intentos de suicidio, pero sospechaba que no ayudaría a Anna. Se preguntó si habría recibido el apoyo apropiado durante todos esos meses.

—Los agentes que trataron con las muertes de sus padres deberían haberte entregado un folleto. Hay asociaciones de voluntarios que ofrecen apoyo a las personas que han tenido que enfrentarse al suicidio. Grupos a los que puedes acudir; personas con las que puedes sentirte muy identificada.

A algunas personas les infunde vitalidad compartir las experiencias. Luchan por mejorar en sesiones de terapia de grupo, salen fortalecidas y mejor equipadas para tratar con la gestión de sus emociones. Un problema compartido...

Pero los grupos de apoyo a los familiares de suicidas no ayudaban a todo el mundo.

No habían ayudado a Murray.

—Fui a un terapeuta especializado en duelos.

—¿Te ayudó?

—He tenido una hija con él.

Anna Johnson emitió un sonido combinación de sollozo y risa. Murray se dio cuenta de que él también estaba riendo.

—Eso sí es una buena ayuda.

Las lágrimas habían amainado. La sonrisa de Anna era tímida, pero sincera.

—Por favor, señor Mackenzie. Mis padres no se suicidaron. Fueron asesinados. —Señaló la tarjeta rota—. Y esta es la prueba.

No era la prueba. No probaba nada.

Pero sí planteaba una pregunta. Y Murray jamás había ignorado una pregunta sin respuesta. Quizá pudiera encargarse él mismo de echar un vistazo. Recuperar los archivos originales, leer el informe del forense. Y cuando hubiera algo que investigar, si es que había algo, podía pasar la pelota. Al fin y al cabo, tenía las habilidades necesarias. Treinta años en el trabajo y la gran parte de ellos en el CID. No entregabas los conocimientos al entregar la placa.

Miró a Anna Johnson. Cansada y conmovida, pero también decidida. Si Murray no la ayudaba, ¿quién lo haría? No era la clase de mujer que desistiera.

—Pediré los informes esta tarde.

Murray tenía las habilidades y el tiempo necesarios. Tiempo a manos llenas.

6

No se te permite regresar. Eso disgusta a la gente. Si existiera un manual, esa sería la primera norma: «No regresar jamás». A renglón seguido, la norma número dos: «No dejarte ver jamás».

Tienes que seguir adelante.

Aunque es difícil seguir adelante cuando no existes; cuando has dejado atrás la vida que conocías y has empezado otra desde cero. Cuando estás en tierra de nadie entre esta vida y la siguiente. Cuando estás muerta.

Seguí las normas.

Desaparecí en esta existencia a medias, solitaria y aburrida.

Echo de menos mi antigua vida. Echo de menos nuestra casa: el jardín, la cocina, la cafetera profesional que compré en un arrebato. Y, a pesar de lo superficial que parezca, echo de menos las sesiones de manicura e ir a hacerme el tinte con reflejos cada seis semanas. Echo de menos mi ropa; mi hermoso vestidor de trajes planchados y jerséis de cachemir doblados con delicadeza. Me pregunto qué habrá hecho Anna con todo eso; si se los pondrá ella.

Echo de menos a Anna.

Echo de menos a nuestra hija.

Pasé su último año de instituto muerta de miedo por su primer año en la universidad. Me asustaba el vacío que ella dejaría; Anna jamás supo la influencia que ejercía en ambos. Me daba miedo sentirme sola. Estar sola.

La gente solía decir que era clavadita a mí, y nosotras nos mirábamos y se nos escapaba la risa, porque no lo veíamos. Éramos muy diferentes. A mí me encantaban las fiestas; Anna las odiaba. Me encantaba comprar; mi hija era ahorradora, le gustaba hacerse la ropa y arreglársela. Teníamos el mismo color de pelo rubio ceniza —jamás entendí por qué ella no se teñía de rubia platino— y la misma complexión, con tendencia a la gordura, lo que me molestaba más a mí que a ella. Llevo bien mi nueva ligereza, eso creo, aunque confieso que echo de menos los cumplidos de mis amigos.

El viaje de descenso tarda más de lo que había imaginado, aunque el cansancio se disipa en cuanto planto los pies en terreno conocido. Como una presidiaria de permiso, voy asimilando mi entorno, me maravillo de lo mucho que ha cambiado para mí, aunque hay muchas cosas que siguen iguales. Los mismos árboles, todavía desprovistos de hojas; un escenario tan parecido al que dejé que parece que solo me haya ausentado un momento. La misma calle ajetreada y los mismos conductores de autobús malhumorados. Logro ver a Ron Dyer, el viejo jefe de estudios de Anna, y me oculto entre las sombras. No debería haberme molestado; soy transparente para él. La gente ve lo que quiere ver, ¿verdad?

Camino despacio por las calles tranquilas, disfrutando de la ilícita libertad que me he agenciado. Todo acto tiene sus consecuencias; no he violado las normas a la ligera. Si me pillan, me arriesgo a perder mi próxima vida, y a languidecer, a cambio, en el purgatorio. Una cárcel levantada por mí misma. Pero la emoción de haber regresado es difícil de ignorar. Mis sentidos vibran después de tanto tiempo y, cuando doblo la siguiente calle, siento que el corazón se me sale del pecho.

Ya estoy casi en casa. En mi hogar. Me contengo. Me recuerdo que ahora es la casa de Anna. Supongo que habrá hecho cambios. Siempre le encantó la habitación del fondo, la forrada con el papel de bonitas espigas azules, aunque es una tontería imaginarla allí ahora. Se habrá quedado con nuestro dormitorio.

Dejo las precauciones de lado durante un segundo y recuerdo el día en que fuimos juntos a ver Oak View. Los dueños anteriores, una pareja de ancianos, habían actualizado la instalación eléctrica y conectado la casa al gas ciudad y el alcantarillado; clausuraron el carísimo depósito de gasoil y la desagradable fosa séptica todavía enterrada en el jardín. Tu padre ya había hecho una oferta. Lo único que nos quedaba era insuflar vida al lugar; destapar las puertas originales y las chimeneas, y desatascar las ventanas que llevaban mucho tiempo selladas a los alféizares por la pintura.

Avanzo más despacio. Ahora que estoy aquí, me siento nerviosa. Me centro en las dos cosas que necesito hacer: evitar que Anna acuda a la policía y asegurarme de que todas las pruebas apunten al suicidio, no al asesinato.

Pero ¿cómo?

Una pareja, que pasea cogida del brazo, dobla la esquina justo por delante de mí. Me quedo en la entrada, espero a que haya pasado, y aprovecho el tiempo para tranquilizarme. Debo conseguir que Anna entienda el peligro que correrá si empieza a hacer preguntas sobre lo que cree que sabe. ¿Cómo puedo hacerlo y seguir siendo invisible? Imagino un fantasma de dibujos animados, haciendo sonar cadenas y aullando en plena noche. Ridículo. Imposible. Pero ¿de qué otra forma le transmito un mensaje a mi hija?

Estoy aquí. En el camino de entrada de nuestra casa —la de Anna—. Me retiro a la acera de enfrente, y cuando incluso ahí me siento demasiado cerca, me desplazo hacia el parque vallado en el centro de la plaza y miro a través de las espinosas ramas de un acebo. ¿Qué pasa si ella no está en casa? Difícilmente podría haber llamado antes para comprobarlo. ¿Y si el riesgo que he corrido al bajar hasta aquí ha sido en vano? Podría perderlo todo. Otra vez.

Un ruido en la calle hace que me oculte un poco más por de-

trás del acebo. *Echo un vistazo a la calle entre la penumbra. Es una chica empujando un carrito de bebé. Va hablando con el móvil y camina despacio. Distraída. Sigo observando la casa, mirando con detenimiento todas las ventanas en busca de algún signo de actividad.*

Las ruedas del cochecito emiten un ruido rítmico sobre la acera húmeda. Recuerdo pasear a Anna en su carrito, dando vueltas por la zona de exposición de Automóviles Johnson, entre los coches, esperando a que le entrara sueño. Éramos unos críos, apenas nos manteníamos con lo que tu padre podía pagarnos. El carrito era una monstruosidad de segunda mano, con un chasis que no paraba de rebotar y que despertaba a Anna en cuanto pasábamos por algún bache. Nada que ver con el artilugio moderno que lleva esa chica.

Se detiene delante de la casa y yo chasqueo la lengua, impaciente porque siga, para no perderme ningún movimiento visible a través de las cortinas abiertas.

Pero no continúa avanzando. Y ahora veo que no está sola. Va con un perro, que trota en la sombra junto a su dueña. Siento una punzada en el pecho.

¿Esa chica es...?

Las ruedas del carrito emiten un crujido sobre la grava cuando lo empuja para cruzar la verja hasta la puerta de entrada. El cristal esmerilado de la puerta proyecta un tenue fulgor rojo por la luz del recibidor.

Sí que es ella.

Concluye su llamada y se mete el móvil en el bolsillo. Saca una llave y, al mismo tiempo, se quita la capucha y veo el cabello rubio ceniza bajo la luz de la puerta, y unos rasgos delicados sobre una boca que siempre estuvo dispuesta a sonreír, solo que ahora no sonríe, y noto el latido de mi corazón en la cabeza, porque es ella.

Es Anna.

Y un bebé.

Nuestra hija tiene un bebé.

Se vuelve para subir el carrito por los escalones hasta el recibidor y, durante un segundo, mira hacia el parque y me parece como si estuviera mirándome directamente. *Las lágrimas le humedecen las mejillas. Se estremece, resguarda al bebé en el espacio seguro del recibidor y cierra la puerta.*

Anna tiene un bebé.

Tengo un nieto.

Y aunque sé que nadie podría habérmelo contado —que no hay nada como un certificado de defunción para interrumpir los canales de comunicación—, siento una oleada de rabia por el hecho de que esta transición memorable de madre a abuela haya tenido lugar sin que yo me entere.

Anna tiene un bebé.

Esto lo cambia todo. Cambiará a Anna. La maternidad hará que se cuestione todo lo que creía saber; la hará analizar su vida, sus relaciones.

Mi muerte. La tuya.

Tener un bebé hará vulnerable a Anna. Tiene algo que ama más que a nada en el mundo. Y si alguien se entera, puede usarlo en tu contra.

«No busques respuestas, Anna. No va a gustarte lo que descubras.»

Si acude a la policía, se pondrá a sí misma y al bebé en peligro. Pondrá en marcha algo imparable.

7

ANNA

Llevo en casa media hora cuando suena el timbre. Laura me envuelve en su abrazo.

—Mark me ha llamado. No quería que estuvieras sola estando disgustada.

Me da otro achuchón, luego se aparta con delicadeza y me mira para valorar la gravedad de mi estado. La culpa me atenaza. No debería haber dejado el mensaje a Mark; él no podía hacer nada y habrá estado preocupándose toda la tarde, distraído en su curso y durante el camino en coche de regreso a casa.

—Estoy bien.

—Pues no lo pareces. ¿Podemos entrar? Aquí fuera hace un frío que pela.

Laura es una cosita de nada: es menuda y delgadita, con el pelo rubio y largo y cara de niña, lo que provoca que sigan pidiéndole el carné cuando quiere comprar alcohol, a pesar de tener más de treinta años.

Llamo a Rita, que sigue en el camino de entrada ladrando al vacío.

—¿Qué le pasa?

—Ardillas invisibles. Lleva así todo el día. ¡Rita!

La perra entra a regañadientes en la casa, y por fin puedo cerrar la puerta. Me fijo en que Laura lleva vaqueros en lugar del espantoso uniforme marrón y naranja del banco donde empezó a trabajar hace un mes.

—¿No deberías estar en el trabajo?

—No ha salido bien. —Se encoge de hombros cuando ve mi cara de preocupación—. No pasa nada, de verdad. No estaba a gusto. ¿Pongo la tetera a hervir?

Cuando el té está listo nos sentamos en la isla de la cocina y le enseño las fotografías de la tarjeta anónima. Las saqué en la comisaría, ya que no se me ocurrió hacerlo antes, y se ve el reflejo de la luz sobre las bolsas de pruebas, por lo que el contenido resulta difícil de leer.

—¿Y eso es todo lo que dice?

—Solo esa frase.

—¿La policía se lo ha tomado en serio?

—Eso creo. —Percibo que me mira con cara rara—. ¿Crees que no deberían haberlo hecho?

—¡Por supuesto que sí! Míralo. Mírate; debe de haberte dado un disgusto enorme. —Hace una pausa—. ¿No recibiste algo similar cuando murió tu padre?

—Eso fue distinto. Esa gente estaba loca.

Laura enarca una ceja.

—¿Y esto te parece muy razonable?

Miro durante largo rato por la ventana. Pienso en las búsquedas de internet que hizo mi padre con el móvil, para comprobar cuándo había marea alta, cuál era el mejor lugar para saltar y matarse... Pienso en el voluntario de la parroquia que escuchó llorar a mi madre por el suicidio de su esposo. Pienso en mis padres cayendo desde una altura de ciento cincuenta metros al mar helado. Y me pregunto si los habrá empujado alguien.

—Solo quiero respuestas, Laura.

Ella se queda mirando su taza de té un buen rato antes de hablar.

—Algunas veces no son las que queremos escuchar.

Yo tenía diez años cuando murió la madre de Laura. Corrí a responder el teléfono, con mis calcetines hasta las rodillas patinando sobre el suelo del recibidor.

—¿Puedo hablar con tu madre?

—¡Laura! ¿Cuándo volverás a visitarnos? —Como ahijada de mi madre, Laura era la hermana mayor que nunca tuve. Laura era siete años mayor que yo y todo cuanto aspiraba a ser, por aquel entonces, cuando creía que eso importaba. Era enrollada, vestía a la moda, era independiente...

—Hoy me han dado la insignia de «alumna estrella de la semana» y...

—Necesito hablar con tu madre, Anna.

Nunca la había oído así. Seria. Como enfadada, pensé, aunque después me di cuenta de que sencillamente intentaba no perder la calma. Llevé el teléfono a mi madre.

Los sollozos de mi madre eran interrumpidos por estallidos de rabia. Oí cómo se desfogaba con mi padre, mientras estaba acostada y supuestamente dormida.

—¡Ese maldito piso! Tenía humedades en todas las habitaciones. Alicia debió de decírselo al ayuntamiento cientos de veces. Encontró setas en el baño. ¡Setas! En el colegio ya estaba fatal del asma, pero... ¡Setas, por el amor de Dios! No me extraña que empeorase.

Mi padre la consolaba. Hablaba demasiado bajo para oírlo.

—La cuestión es que ya habían dicho que trasladarían a Laura a una nueva vivienda. Si eso no es reconocer su parte de culpa, pues no sé qué es.

Solo que no fue así. La administración de vivienda pública negó rotundamente cualquier responsabilidad. El forense determinó que la muerte se produjo por causas naturales; el asma que sufría Alicia fue un desafortunado factor que contribuyó al desenlace.

—¿Todavía la echas de menos? —pregunto ahora, aunque de forma retórica.

—Todos los días. —Laura me mira a los ojos—. Me gustaría decirte que con el tiempo se vuelve más fácil, pero no es así.

Me pregunto cómo me sentiré dentro de dieciséis años. ¿De verdad este dolor crudo y desgarrador que me oprime el pecho dejará de asfixiarme cuando haya pasado todo ese tiempo? Tiene que aliviarse. Tiene que ser así. Las pesadillas acabarán, junto con la renovada sensación de pérdida cuando entro en una habitación y veo que la silla de mi padre está vacía. Será más fácil. ¿Verdad que sí? Me levanto y me acuclillo junto a la hamaquita de Ella. Está durmiendo, pero necesito distraerme de estas emociones que afloran de forma repentina. Esa es la clave. Distraerse. Cuando Alicia falleció, Laura no tenía a nadie. Yo tengo a Ella y tengo a Mark. Mark, quien siempre sabe qué decir; siempre sabe cómo conseguir que me sienta mejor.

Mis padres me enviaron a Mark. Sé que parece una estupidez, pero creo que las personas llegan a tu vida en el momento conveniente, y Mark es todo lo que jamás supe que necesitaba.

Unos días antes de que mi madre muriera, fui en coche hasta Beachy Head. Me había negado a visitar el lugar desde la muerte de mi padre, aunque mi madre pasaba horas allí arriba, paseándose por los acantilados, plantada en el lugar desde el que lo vieron saltar.

Cuando mi madre murió, yo también quise ver lo que habían visto mis padres; quería intentar entender qué se les había pasado por la cabeza. Aparqué el coche y caminé hasta el borde del acantilado; miré cómo el mar chocaba contra las rocas. Sentí una repentina sensación de vértigo, combinada con una urgencia terrorífica e irracional de saltar. No creo en la vida del más allá, pero en ese preciso instante me sentí cerca de mis padres por primera vez desde su muerte, y deseé tener la certeza de que me reuniría con mis seres queridos en el cielo. De haberlo sabido a ciencia cierta, no lo habría dudado.

El forense dijo que el suicidio de mi madre era comprensible, en tanto que cualquier muerte puede serlo. Echaba de menos a mi padre.

Su fallecimiento desquició a mi madre. Se volvió nerviosa y paranoica, se sobresaltaba por cualquier ruido y se negaba a contestar el teléfono. Bajé a por un vaso de agua en plena noche y encontré la casa vacía; mi madre había salido a la calle, a dar un paseo de madrugada.

—He salido para ver a tu padre.

Había una lápida de recuerdo en el cementerio de la iglesia, entre otros recordatorios de vidas perdidas. Lloré al pensar en ella, ahí de pie, sola, delante de su tumba.

—Deberías haberme despertado. Despiértame la próxima vez.

Jamás lo hizo.

Siempre vigilan Beachy Head. Sobre todo en Nochebuena, cuando, menos de una semana después de la muerte de mis padres, un suicidio calcado al de estos salió en la primera plana de los periódicos nacionales. Todavía estaba contemplando las rocas cuando se acercó el voluntario parroquial, sereno y sin ánimo crítico.

—No pensaba saltar —le dije después—. Solo quería saber cómo debieron sentirse.

No era el mismo voluntario que había hablado con mi madre en lo alto del acantilado. El hombre que se dirigió a mí era mayor, más sabio que el joven voluntario con mocasines que había acudido a la comisaría seis días antes, temblando mientras describía la mochila cargada de piedras que llevaba mi madre; el hecho de que su bolso y su móvil estuvieran colocados ordenadamente sobre la hierba, al igual que la cartera y el móvil de mi padre habían aparecido hacía siete meses.

Ese voluntario estaba al borde del llanto.

—Dijo... dijo que había cambiado de idea. —Se esforzaba por mantener su mirada desviada de la mía—. Me dejó acompañarla caminando hasta el coche.

Pero mi madre era una mujer tozuda. Una hora después regresó a los acantilados, colocó el bolso y el móvil de nuevo a un lado y —así lo estableció el forense— se suicidó.

El voluntario que habló conmigo en Nochebuena en Beachy Head no quiso correr ningún riesgo. Llamó a la policía y esperó hasta que me alejaron de allí con amabilidad; hasta que terminó su ronda con la certeza de que nadie había muerto durante la misma. Me sentí agradecida por su intervención. Me asustó darme cuenta de que estamos todos a un paso de lo impensable. «No pensaba saltar», le dije. Pero la verdad era que no podía estar segura de ello.

Cuando volví a casa tenía un folleto metido en la ranura del buzón: «Servicios de psicoterapia. Dejar de fumar, fobias, autoestima. Mediación para el divorcio. Acompañamiento en los procesos de luto». Sin duda, toda la calle tenía su folleto en el buzón, pero a mí me pareció una señal. Llamé antes de cambiar de opinión.

Enseguida me gustó Mark. Me sentí reconfortada incluso antes de que hablara. Es alto sin llegar a ser descomunal, con las espaldas anchas sin llegar a intimidar. Sus ojos negros tienen unas patas de gallo que le dan un toque de sabiduría y, cuando escucha, tiene una expresión reflexiva, interesada; hasta se quita las gafas como si así pudiera escuchar mejor. Esa primera vez no podría haber predicho que acabaríamos juntos. Que tendríamos una hija juntos. Lo único que sabía era que Mark me hacía sentir segura. Y que me ha hecho sentir así desde entonces.

Laura se termina el té y lleva la taza al fregadero, donde la lava y luego la coloca, boca abajo, sobre la bandeja escurreplatos.

—¿Cómo lleva Mark lo de ser padre?

Me enderezo.

—Está obsesionado con la niña. Ni siquiera se molesta en quitarse la chaqueta cuando llega del trabajo; va directamente a ver a Ella y toma el mando. Menos mal que los hombres no pueden dar el pecho, porque no podría ni verla.

Pongo los ojos en blanco, aunque, por supuesto, no estoy quejándome. Es maravilloso que Mark esté tan implicado. Nunca se sabe qué clase de padre será un hombre, ¿verdad? Dicen que buscamos de forma instintiva las características que necesitamos en un compañero: honestidad, fuerza, amor. Pero no sabes si saldrá a las tres de la madrugada a comprarte la mermelada de grosella negra que se te ha antojado o si se encargará de su parte de las tomas nocturnas; cuando por fin lo averiguas, ya es demasiado tarde para dar marcha atrás. Tengo suerte de estar con Mark. Agradezco su apoyo.

Mi padre no cambió un pañal en su vida y, hasta donde yo sé, mi madre jamás se lo pidió. Simplemente, las cosas eran así por aquel entonces. Imagino a mi padre mirando mientras Mark hace eructar a Ella, o cuando le cambia con profesionalidad un bodi sucio y le pone otro limpio; sé que habría hecho alguna broma sobre los «hombres modernos». Aparto esa imagen de mi mente. Para ser sincera, no tengo muy claro que a mi padre le hubiera gustado Mark.

Eso no debería importar. No importa. Mark es un padre maravilloso para Ella, y eso es lo que cuenta.

Bebí demasiado en esa primera cita. Estaba de los nervios y, de alguna forma, la embriaguez mitigó el sentimiento de culpa por haber salido a divertirme menos de dos meses después de la muerte de mi madre.

«Normalmente no soy así», dije cuando volvimos al piso de Mark en Putney y la prometida taza de café fue descartada por otra copa de vino, y la visita al piso acabó de golpe en el dormitorio. Sonó a frase recurrente, pero no lo era. Nunca me acostaba con nadie en la primera cita. Ni en la segunda ni en la tercera. Pero esa noche me sentía impulsiva. La vida era demasiado corta para no agarrarla por los cuernos.

La verdad es que me sentía embriagada, no poderosa. Imprudente, no espontánea. Mark —quizá un poco menos ebrio, quizá todavía consciente de la fina línea ética que estábamos cruzando— intentó ir más despacio, pero yo no me dejé persuadir.

El sentimiento de culpa llegó a la mañana siguiente. Una vergüenza abrasadora empezó a consumir el respeto hacia mí misma y me sacó a empujones de la cama de Mark antes de que él despertara.

Él me pilló delante de la puerta, calzándome las botas.

—¿Te marchas? Había pensado que fuéramos a desayunar.

Vacilé. No parecía un hombre que hubiera perdido el respeto hacia mí, pero los recuerdos de la noche anterior me hicieron arrugar el rostro. De pronto me vi quitándome las bragas torpemente, mientras interpretaba un estriptis chabacano que terminó cuando perdí el equilibrio y acabé aterrizando sobre la cama.

—Tengo que irme.

—Conozco un sitio genial a la vuelta de la esquina. Todavía es temprano.

Su pregunta tácita —«¿dónde tienes que estar con tanta urgencia un domingo por la mañana?»— me obligó a responder que sí.

A las nueve, la resaca había amainado, junto con la sensación de incomodidad. Si a Mark no le daba vergüenza, ¿por qué iba a dármela a mí? Aunque ambos estuvimos de acuerdo en algo: había ocurrido un poco más deprisa de lo que ambos esperábamos.

—¿Volvemos a empezar? —sugirió Mark—. Lo de anoche fue maravilloso, pero... quizá podríamos tener otra primera cita. Llegar a conocernos.

Pasaron otras cinco semanas antes de que volviéramos a acostarnos. En ese momento no lo sabía, pero yo ya estaba embarazada.

—¿Crees que debo contárselo a la prensa? —pregunto a Laura en este momento.

—A lo mejor estás precipitándote un poco. —Hace un mohín al pronunciar la manida frase—. Lo siento.

—Escribieron un artículo cuando murió mi madre. Tal vez les interese hacer un seguimiento del caso. Querrán información.

Pienso en la tarjeta.

«¿Suicidio? Piénsalo mejor.»

—En ese momento no se presentó ningún testigo, pero si mi madre estuvo con alguien ese día, alguien que la empujó desde el acantilado... deben de haberse encontrado con otras personas.

—Anna, el voluntario vio a tu madre. —Me quedo callada—. Le dijo que se apartase del borde. Ella dijo que quería suicidarse.

Quiero taparme los oídos con los dedos. «Habla, chucho, que no te escucho.»

—Pero no estaba allí cuando ella cayó, ¿verdad? No vio si mi madre estaba sola cuando regresó al lugar.

Se hace un silencio antes de que Laura hable.

—Así que Caroline está en Beachy Head. Está dispuesta a saltar. El voluntario la convence para bajar, y luego, una hora después, ¿alguien la asesina?

No tiene necesidad de señalar lo absurdo que parece.

—A lo mejor intentaba huir de alguien. Y pensó que matarse era mejor que la mataran. Pero no pudo hacerlo y cuando el voluntario creyó que estaba llevándola a un lugar seguro en realidad estaba entregándola a... —Me quedo callada, la expresión de lástima de Laura es más de lo que puedo soportar.

—¿A quién?

Ella se ha despertado. Está emitiendo esos tenues maullidos y metiéndose el puñito en la boca.

—¿Quién la mató, Anna? ¿Quién habría querido ver a Caroline muerta?

Me muerdo el labio inferior.

—No lo sé... ¿Uno de esos idiotas que culpan a todo el mundo de las averías de sus coches?

—¿Como los idiotas que enviaron las cartas anónimas cuando murió tu padre?

—¡Exacto! —digo triunfal, creyendo que está confirmando mi teoría, pero su expresión indica que la mía confirma la suya.

Los maullidos se convierten en aullidos. Levanto a Ella de la hamaquita y empiezo a amamantarla.

—Mírate, estás hecha toda una profesional.

Laura sonríe.

Al principio solo podía darle el pecho en una silla concreta, con una disposición precisa de cojines a mi alrededor, y no podía haber nadie más presente que distrajera a Ella de prenderse al pezón. En la actualidad le doy pecho con una mano, y de pie, si es necesario.

No dejo que Laura cambie de tema. Su pregunta es importante. ¿Quién habría querido ver a mi madre muerta? Algunos de los vendedores de coches con los que se cruzaron en el camino mis padres y Billy que no se esforzaban por ocultar sus prácticas turbias. ¿Podrían ser las muertes de mis padres el resultado de un negocio que salió mal?

—¿Me ayudarás a revisar el estudio de mis padres?

—¿Ahora?

—¿Te supone un problema? ¿Tienes que marcharte?

Si Laura no puede ayudarme, lo haré yo sola. Me pregunto si las campañas de recaudación de mi madre serán la clave. Cuando yo era adolescente se implicó en la lucha contra la experimentación con animales en la Universidad de Brighton, lo cual provocó que recibiera una avalancha de furibundos e-mails remitidos por los empleados y sus familiares. No recuerdo que hiciera campaña contra nada más contencioso que la aplicación de planes urbanísticos y la implantación de carriles bici en los últimos años, pero quizá encuentre algo en su estudio que me sugiera otra cosa.

—No me refiero a eso, lo que quiero decir es que... ¿Estás segura de que quieres hacerlo justo ahora?

—Laura, ¡te has pasado casi todo el año insistiéndome para que lo haga!

—Solo porque es absurdo estar trabajando en la mesa de la cocina cuando podrías usar ese maravilloso estudio. Y no he estado insistiéndote. Aunque sí que creo que podría ser algo catártico, sin importar lo que diga Mark.

Opto por responder con amabilidad.

—Es que él se dedica a eso profesionalmente, ya sabes.

—¿Qué tiene de saludable dejar todas esas cosas cerradas bajo llave y fingir que no están ahí?

—Él no me dijo que fingiera que no están ahí, solo que debería enfrentarme a ello cuando me sienta preparada.

—¿Cuando él diga que estás preparada?

—No. Cuando yo me sienta preparada.

He hablado con más firmeza. Sé que Laura está de mi parte —como el tío Billy— sobre todas las cosas, pero me gustaría que ambos fueran menos protectores.

Ocurrió demasiado rápido, ese fue el problema. Mark y yo ni siquiera llevamos un año juntos, y nuestra pequeña tiene ocho meses. Todavía estamos descubriendo cuáles son las comidas, películas y libros favoritos del otro. Solo he visto dos veces a su madre. Somos como adolescentes, pillados in fraganti la primera vez que se acuestan, salvo que yo tengo veintiséis años y Mark, cuarenta.

Eso también es parte del problema.

—Tiene edad para ser tu padre —dijo Billy cuando lo anuncié todo de golpe. «He conocido a alguien, va a instalarse en mi casa. Ah, y, por cierto, nuestro bebé nacerá en octubre.»

—Ni por asomo. Y mi padre era diez años mayor que mi madre.

—Y mira cómo les fue.

—¿Qué se supone que significa eso?

Pero mi tío no picó, y yo, en el fondo, se lo agradecí. No quería saberlo. Jamás quise saberlo. Cuando eres pequeña crees que tus padres son perfectos. A lo mejor te gritan y te pegan con demasiada frecuencia, o te retienen la paga hasta que tienes la habitación ordenada, pero son tus padres. Te quieren. Tú los quieres.

Iba a la universidad cuando me di cuenta de que nadie tenía unos padres como los míos. Que no todas las madres ni los padres se peleaban a gritos; que no todas las madres ni los padres iban a diario al contenedor del vidrio. Caer en la cuenta de eso me bastó; no quería saber más. No quería saber cómo funcionaba el matrimonio de mis padres. Si es que funcionaba. No era mi problema.

Como en las demás habitaciones de la planta baja, las ventanas del estudio son altas hasta el techo, con unas persianas pintadas que ya no cierran de tanto desuso. Un escritorio para dos personas en el estudio indica que mis padres podían trabajar al mismo tiempo, aunque la única vez que lo hacían era cuando tenían que encargarse de la devolución del IVA, y la tensión que les generaba siempre acababa en pelea.

—Anna, pide a tu padre que me pase la grapadora —me dijo mi madre un sábado cuando entré en el estudio para ver si les faltaba mucho.

Le pasé la grapadora y salí a montar en bici hasta que todo hubo terminado.

Por lo general, mis padres se turnaban para quedarse hasta tarde en el concesionario, hasta que yo fui lo bastante mayor para acompañarlos en el trabajo después del colegio, o para volver a casa sola.

Con la mano en el picaporte, inspiro con fuerza. Yo no uso esta habitación. No entro en ella. Finjo que no existe.

—No tienes que hacerlo. Ya han sido revisados todos los documentos importantes.

Es una referencia generosamente eufemística al largo día que pasó Laura separando el papeleo del resto de pertenencias de mis padres, para lo que estuvo el día entero colgada al teléfono en mi nombre, cambiando de nombre los consumos y cancelando docenas de subscripciones de mis padres. Mi sentimiento de gratitud se tiñó de culpa. ¿Quién hizo eso por Laura cuando murió Alicia? Me la imaginaba con diecisiete años en su recién adquirida casa de protección oficial, revisando el papeleo de su madre, y se me partía el corazón.

—Ya es hora —digo.

Quiero saberlo todo sobre la vida de mis padres. Todo aquello que me he negado a ver; todo lo que esperaba que no fuera cierto. Necesito saberlo todo. ¿Quiénes eran los amigos de mis padres? ¿Quiénes sus enemigos?

¿Quién los mató?

8

MURRAY

El archivero de la policía, Dennis Thompson, rozaba el sobrepeso cuando Murray y él compartían turno. En ese momento, Dennis era igual de ancho que alto, lucía una brillante calva y llevaba dos pares de gafas colocados sobre las cejas.

—No me las apaño con las bifocales. —Se quitó las gafas de leer y se las apoyó en el tabique nasal mientras echaba un vistazo a los dos archivos que había localizado para Murray—. Tom Johnson. Caroline Johnson.

El hecho de que la tarjeta anónima hubiera sido entregada el día del aniversario de la muerte de Caroline Johnson, en principio, centraba las sospechas en su muerte. Sin embargo, como su fallecimiento estuvo relacionado de forma intrínseca con el de su marido, Murray pretendía empezar por el principio.

—Son justo esos. Gracias.

Dennis empujó un libro con páginas tamaño folio sobre el mostrador. En cada página había pulcras columnas donde se registraban todas las firmas de las personas que habían retirado informes del archivo, junto con la fecha de su devolución. Murray levantó el bolígrafo, pero se lo pensó mejor. Se quedó mirando a su antiguo compañero de patrulla.

—Se supone que no debo...

—¿Quieres que quede entre tú y yo?

—Por favor. Te los devolveré antes de que te des cuenta.

Al salir de la sala del archivo, Murray llegó a la conclusión de que haber trabajado durante tanto tiempo tenía sus ventajas y valía la pena.

Quería volver a revisar el informe sobre el caso en el autobús de regreso a casa, pero había dos agentes del servicio de emergencias —las corbatas y charreteras quedaban ocultas bajo sus anoraks de North Face— sentados justo detrás de él. Ellos no se habían percatado de su presencia (es curioso lo invisible que se vuelve uno en cuanto se jubila), pero Murray no pensaba llamar la atención sobre su persona sacando unos archivos policiales obtenidos de forma ilícita. En lugar de hacer lo planeado, se puso a mirar por la ventana y se preguntó qué opinaría Sarah sobre el caso de los Johnson.

Durante gran parte de su trayectoria profesional, Murray se había llevado el trabajo a casa. En los primeros años de su matrimonio, Sarah había luchado por subsistir desempeñando toda una serie de trabajos mal pagados. Todos habían exigido unos niveles de puntualidad, corrección y positivismo que a Sarah le eran imposibles de cumplir, y todos habían provocado largos periodos de depresión tras finalizar de modo prematuro. Al final, Sarah había accedido a lo que Murray sugirió desde un principio: que ella se quedara en casa y él trajera el pan para ambos. Fue un alivio para los dos.

Murray había empezado a compartir fragmentos del día con Sarah. Era consciente de los límites de confidencialidad que no podía violar, pero también era muy consciente de que, los días que Sarah se sentía incapaz de salir de casa, esa visión de un mundo más amplio era tan importante como interesante para ella. Para sorpresa de Murray, él mismo llegó a necesitar esos intercambios tanto como su mujer, pues recogía los beneficiosos frutos de una perspectiva fresca, libre de los prejuicios policiales. Estaba deseando hablarle sobre Tom y Caroline Johnson.

El autobús se detuvo al final de la calle donde vivía Murray, una calle sin salida de chalés unifamiliares construidos en los años sesenta habitados por una mezcla de primeros moradores, familias y jubilados. Varios de los chalés habían sido ampliados hasta tal punto que en ese momento eran más bien casas a cuatro vientos de dos plantas, con el jardín trasero equipado con zona de barbacoa para el verano. Salvo por las alfombras nuevas y la consabida mano de pintura cada pocos años, la casa de Murray tenía exactamente el mismo aspecto que cuando Sarah y él la compraron en 1984, el año en que él finalizó su periodo de pruebas y se licenció como agente de policía.

No bajó del autobús. En lugar de hacerlo, permaneció sentado cinco paradas más, tras lo que dio las gracias al conductor y recorrió a pie la pequeña distancia que quedaba hasta Highfield. Otrora casa de campo señorial, rehabilitada y protegida, con la calificación de edificio histórico, fue construida en 1811 y había sido utilizada por el sistema público de sanidad desde principios de la década de 1950. El edificio estaba rodeado por unos preciosos jardines, aunque el aspecto histórico quedaba alterado, en cierto sentido, por los módulos prefabricados y los edificios baratos de techos planos levantados para albergar las alas necesarias para atender a un número creciente de pacientes. Pacientes como Sarah.

Murray conocía bien la mayoría de sectores de Highfield. Había un centro de día muy bien atendido, con actividades de artesanía, una cafetería atendida por los pacientes y un grupo de apoyo. Había clínicas para pacientes externos, servicios terapéuticos y clases de cocina para personas con trastornos alimentarios. Había alas para pacientes con diversos problemas de salud mental, que requerían varios niveles de apoyo, incluida un ala de alta seguridad en la que Sarah pasó diez días en 2007, y por la que Murray ya no podía pasar sin recordar el espantoso día en que había suplicado a los médicos que internaran a su mujer.

Sarah fue con su diagnóstico por delante cuando Murray y ella se conocieron; fue durante el almuerzo de picoteo después del desfile de promoción de él. El hermano mayor de ella, Karl, pertenecía a la misma promoción y, aunque los dos hombres no tenían una amistad, Murray se sintió atraído por la chica vivaracha que se encontraba con la familia de Karl. Se preguntó si sería la novia del muchacho y se sintió aliviado al descubrir que no era así.

—Ya sabes que estoy chiflada, ¿verdad?

Sarah se lo había soltado como una provocación. Llevaba unos aros enormes de plata que se meneaban cuando se reía, y un vistoso jersey con mangas de murciélago de color rosa que a Murray le dañaba la vista.

El chico no se rio. En parte, porque la corrección política era un rasgo de su personalidad mucho antes de que se convirtiera en parte del vocabulario policial, pero, sobre todo, porque no lograba encajar esa definición en la mujer que tenía delante. Poseía tanta energía que no conseguía estar quieta, y sus ojos brillaban como si les alegrara todo cuanto veían. Sarah no estaba para nada «chiflada».

—Trastorno límite de la personalidad. —Había vuelto a esbozar su radiante sonrisa—. Suena peor de lo que es, te lo prometo.

TLP. Esas tres letras habían marcado su relación desde entonces. Murray se dio cuenta enseguida de que el brillo en la mirada de Sarah aparecía durante sus mejores días y que, en los periodos intermedios, el dolor y el miedo desbordaban sus ojos grises y almendrados.

En ese momento de sus vidas, Sarah era paciente voluntaria en un ala en que Murray conocía a todos por su nombre. Las horas de visita estaban restringidas, pero el personal entendía las exigencias de los turnos de Murray, y él firmaba en el libro de visitas y esperaba en la sala para familiares a que alguien fuera a buscar a Sarah.

Las salas para familiares eran distintas en todos los hospitales y clínicas. Algunas veces te sentías como en el centro para visitas de una cárcel, con paredes desnudas y un miembro uniformado del personal vigilándote. En otros lugares eran espacios más relajados, con sillones y televisión y el personal vestido de modo tan informal que había que localizar su identificación para asegurarse de que no fueran pacientes.

La sala para familiares de Highfield era algo intermedio. Estaba dividida en dos secciones. En la primera, una mesa para dibujo y manualidades se encontraba repleta de papeles coloridos y botes con colores pastel. Se proporcionaban complicadas pegatinas a niños y padres para decorar las tarjetas hechas a mano, para evitar el riesgo que supondría el robo de rollos de celo. Las tijeras estaban forradas de plástico y tenían las puntas romas. En la segunda sección de la sala, donde Murray tomaba asiento, había sillones y mesitas bajas de café con números de revistas, atrasados varios meses.

Sarah lo rodeó con los brazos y le dio un fuerte abrazo.

—¿Cómo te encuentras?

Su mujer arrugó la nariz.

—Hay una chica nueva en la habitación de al lado que se golpea la cabeza contra la pared cuando está estresada. —Hizo una pausa—. Se estresa muchísimo.

—¿Te cuesta dormir?

Sarah asintió en silencio.

—Estaría más tranquila en casa...

Murray percibió la expresión fugaz de ansiedad en el rostro de su esposa. Él no insistió más en hablar del tema. Habían pasado tres semanas desde que Sarah se había infligido unos cortes tan graves que tuvieron que darle puntos en ambas muñecas. Fue un grito de ayuda; eso había contado la enfermera del servicio de urgencias cuando descubrieron que Sarah ya había llamado a la ambulancia. Tenía una bolsa en el recibidor con lo poco que necesitaría en Highfield.

—Sentí que eso volvía a ocurrir —le había contado a Murray cuando él violó todos los límites de velocidad para llegar al hospital.

«Eso.» Una presencia abrumadora e indefinible en sus vidas. Eso impedía a Sarah salir a la calle. Eso significaba que a ella le costara hacer amigos e, incluso más difícil, mantenerlos. Eso subyacía bajo la superficie de la existencia de Murray y Sarah. Siempre allí, siempre acechando.

—¿Por qué no has llamado al señor Chaudhury? —había dicho Murray.

—No me habría admitido.

Murray la abrazó, intentando empatizar con ella, pero resultándole imposible conectar con ese razonamiento que consideraba la autolesión como única vía para llegar a un lugar seguro.

—He tenido un día interesante —dijo en ese momento.

A Sarah se le iluminó la mirada. Estaba sentada en el sofá con las piernas cruzadas, con la espalda apoyada en el brazo del mueble. Murray jamás había visto a su mujer sentada correctamente en un sofá. Se tumbaba en el suelo o se colocaba despatarrada, con la cabeza colgando por el borde del asiento y las piernas levantadas para tocar la pared con los dedos de los pies. Ese día, Sarah llevaba un vestido de lino gris, conjuntado con una sudadera con capucha de color naranja fluorescente, con unas mangas de las que tiraba para taparse las manos tan a menudo que el tejido estaba dado de sí.

—Una mujer ha venido a denunciar que los suicidios de su padre y madre en realidad fueron asesinatos.

—¿Tú la crees?

Como siempre, Sarah fue directa al grano.

Murray vaciló un instante. ¿La creía?

—Sinceramente, no lo sé.

Habló a Sarah sobre Tom y Caroline Johnson: sus mochilas llenas de piedras, las declaraciones de la testigo, la intervención del voluntario de la parroquia. Al final le contó lo de la tarjeta de aniversario anónima y la insistencia de Anna Johnson en reabrir las investigaciones sobre la muerte de sus padres.

—¿Alguno de los dos progenitores tenía tendencias suicidas?

—No, según Anna Johnson. Caroline Johnson no tenía un historial de depresión previo a la muerte de su esposo, y el suicidio de este la pilló totalmente por sorpresa.

—Interesante.

Se vislumbraba cierto brillo en la mirada de Sarah, y Murray sintió que lo recorría una oleada de calidez. Cuando ella no estaba bien, su mundo se reducía. Perdía el interés por cualquier cosa externa a su propia vida y hacía gala de un egoísmo muy ajeno a la mujer que era en realidad. Su curiosidad por el caso de los Johnson era una buena señal —una señal maravillosa—, y Murray se sentía doblemente contento de haber decidido echar un vistazo al caso.

No le había inquietado que el tema pudiera estar relacionado con un tema sensible para una mujer con un largo historial de autolesiones; jamás se había andado con rodeos a la hora de hablar con Sarah como habían hecho tantas de sus amistades.

En una ocasión estaban tomando café con un colega de Murray cuando, en Radio 4, empezaron a hablar sobre los índices de suicidio entre la juventud. Alan había cruzado a toda prisa la cocina para apagar la radio, lo que había provocado que Murray y Sarah intercambiaran divertidas miradas.

—Estoy enferma —dijo Sarah con amabilidad cuando Alan volvió a tomar asiento y la cocina quedó en silencio—. Lo cual no significa que no podamos hablar sobre cuestiones relacionadas con enfermedades mentales, o sobre suicidio.

Alan había mirado a Murray buscando su confirmación, pero Murray se negó en redondo a establecer contacto visual con su colega. Nada tensaba más la cuerda floja sobre la que vivía Sarah que el sospechar que estaban juzgándola. Que estaban hablando de ella.

—En cualquier caso, eso hace que el tema me interese más que al común de los mortales —había proseguido Sarah—. Y, sinceramente —y dedicó a Alan una sonrisa maliciosa—, si hay alguien experto en suicidios por aquí, esa soy yo.

A las personas les gusta encasillar, esa había sido la conclusión a la que llegó Murray. O estabas enfermo o estabas sano. Loco o cuerdo. El problema de Sarah era que entraba y salía de ese encasillamiento, y la gente no sabía cómo enfrentarse a ello.

—¿Has traído los archivos?

Sarah echó un vistazo para ver si llevaba el maletín.

—Todavía no los he leído.

—¿Los traes mañana?

—Claro. —Se miró el reloj—. Será mejor que me vaya. Espero que puedas dormir un poco más esta noche.

Ella lo acompañó hasta la puerta y le dio un abrazo de despedida. Murray siguió con una sonrisa en los labios hasta que tuvo la seguridad de que ya no lo veía. A veces era más fácil dejar a Sarah en Highfield cuando ella tenía un mal día. Resultaba más sencillo irse a casa cuando ella se quedaba hecha un ovillo sobre la cama, porque Murray sabía que la dejaba en el mejor lugar posible. Sabía que allí estaría segura, que cuidarían de ella. Pero cuando Sarah estaba tranquila —feliz, incluso—, cada paso que daba para alejarse era como un paso en la dirección equivocada. ¿Cómo podía Highfield, con su olor a hospital y sus habitaciones como celdas, ser mejor que su confortable y acogedor chalé? ¿Cómo iba a sentirse Sarah más segura en un centro hospitalario que en casa?

Más tarde, cuando ya había retirado su plato y lavado la sartén utilizada para la tortilla, Murray se sentó a la mesa y abrió los archivos de los Johnson. Revisó los registros de llamadas, las declaraciones del testigo y los informes de la policía. Miró las fotografías de las pruebas —de la cartera abandonada de Tom Johnson y del bolso de su mujer— y leyó los mensajes de texto enviados por cada uno de ellos en el momento previo a su muerte. Estudió con detenimiento los resúmenes de cada investigación, y el veredicto de suicidio del forense.

Murray lo desplegó todo sobre la mesa de la cocina, junto con la bolsa de pruebas que contenía la tarjeta anónima enviada a Anna Johnson, que situó en el centro, entre los archivos de los padres. Después de leer con detenimiento los informes forenses una vez más, los desplazó hasta el fondo de la mesa y abrió de golpe una libreta en blanco, por lo que tenía de simbólico como de práctico. Si la madre de Anna había sido asesinada, Murray debía enfocar la investigación como si empezara desde cero, y eso suponía empezar desde el principio, con el suicidio de Tom Johnson.

Murray se había convertido en inspector en 1989, cuando los informes todavía se redactaban a mano y resolver un crimen suponía patear las calles y no hacer de sabueso por las redes. En 2012, cuando se jubiló, el oficio había cambiado tanto que resultaba prácticamente irreconocible, y en el sentimiento de pérdida por la entrega de la placa también hubo cierto alivio, aunque le costara reconocerlo. Cada vez le resultaba más difícil entendérselas con la tecnología y seguía prefiriendo redactar las declaraciones con la pluma estilográfica que Sarah le había regalado cuando había conseguido un puesto en el CID.

Durante un segundo, Murray sintió flaquear su confianza. ¿Quién se creía que era, sería capaz de encontrar algo en esos archivos que nadie más hubiera visto antes? Tenía sesenta años. Se había retirado del cuerpo y trabajaba como civil. Se había pasado los últimos cinco años comprobando matrículas de coches y redactando informes sobre objetos perdidos.

Jugueteó con la estilográfica en la mano. Pasó un dedo sobre las letras grabadas: INSPECTOR MACKENZIE. Tiró de la manga hasta cubrirse la mano y frotó la plata para sacarle brillo. Deseó que Sarah estuviera allí.

«¿Recuerdas aquel robo en la oficina de correos? —la imaginó diciendo—. No había pistas. Ni informe forense. Nadie sabía nada. Nadie salvo tú.»

Habían estado a punto de dar carpetazo al caso, pero Murray no había desistido. Se echó a las calles, llamó a puertas, puso la comunidad patas arriba. Tiró de su red de soplones y, con el paso del tiempo, salió un nombre. Al tío le habían caído catorce años de condena.

«Eso fue hace mucho tiempo», le susurró una voz mentalmente. Murray sacudió la cabeza para despejarse. Agarró la estilográfica con fuerza. El oficio había cambiado, pero no los delincuentes. Murray había sido un buen inspector. Uno de los mejores. Eso seguía siendo igual.

9

Anna y Laura están husmeando en la vida que hemos dejado atrás. Eso no me gusta. Quiero intervenir, impedirles que abran los cajones y saquen libretas y libros y cajas de fotografías.

El momento posterior a una muerte es un regalo envenenado para nuestros seres queridos. Son nuestros hijos, nuestros cónyuges, nuestros amigos los que deben atar los cabos sueltos y limpiar los restos de una partida repentina. Yo lo hice por mis padres, en su casa de Essex; tú lo hiciste por los tuyos, aquí en Eastbourne. Ahora Anna está haciéndolo por mí. Por los dos.

Veo que Laura levanta un jarrón de cerámica —donde antes había una hermosa enredadera de interior— y lo descarta. Están formándose dos claros montones a ambos lados de la mesa, y me pregunto quién dirigirá la operación con tanta eficiencia. ¿Anna? ¿O Laura? ¿Ha obligado Laura a Anna a clasificar nuestras cosas precisamente hoy? ¿Está empujándola sin pretenderlo hacia el peligro?

Están hablando. Demasiado lejos de mí para que sepa qué están diciendo. La visión que tengo de la escena es reducida, poco clara. Eso me frustra porque, si no sé qué ocurre en este momento, ¿cómo voy a influir en lo que ocurra a continuación?

Nuestra nieta está tumbada sobre una alfombrita acolchada, bajo un arco del que cuelgan animales de vivos colores. Patea con las piernas y Anna le sonríe, y se me corta la respiración un segundo cuando imagino ser una madre que pudiera aparecer por la puerta como si nunca se hubiera ido. Una madre que no se hubiera perdido un año de una vida; el nacimiento de un nuevo ser.

No hay ningún adorno puesto, ni luces parpadeantes en la barandilla ni una guirnalda en la puerta. Quedan cuatro días para Navidad, y me pregunto si están esperando a Nochebuena —creando nuevas tradiciones familiares— o si la ausencia de alegría navideña es intencionada. Si Anna no puede soportar la visión del espumillón y las chabacanas bolas para el árbol.

Laura está hojeando mi agenda. Veo que Anna la mira; se muerde el labio inferior para contenerse de hacer algún comentario. Sé qué está pensando.

Llevábamos un año en Oak View cuando se produjo el robo. No se llevaron gran cosa —tampoco había mucho que llevarse—, pero registraron toda la casa, y solo dejaron destrucción a su paso. La policía dijo que había sido un registro caótico. Pasaron semanas hasta que la casa regresó a la normalidad, y meses hasta que yo volví a sentirme tranquila. Nuestra vida no tenía nada de secreto —no por aquel entonces—, pero, aun así, me enfadaba que alguien supiera tanto sobre mí, cuando yo no sabía nada sobre esa persona.

La misma sensación de enfado regresa cuando veo a Laura pasando las páginas de mi agenda. No hay nada importante en ella, pero la intrusión resulta insoportable. «Basta —tengo ganas de gritar—. Deja de mirar mis cosas, ¡sal de mi casa!»

Solo que esta ya no es mi casa. Es la casa de Anna. Y ella se ríe de algún comentario de Laura y esboza una sonrisa triste cuando su amiga señala algo que yo no tengo permitido ver. Estoy excluida. Pero la risa de Anna es breve. Cortés. La alegría no se refleja en sus ojos. No quiere hacer esto.

Laura se parece a su madre. Fui al colegio con Alicia; fui la única a quien contó, una semana antes de su decimosexto cumpleaños, el descubrimiento de su embarazo. Estaba como un palillo y se le notó antes de llegar a las ocho semanas, y la sacaron del colegio a rastras no mucho después, cuando los pantalones holgados que se ponía dejaron de servir para engañar a su madre.

Cuando yo dejé el colegio dos años después, mi puesto de secretaria me llegaba para pagar un piso con ascensor y zona comunitaria con lavandería, y me sobraba para comer algo en los puestos callejeros y tomarme un vino, mientras Alicia vivía de las ayudas del Estado con Laura en un piso de Battersea.

Me las llevé de vacaciones. Pasamos tres noches en un bed and breakfast en Derbyshire, compartiendo una cama de matrimonio con la niña en medio.

—Deberíamos buscar una casa juntas —dijo Alicia el último día—. Lo hemos pasado de maravilla.

¿Cómo iba a decirle que eso no era lo que yo quería en la vida? ¿Que había tenido la precaución de no quedarme embarazada, que me encantaba mi vida de soltera y mis amigos y mi trabajo? ¿Cómo iba a decirle que no quería vivir en un piso con humedad y que, a pesar de lo mucho que me gustaba pasar tiempo con ella y con Laura, no quería vivir con el bebé de otra mujer?

—Sí, de maravilla —corroboré y enseguida cambié de tema.

Debería haberla ayudado más.

Anna se arrodilla en la alfombra y abre el último cajón del escritorio. Este sale con más fuerza de lo que ella espera y se cae de culo, y el cajón queda sobre su regazo. Veo que Laura levanta la vista para comprobar si está bien; observa cómo Anna se ríe de su propia torpeza. Laura regresa a la pila de mis diarios, y Anna levanta el cajón para volver a encajarlo en la mesa, pero algo la detiene. Ha visto alguna cosa.

Deja el cajón a un lado y mete una mano en la base de la estructura de la mesa. Veo que mira a Laura para comprobar que ella no está mirando, y cuando mi hija abre los ojos como platos sé, como si yo misma estuviera viéndolo, que ha cerrado la mano alrededor de la tersa superficie de cristal de una botella de vodka.

La decepción aflora en su rostro.

Conozco esa sensación.

Saca la mano, vacía. Vuelve a colocar el cajón y deja la bote-

lla en su escondite. No dice nada a Laura, y mi sensación de exclusión desaparece, gracias a esa pequeña complicidad de la que *Anna* ni siquiera es consciente. Algunos secretos no deberían airearse fuera de la familia.

Otros ni siquiera deberían compartirse.

10

ANNA

Pillo a Laura mirando el reloj. Está revisando una pila de papeles, amontonando la mitad de ellos para meterlos en la trituradora. Me está poniendo de los nervios. Cualquier cosa relacionada con el trabajo debería estar en el concesionario, pero ¿qué pasa si destruye por error algo importante? Soy directora de la empresa, a pesar de tener un papel pasivo. No puedo deshacerme de la documentación sin haberla revisado antes.

El peso de mi mirada hace que Laura levante la vista.

—¿Todo bien?

—Deberías marcharte. Mark volverá pronto.

—He prometido que me quedaría hasta que él volviera.

Coloca otro montón de papeles en la pila para la trituradora.

—Di que te he echado yo.

Me levanto con esfuerzo y tiendo una mano para ayudar a Laura a levantarse.

—Todavía no hemos terminado de revisar este montón.

—Hemos hecho muchísimo. Ya está casi terminado.

Es una tremenda exageración. Los montones de Laura de «cosas para guardar» y «cosas para tirar» han crecido, y ya no sé si voy a conservar una bola gigante de gomas de pollo porque soy una sentimental, porque son útiles o porque van saltando de una pila a otra.

—¡Está hecho un desastre!

—Eso es fácil de solucionar. —Levanto a Ella, saco a Laura de la habitación y cierro la puerta de golpe—. ¡Tachán!

—¡Anna! Creía que ya habíamos acordado que esa no era forma de arreglar las cosas.

«Tú lo habías acordado», pienso, pero me siento injusta de inmediato. Fue idea mía revisar el estudio de mis padres. Fui yo quien pidió ayuda a Laura.

—Pero no lo ignoro porque me disguste. Lo ignoro porque estoy harta de ordenar. Es algo muy distinto.

Laura me mira con los ojos entrecerrados, en absoluto convencida de mi tono despreocupado.

—¿Qué vas a hacer con la tarjeta?

—Seguramente tienes razón. Sería de algún bromista que está mal de la cabeza con ganas de hacer daño.

—Eso es.

Sigue sin estar segura de si debería dejarme sola.

—Estoy bien, te lo prometo. Te llamaré mañana.

Voy a buscar su abrigo y espero pacientemente a que encuentre las llaves.

—Si estás segura...

—Lo estoy.

Nos abrazamos y, mientras ella se dirige caminando hasta el coche, yo me quedo en la puerta, con una mano en el collar de Rita para evitar que salga corriendo tras ardillas imaginarias.

El coche de Laura hace unos ruidos raros y luego se ahoga. Ella tuerce el gesto. Vuelve a intentarlo, lo revoluciona al máximo para evitar que se ahogue y retrocede por el camino de entrada al tiempo que me saluda con la mano por la ventanilla bajada.

Cuando ya no oigo el sonido del motor, regreso al estudio. Reviso los montones de papeles, las tarjetas de cumpleaños, los bolis y los clips y las notas escritas en posits. Aquí no hay respuestas, solo recuerdos.

Recuerdos que quiero conservar.

Levanto la tapa de una caja de fotos y les echo un vistazo.

Encima hay seis o siete fotos de mi madre con la madre de Laura, Alicia. En una están en el soleado jardín de un pub; en otra, en una cafetería, tomando un té con leche y panecillos. Otra foto ha sido tomada de lado, como si una de las fotografiadas hubiera sujetado la cámara con una mano. Mi madre y Alicia están tumbadas boca abajo sobre una cama, con Laura entre ambas. Puede que ella tuviera dos años, por tanto mi madre y Alicia no debían de tener más de dieciocho. Eran unas crías.

Hay docenas de fotos más en la caja, pero todas —por lo que veo— son de mi padre, del concesionario y de cuando yo era bebé.

Tengo muchísimas fotos de mi padre, pero apenas ninguna de mi madre. Siempre detrás del objetivo, nunca delante, como tantas otras mujeres en cuanto tienen familia. Tan volcadas en documentar la vida de sus hijos antes de que se hagan demasiado mayores, que no se les ocurre documentar la suya. Ni que un día sus hijos querrán contemplar con atención las fotos de una época en que ellos eran demasiado pequeños para recordar.

En el breve periodo que pasó entre la desaparición de mi madre y el momento en que se comprobó su suicidio, entregué a la policía la única foto nítida que tenía de ella, colocada en un marco de plata sobre la repisa de la chimenea de la sala de estar. La policía la distribuyó de inmediato, y cuando saltó a la luz la noticia de su muerte, los periódicos la usaron para ilustrar los artículos. Me devolvieron la foto enmarcada, pero siempre que la miraba, veía los titulares. Al final la saqué de circulación.

Aparte de su foto de bodas, donde a ella casi no se la ve debajo de su sombrero de fieltro, que era el último grito de la época, no hay más fotos de mi madre en la casa. Aparto las que sale con Alicia para poder ponerlas en un marco doble.

Abro la agenda de 2016 de mi madre. Es un cuaderno grueso con hojas tamaño folio, con dos páginas por día: las citas a la izquierda y un espacio para notas en la página siguiente. No es nada elegante —un regalo de empresa de una fabricante de coches—, pero paso los dedos sobre el logotipo dorado impreso en relieve, y noto el peso de las páginas cuando caen abiertas sobre mis manos. La agenda está llena de la caligrafía de mi madre, y las palabras me resultan ilegibles hasta que parpadeo con fuerza para que dejen de bailar. Todos los días están repletos de reuniones con proveedores y visitas para reparaciones de la fotocopiadora, la máquina de café, la fuente refrigerada de agua. A la derecha, la lista de cosas por hacer ese día, con las entradas marcadas con nitidez una vez que estaban realizadas. «Si quieres resultados, pídeselo a alguien ocupado», ¿no es lo que se suele decir? Mi madre no habría podido encajar nada más en su vida aunque lo hubiera intentado, sin embargo, jamás la oí quejarse de todo lo que tenía que hacer. Cuando su propia madre —una mujer malhumorada que racionaba su afecto como el azúcar en tiempos de guerra— fue ingresada en un hospital para enfermos terminales, mi madre iba a diario en coche desde Eastbourne hasta Essex, y no regresaba hasta que la abuelita se había dormido.

Mi padre y yo supimos lo del bulto que mi madre se había encontrado en el pecho después de un tiempo; la angustiosa espera por la que había pasado hasta saber que no era nada.

—No quería preocuparos —fue todo cuanto dijo.

La mezcla de trabajo y cuestiones familiares en la agenda me pilla por sorpresa. «¿Entradas para el concierto de Adele para el cumpleaños de A.?» está rodeado en círculo entre un recordatorio para llamar a Katie Clements para una prueba de rodaje en carretera y el número de teléfono de una emisora de radio local. Me presiono los ojos con los pulpejos de las manos. Ojalá hubiera revisado antes las cosas de mis padres; ojalá hubiera sabido en mi cumpleaños lo que mi madre tenía pensado regalarme.

No puedo evitarlo; vuelvo las páginas hasta el 21 de diciembre y miro la hoja del día en que murió. Hay dos citas y una lista de tareas que quedaron incompletas. Metidas en la parte trasera de la agenda hay un montón de tarjetas de visita, folletos y notas garabateadas. La agenda es un muestrario de la vida de mi madre, tan revelador como una autobiografía y tan personal como un diario privado. Meto las fotos en su interior y abrazo el libro contra mi pecho durante un instante. Después vuelvo a ponerlo todo donde estaba.

Reordeno el escritorio y recoloco el pisapapeles que hice de arcilla pintada cuando estaba en primaria. Antes se encontraba sobre la cajonera de la cocina, sujetando las miles de cartas del colegio.

Paso el dedo por la grieta cubierta con pegamento de contacto que lo parte casi en dos, y de pronto tengo el recuerdo nítido del sonido que hizo al chocar contra la pared.

Hubo disculpas.

Lágrimas. Mías. De mi madre.

—Ha quedado como nuevo —dijo mi padre en cuanto estuvo pegado y seco.

Pero no era cierto, como tampoco había quedado como nuevo el agujero en la pared cuando lo rellenó con yeso y lo pintó con un tono que no era exactamente igual al original. Estuve varios días sin hablarle.

Saco el último cajón del escritorio y retiro la botella de vodka. Está vacía. Como la mayoría. Se encuentran por todas partes. En el fondo del ropero; en la cisterna del váter; envueltas en una toalla en las profundidades del armario de la secadora. Las localizo, tiro su contenido y empujo los cascos de cristal hasta el fondo del cubo de reciclaje.

Si había botellas antes de irme a la universidad, estaban mejor escondidas. O yo no las había visto. Regresé a una vida familiar que se había deteriorado en mi ausencia. ¿Es que mis padres bebían más o yo había abierto los ojos para descubrir un mundo con visión menos restringida que durante la infancia? Tras encontrar la primera botella, me dio la sensación de que había cientos de ellas; como cuando aprendes una palabra y luego te la encuentras por todas partes.

Un escalofrío involuntario me recorre la espalda. «Alguien está caminando sobre tu tumba» solía decir mi madre. Ya se ha hecho de noche. Percibo de reojo algo que se mueve en el jardín. El corazón me da un vuelco, pero al mirar con mayor detenimiento, veo que es el reflejo de mi cara pálida devolviéndome la mirada, distorsionada por el cristal viejo.

Un ruido me sobresalta. «Conserva la calma, Anna.» Es esta habitación. Está llena de recuerdos, no todos ellos buenos. Está poniéndome de los nervios. Estoy imaginando cosas. Una silueta fantasmal en el cristal, pisadas en el exterior. Pero... un momento. Sí que oigo pisadas... Lentas e intencionadas, como si quien las diera intentara que no lo oyeran. El tenue crujido de la grava bajo los pies.

Hay alguien ahí fuera.

No hay luces encendidas arriba, y aquí abajo no hay ninguna, salvo por la lamparita del escritorio del estudio. Desde el exterior, la casa se verá prácticamente a oscuras.

¿Podría ser un ladrón? Esta calle está llena de propiedades carísimas, atestada de antigüedades y cuadros comprados tanto como inversión como por ostentación. Cuando el negocio iba bien, mis padres gastaron dinero en cosas bellas, muchas de las cuales se ven fácilmente por las ventanas de la planta baja. Quizá alguien haya venido antes, cuando Ella y yo estábamos en la comisaría, y haya decidido volver a escondidas aprovechando la oscuridad. Quizá —un grueso nudo empieza a formárseme en la garganta— lleven un rato observando. Durante todo el día he tenido la sensación de que me vigilaban y ahora me pregunto si mi intuición era correcta.

De niña me aprendí el código de la alarma antirrobo mucho antes de memorizar nuestro número de teléfono, pero no la tenemos activada desde que Mark se trasladó. No estaba acostumbrado a vivir en una casa con alarma. La apagaba en cuanto entraba por la puerta y soltaba tacos de pura frustración mientras se peleaba con el teclado.

—Rita es más que suficiente como elemento disuasorio, ¿no crees? —dijo después de avisar una vez más a la compañía de seguridad de que se trataba de otra falsa alarma.

Yo perdí la costumbre de ponerla y, ahora que me paso el día en casa con Ella, hemos dejado de usarla por completo.

Me planteo activarla en este momento, pero no sabré apañármelas para conectarla por zonas estando a oscuras, y la idea de encontrarme allí, junto a la puerta de entrada, mientras un ladrón intenta colarse, me eriza los vellos de los brazos.

Debería llevar a Ella al piso de arriba. Pondré la cómoda atrancando la puerta de su dormitorio. Pueden llevarse lo que quieran de aquí abajo, eso da igual. Echo un vistazo a la sala de estar con ojo analítico, para intentar averiguar qué andarán buscando. La televisión, supongo, y los objetos más evidentes, como la ponchera de plata que perteneció a mi bisabuela, y que ahora tiene un ramo de violetas africanas. Sobre la repisa de la chimenea hay dos pájaros de porcelana que compré para mis padres en su aniversario. No tienen gran valor, pero sí lo aparentan. ¿Debería llevármelos? Si cojo los pájaros, ¿qué más debería llevarme? Hay tantos recuerdos en esta casa... tanto que lamentaría perder... No puedo llevármelo todo.

Resulta difícil precisar de dónde proceden las pisadas. El tenue crujido de la gravilla se oye más alto, como si el merodeador se hubiera dirigido primero hacia un lado de la casa y ahora regresara hasta el otro. Cojo el móvil, que está junto al monitor para bebés. ¿Debería llamar a la policía? ¿A un vecino?

Levanto el móvil y voy pasando los números hasta que llego al de Robert Drake. Dudo un instante, porque no quiero llamarlo, aunque sé que es lo más razonable. Es cirujano, reaccionará bien en un caso de emergencia y, si todavía está en casa, aquí al lado, podrá asomarse a la puerta y echar un vistazo, o sencillamente encender las luces del exterior y asustar a quienquiera que ande por ahí... Tiene el móvil apagado.

El crujido de las pisadas en la grava se oye más alto todavía, y rivaliza con el bombeo de la sangre que me zumba en los oídos. Oigo como si arrastraran algo. ¿Una escalera de mano?

En un lado de la casa, entre el camino con grava de entrada para coches y el jardín panorámico trasero, hay una franja estrecha de tierra con un cobertizo y una leñera. Oigo un golpe sordo que podría ser la puerta del cobertizo. Se me acelera el pulso. Pienso en la tarjeta anónima, en las prisas que me entraron por llevarla a la policía. ¿He hecho mal? ¿Sería la tarjeta una advertencia de que lo que le ocurrió a mi madre también podría pasarme a mí?

A lo mejor no es un ladrón quien anda fuera.

A lo mejor quienquiera que matara a mi madre también quiere verme muerta.

11

MURRAY

Tom Johnson llevaba quince horas desaparecido cuando su esposa, Caroline Johnson —a la sazón de cuarenta y ocho años, diez años más joven que Tom— llamó a la policía. Ella no había visto a Tom desde que habían tenido algo que ellos llamaban una «riña tonta» cuando salieron del trabajo el día anterior.

—Dijo que se iba al pub —decía la declaración de mi madre—. Cuando no regresó a casa, creí que se habría ido a la de su hermano a dormir la mona.

Su hija Anna, quien vivía en casa con ellos, estaba fuera en una conferencia celebrada en Londres con la organización de beneficencia para niños para la que trabajaba desde que salió de la universidad.

Tom Johnson no había regresado al trabajo al día siguiente.

Murray encontró la declaración de Billy Johnson, hermano de Tom y socio de su empresa, quien se había preocupado por la ausencia de Tom.

—Imaginé que tenía resaca. Él era socio de la empresa. ¿Qué se suponía que debía hacer yo? ¿Darle una última advertencia?

Incluso leído sobre el papel, como testigo declarante, Billy Johnson sonaba a la defensiva. Era una reacción natural en muchas personas; una forma de difuminar la culpa que sentían por no dar la sensación de haberse preocupado lo suficiente cuando importaba.

El informe de persona desaparecida había sido completado

siguiendo el procedimiento habitual de la policía y lo habían calificado como caso de bajo riesgo. Murray leyó el nombre del agente, pero no lo reconoció. En ese momento de la investigación no había indicios para pensar que Tom Johnson estuviera en situación de vulnerabilidad, pero eso no impidió que se formulasen preguntas cuando se informó de su suicidio; tampoco habría impedido que el agente responsable se cuestionara su valoración del caso. ¿Habría cambiado algo si hubieran calificado la desaparición de Tom como una de alto riesgo? Era imposible saberlo. Nada relacionado con la ausencia de Tom Johnson había suscitado preocupación alguna. Era un exitoso hombre de negocios, muy conocido en la ciudad. Un hombre de familia sin un historial depresivo.

El primer mensaje de texto había llegado a las 9.30 de la mañana.

Lo siento.

Irónicamente, Caroline Johnson se había sentido aliviada.

—Creí que estaba disculpándose por la pelea que habíamos tenido —afirmó en su declaración—. Me gritó y me dijo unas cuantas cosas que me habían disgustado. Tenía carácter, pero después siempre decía que lo sentía. Cuando llegó el mensaje, pensé que por lo menos estaba bien.

«Tenía carácter.»

Murray subrayó la frase. ¿Cuánto carácter tenía Tom Johnson? ¿Habría discutido con alguien en el pub esa noche? ¿Se habría metido en alguna pelea? Las pesquisas en los lugares que frecuentaba Tom habían sido infructuosas. Fuera donde fuese a ahogar sus penas la noche antes de su muerte, no había sido en ninguno de sus sitios habituales.

Una petición del agente de turno para hacer un seguimiento de las llamadas en el teléfono de Tom había sido denegada, pues a esas alturas de la investigación no había nada que probara la posibilidad de una amenaza para su vida. Murray torció el gesto pensando en el agente experto que había hecho esa llamada. Fue una decisión que cambió enseguida cuando Caroline recibió un segundo mensaje de su marido.

—Creo que va a suicidarse...

Murray escuchó la grabación de la llamada que hizo Caroline Johnson al teléfono de emergencias. Cerró los ojos y sintió el tono angustiado de la mujer por todo el cuerpo, como si fuera propio. La oyó leyendo el mensaje que había recibido de su marido; percibió la serenidad de la respuesta de la teleoperadora cuando preguntó a Caroline cuál era el número de su marido y si, por favor, podía conservar ese mensaje.

> Ya no puedo seguir haciendo esto. El mundo estará mejor sin mí.

¿Qué era lo que no podía seguir haciendo?

Era el típico comentario que podría hacer cualquiera en el fragor del momento. Podía no significar nada o significarlo todo.

«Ya no puedo seguir haciendo esto.»

¿Seguir casado? ¿Tener una aventura? ¿Mentir?

¿Qué había estado haciendo Tom Johnson que le había generado esa sobrecarga de culpa?

No hubo más mensajes. El móvil de Tom Johnson se había apagado. La triangulación lo situaba cerca de Beachy Head. Las cámaras de reconocimiento automático de matrículas ubicaban el coche que se había llevado de la empresa dirigiéndose hacia el mismo lugar, y los agentes fueron enviados allí. Aunque Murray sabía cómo había acabado aquella salida, se le desbocó el corazón mientras leía el relato de los hechos, imaginando cómo se habrían sentido los agentes implicados en esa carrera contrarreloj por salvar una vida.

Una ciudadana —Diane Brent-Taylor— llamó para decir que había visto a un hombre metiendo piedras en una mochila. Le había extrañado porque era algo raro para un hombre con traje, y se quedó plantada mirando cómo el sujeto se dirigía hacia el borde del acantilado. Horrorizada, lo vio sacar la cartera y el móvil del bolsillo antes de dar un paso hacia delante y desaparecer. Murray leyó la transcripción de la llamada.

—La marea está alta. Allí no hay nada. No lo veo.

El cuerpo de rescate costero se encontraba en el agua en cuestión de minutos, pero ya era demasiado tarde. No había ni rastro de Tom Johnson.

Murray inspiró para tranquilizarse. Se preguntó cómo Ralph Metcalfe, el forense, soportaba tener que escuchar historias sobre la muerte día sí, día también. Se preguntó si ya se habría acostumbrado o si se iba a casa y ahogaba sus penas con una botella de algo para quedarse atontado.

Los agentes habían peinado la zona donde la señora Brent-Taylor había afirmado ver a Tom precipitarse al vacío. Habían encontrado su cartera y su móvil, en cuya pantalla todavía se veían los frenéticos mensajes de su esposa.

¿Dónde estás?
No hagas esto.
Te necesitamos...

La policía había dado la noticia a Caroline Johnson en la cocina de su casa, donde estaba rodeada de familiares. La fotocopia de una nota escrita en la hoja de un cuaderno del agente Woodward contenía la lista de nombres, ocupaciones y detalles de contacto de amigos y familiares que se habían reunido para ofrecer su apoyo a Caroline.

William (Billy) Johnson. Director de Automóviles Johnson. Cuñado.

Robert Drake. Cirujano en el hospital Royal Sussex. Vecino.

Laura Barnes. Recepcionista del centro de manicura UÑAS COMO DIAMANTES. Ahijada.

Los detalles sobre Anna Johnson —«Coordinadora regional de Save the Children. Hija»— se habían registrado una página más adelante del cuaderno, lo que sugería que llegó más tarde, cuando el agente Woodward ya había pasado lista por primera vez.

En los días posteriores a la muerte de Tom Johnson se realizaron numerosas averiguaciones mientras los agentes del CID reunían la información con tal de redactar un informe para el forense. Se habían extraído los datos del móvil de Tom, lo que incluía las búsquedas que había hecho en internet durante las primeras horas del 18 de mayo sobre: «Ubicación de suicidios en Beachy Head» y «horario de mareas en Beachy Head». Murray anotó que la marea alta se había producido a las 10.04, y la llamada de Diane Brent-Taylor se había recibido solo un minuto más tarde. El agua tendría unos seis metros de profundidad en ese momento, lo bastante profunda para ahogar a un hombre cuyo peso había aumentado por las piedras. La resaca tiraría de él más allá de la línea de costa. Si se hubiera recuperado su cuerpo, ¿qué habría quedado de él diecinueve meses después? ¿Quedaría algo para determinar si Tom Johnson estaba solo en el borde del acantilado esa mañana?

La testigo, Diane Brent-Taylor, no había visto a nadie con Tom. Se había negado a prestar declaración o a personarse en un interrogatorio. Tras varias conversaciones telefónicas, durante las cuales Diane se había mostrado evasiva hasta el punto de la obstrucción, el agente encargado de las llamadas finalmente había establecido que Diane se encontraba en Beachy Head con un hombre casado con el que tenía una aventura. La pareja clandestina quería mantener su encuentro en secreto a toda costa, mientras que la policía quería tomarles declaración, y nada podría convencer a Diane para que comprometiera su nombre por escrito.

La cronología en el cuaderno de Murray estaba completa. La investigación sobre la muerte de Tom Johnson había concluido en cuestión de dos semanas, el archivo se había entregado y los agentes del CID fueron destinados a otros casos. Se había producido un retraso de varios meses pues no contaban con el cuerpo del fallecido para la investigación, pero, por lo que se refería a las pesquisas, el trabajo se dio por concluido.

Suicidio. Trágico, pero no sospechoso. Fin de la historia.

Salvo que... ¿Fue así?

Había varios CD en la caja del archivo de los registros pertenecientes a las cámaras de videovigilancia correspondientes al momento en que se temía por el bienestar de Tom Johnson. Al parecer, nadie había visto las grabaciones, y Murray imaginó que el caso ya había llegado a su triste conclusión antes de que los agentes tuvieran la oportunidad de visionar las horas de metraje que posiblemente contenían esos CD. ¿Podrían las grabaciones ser la prueba de un delito tan bien oculto que jamás se consideró como tal?

El Audi nuevecito, el que se llevó Tom de Automóviles Johnson el día en que desapareció, había sido sometido a un registro rutinario, pero, como todo apuntaba al suicidio y no a un asesinato, no se destinó ningún presupuesto a la búsqueda de pruebas forenses. Al igual que con las cámaras de videovigilancia, no obstante, las pruebas se habían conservado, y Murray se preguntó si tenía algún sentido enviar los hisopos y los cabellos obtenidos en el coche en ese momento.

Aunque ¿qué probaría eso? No había sospechoso con el que comparar los resultados obtenidos, y el coche era un modelo especial del espacio de exposición; ¿quién sabía a cuántos viajes de prueba habría sido sometido?

Y lo que era más pertinente: ¿cómo conseguiría Murray que le firmaran una orden de envío de las evidencias si se suponía que ni siquiera debía estar encargándose de ese caso? Hasta ese momento, Murray no había encontrado nada que sugiriera que fallaba algo en el veredicto de suicidio del forense.

Quizá el archivo de Caroline Johnson resultara más interesante.

La respuesta de la policía a la llamada de emergencia de Anna Johnson había sido rápida y completa. La dirección familiar ya estaba marcada como importante, y en esa ocasión no hubo duda en calificar a Caroline Johnson como persona desaparecida de alto riesgo.

—La muerte de mi padre la ha afectado muy intensamente —decía la declaración de Anna Johnson—. Yo había empezado a trabajar desde casa para poder vigilarla; estaba realmente preocupada. No comía, se sobresaltaba cada vez que sonaba el teléfono y algunos días ni siquiera salía de la cama.

«Hasta ahí, todo muy normal», pensó Murray. La pena afecta a cada persona de una forma diferente, y el dolor por un suicidio es una carga adicional. La culpa —aunque sea injustificada— pesa en el alma.

El 21 de diciembre, Caroline Johnson dijo a su hija que necesitaba tomar aire.

—Había estado dispersa todo el día —declaró Anna—. La pillaba siempre mirándome, y me dijo dos veces que me quería. Se comportaba de forma extraña, pero lo achaqué al hecho de que ambas temíamos la primera Navidad sin mi padre.

A la hora de comer Caroline salió a por leche.

—Cogió el coche. Debería haberme dado cuenta enseguida de que algo iba mal; siempre compramos la leche en la tienda que hay al final de la calle. Es más rápido ir andando. En cuanto me di cuenta de que el coche no estaba, sabía que algo horrible iba a ocurrir.

La policía recibió la llamada a las tres de la tarde. Un agente que respondía las llamadas de emergencia, conocedor de la historia familiar y con demasiados casos en Beachy Head durante su turno para ser optimista, había llamado a la oficina de los voluntarios parroquiales. Durante años, esa asociación benéfica había ofrecido servicios de intervención en casos de emergencia, patrullas preventivas y partidas de búsqueda, todo con el objetivo de reducir el número de muertes anuales en Beachy Head. Un ansioso voluntario había confirmado que, en efecto, había visto una mujer que correspondía a la descripción, pero que el agente podía estar tranquilo, ella no había saltado. Murray dejó la declaración de Anna Johnson y localizó la entrada del histórico de llamadas donde la actualización del agente de servicio, agente Gray, número de placa 956, rezaba: «El voluntario declara haber mantenido una larga conversación en el borde del acantilado con una mujer blanca europea de unos cincuenta años. Se mostraba angustiada y portaba una mochila llena de piedras. La mujer afirmó que su nombre era Caroline y que acababa de perder a su esposo a causa del suicidio de este».

El voluntario había convencido a Caroline para que se apartara del borde del precipicio.

—Esperé hasta que sacó las piedras de la mochila —decía la declaración—. Regresamos juntos al coche. Le dije que Dios siempre estaba dispuesto a escuchar. A perdonar. Que nada era tan malo para que Dios no pudiera ayudarnos a superarlo.

Murray admiraba a las personas cuya fe les procuraba ese grado de paz mental. Deseaba sentir esa profunda fe cuando entraba en una iglesia, pero había demasiadas cosas terribles en el mundo para que él aceptara que eran todas partes del gran plan divino.

¿Habría quedado la fe del voluntario tocada también por lo que ocurrió a continuación? ¿Habría rezado una oración para poder reconciliarse con lo sucedido?

La foto de Caroline estuvo circulando, enviaron partidas de búsqueda adicionales a Beachy Head. El equipo de rescate de guardacostas trabajó en colaboración con la policía, con los voluntarios parroquiales, como a menudo les pedían. Voluntarios y agentes remunerados trabajando codo con codo. Diferentes trayectorias profesionales, diferente preparación, pero el mismo objetivo: encontrar viva a Caroline Johnson.

Se localizó el móvil de Caroline en Beachy Head o en las proximidades, y justo a las cinco de la tarde, un hombre que paseaba a su perro encontró su bolso y su teléfono en el borde del acantilado. La marea había llegado a su punto más alto a las 16.33 de ese día.

Un BMW, estacionado en el aparcamiento de Beachy Head con las llaves en el contacto, se relacionó de inmediato con Automóviles Johnson, donde Billy Johnson confirmó que la descripción que había dado el voluntario correspondía con la de su cuñada, Caroline Johnson, directora adjunta de Automóviles Johnson y reciente viuda del hermano de Billy, Tom Johnson. Con la excepción de los mensajes de texto suicidas —Caroline no había enviado ninguno— era una copia exacta del suicidio de Tom Johnson, que se había producido siete meses antes. ¿Cómo debió de sentirse Anna al abrir la puerta a otro policía con la gorra en las manos? ¿Al sentarse en la cocina con los mismos amigos y familiares reunidos allí? Otra investigación, otro funeral, otras pesquisas.

Murray dejó el archivo y suspiró con parsimonia. ¿Cuántas veces había intentado Sarah suicidarse?

Demasiadas para llevar la cuenta.

La primera había sido cuando hacía solo un par de semanas que salían juntos, cuando Murray había ido a jugar al squash con un colega en lugar de ir a visitar a Sarah. Regresó a casa y encontró siete mensajes en su contestador automático, cada uno de ellos más desesperado que el anterior.

Murray fue presa del pánico en esa ocasión. Y la siguiente. Algunas veces pasaban meses entre intento e intento; otras, Sarah intentaba varias veces al día poner fin a su vida. Eran esas veces las que precipitaban un nuevo ingreso en Highfield.

De forma gradual había aprendido que lo que necesitaba Sarah era que él estuviera tranquilo. Que estuviera presente. Sin juzgar, sin dejarse llevar por el pánico. Y por eso llegaba a casa y la abrazaba, y si no necesitaba ir al hospital —tal era el caso la mayoría de veces—, Murray le limpiaba los brazos y se los vendaba delicadamente con gasas sobre los cortes, y le aseguraba que no pensaba marcharse. Y solo cuando Sarah estaba en la cama —con las arrugas de la frente suavizadas por el sueño—, él se sujetaba la cabeza entre las manos y lloraba.

Murray se frotó la cara. «Céntrate.» Se suponía que ese trabajo era para pasar el rato. Para entretenerse y no pensar en Sarah, no para que se perdiera en el recuerdo, donde no deseaba volver a perderse.

Miró su cuaderno, ahora lleno con su pulcra caligrafía. Nada parecía fuera de lugar. Entonces ¿por qué tendría que cuestionar nadie la muerte de Caroline? ¿Para provocar problemas? ¿Para molestar a Anna?

«¿Suicidio? Piénsalo mejor.»

Ese día había sucedido algo que no estaba registrado en el informe policial. Algo que los agentes encargados de la investigación habían pasado por alto. Ocurría. No a menudo, pero ocurría, a causa de inspectores chapuceros o simplemente ocupados. Daban prioridad a otros casos; ataban los cabos sueltos cuando quizá —y solo quizá— quedaban más preguntas por formular. Más respuestas que encontrar.

Murray cogió el último montón de papeleo: una variedad de documentos sin ningún orden aparente: una fotografía de Caroline Johnson, una copia de la lista de contactos de su teléfono y una copia de la póliza del seguro de vida de Tom Johnson.

Murray se fijó en esto último. Y volvió a revisarlo.

Tom Johnson valía una considerable cantidad de dinero.

Murray no había visto la casa de Anna, pero conocía la calle —una tranquila avenida muy codiciada con su propio parque vallado—, y las casas de la zona no eran precisamente baratas. Supuso que la casa pertenecía al matrimonio Johnson y que, por lo tanto, la heredaría su hija, tal como ocurriría, imaginó, con la indemnización de la cuantiosa póliza del seguro de vida de Tom. Y eso antes de añadir el factor del negocio familiar, del cual Anna era directora adjunta en ese momento.

Se mirase por donde se mirase, Anna Johnson era una mujer extremadamente rica.

12

ANNA

Toqueteo el móvil, localizo la tecla de «Llamadas recientes» y presiono el número de Mark al tiempo que entro en el recibidor de puntillas en dirección a la escalera, con Ella en brazos. Le suplico en silencio que no haga ningún ruido.

Y entonces ocurren tres cosas.

El crujido de la grava por las pisadas se convierte en el claro taconeo de unos zapatos.

El tenue tono de llamada al móvil de Mark reverbera en el exterior de la casa en una versión con volumen más elevado.

Y la puerta de entrada se abre.

Cuando Mark entra en casa, con el móvil todavía sonando en la mano, me encuentra de pie en el recibidor, mirándolo como loca y con la inyección de adrenalina corriéndome por las venas.

—¿Llamaba, milady? —Sonríe y da un toquecito al móvil para finalizar la llamada.

Poco a poco voy bajando el móvil desde la oreja, pero mis pulsaciones se niegan a aceptar que ha pasado el peligro. Me río de manera forzada, y el alivio me marea tanto como el miedo hace unos segundos.

—He oído a alguien merodeando por fuera. He creído que querían entrar.

—Sí había alguien. Era yo.

Mark avanza para besarme, con Ella emparedada entre ambos. Planta un beso en la frente a nuestra hija y luego me la coge de los brazos.

—Estabas merodeando por el jardín. ¿Por qué no has entrado directamente?

Mi tono irritado es injusto, resultado del pánico que va disipándose lentamente en mi riego sanguíneo.

Mark ladea la cabeza y se queda mirándome con más paciencia de la que merezco.

—Estaba sacando los cubos de la basura. Mañana es día de recogida. —Se dirige a Ella con una voz cantarina—. ¿A que sí? ¡Sí, es día de recogida!

Cierro los ojos con fuerza durante un segundo. El ruido de algo arrastrado que creí una escalera de mano. El golpe seco de la puerta de la zona de los cubos de basura. Ruidos tan conocidos que debería haber sabido enseguida lo que eran. Sigo a Mark hasta la sala de estar, donde enciende la luz y coloca a Ella sobre su cojín de semillas.

—¿Dónde está Laura?

—La he enviado a casa.

—¡Dijo que se quedaría! Tendría que haber vuelto antes...

—No necesito una niñera. Estoy bien.

—¿De verdad?

Me toma de ambas manos y me separa los brazos. Me zafo de su escrutinio.

—Sí. No. La verdad es que no.

—Bueno, ¿dónde está esa tarjeta?

—La tiene la policía.

Le enseño las mismas fotos que he enseñado a Laura, y veo que se fija en el texto. Lo lee en voz alta.

—«¿Suicidio? Piénsalo mejor.»

—¿Lo ves? Mi madre fue asesinada.

—Pero eso no es lo que dice.

—Pero eso es lo que se deduce, ¿verdad?

Mark me mira con seriedad.

—También podría haber sido un accidente.

—¿Un accidente? —Mi incredulidad es patente—. ¿Y por qué no lo dice así y ya está? ¿A qué viene el mensaje siniestro? ¿Y la tarjeta de mal gusto?

Mark se sienta al tiempo que lanza un largo suspiro que creo —espero— que tiene menos que ver conmigo y más con el día que ha pasado en un aula repleta.

—A lo mejor es alguien intentando denunciar algo. Una negligencia más que un acto deliberado. ¿Quién es el responsable de vigilar el borde del acantilado?

No digo nada, y cuando él prosigue lo hace con más serenidad.

—Lo que digo es que resulta ambiguo.

—Supongo que sí. Salvo que mi madre dejó el bolso y el móvil en el borde del acantilado, lo cual es raro si te caes por accidente...

—A menos que los hubiera dejado allí antes. Para que no se le cayeran. Estaría mirando por el precipicio o intentando rescatar un pájaro, el borde de tierra se fragmentó y...

Me siento junto a Mark dejándome caer con pesadez.

—¿De verdad crees que fue un accidente?

Se vuelve de golpe y nos quedamos mirándonos cara a cara. Al hablar es amable y mantiene la mirada fija en la mía.

—No, cariño. Creo que tu madre era profundamente infeliz después de la muerte de tu padre. Creo que estaba peor de lo que nadie podía imaginar. Y... —hace una pausa para cerciorarse de que estoy escuchando—... creo que se quitó la vida.

No está diciéndome nada que no sepa, pero se me cae el alma a los pies y me doy cuenta de las ganas que tenía de que la alternativa que había propuesto Mark fuera cierta. De lo dispuesta que estoy a agarrarme a una cuerda salvavidas que ni siquiera me han lanzado.

—Lo único que digo es que todo está abierto a interpretación. Incluida esta tarjeta. —Coloca el móvil boca abajo sobre la mesita de centro, y las fotos ya no se ven—. Quienquiera que la haya enviado quería confundirte. Son personas enfermas. Tratan de provocar una reacción. No les des esa satisfacción.

—El hombre de la comisaría la metió en una bolsa de pruebas. Dijo que buscaría las huellas dactilares. —«Ellos están tomándoselo en serio», quiero añadir.

—¿Has hablado con un inspector?

—No, solo con el hombre que está en el mostrador de recepción. Fue inspector durante gran parte de su carrera y, al jubilarse, volvió a la comisaría como civil.

—Eso sí que es dedicación.

—Sí que lo es, ¿verdad? Imagínate que te guste tanto tu trabajo que no quieres dejarlo. Incluso cuando ya te has jubilado.

—O que estás tan institucionalizado que no puedes imaginarte haciendo otra cosa.

Mark bosteza, pero no llega a taparse la boca con la mano. Vista de frente, su dentadura es perfecta y blanca como una perla, pero desde este ángulo veo sus empastes en los molares superiores.

—Oh. No lo había pensado así. —Pienso en Murray Mackenzie, con su atento cuidado y sus comentarios razonados y, sea cual sea su motivación, me alegro de que siga trabajando para la policía—. En cualquier caso, fue encantador conmigo.

—Bien. Mientras tanto, lo mejor que puedes hacer es quitarte eso de la cabeza.

Se acomoda en la esquina del sofá con las piernas estiradas y levanta un brazo para invitarme a su lado. Me deslizo para acomodarme en nuestra posición habitual: cobijada bajo su brazo izquierdo, con su barbilla posada sobre mi coronilla. Huele a aire frío y algo más que no logro identificar...

—¿Has estado fumando? —Solo tengo curiosidad, eso es todo, pero incluso yo percibo el juicio que subyace bajo mis palabras.

—Un par de caladas cuando hemos terminado. Lo siento, ¿huelo mal?

—No, solo es que... no sabía que fumabas.

Imagina que no sabes que tu compañero fuma... Pero jamás lo he visto con un cigarrillo. Ni siquiera lo he oído hablar sobre ello.

—Lo dejé hace años. Con hipnoterapia. Es lo que me hizo dedicarme a la psicología, en realidad. ¿No te he contado esa historia? En cualquier caso, cada pocos meses me enciendo uno, doy un par de caladas y lo apago. Me recuerda que yo tengo el control. —Sonríe—. Tiene lógica, te lo prometo. Y no te preocupes... nunca lo haré delante de Ella.

Vuelvo a recostarme sobre él. Me convenzo a mí misma de que es emocionante que todavía estemos descubriendo cosas del otro; lo que tenemos en común; lo que nos separa... aunque ahora mismo no necesito más misterios en mi vida. Ojalá Mark y yo nos conociéramos en profundidad. Ojalá hubiéramos sido novios desde la adolescencia. Ojalá me hubiera conocido antes de que murieran mis padres. Entonces yo era una persona distinta. Curiosa. Divertida. Con ganas de divertir. Mark no conoce a esa Anna. Conoce a la Anna de duelo; la Anna embarazada; la Anna madre. Algunas veces, cuando Laura o Billy están por aquí, tengo la sensación de estar en una época previa a la muerte de mis padres y vuelvo a ser la antigua yo. Eso no pasa con tanta frecuencia como me gustaría.

Cambio de tema.

—¿Cómo te ha ido el curso?

—Hemos hecho mucho cambio de rol.

Lo oigo quejarse con un gruñido. Odia esa técnica.

—Has llegado más tarde de lo que pensaba.

—Me he pasado por el piso. No me gusta que esté vacío.

Cuando Mark y yo nos conocimos, él vivía en Putney. Visitaba a sus pacientes en una habitación de su piso en la séptima planta, y pasaba un día por semana en una consulta de Brighton; la misma consulta que repartió la propaganda en Eastbourne justo en el momento en que yo la necesitaba.

Conté a Laura lo del test de embarazo antes de dar la noticia a Mark.

—¿Qué voy a hacer?

—Tener un bebé, supongo. —Laura sonrió—. ¿No es así como funciona?

Estábamos sentadas en una cafetería de Brighton, enfrente del centro de manicura en el que trabajaba Laura. Encontró un nuevo empleo contestando llamadas de clientes para una empresa de venta por internet, pero yo la veía observando cómo se divertían las chicas del centro de manicura y me preguntaba si echaría de menos esas risas.

—No puedo tener un bebé.

No me parecía real. No me sentía embarazada. De no haber sido por la docena de tests que me había hecho, y la ausencia de la menstruación, habría jurado que era todo una pesadilla.

—Existen otras opciones —dijo Laura en voz baja, aunque no había nadie tan cerca para oírla.

Negué con la cabeza. Dos vidas perdidas ya eran demasiadas.

—Bueno... entonces. —Levantó la taza de café fingiendo que hacía un brindis—. Felicidades, mami.

Se lo conté a Mark esa noche durante la cena. Esperé a que las mesas de nuestro alrededor estuvieran todas ocupadas, arropada por la compañía de los desconocidos.

—Lo siento —dije cuando le solté la bomba.

Su expresión pareció confusa unos segundos.

—¿Que lo sientes? ¡Esto es maravilloso! Bueno... lo es, ¿no? —Me miró con detenimiento—. ¿No lo crees?

Intentó ponerse serio, pero, poco a poco fue formándose una sonrisa amplia en sus labios, y miró alrededor como esperando que los ignorantes comensales del restaurante prorrumpieran en aplausos.

—No... no estaba segura.

Pero me llevé una mano al vientre todavía plano y pensé que tras lo horrible que había sido el año anterior, aquello era algo bueno. Algo milagroso.

—Vale, a lo mejor ha ocurrido un poco antes de lo que hubiésemos deseado...

—Solo un poco.

Podía contar con los dedos de ambas manos las semanas que llevábamos juntos.

—... pero sí es lo que queríamos.

Me miró esperando mi aprobación y yo asentí con vehemencia. Sí que lo era. Ya habíamos hablado de ello, y nos habíamos sorprendido ambos por nuestro candor. Mark tenía treinta y nueve años cuando nos conocimos, herido por el fin de una relación larga que él creyó eterna y resignado ante la posibilidad de no tener hijos nunca ni formar la familia que deseaba. Yo tenía solo veinticinco, pero era dolorosamente consciente de la brevedad de la vida. La muerte de mis padres nos había unido; el bebé podría ser el pegamento que nos mantuviera juntos.

De forma gradual, Mark fue atendiendo cada vez menos en su consulta de Londres y dando más prioridad a la de Brighton, se fue a vivir conmigo y alquiló su piso de Putney. Parecía la solución perfecta. Con el alquiler pagaba la hipoteca, además de ingresar una cantidad extra, y los inquilinos parecían dispuestos a reparar cualquier cosa que se estropeara. O eso creíamos, hasta que una llamada del departamento de salud medioambiental nos informó de que el vecino del piso de arriba se había quejado sobre determinado olor. Cuando por fin fuimos para allá, los inquilinos se habían marchado debiendo la fianza y un mes de alquiler; dejaron el lugar en un estado tan lamentable que fue imposible alquilarlo de inmediato.

Mark ha ido poco a poco arreglándolo todo.

—¿Cómo va?

—Es desalentador. He contratado a alguien para la decoración, pero están con otro proyecto hasta mediados de enero, así que hasta febrero no podré contar con el ingreso de unos inquilinos nuevos.

—No importa.

—Sí que importa.

Nos quedamos callados, ninguno de los dos quiere discutir. No necesitamos el ingreso derivado del alquiler. Ahora no. No andamos escasos de dinero, como solía decir el abuelo Johnson.

Habría devuelto hasta el último centavo si a cambio hubiera obtenido un día más con mis padres, pero la realidad es como sigue: su muerte me dejó una economía solvente. Gracias al abuelo Johnson, la casa jamás ha sido hipotecada, y una combinación de los ahorros de mi padre y las pólizas del seguro de vida tanto de mi madre como de mi padre supone que en la cuenta corriente tengo poco más de un millón de libras.

—Venderé el piso.

—¿Por qué? Esto ha sido mala suerte, nada más. Cambia de inmobiliaria; encuentra una que compruebe mejor las referencias.

—A lo mejor tendríamos que vender ambas viviendas.

Durante un segundo no asimilo lo que está sugiriendo. ¿Vender Oak View?

—Es una casa grande, y cuesta mucho mantener el jardín; ninguno de los dos sabe qué está haciendo.

—Contrataremos un jardinero.

—La casa Sycamore ha salido al mercado por ocho millones y medio, y solo tiene cuatro dormitorios.

Habla en serio.

—No quiero mudarme, Mark.

—Podríamos comprar algo juntos. Algo que sea de los dos.

—Oak View ya es de los dos.

Mark no responde, pero sé que no está de acuerdo. Se mudó del todo a finales de junio, cuando yo estaba de cuatro meses y él llevaba semanas sin dormir ni una sola noche en su piso.

«Siéntete como en casa», dije alegremente, pero el simple hecho de decirlo reforzaba mi condición de propietaria. Fue unos días antes de que él dejara de preguntarme si podía prepararse una taza de té; semanas antes de que dejara de sentarse muy erguido en el sofá, como una visita.

Ojalá le encantara la casa tanto como a mí. Con la excepción de los tres años que pasé en la universidad, solo he vivido aquí. Toda mi vida se ha desarrollado entre estas cuatro paredes.

—Tú piénsatelo.

Creo que opina que aquí hay demasiados fantasmas. Que dormir en la antigua habitación de mis padres es algo duro para mí. Quizá sea duro para él también.

—Es una posibilidad.

Aunque en realidad quiero decir que no lo es. No quiero mudarme. Oak View es lo único que me queda de mis padres.

Ella se despierta a las seis en punto. Antes, las seis de la mañana era temprano, pero cuando has pasado semanas de despertares nocturnos y te has resignado a empezar el día a las cinco de la mañana, las seis son ese rato más para dormir. Mark prepara un té y yo meto a Ella con nosotros en la cama, y pasamos una hora como familia antes de que Mark vaya a ducharse y mi pequeña y yo bajemos a desayunar.

Media hora más tarde, Mark sigue en el baño; oigo el traqueteo de las cañerías y el rítmico golpeteo que proporciona el acompañamiento musical a nuestro baño en suite con ducha. Ella ya está vestida, pero yo sigo con el pijama puesto, bailando por la cocina para hacerla reír.

El crujido de la grava en el exterior me hace pensar en la noche de ayer. Mientras la luz de la mañana va colándose por la cocina, me siento avergonzada por la forma en que yo misma me llevé hasta ese estado. Me siento aliviada de que el móvil de Robert estuviera apagado, así Mark fue el único testigo de mi paranoia. La próxima vez que pase la noche sola pondré la música a todo volumen, encenderé las luces y me pasearé por la casa dando portazos. No me quedaré arrinconada en una habitación, haciendo un drama de la nada.

Oigo el ruido metálico de la tapa del buzón, el golpe seco de las cartas que caen sobre el felpudo que hay justo debajo y el ligero tamborileo de unos dedos sobre la puerta, señal de que el cartero ha dejado algo en el porche.

Cuando Ella tenía cinco semanas, y no paraba de sufrir cólicos, el cartero vino a entregar un libro de texto que Mark había encargado. Me había costado una hora entera conseguir calmarla y por fin se había quedado dormida, cuando el cartero empezó a aporrear la puerta con tanta fuerza que las lámparas temblaron. Abrí de golpe con una ira motivada por la privación postnatal de sueño, y eché la caballería encima al pobre hombre, y luego seguí. Después, cuando ya había agotado la furia y mi llanto ya no rivalizaba con el de Ella, el cartero sugirió que se limitaría a dejar los futuros paquetes en la entrada, evitando así el peligro de molestarnos. Por lo visto, yo no era la única en su ronda que prefería ese *modus operandi*.

Espero a oír que sus pisadas se alejan por nuestro camino de entrada, pues no quiero salir a saludarlo en pijama y todavía me mortifican mis lágrimas de ese día, luego voy al recibidor y recojo el correo. Propaganda, más facturas, una carta con aspecto oficial en un sobre acolchado para Mark. Descuelgo la llave del gancho situado bajo el alféizar de la ventana y abro la puerta de entrada. Se atasca un poco y tiro con fuerza para abrirla.

Pero no es el tirón de la puerta lo que me hace retroceder, ni el frío gélido que absorbe de inmediato la calidez del recibidor. Ni tampoco es el paquete colocado sobre la pila de troncos en un lateral del porche.

Es la sangre que mancha la entrada y el montón de entrañas apiladas en el escalón más alto.

13

Dicen que el dinero es el origen de todos los males.
La causa de todos los delitos.
Hay otras como yo —personas que se pasean por ahí en este estado de semiexistencia— y están todas aquí por el dinero.
No es que no tuvieran nada; es que tenían demasiado.
Querían el de otras personas; alguien quería el suyo.
¿Y el resultado?
Una vida sesgada.
Pero no se acabará ahí.

14

ANNA

El conejo está en el escalón más alto, tiene el estómago abierto de par en par por un tajo preciso, continuo y cuidadoso. Una masa gelatinosa de carne y tripas supura del interior. Unos ojos vidriosos miran a la calle, sobre una boca abierta que deja a la vista una afilada dentadura blanca.

Abro la boca para lanzar un grito, pero no tengo aire en los pulmones y, en lugar de gritar, retrocedo un paso sujetándome al perchero de los abrigos, situado a un lado de la puerta de entrada. Siento el cosquilleo de la leche que me sube; la necesidad de sentir a mi bebé es una reacción instintiva ante el peligro. Encuentro el aire.

—¡Mark! —La palabra sale disparada desde mi interior a la velocidad de una bala—. ¡Mark! ¡Mark! —sigo gritando, incapaz de apartar la mirada del engrudo sanguinolento sobre nuestra entrada. La escarcha de la mañana ha cubierto al conejo y su sangre brilla con un tono plateado, y ese efecto hace que el espectáculo sea más macabro, como un adorno gótico de Navidad—. ¡Mark!

Baja por la escalera con un paso combinación entre paseo y carrera, se golpea un dedo del pie con el último escalón y blasfema a voz en cuello.

—Pero ¿qué...? ¡Por el amor de Dios!

Solo lleva puesta una toalla y tiembla sin poder evitarlo porque la puerta está abierta al tiempo que se queda mirando el escalón. Le caen gotas de agua del pelo alborotado sobre el pecho.

—¿Quién habrá hecho algo tan espantoso?

Ya estoy llorando, con esa sensación de alivio posterior al impacto que te sobreviene cuando te sientes a salvo.

Mark me mira, confundido.

—¿Quién? ¿No querrás decir qué animal lo ha hecho? Seguramente ha sido un zorro. Menos mal que hace frío, sino ya apestaría.

—¿Crees que ha sido un animal?

—Con el parque que tenemos justo enfrente, va y escoge nuestra puerta. Voy a vestirme y lo saco de aquí.

Hay algo que no tiene sentido. Intento averiguar el qué, pero se me escapa.

—¿Por qué el zorro no se lo ha comido? Mira toda la carne que le queda. —Trago saliva con fuerza para contener las náuseas que empiezo a sentir—. Conserva las tripas. ¿Por qué iba a matarlo si no iba a comérselo?

—Eso es lo que hacen, ¿no? Los zorros de ciudad se alimentan de los cubos de basura. Matan por diversión. Si se cuelan en un gallinero arrasan con todo bicho viviente, pero no se comen ni una puñetera gallina.

Sé que tiene razón. Hace años, mi padre decidió criar gansos e instaló un corral en el fondo del jardín. Yo no debía de tener más de cinco o seis años, pero recuerdo ponerme las botas de lluvia y correr a recoger huevos y echar grano sobre la hierba enfangada. A pesar del destino navideño de los gansos, mi madre les puso nombre a todos, y llamaba a cada uno cuando iba a visitarlos por la noche. Su favorito —y, por defecto, el mío— era una alegre hembra de ganso con pintas grises en las plumas llamada Piper. Mientras los demás graznaban y sacudían las alas si te acercabas demasiado, Piper permitía que mi madre le diera de comer en la mano. Su docilidad fue su perdición. El zorro —tan pertinaz que no esperó a que se hiciera de noche— fue ahuyentado por el mal carácter de los hermanos gansos de Piper, pero cerró sus fauces sobre el cuello de la pobre Piper y dejó su cuerpo decapitado allí, donde mi madre y yo lo encontramos esa tarde.

—Malditos animales —dice Mark—. Ahora entiendes por qué existe la brigada de caza del zorro, ¿verdad?

No lo entiendo. Jamás he visto un zorro en el campo, pero he visto muchos en la ciudad, trotando por en medio de la calle, como Pedro por su casa. Son tan hermosos que no puedo ni imaginar hacerles daño para castigarlos por su instinto depredador. Mientras miro al conejo mutilado, me doy cuenta de qué me inquieta. Pronuncio las palabras con parsimonia, voy hablando mientras pienso.

—Hay demasiada sangre.

Hay un charco bajo el conejo muerto y más sangre tres escalones más abajo, en dirección al camino de entrada. Una ligera expresión de mofa se dibuja en el rostro de Mark cuando asimila lo que acabo de decir.

—Recuerdo cuando diseccionaba ranas en cuarto de biología, pero nunca lo hicimos con conejos. ¿Cuánta sangre debería haber?

El sarcasmo me irrita. ¿Por qué no ve lo que yo estoy viendo? Intento permanecer tranquila.

—Supongamos que ha sido un zorro. Y supongamos que hay suficiente sangre en un conejo diminuto para dejar este desastre en la entrada. ¿No se habría limpiado las patas en los demás escalones?

Mark ríe, pero yo no estoy de broma.

—¿Ha usado la cola para pintar las manchas de sangre?

Porque eso es lo que parece: que alguien hubiera agarrado una brocha, la hubiera mojado en el interior del conejo y hubiera cubierto nuestros escalones con brochazos irregulares de sangre. De pronto lo veo con total claridad: parece la escena de un crimen.

Mark se pone serio. Me rodea fuertemente con un brazo y usa la mano que le queda libre para cerrar la puerta, luego me da la vuelta para que lo mire.

—Dime. Dime quién ha hecho esto.

—No sé quién lo ha hecho. Pero lo han hecho porque acudí

a la policía. Lo han hecho porque saben algo sobre la muerte de mi madre y quieren impedir que lo descubra. —Dar voz a mi teoría no contribuye a que suene menos fantasiosa.

Mark permanece impasible, aunque percibo cierta preocupación en él.

—Cariño, esto no tiene sentido.

—¿Crees que esto es normal? ¿Una tarjeta anónima ayer y ahora esto?

—Vale, vamos a pensarlo. Supón que la tarjeta no era de alguien que quisiera vengarse.

—No lo era.

—¿Qué querrían obtener al cuestionar la muerte de tu madre? —No espera la respuesta—. ¿Y qué quieren conseguir asustándote con animales muertos en la entrada?

Entiendo lo que dice. Mi razonamiento parece inconexo. ¿Para qué iban a provocar que acudiera a la policía si luego quieren evitar que lo haga?

Interpreta mi silencio como una claudicación.

—Ha sido un zorro, cariño. —Mark se acerca a mí y me besa en la frente—. Te lo prometo. ¿Por qué no me llevo a Ella y tú te das un buen baño? Hoy no tengo ningún paciente hasta las once.

Dejo que Mark me acompañe al piso de arriba y me preparo la bañera, echo en el agua unas sales escandalosamente caras que me compró cuando nació Ella, que aún no he tenido tiempo de usar. Me sumerjo bajo las burbujas y pienso en zorros, conejos y sangre. Y me pregunto si soy una paranoica.

Visualizo la tarjeta anónima; imagino la mano del remitente metiéndola en un sobre, introduciéndola en el buzón. ¿Habrá sido esa misma persona quien rajó al conejo con precisión quirúrgica? ¿Quien manchó con sangre los escalones de mi casa?

No se me relaja el pulso. Siento su ritmo de *staccato* pulsante en la sien y me hundo en la bañera, dejando que el zumbido del agua colme mis oídos. Alguien quiere meterme miedo.

Me pregunto si, en realidad, los dos hechos están tan poco relacionados. Consideré la tarjeta anónima como una llamada a la acción, una señal para ahondar en la muerte de mi madre. Pero ¿y si no era una instrucción, sino una advertencia?

«Piénsalo mejor.»

Una advertencia de que la muerte de mi madre no era lo que parecía; que hay alguien ahí fuera que quería dañar a mi familia. Que todavía quiere hacerlo.

Cierro los ojos y veo sangre, mucha sangre. La memoria ya empieza a jugarme malas pasadas. ¿Tan grande era el conejo? ¿De verdad había tanta sangre?

Fotografías.

Se me ocurre de pronto, me enderezo y se resbala el agua por un costado de la bañera. Sacaré fotos y luego se las llevaré a Murray Mackenzie, a la comisaría, y veré lo que él opina sobre la posibilidad de que haya sido un zorro.

Una vocecilla me pregunta si estoy haciéndolo para convencer a Mark o para convencer a la policía. La acallo, cortándola en seco, y salgo de la bañera de un salto; me paso la toalla tan deprisa por el cuerpo que se me pega la ropa a la piel todavía húmeda.

Voy a buscar el móvil y corro escalera abajo, pero Mark ya ha recogido el cadáver del conejo y ha fregado los escalones con lejía. Cuando abro la puerta no queda nada de nada. Como si jamás hubiera ocurrido.

15

MURRAY

El sol invernal se filtraba a través de las cortinas mientras Murray se vestía. Remetió la colcha por debajo de las almohadas y alisó las arrugas antes de colocar los cojines del modo que le gustaba a Sarah. Al descorrer las cortinas, se fijó en los nubarrones grises que se aproximaban desde el norte y se puso un jersey de cuello de pico sobre la camisa.

Más tarde, en cuanto hubo puesto el lavavajillas y pasado el aspirador por la casa, y la colada de la primera lavadora ya colgaba del tendedero, Murray se sentó a la mesa de la cocina con una taza de té y una galleta de chocolate. Eran las nueve y media. Tenía todo el tiempo del mundo. Recordaba una época en que una mañana libre se le antojaba llena de promesas, de expectativas.

Tamborileó los dedos sobre la mesa. Iría a visitar a Sarah. Pasaría la mañana con ella —quizá lograra convencerla de ir a la cafetería o de dar un paseo por los jardines del centro— y luego se dirigiría al trabajo desde allí.

Le abrió la puerta automática Jo Dawkins, la enfermera asignada a Sarah que llevaba diez años trabajando en Highfield.

—Lo siento, cielo. Hoy tiene un mal día.

«Un mal día» significaba que su mujer no quería verlo. Por lo general, Murray se habría ido directamente a casa, tras aceptar que hay momentos en que todos queremos estar solos. Pero ese día se sentía distinto. Añoraba a Sarah. Quería hablar sobre el caso de los Johnson.

—¿Podrías volver a preguntárselo? Dile que no me quedaré mucho rato.

—Veré qué puedo hacer.

Jo lo dejó en recepción, el vestíbulo de la casa señorial original. Lo habían reconvertido con poco tino, mucho antes de que los edificios considerados patrimonio histórico se hubieran convertido en elementos merecedores de protección. Gruesas puertas antiincendios, todas con una clave de acceso, llevaban a las distintas plantas y despachos; un espantoso papel pintado con efecto de gotelé cubría ambas paredes y el techo.

Cuando Jo regresó, por su expresión quedaba claro que no había nada que hacer.

—¿Te ha dado alguna razón?

TLP. Esa era la razón.

Jo vaciló.

—Mmm... en realidad no.

—Te ha dicho algo, ¿verdad? Venga, Jo, sabes que puedo soportarlo.

La enfermera lo miró directamente a los ojos para evaluarlo.

—Está bien. Cree que deberías... —levantó las manos e hizo el gesto de entrecomillar sus palabras con los dedos para descargarse de la responsabilidad de lo que iba a decir—: «dejar de dar por culo a los demás y no malgastar tu vida enamorado de una chiflada».

Murray se ruborizó. Su esposa ordenándole que la dejara (para luego intentar suicidarse al imaginar esa posibilidad) había sido un tema recurrente en su matrimonio, pero eso no hizo que resultara menos violento al oírlo por boca de un tercero.

—¿Podrías decirle que —levantó las manos para imitar el gesto de las comillas de Jo— «vivir enamorado de una chiflada» es precisamente lo que más me gusta?

Murray se quedó sentado en el aparcamiento de Highfield, con la cabeza apoyada en el reposacabezas del asiento del coche. Debería haber imaginado que no podía dar una sorpresa a Sarah. Era impredecible la mayoría de las veces, pero muy predecible por las mañanas. Volvería a intentarlo cuando regresara a casa desde el trabajo.

¿Qué hacía entonces?

Le quedaban dos horas antes de que empezara su turno, y no le apetecía en absoluto regresar a un hogar vacío para ver cómo pasaban los minutos. La nevera estaba llena, el jardín arreglado y la casa limpia. Murray sopesó sus opciones.

—Sí —afirmó en voz alta, porque le apeteció hacerlo así—. ¿Por qué no?

Su tiempo era suyo; podía hacer con él lo que le viniera en gana.

Salió de la ciudad por la carretera que cruzaba los Downs, pisando el gas a fondo para sentir esa aceleración repentina que no se siente jamás en el autobús. La escasez de plazas de aparcamiento en la comisaría hacía que el transporte público fuera la opción más conveniente para ir al trabajo, pero a Murray le encantaba conducir. Puso la radio y empezó a canturrear una canción que solo conocía a medias. La amenaza de lluvia todavía no se había materializado, pero los nubarrones pendían muy bajos sobre los montes, y cuando el mar por fin fue visible, estaba salpicado por furiosas crestas de espuma blanca.

El aparcamiento se encontraba casi vacío, salvo por media docena de coches, y Murray rescató ochenta peniques de entre la calderilla que guardaba en un cenicero que solo servía para eso, y colocó el tique sobre el salpicadero. En un enorme cartel junto al parquímetro se facilitaba el número de contacto de los samaritanos, y mientras Murray se dirigía hacia el sendero de la costa fue dejando atrás otra serie de letreros.

HABLAR AYUDA.
NO ESTÁS SOLO

¿Un letrero podía cambiar algo? ¿Podría alguien, decidido a suicidarse, detenerse para asimilar un mensaje dejado ahí para él?

NO ESTÁS SOLO

Por cada persona que se precipitaba mortalmente por el acantilado de Beachy Head, había una docena más que no lo hacía. Una docena más que perdía la sangre fría, que cambiaba de sentir, que se topaba con uno de los voluntarios parroquiales que patrullaban los acantilados y accedía a regañadientes a tomar con ellos una taza de té en lugar de llevar a cabo su plan. Pero la cosa no acababa ahí, ¿verdad? Una intervención era una coma, no un punto y final. Todo el té, todas las conversaciones y todo el apoyo del mundo no cambiarían lo que sucedería al día siguiente. O el subsiguiente.

Murray pensó en el pobre voluntario parroquial que había encontrado a Caroline Johnson al borde del precipicio, con la mochila cargada de piedras. ¿Cómo debió de sentirse al saber que la mujer a la que había convencido de no suicidarse había regresado directamente al lugar para saltar de todas formas?

¿Estaba ella con alguien ese día? ¿Estaba el voluntario tan empecinado en salvarla que no se había fijado en una silueta oculta entre las sombras, bien agazapada?

¿Fue empujada la madre de Anna? Quizá no físicamente, pero ¿la habría convencido alguien de que se suicidara?

El cabo se elevaba ante Murray, con cada paso ascendía más sobre el nivel del mar. El folclore local sugería que las malignas Líneas Ley convergían en Beachy Head, lo que empujaba a la muerte a las personas susceptibles a sus efectos. Murray no creía en la magia ni el misterio, aunque resultaba difícil ignorar la energía del lugar. La extensión de hierba finalizaba de forma abrupta en unos acantilados de blanco níveo, cuyo contraste se atenuaba por la neblina arremolinada alrededor del faro situado más abajo. A medida que las nubes se desplazaban, Murray fue vislumbrando el mar gris y sintió un vértigo repentino, lo que lo hizo retroceder aunque se encontrara a más de tres metros y medio de los bordes agrietados de los acantilados.

Caroline había acudido a ese lugar para morir. No cabía duda de ello en la declaración del voluntario parroquial. Con todo, lo que se infería de la tarjeta de aniversario anónima estaba claro: su suicidio no era lo que aparentaba.

Murray se imaginó a Caroline Johnson plantada en el lugar donde él estaba en ese instante. ¿De verdad quería morir? ¿O alguien quería que muriera? Había una sutil aunque importante diferencia. ¿Quería morir para que alguien se librara de ese mismo destino? ¿Su hija? Tal vez Anna fuera la clave de todo aquello. ¿Se habría quitado la vida Caroline Johnson porque alguien había amenazado con lastimar a su hija si no lo hacía?

Lejos de aclararle las ideas, Beachy Head estaba haciéndolo dar vueltas en círculo.

En el centro de un sendero de hierba hollado por miles de pisadas había un pedernal coronado por una losa de pizarra. Murray leyó la inscripción moviendo los labios sin llegar a hablar.

MÁS PODEROSO QUE LOS TRUENOS DE MIL MARES,
MÁS PODEROSO QUE LAS OLAS DEL OCÉANO,
¡EL SEÑOR EN LAS ALTURAS ES OMNIPOTENTE!

Bajo el salmo, un recordatorio final: «Dios es siempre más grande que todos nuestros problemas».

Murray sintió que afloraba algo de su interior. Se apartó de forma abrupta del sendero, echó un último vistazo al punto en que los acantilados daban paso al abismo y regresó a marchas forzadas hasta el aparcamiento, enfadado por haber dejado que aquello lo afectara. Había ido hasta allí para investigar, se dijo, no para ponerse sensiblero. Había ido para ver dónde murieron los padres de Anna Johnson. Para grabarse la escena del suceso en la memoria, creyendo que podía haber cambiado desde la última vez que la visitó.

Pero no era así.

Había sido uno de los voluntarios parroquiales quien había encontrado a Sarah. Estaba sentada en el borde del acantilado, con los pies colgando sobre el vacío. Sarah no quería suicidarse, eso le dijo al voluntario; lo único que deseaba era dejar de estar en el mundo. Insistió en que existía una diferencia. Murray lo había entendido. Él no habría cambiado la vida de su esposa por nada del mundo, pero deseaba con toda su alma cambiar el mundo por ella.

Murray había contestado la llamada, había salido del trabajo y había conducido hasta el pub de Beachy Head, donde Sarah estaba sentada con una mujer cuyo alzacuello quedaba prácticamente oculto bajo su impermeable. El dueño del local era un tipo callado y observador, experto en distinguir la diferencia entre alguien que se emborrachaba para ahogar las penas de quien bebía para armarse de valor, y llamaba rápidamente a la policía si este último daba la impresión de acabar mal. Se había retirado con discreción hasta el otro extremo del pub cuando Sarah rompió a llorar sobre el hombro de Murray.

Beachy Head no había cambiado. Jamás lo haría. Era, y siempre sería, un lugar hermoso, evocador y letal. A un tiempo inspirador y destructivo.

Murray aparcó el coche en la calle trasera de la comisaría, comprobó la hora y sacó su tarjeta de acceso. Un par de agentes de emergencias iban corriendo por el pasillo, y agradecieron con un gesto de cabeza que Murray les abriera la puerta antes de entrar en un coche patrulla aparcado en el patio trasero. En cuestión de segundos habían salido por la verja, haciendo chirriar las ruedes al doblar la esquina. Murray se quedó plantado en el sitio hasta que el aullido de la sirena fue casi inaudible, con una sonrisa imperceptible en el rostro. No había nada como la salida estrepitosa de un coche patrulla con la sirena encendida para acelerarte el pulso.

El departamento de investigación criminal, o CID, se encontraba al final de un largo pasillo. En la época de Murray había cinco o seis despachos pequeños en cada lado, pero en el momento en que se retiró, la mayoría de las paredes interiores se habían derribado para crear espacios de trabajo diáfanos. En la actualidad se esperaba que los agentes se adaptaran a un sistema de «escritorio caliente», que compartieran puesto de trabajo; Murray lo sabía, y se sentía agradecido de que el concepto hubiera sido sometido a debate mientras él todavía estaba en el departamento. ¿Cómo ibas a resolver un rompecabezas si tenías que estar cambiando continuamente las piezas de lugar?

El sargento James Kennedy levantó la vista en cuanto entró Murray, con una expresión de sincera bienvenida. Le estrechó la mano vigorosamente.

—¿Cómo puñetas estás? ¿Sigues en la recepción? En Lower Meads, ¿verdad?

—Eso mismo.

—Yo no pienso hacerlo. —James se estremeció—. En cuanto consiga la jubilación me largo de aquí. No volverás a verme con la porra en la mano. ¿Trabajar en Navidad en lugar de estar viendo cómo los chicos abren los regalos? Es de locos, ¿no te parece?

James Kennedy tenía treinta y pocos. Había llegado al CID dos meses antes de la jubilación de Murray y allí se encontraba en ese momento: dirigiendo un equipo, y sin duda, como el más experto de los inspectores del departamento. Era posible que creyera que tras su jubilación —para la que todavía quedaban años—, no quisiera saber nada más de uniformes, pero tiempo al tiempo, pensó Murray. Treinta años dejaban un vacío difícil de rellenar.

James se percató del atuendo de paisano de Murray.

—¿Entras antes de hora? Qué aplicado.

—Solo pasaba por aquí. Se me ha ocurrido entrar y ver cómo iban las cosas.

Se produjo un momento de vacilación cuando la cruda realidad sobre la vida vacía de Murray quedó suspendida en el aire que los separaba, antes de que James reaccionara.

—Bueno, me alegro de que lo hayas hecho, me alegra verte. Pondré el agua a hervir.

Mientras James trasteaba en el rincón del despacho, donde el calentador de agua eléctrico y una bandeja para el té sobre una nevera formaban la improvisada cocina, Murray se fijó en la lista de casos en progreso de la pizarra blanca.

—Veo que Owen Healey sigue activo.

James colocó dos tazas de té sobre la mesa, con las bolsitas todavía flotando sobre el agua hirviendo. Murray sacó la suya y la tiró en la papelera que quedaba a sus pies.

—Siempre se escapaba con los chicos de los Matthew cuando eran niños; vivían en la urbanización que está detrás de Wood Green. Siguen teniendo serrín en la mollera.

Se hizo un silencio incómodo.

—¡Oh! ¡Ah! Bueno... Será mejor que lo tachemos de la lista. ¡Qué bien que te hayas pasado!

James dio una palmadita a Murray en el hombro con forzada jovialidad, y Murray deseó no haber dicho nada. Quizá estuviera retirado, pero seguía trabajando para la policía. Todavía oía cosas; todavía sabía cosas. No necesitaba que le levantaran el ánimo. Pero todo el mundo lo hacía. No solo porque fuera mayor, sino por...

—¿Cómo está Sarah?

Ahí estaba el tema. La cabeza ladeada. Esa mirada que expresaba: «Gracias a Dios que esto te pasa a ti y no a mí». La esposa de James estaba en casa, cuidando de sus dos hijos. No estaba interna en la unidad psiquiátrica de un sanatorio por enésima vez. James no tendría que salir disparado a su hogar porque su esposa estuviera arrodillada en la cocina con la cabeza metida en el horno. Murray se mordió la lengua. Nadie sabía qué ocurría tras unas puertas cerradas.

—Está bien. Debería volver pronto a casa.

Murray no tenía ni idea de si eso sería cierto. Hacía tiempo que había desistido de preguntar, y había decidido tomarse las estancias frecuentes de Sarah en Highfield —ya fueran o no voluntarias— como una oportunidad para reunir fuerzas de cara a su regreso a casa. Un respiro.

—En realidad, aprovechando que estoy aquí, quiero consultarte sobre un caso.

James pareció aliviado de volver a un terreno más conocido.

—Soy todo oídos, amigo.

—Tus hombres se encargaron de un par de suicidios en Beachy Head en mayo y diciembre del año pasado. Tom y Caroline Johnson. Marido y mujer. Ella se quitó la vida en el mismo lugar que él.

James se quedó mirando su mesa, tamborileando con los dedos mientras intentaba situar el caso.

—De Automóviles Johnson, ¿verdad?

—Eso es. ¿Recuerdas algo sobre ellos?

—Fueron casos idénticos. Suicidios calcados. De hecho nos preocupó que pudieran provocar otros muchos; los periódicos se volvieron locos con el tema. Pero, toco madera, ha seguido todo bastante tranquilo en ese aspecto. La última persona que se tiró lo hizo hace un par de semanas. Chocó contra la pared del acantilado, empujado por el viento durante el salto.

James torció el gesto.

—¿Hay algo más que te haya llamado la atención? —Murray no quería que se desviara del tema.

—¿Sobre los Johnson? ¿En qué sentido? Que la gente se tire desde Beachy Head no es raro en absoluto. Sí que recuerdo que los informes forenses fueron muy escuetos.

—Sí lo fueron. Lo que me ocurre es que... ¿Sabes cuando tienes una corazonada sobre un caso? La sensación de que algo no encaja; como si la verdad estuviera delante de tus narices, pero no llegaras a verla bien.

—Claro.

James estaba asintiendo por educación, pero su mirada no mostraba ese brillo que indicara auténtico entendimiento. Su generación de inspectores no trabajaba motivada por sentimientos: trabajaban a partir de hechos. Pruebas forenses. Ellos no tenían la culpa; los tribunales tampoco se dejaban guiar mucho por la intuición. Murray sí lo hacía. Según su experiencia, si algo olía a pescado y sabía a pescado, era pescado casi con total certeza. Aunque no tuviera aspecto de pez.

—¿No tienes esa sensación con el caso de los Johnson?

—Fue algo bastante normal, amigo. Ambos llegaron a la comisaría y se cerraron un par de semanas después. —Se inclinó hacia delante y bajó la voz, aunque no hubiera nadie más en el despacho—. No fue un asunto muy difícil para el CID, ¿tengo razón o no?

Murray sonrió por cortesía. Supuso que un suicidio probado no suponía ningún desafío para un grupo de activos inspectores con tantas violaciones y robos sobre la mesa. En el caso de Murray era distinto. A él lo motivaban las personas, no los delitos. Las víctimas, los testigos, incluso los agresores, todos lo fascinaban. Le atraía —y todavía le sucedía— investigar los misterios de sus vidas. Cómo le hubiera gustado estar sentado tras el escritorio de James en el momento en que llegó el caso de los suicidios de los Johnson.

Murray se removió en su asiento.

—Será mejor que me vaya.

—Tendrás cosas que hacer y personas que visitar, ¿no? —James volvió a palmearle el hombro—. ¿A qué viene ese interés por los Johnson?

Ese fue el momento en que Murray debería haberle enseñado la tarjeta anónima recibida por Anna Johnson. El momento en que debería haber puesto el caso en manos del CID y retomar su trabajo en la recepción de la comisaría.

Murray se quedó mirando la lista de casos apuntados en la pizarra blanca, las pilas de informes por redactar sobre la mesa de cada inspector. ¿Sería este caso la prioridad de James? ¿Un caso sin respuestas claras que le entregaba un poli retirado?

—Por nada en particular —dijo Murray, antes de pensárselo

mejor—. Por pura curiosidad. Leí el nombre en un informe antiguo. Hace un par de años les compré un coche.

—Bien. Genial.

James desvió la mirada hacia la pantalla un segundo.

—Te dejo seguir. Que pases una feliz Navidad.

Anna Johnson era vulnerable. En poco más de un año había perdido a sus padres y había tenido un bebé. Se sentía amenazada y confusa, y si su caso iba a ser investigado debía hacerse de forma apropiada, no echándole un vistazo por compromiso para volver a archivarlo después.

—Me ha alegrado verte, amigo. ¡Sigue trabajando tan bien como siempre!

James se levantó a medias cuando Murray salió del despacho. Volvía a estar sentado antes de que el anciano llegara a la puerta, y ya había olvidado el caso de los Johnson.

Murray investigaría con discreción la muerte de Caroline Johnson, y en cuanto obtuviera pruebas concretas de juego sucio, volvería a ver al sargento Kennedy.

Hasta ese momento actuaría por su cuenta.

16

ANNA

—Solo me parece un poco exagerado, es todo lo que estoy diciendo.

—A mí no. —Mark y yo estamos de pie en la entrada, con la puerta abierta. Ella se encuentra en su cochecito, entre ambos. Mark se mira el reloj aunque acaba de comprobar la hora—. No tienes por qué acompañarme. Puedes dejarme en la comisaría e irte a trabajar si lo prefieres.

—Eso es una tontería, claro que te acompañaré.

—¿Una tontería? A mí no me parece que un conejo muerto sea...

—¡No me refería al conejo! ¡Dios, Anna! Lo que quería decir es que es una tontería que vayas sola a la policía. —Mark resopla ruidosamente y se pone enfrente de mí—. Estoy de tu parte, ya lo sabes.

—Lo sé. Lo siento.

Alguien grita desde la puerta de al lado.

—¡Buenos días!

Robert Drake está en la entrada de su casa, con las manos en la valla que separa nuestros caminos de acceso.

—Es un poco temprano, ¿no? —Mark cambia con facilidad al modo vecino jovial y baja la escalera para ir a saludar a Robert a través de la valla.

—El primer día libre en seis años; voy a sacarle jugo.

—Y no te culpo. ¡Seis años!

Veo cómo se dan la mano a través de la valla.

—¿Sigue en pie lo de la copa navideña en mi casa?

—Por supuesto —responde Mark con mucho más entusiasmo del que yo podría fingir. Robert celebra una fiesta cada año. El año pasado la canceló por respeto a mis padres, pero la invitación para esta Navidad cayó por el buzón de la puerta hace un par de semanas. Supuestamente ya ha finalizado mi periodo de luto—. ¿Qué podemos llevar?

—Me basta con que vengáis. A menos que queráis beber algo sin alcohol. ¡No habrá mucho de eso por aquí! ¡Ja!

Mi padre y Billy jugaban al golf con Robert de cuando en cuando, pero mi madre jamás los acompañó. Decía que Robert era un engreído. Lo miro ahora —con su camisa cara y su pose confiada— y me parece que tenía razón. Robert Drake posee la arrogancia innata de alguien situado en lo más alto de su profesión que adopta la misma actitud en su vida privada.

«Que te den por culo, Robert.»

Oigo mi voz interior con tanta claridad que, durante un instante, creo que lo he dicho en voz alta. Imagino la cara de Mark, y la de Robert, y reprimo una risa socarrona que no viene a cuento. Quizá esté volviéndome loca, al igual que, en mi opinión, le pasó a mi madre tras la muerte de mi padre. Que se reía de las cosas que no tenían gracia y lloraba por las que no eran tristes. Mi mundo está patas arriba, y ese tipo de la casa de al lado, con sus alegres saludos navideños y sus bromas sobre bebidas sin alcohol, no solo me parece insignificante sino inapropiado después de los acontecimientos de las últimas veinticuatro horas.

«Mi madre fue asesinada —siento ganas de decirle—. Y ahora alguien está amenazándome.»

Por supuesto que no lo hago. Pero se me ocurre que Robert, con su manía de andar siempre asomando la nariz por fuera de su casa para hablar con los vecinos, podría haber visto algo útil. Me reúno con Mark junto a la valla.

—¿Has visto alguien merodeando por el exterior de nuestra casa esta mañana?

Robert se calla de pronto, su alegría festiva queda ensombrecida por la intensidad de mi mirada.

—No que yo recuerde.

Es un hombre alto, pero no de espaldas anchas como Mark. Se encorva ligeramente y lo imagino echándose hacia delante para operar en la mesa del quirófano, escalpelo en mano. Me estremezco. Imagina esa misma mano rajando el vientre de un conejo...

—¿Estuviste por fuera de la casa a última hora de la noche de ayer?

La brusquedad de mi pregunta va seguida de un incómodo silencio. Robert se queda mirando a Mark, aunque soy yo quien ha hecho la pregunta.

—¿Se supone que debería?

—Alguien dejó un conejo sobre nuestro felpudo —explica Mark—. Había sangre por todos los escalones. Nos preguntábamos si habrías visto algo.

—¡Por el amor de Dios! ¿Un conejo? Qué cosa tan rara... Pero ¿por qué?

Lo miro con detenimiento a la cara buscando alguna señal de que está disimulando.

—¿No viste a nadie?

Incluso mientras formulo la pregunta, no estoy segura de qué respuesta espero obtener. «Sí, vi a alguien dejando un conejo mutilado en la entrada de vuestra casa, pero no se me ocurrió preguntar qué narices estaba haciendo.» O: «Sí, lo dejé yo para gastaros una broma. Ja, ja. Un regalo de Navidad por adelantado».

—Ayer por la noche volví tarde... Vuestros dos coches ya estaban en la entrada, pero no vi luces. Y me temo que esta mañana me he dormido. Tengo vacaciones hasta el día de Año Nuevo. Ya lo sé: soy un cabrón con suerte, ¿eh?

Esto es una estupidez. Robert Drake es el típico vecino que planea rondas de vigilancia vecinal y denuncia a los vendedores puerta a puerta. Si hubiera visto a alguien dejando un conejo en nuestra entrada, nos lo habría contado. En cuanto a si lo puso él... el hombre es médico, no psicópata.

Me vuelvo hacia Mark.

—Deberíamos ponernos en marcha.

—Claro.

Mark recoge la sillita de Ella, la lleva hasta su coche y la instala sin ninguna prisa. Me siento en la parte trasera, junto a la niña. No creo que Mark esté tomándose esto en serio. Mis padres fueron asesinados. ¿Cuántas pruebas más necesita? La tarjeta anónima. Un conejo muerto. No son sucesos normales.

Se queda un instante frente a la puerta cerrada del coche, luego se aleja. Oigo el crujido de la grava bajo sus pies. Acaricio la mejilla a Ella con un dedo y espero a que Mark cierre con llave la puerta de casa. De pronto recuerdo estar esperando en el coche a mis padres, sentada en la parte trasera como ahora, mientras mi padre palmeaba el volante y mi madre corría de regreso a casa porque había olvidado algo.

—Ojalá hubieses podido conocerlos —digo a Ella.

Cuando salí de la universidad quería vivir sola a toda costa. Había probado lo que era ser independiente —había visto un mundo distinto a Eastbourne— y me gustaba. Pero el sector de la beneficencia proporciona satisfacción profesional, no un gran salario, y los precios de la vivienda seguían estando fuera de mi alcance. Regresé a casa de mis padres y no me marché jamás.

A mi padre le encantaba recordarme la suerte que yo tenía.

—A mí me dieron una patada para que aprendiera el negocio a los dieciséis. Desde que Bill y yo éramos adolescentes, mi padre jamás se encargó de lavarnos la ropa.

Estaba bastante segura de que el abuelo Johnson no se había acercado a una lavadora en su vida, pues su esposa había sido la clase de mujer que se realizaba con las tareas domésticas y ahuyentaba a los intrusos de su cocina.

—Yo hice jornadas de doce horas durante años. A tu edad ya tenía un piso en el Soho y llevaba la cartera llena de billetes de cincuenta libras.

Intercambié una sonrisa de complicidad con mi madre. Ninguna de nosotras lo interrumpió para comentar que había sido el abuelo quien le había conseguido un puesto de aprendiz en el taller de un amigo, y que la abuelita le enviaba paquetes con comida a través de los transportistas. Por no mencionar el hecho de que en 1983 todavía era posible comprar un piso en Londres por cincuenta mil libras. Cambié de tema antes de que afirmase que había sido deshollinador mientras iba al colegio.

Jamás fui estudiosa, pero heredé de mis padres la ética del trabajo. Los admiraba a ambos por las horas que invertían en que el negocio familiar tuviera éxito, y hacía cuanto estaba en mi mano por emularlos.

—Encuentra un trabajo que te encante —decía siempre mi padre— y no tendrás la sensación de trabajar ni un solo día de tu vida.

El problema era que yo no sabía qué quería hacer. Conseguí una plaza en Warwick para estudiar Sociología, me saqué la carrera con aprobado rascado y salí sin tenerlo claro. El primer tramo de mi trayectoria profesional fue muy accidentado. Acepté un trabajo para Save the Children, recogí un chaleco rojo y una carpeta y empecé a patearme las calles y llamar a las puertas. Algunas personas eran amables; otras, no tanto, aunque pronto descubrí que, por lo visto, poseía parte del encanto de mis padres. Capté más socios mensuales en mis primeros treinta días que todo el equipo junto. Mi ascenso temporal a supervisora regional finalizó cuando salió una vacante en correos; logré instalarme tras un mostrador que estaba a una galaxia de distancia de las aulas de exámenes en las que se sentaba una adolescente disléxica no diagnosticada que jamás llegaría a nada.

—De tal palo, tal astilla —dijo mi padre.

Trabajaba codo con codo con el equipo de recaudación de fondos, pensaba en nuevas ideas para concienciar al público de que donara y supervisaba mi sólido equipo de trescientas personas que llamaban a las puertas de todo el país. Los defendía a capa y espada de las quejas típicas de la clase media por el «acoso» de mis voluntarios, y felicitaba a cada uno de los miembros de mi equipo por su contribución a mejorar la vida de los niños de todo el mundo. Me encantaba el trabajo que había encontrado. Pero no estaba bien pagado. Vivir en casa de mis padres era mi única alternativa.

Además, a pesar de lo poco enrollado que resultara reconocerlo, me gustaba vivir allí. No porque tuviera la ropa limpia y pudiera comer platos caseros, ni por la tristemente célebre bodega de vinos de mi padre, sino porque la compañía de mis padres era agradable de verdad. Me hacían reír. Estaban interesados en mí y eran interesantes. Nos quedábamos charlando hasta tarde sobre planes, política, gente. Hablábamos de nuestros problemas. No había secretos. O eso fingían ellos.

Pienso en la botella de vodka que había debajo de la mesa de mis padres; en las otras, ocultas por toda la casa. En la mesa de la cocina plagada de botellas vacías de vino, a pesar de estar siempre despejada cuando yo me despertaba por las mañanas.

Hacia el final de mi primer curso en Warwick pasé el fin de semana con Sam, una amiga de la residencia de estudiantes, en casa de sus padres. La ausencia de vino durante la cena me pareció rara, como si hubieran servido la comida sin cuchillo y tenedor. Un par de semanas más tarde pregunté a Sam si a sus padres les importaba que ella bebiera.

—¿Por qué iba a importarles?

—¿No son abstemios?

Sam rio.

—¿Abstemios? Tendrías que ver a mi madre cuando bebe jerez en Navidad.

Me puse colorada.

—Es que creía... No bebieron nada cuando pasé el fin de semana en tu casa.

Ella se encogió de hombros.

—La verdad es que no me fijé en eso. A veces beben y otras no. Como la mayoría de personas, supongo.

—Sí, supongo.

La mayoría de personas no bebía todas las noches. La mayoría de personas no se servía un gin-tonic cuando llegaba a casa después de trabajar diciendo «En alguna parte del mundo será la hora del cóctel, ¿no?». La mayoría de personas.

—¿Todo listo? —Mark se sube en el coche y se pone el cinturón. Me mira por el espejo retrovisor, luego se vuelve para verme mejor. Se aclara la voz, una costumbre inconsciente que reconozco de nuestros primeros encuentros. Es una forma de puntuación. Un punto y aparte entre lo que se ha dicho y lo que está a punto de decir. Una manera de expresar: «Ahora escúchame bien: esto es importante»—. Después de que hayamos ido a la comisaría...

Se lo piensa.

—¿Sí?

—Podríamos pedir cita para que vieras a alguien.

Enarco una ceja. «Ver a alguien.» El eufemismo de la clase media para decir: «Búscate un loquero, estás perdiendo la cabeza».

—No necesito visitar a otro terapeuta.

—Los aniversarios pueden tener consecuencias curiosas.

—Muy gracioso —comento de buen humor, pero Mark no sonríe.

Se vuelve de nuevo y gira la llave del contacto.

—Piénsatelo al menos.

No hay nada que pensar. Lo que necesito es a la policía, no un loquero.

Sin embargo, mientras salimos del camino de la casa inspiro con fuerza y me acerco a Ella para posar una mano sobre la ventanilla. A lo mejor sí necesito un loquero. Durante un segundo, veo una mujer caminando... No es mi madre, claro está, pero me impacta mi profunda desilusión, porque una parte de mí sí ha creído que lo era. Ayer, durante el aniversario de su muerte, sentí su presencia con tanta intensidad que hoy veo fantasmas donde no los hay.

Con todo, sigo teniendo esta sensación tan extraña...

¿Quién dice que los fantasmas no existen?

¿Los médicos? ¿Los psiquiatras?

¿Mark?

Quizá sea posible invocar a los muertos. Quizá sea posible que regresen si quieren. Quizá, y solo quizá, mi madre tiene un mensaje para mí.

No comparto nada de esto con Mark. Pero me quedo mirando por la ventanilla mientras nos dirigimos hacia la comisaría, deseando en silencio tener la capacidad de ver fantasmas, de percibir alguna clase de señal.

Si mi madre intenta decirme lo que en realidad ocurrió el día que murió, yo pienso escucharla.

17

Llevo aquí demasiado tiempo. Cuanto más esté aquí, más probable es que alguien me vea.

Pero tengo que hacer esto ahora; podría ser mi única oportunidad.

Mark ha colocado al bebé en su sillita, en el asiento trasero del coche, y Anna se ha sentado junto a ella. Mark cierra la puerta. Se queda fuera durante un segundo con las palmas de las manos sobre la capota del coche. En esa posición, queda oculto de Anna, pero yo percibo la ansiedad en su rostro. ¿Estará preocupado por mi hija? ¿Por el bebé? ¿O por alguna otra cosa?

Retrocede hasta un costado de la casa, donde Robert continúa plantado, fingiendo que desplaza unas macetas. Siento un pánico creciente, aunque sé que no puede tocarme y que ni siquiera puede verme. Los dos hombres hablan en voz baja a través de la valla, y me pregunto si Anna puede oír los mismos fragmentos que yo.

—... todavía está en la fase de luto... muy difícil... además de un poco de depresión postparto...

Espero.

Se alejan con el coche. Robert deja las macetas y regresa al interior de la casa.

Ha llegado el momento.

Un segundo después logro atravesar la puerta cerrada con llave y estoy en el recibidor. Enseguida me sobrepasan las sensaciones, me asaltan los recuerdos que jamás imaginé que persistirían.

Pintar los tablones desconchados, estar arrodillada a duras penas por mi barriga en crecimiento. Apilar colchas en la escalera para que una Anna diminuta se tirara por ellas como un tobogán, y tú alentándola mientras yo me tapaba los ojos con los dedos separados. Jugábamos a la familia feliz. Ocultando lo que sentíamos en realidad.

Con qué facilidad cambian las vidas. Con qué facilidad se desintegra la felicidad.

La bebida. Los gritos. Las peleas.

Se lo oculté a Anna. Al menos podía hacer eso por ella.

Me recompongo. Hace tiempo que se pasó el momento para sensiblerías; ya es demasiado tarde para llorar por el pasado.

Me muevo con rapidez y sigilo por la casa, desplazándome con la ligereza de una pluma. No desordeno ni dejo huellas. Ni rastro. Quiero revisar los documentos que apartó Anna. Mi agenda. Las fotos que solo revelan una historia si sabes cómo acaba. Busco la llave que descubrirá a todo el mundo la razón de mi muerte.

No encuentro nada.

En el estudio voy revisando con eficiencia los cajones. No hago caso a la punzada nostálgica que me apuñala con cada baratija o cuaderno que cojo. No puedes llevártelo, eso te dicen. Recuerdo un antiguo proyecto del colegio de Anna sobre los «objetos mortuorios» seleccionados por los antiguos egipcios con tal de aliviar el tránsito de los fallecidos a la vida del más allá. Anna pasó varias semanas pintando un sarcófago, rodeada por imágenes cuidadosamente dibujadas de sus más preciadas posesiones. Su iPod. Patatas con sal y vinagre, seis bolsas. Retratos de nosotros dos que ella misma había dibujado. Su bufanda favorita, por si tenía frío... Sonrío al recordarlo y pienso en qué me habría llevado yo, si hubiera sido posible; qué habría hecho que mi otra vida resultara más soportable.

No hay ninguna llave. Tampoco dentro de las bolsas desperdigadas en la planta baja, ni en la cómoda del recibidor donde se acumula todo lo que no tiene un lugar concreto.

¿Dónde la ha metido Anna?

18

MURRAY

—He encontrado la agenda de mi madre del año pasado.

—Anna le entregó una agenda con hojas tamaño folio—. He pensado que podría ser útil para hacer un seguimiento de sus movimientos.

Se encontraban sentados en la pequeña zona de cocina, detrás del mostrador de recepción de la comisaría de Lower Meads, donde Murray había hablado por primera vez con Anna Johnson. El compañero de la joven, Mark, la acompañaba, y juntos le habían informado de uno de los sucesos más raros que a Murray le habían pedido que investigara jamás.

Mark Hemmings tenía el pelo negro y abundante, y llevaba unas gafas en ese momento colocadas sobre la frente. Estaba recostado en la silla con un tobillo apoyado sobre la rodilla de la otra pierna. Su brazo derecho descansaba sobre el respaldo del asiento de Anna.

Anna Johnson ocupaba la mitad de espacio que su compañero. Estaba sentada en su silla, echada hacia delante con las piernas cruzadas y con las palmas juntas, como si estuviera en la iglesia.

Había varios folletos y tarjetas de visita guardados entre las páginas de la agenda, y, cuando Murray la abrió por delante, una foto cayó de su interior.

Anna la recogió.

—Lo siento, la metí ahí para que no se arrugara. Pensaba enmarcarla.

—¿Es tu madre?

—Esta de aquí, la del vestido amarillo. Y esta es su amiga Alicia. Murió de un ataque de asma a los treinta y tres años. Su hija Laura es la ahijada de mi madre.

Murray recordó la anotación de la libreta de bolsillo del agente que acudió a la casa. «Laura Barnes. Ahijada.» Las mujeres —chicas, en realidad— de la foto estaban riendo, sentadas en la terraza con jardín de un pub, abrazadas de tal forma que una parecía la prolongación de la otra. En el fondo de la foto había una mesa ocupada por unos chicos, y uno de ellos estaba mirando a Alicia y Caroline con admiración. Murray distinguió un carro y unos caballos en el cartel que se balanceaba por detrás de ellos en el exterior del local.

—Era un lugar curioso para unas vacaciones, tan alejado del mar, pero mi madre contaba que lo pasaron de maravilla.

—Es una foto preciosa. ¿Usted no llegó a conocer a los padres de Anna, señor Hemmings?

—Lamentablemente no. Ambos fallecieron antes de que los conociera. De hecho, nos conocimos gracias a ellos.

De forma instintiva, tanto Mark como Anna miraron a su hija, quien, tal como supuso Murray, no existiría de no haber sido por la tragedia acontecida en la familia.

—Consideraría lo ocurrido con el conejo como un presunto delito, pero sin haber examinado la escena...

—Lo siento. No lo pensamos.

Anna lanzó una mirada fulminante a su compañero.

—La próxima vez lo dejaré todo tal cual, ¿te parece? —dijo Mark. Habló con tranquilidad, pero con un tono que sugería que esa conversación ya la habían tenido al menos una vez—.Y así dejamos que las moscas se den un banquete.

—Era inevitable. He enviado la tarjeta de aniversario al laboratorio forense. Buscarán las huellas y el ADN, e intentarán leer el matasellos para saber desde dónde la enviaron. Y echaré un vistazo a esta agenda, gracias.

Murray devolvió la foto a Anna, pero ella no la metió en su

bolso. La sujetó con ambas manos y se quedó contemplando la imagen como si pudiera devolverla a la vida.

—No paro de creer que puedo verla. —Levantó la vista.

Mark retiró el brazo del respaldo de la silla y lo puso sobre sus hombros. Tenía los labios muy apretados mientras Anna intentaba explicarse—. Al menos... no es que la vea exactamente. Pero siento su presencia. Creo... creo que podría estar intentando decirme algo. ¿Suena a chifladura?

Mark habló en voz baja, dirigiéndose tanto a Murray como a Anna.

—Es muy frecuente que las personas que están pasando por un periodo de luto crean ver a sus seres queridos. Es una manifestación de la emoción; deseas verlos con tantas fuerzas que crees...

—¿Qué pasa si no son imaginaciones mías?

Se produjo un silencio incómodo. Murray tuvo la sensación de estar entrometiéndose, y pensó en inventar alguna excusa para dejar a la pareja a solas. Antes de que llegara a moverse, Anna se volvió hacia él.

—¿Usted qué opina? ¿Cree en fantasmas? ¿En una vida después de la muerte?

Los agentes de policía eran, por naturaleza, una panda de cínicos. Durante su época de servicio, Murray se había callado su opinión sobre los fantasmas para evitar las bromas que seguramente se habrían hecho a su costa. Ni siquiera quiso comprometerse en ese momento. Las creencias o escepticismo sobre la vida sobrenatural eran una cuestión personal —al igual que la religión o la política— y no debían discutirse en una sala adyacente a la recepción de la comisaría.

—Tengo una mentalidad abierta respecto a ese tema. —Hay más cosas en el cielo y en la tierra de las que nadie llegará a imaginar jamás, dijo Shakespeare, pero eso no facilitaba la situación a Murray. No podía acudir al CID con un informe que dijera que Anna Johnson recibía las visitas de una pariente asesinada. Se inclinó hacia delante—. ¿Tienes idea de qué podría querer decirte?

Murray hizo caso omiso del menosprecio casi tangible que irradiaba Mark Hemmings.

—Lo siento. Solo es una... sensación.

Iba a ser necesario algo más que una sensación para convencer al CID de que Tom y Caroline Johnson habían sido asesinados.

Nisha Kaur ya era inspectora de la policía científica cuando los llamaban «agentes especializados en la escena del crimen».

—El mismo perro con distinto collar —había comentado ella alegremente—. Tú deja que pasen otros diez años y algún lumbreras de las altas esferas lo renombrará y volverán a llamarnos «agentes especializados en la escena del crimen».

Aunque, pasados diez años, Nish ya no estaría allí. Era nueva en el cuerpo cuando Murray todavía era un joven inspector; se enroló con una diplomatura en fotografía profesional, un estómago a prueba de balas y la envidiable habilidad de llevarse bien con todo el mundo. Tres décadas después era directora de la policía científica, responsable de la brigada de investigación forense, y también contaba los días que le quedaban para jubilarse.

—Fotografía de mascotas —dijo cuando Murray le preguntó cuáles eran sus planes. Ella rio al ver su expresión de sorpresa—. El uniforme es mejor y hay menos sangre, además ¿has intentado sentirte triste cuando hay un gatito en la sala? Tengo la libertad de escoger mis proyectos, se acabaron los clientes cabreados y trabajaré las horas que yo quiera. Todo muy poco exigente. Será más un hobby que un trabajo.

Estaban sentados en la cafetería de la comisaría —cerrada en ese momento—, donde tres máquinas expendedoras servían a los trabajadores de fin de semana.

—Me parece un buen plan. —Murray dudaba mucho que Nish fuera capaz de dedicarse a algo muy poco exigente. Después de dieciocho meses de jubilación volvería de cabeza al trabajo—. ¿Qué vas a hacer en Navidad?

—Tengo guardia. ¿Y tú?

—Nada especial. Estaré tranquilo. Ya sabes.

—¿Sarah está...?

Nish no hizo el gesto de ladear la cabeza.

—En Highfield. Esta vez ha sido un ingreso voluntario. Se encuentra bien. —Sonó falso, incluso al propio Murray.

Cualquiera habría pensado que, con el paso del tiempo, los ingresos de Sarah en el centro le resultaban cada vez más fáciles, pero ese último par de ocasiones lo habían consumido más que nunca. Supuso que estaba haciéndose viejo y cada vez le costaba más gestionar el estrés.

—¿Para qué querías verme? —Nish, perceptiva como siempre, cambió el rumbo de la conversación.

—¿Cuánta sangre hay en el interior de un conejo?

El que la pregunta no sorprendiera a Nish demostraba lo variopinto de su trabajo, así como de la amplitud de su experiencia.

—Un par de cientos de mililitros, si llega. Un vaso pequeño —añadió, observando la mirada impertérrita de Murray.

—¿Suficiente para cubrir tres escalones?

Nish se rascó la barbilla.

—Vas a tener que contarme algo más para que siga.

Murray no mencionó los suicidios al principio. Repitió la descripción facilitada por Anna y Mark y añadió que la joven estaba convencida de que el conejo no había sido abandonado allí por un animal.

—Yo diría que la chica podría estar en lo cierto.

Murray se echó hacia delante de pura expectación, y Nish levantó un dedo como gesto de advertencia.

—Esto es totalmente extraoficial y completamente hipotético, ¿entendido? Sin fotos y sin analizar la escena, me resulta imposible hacer una valoración profesional.

—¿Pero...?

—La sangre, en la cantidad de la que estamos hablando, no se vierte de un conejo en posición pronal. Se filtra. Y se coagula. Así que, aunque ciento cincuenta mililitros filtrados al suelo lo dejarían todo hecho un desastre... (¿has tirado alguna vez una copa de vino?), la misma cantidad escurriéndose del interior de un conejo se habría coagulado mucho antes de gotear sobre el escalón de abajo. Gran parte de la sangre quedaría impregnada en el pelaje.

—Vale. Así que ¿alguien dejó caer gotas de sangre sobre los demás escalones para crear una escena del crimen aún más impactante?

—Eso parece. La pregunta más importante es ¿por qué? —Nish se quedó mirando a Murray, con la cabeza ladeada ligeramente—. Hay algo más que no estás contándome. —No fue una pregunta.

—Se produjeron dos suicidios en Beachy Head el año pasado. Tom y Caroline Johnson; tenían un concesionario en la esquina de Main Street.

Nish chasqueó los dedos.

—Dejó un Audi negro en el aparcamiento, ¿a que sí? El tipo que llevaba piedras en la mochila.

—Eres buena. Ese era Tom Johnson. Su esposa, Caroline, murió siete meses después, hace un año exactamente. En el mismo lugar, de la misma forma. Anna Johnson es su hija.

Entregó a Nish una bolsa plástica de pruebas que contenía la tarjeta anónima de aniversario, junto con una fotografía de la felicitación rota.

—«¿Suicidio? —leyó Nish en voz alta—. Piénsalo mejor.» —Levantó la vista—. Muy teatral. ¿Sugiere esto que fue asesinada?

—Sin duda así es como lo interpretó Anna Johnson. Esta mañana abrió la puerta de su casa y se encontró el conejo destripado en el escalón superior de la entrada.

—Mucho más impactante que meter caca de perro por la ranura del buzón.

—¿Tú qué opinas?

—¿Además del hecho de que sea un desperdicio porque se podría haber preparado un delicioso pastel de conejo? Creo que huele a chamusquina. ¿Qué dice el CID?

—No gran cosa.

Nish conocía a Murray desde hacía mucho tiempo.

—Vaya, Murray...

—Estoy haciendo el trabajo de base, eso es todo. Sabes cómo es el CID en la actualidad. No dan abasto. Se lo pasaré al inspector en cuanto tenga algo concreto para seguir investigando. Huellas dactilares, por ejemplo.

Dedicó a Nish una encantadora sonrisa y empujó la bolsa de pruebas para acercarla más a ella.

Nish volvió a empujarla hacia él.

—Ni hablar, si no tienes el código del presupuesto destinado a la investigación.

—¿No podrías incluirlo en el presupuesto original del caso?

—Sabes que no puedo hacer eso.

—La chica perdió a sus dos padres, Nish. Acaba de ser madre, intenta desesperadamente no desmoronarse sin una madre que le proporcione apoyo moral.

—Estás volviéndote blando con la edad.

—Mientras tú sigues siendo dura como el diamante, por supuesto. ¿Qué era eso que decías sobre los gatitos? —Empujó la bolsa de las pruebas sobre la mesa.

Esta vez, ella la cogió.

19

La mecedora fue un regalo de bodas de mis padres. Tiene el respaldo alto y tersos brazos curvilíneos con la altura exacta para las adormecedoras tomas nocturnas. Llegó con un lazo rojo, con dos mullidos cojines y una nota que decía: «Para el cuarto del bebé». Pasaba horas en esa silla. Tú jamás te despertabas —en aquella época, los hombres no lo hacían—, y yo tenía miedo de encender la luz por si Anna se desvelaba, así que me balanceaba hacia atrás y hacia delante en la oscuridad, deseando que se quedara dormida.

Cuando Anna dejó el cuarto del bebé, llevé la mecedora a la planta baja, donde iba pasando de la cocina a la sala de estar. Pero ahora ha regresado aquí, al cuarto del bebé de Anna.

Está en el cuarto de nuestra nieta.

La habitación es grande. Algo extravagante para un bebé, sobre todo porque ahora mismo duerme en la habitación de sus padres, a juzgar por el moisés adosado a su cama por el lado de Anna. Encima de la cuna blanca hay una cuerda con banderines rosas y blancos, con el nombre de Ella escrito en verde claro.

Junto a la cuna hay una cajonera y, en la pared de enfrente, un armario a juego y un cambiador con cestos alineados de mimbre, llenos de pañales y botes de polvos de talco.

Solo quiero echar un vistazo asomándome por la puerta —creo que es poco probable que encuentre la llave aquí—, pero los pies tiran de mí sobre la mullida moqueta gris claro hasta la mecedora. Mi mecedora.

Hacia atrás y hacia delante, hacia atrás y hacia delante. La luz tenue. La visión de las tejas del techo igual que hace veintiséis años. Con Anna en mis brazos.

Entonces lo llamaban «baby blues». Era más bien eso: una sensación de tristeza tras tener al bebé. Me sentía sobrepasada. Asustada. Quería llamar a Alicia —la única de mis amigas que podría haberlo entendido—, pero no encontraba las fuerzas para levantar el teléfono. Yo tenía todo lo que a ella le faltaba: un marido, una casa grande, dinero. ¿Qué derecho tenía a llorar?

Me he quedado aquí demasiado rato. Debo continuar. Debo salir.

Ya en la planta baja registro la cocina y aliso con gesto automático el paño que cuelga de la puerta del horno Aga. Hay una pila de revistas encima de la mesa y una variedad de correo tirado en el interior del frutero vacío colocado sobre la isleta. No encuentro la llave que estoy buscando.

Se oye un ruido de patas sobre el suelo procedente del lavadero. Rita.

Se me corta la respiración y prácticamente no hago ningún ruido, pero la oigo gemir. Percibe mi presencia.

Me detengo, coloco los dedos con ligereza sobre el tirador de la puerta. Tengo claro que ser vista por un perro no es lo mismo que si me viera un ser humano. Rita vuelve a gimotear. Sabe que estoy aquí; irme sin más sería cruel.

La saludo rápidamente y luego me voy. ¿Qué tiene de malo eso? No puede contar a nadie que ha visto un fantasma.

La puerta apenas está entreabierta medio centímetro cuando se abre de golpe por el empujón de un torpedo peludo; se mueve tan rápido que tropieza con sus propias patas y da dos volteretas sobre el suelo embaldosado antes de reincorporarse.

¡Rita!

Salta hacia atrás, tiene los pelos del lomo erizados y agita el rabo como si no supiera exactamente qué sentir. Ladra una vez. Dos veces. Salta hacia delante y luego hacia atrás. Recuerdo cómo gruñía a las sombras de los setos durante nuestros paseos vespertinos, y me pregunto qué vería en esos momentos, pero luego lo descarto diciéndome que no veía nada.

Me pongo de rodillas y alargo una mano. Ella conoce mi olor, pero mi apariencia la confunde.

—Buena chica, Rita.

El sollozo que se me escapa al decirlo me pilla por sorpresa. Rita pone las orejas de punta en cuanto me reconoce, y la línea de pelaje erizado del lomo se desvanece. Agita el rabo tan deprisa que se ve borroso, y la fuerza del movimiento la arrastra hacia atrás. Un nuevo gemido.

—Sí, soy yo, Rita. Qué buena chica. Ven.

No necesita más invitación. Satisfecha ante la idea de que, a pesar de su impresión inicial, la que está en la cocina es su dueña, se abalanza sobre mí y me lame con tanta fuerza la cara que tengo que alargar una mano para detenerla.

Me siento con ella; he olvidado mi búsqueda tras hundir mi rostro en su pelaje. Siento cómo me brotan las lágrimas y trago saliva con fuerza porque no quiero acabar derramándolas. Cuando Rita llegó de Chipre había pasado ocho meses en un centro de acogida. Era cariñosa y amable, pero sufría una fuerte ansiedad por la separación e incluso salir de una habitación donde ella se encontraba se convertía en un drama. La primera vez que salimos y la dejamos en casa, aulló con tanta fuerza que seguíamos oyéndola al llegar al final de la calle, y tuve que dar media vuelta y dejar que te fueras solo.

Poco a poco, Rita entendió que iba a quedarse en casa para siempre. Si salíamos regresábamos con regalos para felicitarla por ser una chica valiente. Seguía dándonos la bienvenida con emoción y alivio, aunque los aullidos cesaron, y acabó convirtiéndose en una perra tranquila y feliz.

Me inunda la culpa cuando me imagino cómo debió de sentirse el día que no volví a casa. ¿Me habrá esperado delante de la puerta? ¿Habrá estado corriendo recibidor arriba y abajo, gimoteando porque no me veía? ¿La habrá acariciado Anna para consolarla? ¿Le habrá asegurado que volvería pronto? Mientras ella misma se preguntaba qué habría pasado. *Tan preocupada como Rita. Más.*

Rita se sienta erguida de pronto, con el hocico olfateando el aire y las orejas en posición de alerta. Me quedo paralizada. Ha oído algo. Está claro; pasado un segundo, yo también lo oigo.

El crujido de la grava. Voces. Una llave en la cerradura.

20

ANNA

Mark insiste en entrar con nosotras en la casa, en lugar de dejarnos en la acera.

—Entonces ¿sí que estás preocupado? —pregunto mientras lleva la sillita de Ella al interior—. Ahora que sabes que no fue un zorro el que dejó el conejo...

El recibidor está helado y subo el termostato hasta que oigo el clic de la caldera poniéndose en marcha.

—En realidad, él ha dicho que ambas hipótesis eran válidas.

—Sin tener fotos, quieres decir.

—Sin pruebas forenses. —Me echa una mirada y yo me muerdo la lengua para no replicar. El picarnos no contribuirá a nada—. Pero sí, estoy preocupado —admite y habla con tono serio. Me siento reconocida como una niña, pero Mark no ha terminado—. Estoy preocupado por ti. —Cierra de golpe la puerta—. ¿Qué has dicho en la comisaría... sobre que percibías la presencia de tu madre...? —No ha terminado, y yo no pienso ayudarlo a terminar—. Es una parte totalmente normal del proceso de duelo, pero también podría ser una señal de que no estás enfrentándote a ello. Y luego está Ella, y todo el cambio hormonal que implica la reciente maternidad...

Espero varios segundos.

—Crees que estoy volviéndome loca.

—No. No lo creo.

—¿Y si lo que me pasa es que me gusta sentir que mi madre sigue aquí?

Mark asiente con gesto pensativo y se pasa el índice por los labios, con el pulgar colocado en la barbilla. Es su expresión de escucha. Hace que me sienta como su paciente, no como su compañera. Como un caso de estudio, no como la madre de su hija.

—¿Y si lo que pasa es que quiero ver fantasmas? Perdón, ¿y si lo que quiero es tener experiencias alucinatorias posteriores al proceso de dolor por la pérdida?

La corrección es sarcástica, y veo el dolor en la mirada de Mark, pero estoy demasiado embalada para contenerme ahora.

—Nos vemos más tarde. —No me da un beso de despedida y no lo culpo.

Cierra la puerta de golpe y oigo el traqueteo de sus llaves cuando las gira dos veces. Me pregunto si creerá que así deja fuera el peligro o que lo deja encerrado en casa.

—Tu madre es idiota, Ella —le digo.

La pequeña me mira parpadeando. ¿Por qué he tenido que ser tan desagradable? Mark está preocupado, eso es todo. Desde un punto de vista personal y profesional. ¿No fue precisamente su compasión lo que me atrajo de él? Y ahora veo ese rasgo como un defecto.

Me estremezco. Me agacho para comprobar si el radiador emite calor. Está calentándose, pero aquí sigue haciendo frío. Se me escapa la risa; todos los clichés sobre fantasmas están cumpliéndose. Aunque eso no me disuade de la idea, porque no es solo la temperatura lo que me hace sentir que hubiera alguien más en la habitación.

Es el perfume de mi madre.

Addict, de Dior. Vainilla y jazmín. Tan tenue que creo que estoy imaginándolo. Es que estoy imaginándolo. Mientras me encuentro al pie de la escalera, con los ojos cerrados, me doy cuenta de que no estoy oliéndolo.

—Vamos, ven aquí.

Desato a Ella de la sillita del coche. Hablarle en voz alta sofoca mi sensación de tener el estómago revuelto, como si mil mariposas estuvieran atrapadas ahí dentro en una red.

A pesar del calor que desprende la Aga, la cocina también está helada. Huele a aire fresco y puro, con un toque a jazmín que me obligo a obviar. Rita gimotea desde el lavadero. Abro la puerta y voy a consolarla, pero ella me ignora y sale disparada hacia la cocina, donde da vueltas en círculos persiguiéndose el hocico. Da vueltas y más vueltas y me hace reír aunque no quiera.

—¡Qué perra tan tonta! —le digo a Ella—. ¿A que es una perra tonta?

Encuentro un trozo de tuétano, Rita deja a regañadientes la caza de su conejo imaginario y se lleva el hueso a su cama, junto a la Aga, donde lo roe satisfecha.

«Experiencias alucinatorias posteriores al proceso de dolor por la pérdida.» Qué forma tan clínica de describir algo tan mágico. Tan inexplicable.

«Algunas personas afirman haber sostenido conversaciones completas con sus seres queridos fallecidos —ha dicho Mark en la comisaría—. A menudo forma parte de un proceso de duelo traumático llamado dolor patológico, aunque, en ocasiones, puede ser síntoma de algo más serio.»

Síntomas. Procesos. Estados.

Nombres para cosas que no entendemos, porque nos asusta lo que podrían significar. Qué podrían hacernos.

«Conversaciones completas...»

Daría cualquier cosa por volver a oír las voces de mis padres. Tengo un par de vídeos: discursos de cumpleaños; imágenes antiguas de vacaciones de verano; una película de mi graduación, fragmentos captados a lo largo de ese día y editados después. Mis padres no salen en la imagen, siempre apuntaban con orgullo la cámara hacia mí, pero el micrófono captó hasta la última palabra susurrada mientras estaban sentados en la primera línea del Butterworth Hall en el Centro de Arte de Warwick.

—Nuestra niñita...

—No me lo puedo creer.

—Mírala, con esos vaqueros... Podría haberse puesto pantalones de vestir.

—Tú no puedes decir nada, que parece que hayas estado arreglando el jardín con esos pantalones que llevas.

—¡Qué idiota he sido! ¡Creía que hoy la protagonista era Anna! Si hubiera sabido que era un desfile de modas para los padres...

Me llevaron a comer al Tailors, donde mi padre se mostró cada vez más orgulloso —y expresándolo cada vez en voz más alta— con cada plato que servían, y mi madre se enjugaba las lágrimas mientras compartía con un nuevo desconocido mi mediocre resultado académico. Cuando llegamos a los postres, yo estaba desesperada por irme, pero no podía fastidiarles el momento. Era su única hija. La primera Johnson que iba a la universidad. Ellos se merecían la celebración.

He puesto estas grabaciones tantas veces que ya me sé los diálogos de memoria, pero no es lo mismo. Jamás será lo mismo. Cierro los ojos. Levanto la cabeza. Siguiendo un impulso, alargo los brazos con las palmas hacia arriba, y pienso que si alguien estuviera mirando por la ventana me moriría de la vergüenza y no podría superarlo. Pero si puedo percibir a mi madre, si puedo oler su perfume...

—¿Mamá? ¿Papá? —Mi voz suena apagada y mínima en la cocina vacía—. Si podéis oírme...

Se oye el ulular del viento en el exterior, las ramas que se mecen en el jardín. Rita gime, es un gemido tenue y agudo que se queda en nada.

Cuando tenía once años, Laura me enseñó a fabricar un tablero de güija, y me contó que podíamos invocar a los muertos con poco más que unas velas encendidas colocadas de forma estratégica y un tablero sobre el que habíamos escrito con pulcritud las letras del alfabeto. Me hizo jurar que guardaría el secreto, y ambas esperamos a la próxima vez que Laura me hiciera de canguro para probarlo.

Laura bajó la intensidad de las luces. Sacó un CD de su bolso y puso una canción que yo no reconocí, de una antigua cantante que yo no había escuchado nunca.

—¿Lista?

Con los índices sobre el pequeño fragmento de madera que había en el centro del tablero, esperamos. Y esperamos. Contuve la risita nerviosa. Laura tenía los ojos cerrados, el gesto constreñido por la concentración. Empezaba a aburrirme. Esperaba pasar una noche divertida con Laura, metiéndonos miedo con historias de fantasmas, como hacíamos con mis amigas cuando nos quedábamos a dormir fuera de casa.

Empujé la pieza central que señalaba las letras.

Laura abrió los ojos de golpe. Imité su gesto impresionado.

—¿Has sentido eso?

Asentí con exageración. Ella me miró con los ojos entrecerrados.

—¿Lo has movido tú? Jura que no has sido tú.

—Lo juro.

Laura volvió a cerrar los ojos.

—¿Hay alguien ahí?

Poco a poco, moví la pieza central sobre el tablero. «Sí.»

Pero entonces deseé no haberlo hecho. Porque Laura se arrugó como una pasa y empezaron a brotarle lágrimas de los ojos y a empaparle las pestañas.

—¿Mamá?

Yo también sentí ganas de llorar. No podía contar a Laura que había estado haciendo el tonto, pero no podía seguir jugando cuando ella no sabía que era un juego. Le temblaban los dedos, pero la pieza no se movía. Pasó un siglo antes de que se resignara a apartar las manos.

—¿Podemos jugar a otra cosa?

—¿Estás bien?

Yo no estaba muy segura, pero Laura ya había contenido esas primeras lágrimas a base de parpadeos. Apagó las velas de un soplido y me animó para que jugáramos al Monopoly.

Años más tarde, confesé. Compartíamos una botella de vino, y de pronto me recordé agachada sobre nuestra güija casera y sentí la necesidad repentina de limpiar mi conciencia.

—Ya lo sabía —dijo cuando por fin me descargué de ese peso que llevaba en el alma.

—¿Lo sabías?

—Bueno, lo supuse. A los once años eras una mentirosa de mierda. —Me sonríe y me pega un puñetazo en el hombro, luego me mira a la cara—. ¿No me digas que ha estado remordiéndote la conciencia todo este tiempo?

No era así, pero me sentí aliviada al descubrir que ella tampoco había estado comiéndose la cabeza con lo ocurrido.

Ahora se me pone la piel de gallina, los vellos de la nuca se me erizan, uno a uno. Percibo un toque de jazmín.

Y entonces...

Nada.

Abro los ojos y dejo caer los brazos a ambos lados, porque esto es absurdo. Ridículo. Mis padres están muertos, y llamarlos desde mi cocina es tan irreal como extender mis alas para volar.

No hay mensajes. Ni fantasmas. Ni otra vida en el más allá.

Mark tiene razón. Son todo imaginaciones mías.

21

MURRAY

—Entiendo que su marido no cree en fantasmas —dijo Sarah. Estaban sentados en el sofá de cuero negro de la sala para familiares de Highfield, donde Murray se había reunido con Sarah durante los cuarenta y cinco minutos que tenía para cenar durante el turno de tarde.

—Su compañero. No, él dice que son experiencias alucinatorias posteriores al proceso de dolor por la pérdida.

—Casper se quedará hecho polvo.

La puerta que daba a la sala familiar se abrió y entró una joven. Era tan delgada que su cabeza parecía enorme en proporción, y presentaba un entramado de cicatrices finas y lineales entrecruzadas desde la muñeca hasta el hombro en ambos brazos. No hizo señal alguna de haber visto ni a Murray ni a Sarah; se limitó a coger una revista de la mesita de café y volvió a salir de la sala.

—Según Mark Hemmings, hasta un sesenta por ciento de los dolientes afirma haber visto u oído a sus seres queridos después de muertos, o haber percibido su presencia de alguna otra forma.

—Entonces ¿qué diferencia hay entre eso y un fantasma?

Sarah estaba pasando las páginas de la agenda de Caroline Johnson. En Highfield cenaban temprano —les servían una merienda-cena a las cinco, como a los niños—, así que Sarah estaba sentada en el sofá con las piernas cruzadas revisando los documentos de la caja mientras Murray se comía sus bocadillos.

—Ni idea.

—Podría volver a visitarte cuando muera.

—No digas eso.

—¿Por qué no? Imaginaba que te alegrarías de verme.

—No me refería a eso. Quería decir que... Oh, da igual.

—Quería pedirle que no dijera que iba a morir.

Se quedó mirando por la ventana. El cielo estaba despejado y salpicado de estrellas, y Murray recordó de pronto una ocasión en el parque cuando Sarah y él salieron juntos por primera vez y estaban nombrando las constelaciones que conocían, e inventándose los nombres de las que no conocían.

—Ese es el Arado.

—Y ahí está el Puercoespín.

—Idiota.

—Idiota tú.

Hicieron el amor sobre la hierba húmeda y solo se movieron cuando sus estómagos vacíos les recordaron que no habían comido nada desde el mediodía.

—¿Te apetece dar un paseo? —preguntó Murray—. ¿Damos una vuelta a la manzana?

De forma instantánea, el brillo en los ojos de Sarah quedó sustituido por una mirada de ansiedad. Pegó las rodillas al pecho, las abrazó con fuerza y clavó los dedos en la agenda de Caroline como si estuvieran pegados a ella.

Ese miedo a estar en el exterior era algo nuevo. No se trataba de agorafobia, no según su terapeuta, solo de otra pieza del mosaico de la ansiedad que era la hermosa, divertida y tremendamente compleja esposa de Murray.

—No pasa nada. —Él hizo un gesto con el brazo para descartar la idea y, con eso, la esperanza de que Sarah pudiera regresar a casa.

«Paso a paso», pensó Murray. Todavía era viernes. Hasta el lunes no era Navidad. Había mucho tiempo para conseguir que su esposa regresara a casa.

—¿Algo que te haya llamado la atención? —Señaló el diario.

Poco a poco, ahora que él ya no insistía en que abandonara el recinto, la musculatura de Sarah empezó a relajarse. Abrió la agenda y se quedó mirando una fecha en particular.

—¿La hija comentó algo sobre oponerse a una obra de ampliación?

—No que yo recuerde.

Sarah le mostró la página, un mes antes de la muerte de Caroline, donde había anotado un número de referencia, bajo el recordatorio: «Presentar documento de objeción a la obra de ampliación».

—La gente se pone muy nerviosa con lo de conseguir permisos para las reformas.

—¿Tan nerviosa como para matar a alguien?

—Hay gente que está muy mal de la azotea.

Murray buscó el portal de urbanismo de Eastbourne en su móvil y echó un vistazo al número de referencia del documento anotado en la agenda, y lo tecleó con el índice.

—Es una solicitud de ampliación. —Encontró el nombre del solicitante—. Señor Robert Drake. —Murray recordó la lista de amigos y familiares que habían ido a consolar a Caroline Johnson el día de la muerte de su esposo—. Es vecino de Anna Johnson. —Murray leyó en diagonal el informe de urbanismo—. Fue denegada. Aunque parece que ahora está intentándolo otra vez, hay otra solicitud relacionada con lo mismo.

—Ves. Ahí tienes tu móvil, Poirot.

—Se presentaron treinta y cuatro objeciones. Será mejor que compruebe si no las han rechazado todas.

Sarah enarcó una ceja.

—Venga, tú ríete de mis teorías... ¿Cuánto apuestas, detective?

A Murray no le iban las apuestas. Ya había bastantes variables en la vida como para buscar más, y el panorama general en la investigación del caso Johnson no estaba nada claro.

«¿Suicidio? Piénsalo mejor.»

—El suicidio de Caroline Johnson fue un calco del de su marido —dijo él, tanto para sí mismo como para Sarah—. Las similitudes añadieron peso al veredicto del forense, en particular por algunos detalles de la muerte de Tom Johnson que jamás saltaron a los periódicos.

The Gazette había publicado un obituario tras la muerte de Tom. La familia era conocida en la localidad, su negocio había pasado por tres generaciones. La prensa había mencionado los efectos personales dejados en el acantilado, el coche abandonado en el aparcamiento, pero no la mochila que Tom había llenado de piedras. Los únicos que tenían esa información eran sus familiares y la mujer que había presenciado el suicidio de Tom: Diane Brent-Taylor.

Murray pensó en la tarjeta anónima enviada a Anna, en el conejo en su escalera de entrada. Pensó en la conveniencia de un suicidio con marea alta, la cual impedía recuperar cuerpos que pudieran revelar sus secretos sobre la mesa de la autopsia. Tanto Tom como Caroline se habían informado sobre las horas de las mareas, pero ¿qué les importaría a ellos que sus cuerpos fueran o no encontrados? Todo parecía demasiado conveniente. Demasiado... orquestado.

Sarah se percató de la expresión pensativa de su marido.

—¿Qué pasa?

—No tengo pruebas...

—Primero el instinto, luego las pruebas. ¿No era eso lo que decías antes?

Murray rio. Había trabajado siguiendo ese lema durante gran parte de su carrera y todavía no le había fallado. Le quedaba mucho para averiguar la forma exacta en que habían muerto Tom y Caroline Johnson, pero todos sus instintos señalaban en una dirección.

—Crees que ella fue asesinada, ¿verdad?

Murray asintió lentamente con la cabeza.

—Creo que los asesinaron a ambos.

Sarah se puso seria. Retomó la agenda de Caroline y empezó a mirar los folletos y tarjetas de visita sueltas en la parte trasera del cuaderno. Levantó uno y se lo puso delante.

—Creí que habías dicho que Mark Hemmings no llegó a conocer a los Johnson.

—No los conoció; habían muerto antes de que Anna y él se conocieran.

—No según esto.

Murray cogió el folleto que tenía Sarah en las manos. «Mark Hemmings, Dip. en Investig. de Rasgos Espontáneos, Dip. en Investig. de Transferencia de Rasgos Espontáneos, Máster en Psicología, UKCP (Acreditación Oficial para el ejercicio de la Psicología en Reino Unido), MBACP (Acreditación Oficial de la Asociación Británica de Terapeutas).» Le dio la vuelta. Reconoció la letra de Caroline Johnson por las múltiples listas de la agenda, esta vez, en una nota: «14.30, miércoles 16 de noviembre».

Sarah fue a la página de esa fecha en la agenda, en la que estaba anotada la misma cita. Se quedó mirando a Murray.

—Ese tipo está mintiendo.

22

ANNA

A las seis tocan el timbre. Abro la puerta y me encuentro ahí plantado al tío Billy, con una botella de vino en la mano. Me quedo mirándola anonadada.

—No lo habrías olvidado, ¿verdad?

—¡Por supuesto que no! Es que estaba con la cabeza en otro sitio. Es maravilloso tenerte aquí. —Lo abrazo con fuerza para ocultar mi mentira—. Siento haberte echado la bronca ayer.

Se encoge de hombros quitando importancia a mi disculpa. —Fue un arrebato. No le des más vueltas. Bueno, ¿dónde está mi preciosa sobrina nieta?

Vamos hacia la cocina y pongo a Ella en brazos de Billy, quien la sujeta con incomodidad, como si estuviera calculando el peso de un ternero en una feria agrícola. Ella no para de intentar tocarle la nariz y eso hace reír a mi tío, y los dos están tan tiernos que cojo el móvil y les hago una foto rápida. Tengo un sms de Mark.

Llego tarde, lo siento. Besos.

Contesto a toda prisa.

Tranquilo. Billy ha venido a cenar. Besos.

Genial.

Aparto el móvil y sonrío de oreja a oreja a mi tío Billy.

—Mark llegará pronto a casa. ¡Tiene muchas ganas de verte!

Billy sonríe, pero su mirada no refleja alegría.

—Genial.

Me sirvo una copa de vino bien llena. El embarazo y la lactancia han interrumpido mi costumbre de beber, heredada de mis padres, pero esta noche creo que voy a necesitarlo.

A mi padre le encantaba contar la anécdota de cómo —con seis años y cuando todavía estaba aprendiendo a leer las horas del reloj— unos amigos de mis padres que estaban bebiendo me pusieron a prueba.

—¿Qué hora es, Anna?

—Las vino en punto —dije yo alegremente.

Yo no lo recuerdo; ni siquiera estoy segura de si era solo una de las invenciones de mi padre, aunque sí que me suena a historia real.

Son las siete y pico cuando Mark llega a casa, deshaciéndose en disculpas y con un enorme ramo de lirios stargazer.

—Lo siento —dice cuando me lo entrega, y yo sé que no se refiere al hecho de llegar tarde.

—Yo también —respondo en voz baja.

—Me alegro de verte. —Mark da un buen apretón de manos a Billy. Yo me quedo junto a ellos, con dolor en las mejillas por la amplitud de mi sonrisa.

—Yo también me alegro de verte. Espero que estés cuidando bien de esta muchacha.

—Billy, soy bastante capaz de cuidarme yo solita.

Mark me guiña un ojo. «No le hagas caso.»

—Hago todo lo que puedo, Bill. ¿Cómo va el negocio?

—Mejor que nunca.

Mientras Billy va caminando por delante de nosotros, en dirección a la sala de estar, Mark me lanza una mirada confusa. Yo niego con la cabeza.

Desde que murió mi padre, los beneficios han caído en picado, y Billy está luchando por sacar la empresa adelante. La mitad del negocio que era de mi padre pasó primero a manos de mi madre y luego a las mías, pero yo ni siquiera sé qué hacer con ella. Había pensado que el permiso de maternidad sería el momento perfecto para sentarme y revisarlo todo —para aprender el funcionamiento de la empresa—, pero calculé muy mal las necesidades de una recién nacida. Tengo suerte si encuentro tiempo para leer la parte trasera de una caja de cereales. Lo único que conozco de la empresa es su situación financiera en general, y no tiene buena pinta.

Pero ahora no es el momento de hacer que Billy hable de ello. Dejo a Mark preparando unas copas y me retiro a la cocina. Cuando vuelvo, ambos hombres están sentados en silencio. Me estrujo el cerebro para pensar en algo que tengan en común, además de mi persona.

—¡Oh! Cuéntale a Billy cómo bailaba Ella. —Doy un codazo a Mark, quien pone expresión de perplejidad—. Cuando pusiste a Guns 'n' Roses. —Hago una pausa, pero parece que todavía no lo pilla—. Cuando empezamos a dar vueltas y ella movía las manitas y daba pataditas al ritmo de la música y parecía que estuviera bailando.

—¡Claro! Sí. Bueno, así fue, en realidad. Como si estuviera bailando.

Billy ríe por cortesía. Esto es exasperante. Es un alivio que suene el timbre. Mark se levanta de un salto, pero yo llego antes.

—¡Esto está tan animado como Piccadilly Circus esta noche! —digo con alegría.

Jamás he sentido tanto alivio al ver a alguien como al ver a Laura.

—Solo he pasado para ver cómo estabas, después de lo de ayer. —Se queda mirándome con detenimiento—. ¿Estás bien? Pareces un poco tensa.

Tiro de ella hacia adentro y la meto en la cocina antes de cerrar la puerta de golpe.

—Tienes que quedarte a cenar.

—No puedo, tengo planes.

—¡Laura, por favor! Tienes que salvarme. Quiero a Billy con todo mi corazón y lo mismo a Mark, evidentemente, pero estoy llegando a la conclusión de que no pueden estar en el mismo lugar al mismo tiempo.

—¿Ya están discutiendo otra vez?

—No, pero es cuestión de tiempo que empiecen.

Laura ríe.

—Te costará un precio.

Levanto la botella de vino con una mano y una copa vacía con la otra.

—Hecho.

Como era de esperar, cuando entramos en la sala, los hombres están en plena trifulca.

—En mi época no existía la salud mental. Terapeutas, asesores... ¡Menuda panda de charlatanes! Hay que echarse los problemas a la espalda y seguir adelante.

—Seguramente esa es la razón por la que estamos viendo los tremendos efectos colaterales de esa actitud en la actualidad.

—¿Crees que los pilotos de la Segunda Guerra Mundial pedían la baja por estrés? ¿Por depresión?

—Creo que ahora estamos solo empezando a entender que...

—Malditos blandengues...

Los interrumpo.

—¡Mirad a quién he encontrado! —Presento a Laura como si acabara de salir de una tarta—. Ahora sí que es una cena en condiciones.

—¡Laura! ¿Pasarás la Navidad con nosotros, cielo?

—Este año no. Hemos preparado una comida de borrachas con unas amigas. Cuatro Bridget Jones y tanto Prosecco como podamos beber. —Tuerce el gesto, pero yo sé que está deseándolo. Se acomoda en el sofá junto a Billy—. Háblame de coches. El mío está a punto de estirar la pata y no sé por cuál sustituirlo.

—Tengo un Skoda de tres años que podría dejarte a buen precio.

Laura arruga la nariz.

—Ese no es precisamente el estilo que estaba buscando.

—Hay un MX-5 que podría ser más de tu gusto, aunque depende de tu presupuesto. Te diré algo: prueba unos cuantos antes de decidir. Llévate el Skoda durante un par de días y cualquier otro que te guste, y prueba a ver cómo te sientes conduciéndolos.

Viendo que la conversación se ha desviado definitivamente de la utilidad, o no, de la profesión de Mark, vuelvo a la cocina.

El vino suaviza los hirientes comentarios que se dedican entre sí Mark y Billy, y cuando terminamos de comer, por fin puedo relajarme.

—Veo que tu vecino ha solicitado de nuevo el permiso para la obra de ampliación. —Billy habla con tranquilidad, ya no está compitiendo con Mark por salir ganando.

Es algo que agradezco a los dos.

—Ha hecho un par de reformas desde que se lo denegaron. Ahora lo lleva menos en plan *Grand Designs*.

—Lo que preocupaba a Caroline era la luz. —Laura señala hacia la ventana, donde la luz exterior ilumina el patio y la valla entre nuestro jardín y el de Robert—. La ampliación dejaría completamente en sombra vuestro jardín. Deberías presentar un formulario de objeción.

—No me gustaría estar a malas con Robert. —Podía ser irritante, pero fue muy amable cuando murieron mis padres, y no quiero provocar ninguna situación incómoda.

—El sistema existe por un motivo —dice Laura—. No tiene por qué ser nada personal. Rellenas el formulario y dices que te opones a su ampliación.

Mark frunce el ceño.

—Quizá deberíamos hacerlo, Anna. Una ampliación muy grande lo dejaría todo muy oscuro por aquí. Eso podría afectar considerablemente al valor de mercado de la casa.

—Pero no vamos a venderla —digo.

La ampliación de la casa de al lado me da igual. Mi madre discutió con Robert la primera vez que él hizo la solicitud. Hacía solo un mes que había muerto mi padre, y las reacciones de mi madre a las situaciones cotidianas eran, comprensiblemente, un tanto erráticas. Cuando la tienda de la esquina se quedó sin pan, ella le lanzó una perorata a la pobre dependienta, que se quedó temblando tras el mostrador. Me llevé a mi madre del local y la metí en cama. La chica de la tienda se mostró muy comprensiva cuando regresé para disculparme. Todos lo fueron. Robert también. Mi madre se obsesionó con su solicitud de ampliación. Se lanzó a combatirla como si fuera un asunto de vida o muerte, empezó a leer sobre zonas de conservación y edificios protegidos, y se propuso conseguir apoyos de otros vecinos de la calle. Ni siquiera sé si realmente le importaba la ampliación. Era otro proyecto al que poder hincarle el diente, como sus esfuerzos por recaudar fondos para la organización benéfica de adopción de perros chipriotas, o las campañas en favor del Brexit en las que había participado. Cuando mi madre encontraba un proyecto, se comprometía con él hasta el final. A mí me daba bastante igual si Robert decidía levantar un estadio de fútbol en su jardín trasero. Cada una llevaba el dolor por la pérdida a su manera.

—No vamos a vender ahora, pero con el tiempo...

—¡Ni ahora ni nunca! —Empujo la silla hacia atrás con una fuerza innecesaria.

El silencio que sigue habría resultado incómodo, de no ser porque Ella, que está echándose la siesta en su hamaquita, arruga la cara y se suelta un sonoro pedo extraordinariamente apestoso. Todos nos reímos. El momento de tensión se disuelve.

—Imagino que deberíamos llevarla a la cama —dice Mark, pero no hace movimiento alguno para acostarla.

—Déjala. Supongo que da igual dónde duermas cuando tienes dos meses de vida.

—¡Dos meses ya! —exclama Billy.

—Ya lo sé. El tiempo pasa muy deprisa.

—Ya iría siendo hora de que convirtieras a Anna en una mujer decente, ¿no crees, Mark?

Empiezo a recoger los platos.

—Te aseguro que yo lo he intentado.

—No hay prisa, tío Billy. Tenemos una hija juntos; eso es mucho más compromiso que un anillo de bodas.

—Te diré algo —dice Billy—. Admito que una boda es algo que solo necesita la familia, después de todo lo ocurrido. —Tiene los labios teñidos de violeta por el vino tinto—. Ya la pago yo.

—No queremos tu dinero, Bill.

Laura me ve la cara y llega al rescate.

—Si tienes tantas ganas de celebrar una boda, sería mejor que te hicieras un perfil en Tinder, Billy. Nosotras seremos tus damas de honor, ¿a que sí, Anna?

Le lanzo una mirada de agradecimiento.

—Buena idea, pero no creo que haya un gran mercado para un vendedor de coches con sobrepeso que ya pasó la flor de la vida.

—Venga ya, tío Billy, eres un soltero bastante apetecible. Tienes una casa bonita, un buen negocio, la dentadura original... Esos dientes son tuyos, ¿verdad?

Los dejo riendo y empiezo a cargar el lavavajillas.

La primera vez que Mark se me declaró fue la noche que le dije que estaba embarazada. Respondí que no. No tenía por qué hacerlo.

—No lo hago por obligación, es que quiero hacerlo. Quiero estar contigo. ¿Tú no quieres estar conmigo?

Obvié la pregunta. Sí que quería, por supuesto que quería, pero deseaba que él quisiera casarse por mí, no porque íbamos a tener una hija.

Me lo pidió dos veces mientras estaba embarazada, y una vez más en cuanto nació Ella. Estuve casi a punto de decir que sí esa última ocasión, pues estaba sumida en esa bruma postparto, hasta arriba de medicación y con la euforia de haber creado una vida diminuta que dormía entre mis brazos.

—Pronto —le prometí.

Como la mayoría de mujeres, he imaginado mi boda. La identidad del novio ha ido cambiando con el paso de los años

—desde Joey Matthews cuando tenía seis años y estaba en primaria hasta una serie de novios poco convenientes, y un par casi convenientes—, pero los invitados han sido siempre una constante. Amigos. Billy. Laura.

Mamá y papá.

Cuando me imagino casándome con Mark, solo pienso en quién no podré ver ese día.

Ya es tarde cuando Billy y Laura se marchan. Los acompaño afuera y los despido con la mano, contenta de que me dé el aire frío para despejarme un poco de tanto vino. Me protejo con los brazos, me quedo de pie en la acera y me vuelvo para mirar hacia la casa. Pienso en la sugerencia de Mark de que la vendamos y empecemos desde cero, y aunque sé que tiene razón, la simple idea de dejar Oak View me resulta dolorosa.

Echo un vistazo a la vivienda de al lado. Se ven luces en la planta baja y otra donde supongo que se encuentra el descansillo de la segunda planta. El formulario rosa de solicitud de ampliación que Billy ha visto está pegado en la verja con unas bridas de plástico; con un cuerpo de letra diminuto se explica el proceso necesario para presentar una objeción. Supongo que indicará el periodo de presentación y la dirección a la que debe remitirse tal objeción, en caso de que uno quiera oponerse a la obra de ampliación.

No puedo evitar la sensación de que existen luchas más importantes que la de evitar la reforma de Robert Drake que bloqueará el paso de la luz hasta nuestra cocina. A diferencia de mis padres, que en ocasiones parecían sentirse atraídos por la confrontación, la idea de meterme en una disputa vecinal me llena de pavor. Tal vez sea por mi condición de hija única, por no haber experimentado esas peleas de hermanos que me habrían fortalecido, pero el intuir una discusión me provoca más ganas de llorar que sed de venganza.

Emprendo el camino de vuelta a casa cuando oigo un fuerte golpe, y el ruido de un cristal roto. La atmósfera nocturna me desorienta; no sé precisar de dónde procede. Al abrir la puerta alcanzo a ver a Mark de refilón corriendo escalera arriba. Pasados unos segundos, me llama a gritos.

Subo corriendo.

—¿Qué? ¿Qué ha pasado?

Entra una ráfaga de aire helado en el cuarto de Ella, y las cortinas descorridas ondean por la corriente; el cristal de la ventana está hecho añicos. Lanzo un grito.

Mark señala la cuna. Está cubierta de esquirlas de cristal que brillan con la luz de la lámpara del techo y, en el centro del colchón, hay un ladrillo. Una goma elástica sujeta un trozo de papel.

A toda prisa, Mark levanta el ladrillo.

—¡Las huellas! —le recuerdo.

Agarra el papel por una esquina y retuerce la cabeza para poder leer el mensaje escrito a máquina:

Nada de policía. Déjalo antes de acabar mal.

23

MURRAY

Anna Johnson parecía cansada. Tenía ojeras y aunque sonrió con cortesía al abrir la puerta, ya no tenía ese aire decidido que Murray había percibido en ella el día anterior. La joven lo condujo hasta la cocina, donde Mark Hemmings estaba recogiendo los platos del desayuno.

A Murray esa dinámica le pareció interesante. A pesar de la fuerza evidente de Anna, cuando la pareja estaba junta daba la impresión de que Mark se hacía cargo de todo. Murray se preguntó si sería una opción deliberada o si era así por inercia. ¿Era Mark quien tomaba las decisiones en la relación? ¿De verdad había mentido sobre el hecho de no conocer a Caroline Johnson?

—Lo siento... ¿interrumpo?

—En absoluto. Hoy vamos un poco tarde, después de lo de anoche.

—¿Lo de anoche? —Había varias copas de vino sobre la bandeja escurreplatos. Murray sonrió, pues quería relajar la tensión que no llegaba a entender del todo—. ¡Ah! ¿Todo el mundo lo pasó bien?

Miró a Anna y luego a Mark, y se le borró la sonrisa. Ella estaba mirándolo, boquiabierta.

—¿Que si lo pasamos bien? Pero ¿qué...?

Mark cruzó la cocina y apoyó un brazo sobre Anna.

—No pasa nada. —Se dirigió a Murray—. Alguien lanzó un

ladrillo por la ventana del cuarto de nuestra hija, con una nota sujeta a él. Podría haberla matado.

Murray sacó su libreta.

—¿A qué hora fue?

—Alrededor de la medianoche —dijo Anna—. Estábamos... Mark la interrumpió.

—¿Tenemos que pasar otra vez por todo esto? Estuvimos despiertos prestando declaración hasta las dos de la madrugada.

Fue en ese momento cuando Murray se fijó en todo el papeleo que había sobre la mesa de la cocina. La tarjeta de contacto con los detalles del centro de investigaciones policiales; el folleto de ayuda a las víctimas con el teléfono escrito en bolígrafo. Murray guardó la libreta.

—No, por supuesto que no. Hablaré con los agentes que acudieron anoche y me aseguraré de que tienen toda la información que necesitan.

Mark lo miró con los ojos entrecerrados.

—Nos preguntaron si teníamos un número de referencia del delito.

Murray sintió una punzada familiar en la boca del estómago.

—Por el otro asunto... lo de la tarjeta de aniversario.

Cuando Murray estaba en periodo de prácticas, había cerrado un caso de forma improvisada y le había salido el tiro por la culata. El sargento —un tipo muy bruto de Glasgow— había llamado a gritos a Murray a su despacho para preguntarle por qué no se había hecho nada con «lo que a mí me parece un caso bastante sencillo, amiguito». Después de aquello destinó a Murray a la patrulla de tráfico. Como patrullero había hecho guardia bajo la lluvia, con el agua empapándole el casco y el estómago revuelto. Llevaba solo tres semanas de policía y ya le habían echado la bronca. ¿Así acabaría todo? ¿Su jefe lo descartaría por no servir para el trabajo?

No fue así, y el sargento no lo hizo. Tal vez fuera porque, desde ese instante, Murray se juró tratar a todas las víctimas con la consideración que merecían, y actuar siempre siguiendo las normas.

Aunque esta vez no lo hubiera hecho así.

—No hay de qué preocuparse —dijo con el tono más relajado que pudo—. Ya lo solucionaré cuando llegue a la comisaría.

—¿Por qué no tenemos un número de referencia del delito? —preguntó Anna. Levantó a la niña de la hamaquita y se dirigió hacia Murray—. Está investigándolo como es debido, ¿verdad? Llevándose una imaginaria mano al imaginario pecho, Murray asintió con la cabeza.

—Le doy mi palabra de que es así. —«Mejor que si hubiera remitido el caso directamente al CID», pensó.

No obstante, el nudo en el estómago provocado por la ansiedad persistía, y se preguntó si, en ese preciso instante, alguien estaría preguntando en la comisaría por qué Murray Mackenzie, agente jubilado que trabajaba en la recepción de Lower Meads, estaba investigando un posible caso de doble homicidio.

—En realidad he venido porque quería comprobar algo —dijo Murray. Metió la mano en el bolsillo interior de la chaqueta, donde llevaba el folleto que Sarah había encontrado en la agenda de Caroline Johnson, y lo sostuvo en su mano por el momento—. Señor Hemmings, ¿no llegó a conocer a los padres de Anna?

—Así es. Ya se lo dije ayer. Fue la muerte de ambos la razón por la que Anna me visitó por primera vez.

—Bien. Entonces, cuando Anna lo conoció, ¿era la primera vez que oía hablar de su... —Murray buscó la palabra adecuada, reconociendo su torpeza con una sonrisa de comprensión dirigida hacia Anna—... su situación?

—Sí. —Percibió un toque de impaciencia en la respuesta de Mark.

¿Impaciencia? ¿O algo más? ¿Algo que intentaba ocultar? Murray sacó el folleto.

—¿Es esto suyo, señor Hemmings?

—Sí. No tengo muy claro si estoy entendiendo...

Murray le entregó el folleto y le dio la vuelta al hacerlo. Movida por la curiosidad, Anna se acercó para leer lo que había escrito, claramente visible en el reverso. Se oyó una única y profunda inspiración, seguida por una mirada de confusión total.

—Esa es la letra de mi madre.

Murray habló con cautela.

—Fue hallado en la agenda de tu madre.

Mark estaba moviendo los labios para hablar, pero no decía nada. Agitó el folleto.

—¿Y... qué? No sé por qué lo tendría.

—Por lo visto había concertado una cita con usted, señor Hemmings.

—¿Una cita? ¿Mark, qué está pasando? ¿Mi madre era... paciente tuya?

Anna retrocedió, alejándose inconsciente del folleto y del padre de su hija.

—¡No! ¡Por el amor de Dios, Anna! Ya te lo he dicho, no sé qué hacía un folleto de mi consulta entre sus cosas.

—Está bien. Solo quería comprobarlo. —Murray levantó la mano para recuperar el papel. El joven vaciló y al final lo tiró sobre la palma del anciano con tan mala puntería intencionada que Murray tuvo que hacer un esfuerzo por agarrarlo y que no cayera al suelo. El ex policía sonrió con cortesía—. Les dejo para que lo hablen.

«Hay que encender la mecha y retroceder antes de que explote la bomba», pensó Murray al salir de la casa. Mark Hemmings tenía unas cuantas explicaciones que dar.

24

ANNA

—Habría sido lógico que ese hombre ya supiera lo que había ocurrido anoche, ¿no? —Mark vuelve a recoger la mesa y va pasando los cuencos de los cereales de la mesa al lavavajillas—. Que tu mano izquierda no sepa lo que hace la derecha... ¡Menuda chorrada!

Se inclina para apilar los platos, ordenando lo que ya estaba colocado desde anoche. Se me ocurre que está alargándolo a propósito para evitar tener que mirarme.

—¿Conociste a mi madre?

—¿Qué? —Deja caer las cucharas en el recipiente para cubiertos. Una, dos.

—¡Mark, mírame!

Se endereza poco a poco, coge un paño de cocina y se seca las manos, luego lo dobla y lo coloca sobre la encimera. Entonces me mira.

—No conocí a tu madre, Anna.

Si Mark y yo lleváramos juntos una década, si nos hubiéramos conocido en la adolescencia, si hubiéramos crecido juntos, sabría si está mintiendo. Si hubiéramos pasado por los momentos difíciles que pasan todas las parejas, los altibajos, las rupturas, las reconciliaciones, sabría si está mintiendo.

Si lo conociera mejor...

No logro interpretar su expresión; está mirándome fijamente.

—Pidió una cita contigo.

—Muchas personas piden cita conmigo, Anna. Tú pediste una cita conmigo. Hicimos buzoneo por todo Eastbourne, por el amor de Dios.

Aparta la mirada de golpe y vuelve al lavavajillas, aunque ya no queda nada que colocar.

—Pero ¿no recuerdas haber hablado con ella?

—No. Mira, algunas personas me piden hora a mí directamente y otras lo hacen a través de Janice. Hay muchas probabilidades de que yo no llegara a tener ningún contacto con ella.

Janice está en la recepción del vestíbulo compartido donde se encuentra la consulta de Mark en Brighton, junto con los despachos de una docena de otro tipo de profesionales que no necesitan, o no pueden permitirse, un edificio para ellos solos, ni tener personal propio. Ella gestiona sus agendas, recibe a sus clientes, responde al teléfono y saluda con jovialidad sea cual sea la línea que se ilumine en su centralita. «Belleza Serena, ¿en qué puedo ayudarle?»; «Diseño de interiores Brighton, dígame.»

—La cuestión es que nunca llegó a ir a la cita.

—¿Cómo lo sabes? —Las palabras no me suenan mías. Son duras y acusatorias.

Mark resopla y emite un sonido como si fuera aire escapando de un neumático: exasperado, irritado. Es la primera vez que discutimos. Me refiero a discutir en condiciones, como ahora: hablándonos con brusquedad, volviendo la espalda para poner los ojos en blanco en dirección hacia un público invisible, como si intentáramos encontrar apoyo.

—Lo recordaría.

—No recordabas que hubiera pedido una cita.

Se produce una brevísima pausa antes de que responda.

—Estará registrado en el sistema. Janice lo actualiza cuando llegan.

—Entonces ¿puedes comprobarlo?

—Puedo comprobarlo.

Le paso su móvil.

Suelta una risa cortante, sardónica.

—¿Quieres que lo haga ahora?

Me pregunto si esta situación es como ese momento en que crees que tu marido te engaña; si en esto se convierte una. Me he convertido en la clase de mujer que siempre he despreciado: la típica con los brazos en jarra, los labios muy apretados y exigiendo respuestas inmediatas al hombre que jamás me ha dado motivos para desconfiar en él.

Pero el folleto de su consulta estaba en la agenda de mi madre.

Pasando un dedo por la lista de contactos de su móvil, Mark da un toquecito sobre el número de la consulta. Oigo el tono cantarín de Janice al otro extremo de la línea y sé qué está diciendo, aunque no pueda oír sus palabras.

«Salud holística, ¿en qué puedo ayudarle?»

—Janice, soy yo. ¿Te importaría comprobar algo en el sistema? El miércoles 16 de noviembre del año pasado. A las dos y media de la tarde, Caroline Johnson.

El arrebato que he sentido hace un instante empieza a debilitarse por la incertidumbre. Si Mark estuviera mintiendo no lo comprobaría ahora mismo, delante de mí. Habría dicho que tenía que mirarlo en el trabajo o que los archivos no almacenan tantos detalles. No está mintiendo. Sé que no miente.

—¿Y no volvió a pedir cita?

Me ocupo recogiendo los juguetes de Rita y lanzándolos a la cesta.

—Gracias, Janice. ¿Qué tal estos próximos días? ¿Alguna anulación? —Se queda escuchando, luego ríe—. Entonces ¡mejor ni sueño con tener la Nochebuena libre!

Se despide y cuelga.

Ahora me toca a mí evitar su mirada. Recojo un faisán de peluche del que Rita ha sacado el relleno.

—Lo siento.

—Tu madre estaba marcada como «No presentada». No pidió una nueva cita. —Cruza la cocina y se sitúa ante mí, me coloca un dedo doblado bajo la barbilla y me la levanta hasta que estoy mirándolo—. No la conocí, Anna. Ojalá la hubiera conocido.

Y le creo. ¿Por qué habría de mentirme?

25

MURRAY

—¿Podemos entrar ya?

Murray dio un apretón en la mano a Sarah.

—Vamos a dar una vuelta más.

Estaban dando vueltas alrededor de Highfield, lo bastante cerca de la institución para que Sarah fuera pasando la mano por la pared de ladrillo, con lo que se anclaba al edificio.

—Vale.

Murray oyó cómo su esposa respiraba de forma agitada. Intentaba acelerar el paso —para acabar de una vez con el paseo—, pero él mantenía el ritmo tranquilo que habían seguido durante las dos vueltas anteriores al edificio. Hizo todo lo posible por distraerla.

—En el testamento de Tom Johnson, la casa era para su mujer, junto con su participación en la empresa y todo su capital, salvo por cien mil libras, que dejaba a Anna. El pago de la póliza de su seguro de vida correspondía a Caroline.

—¿A pesar de haber sido un suicidio?

—A pesar de ello. —Murray sabía en ese momento más sobre seguros y suicidios de lo que necesitaría en toda su vida.

La mayoría de aseguradoras tenían una «cláusula de suicidio» en sus pólizas, donde se especificaba que esta no se pagaría a los familiares sin haber transcurrido un periodo de carencia de un año entre la contratación del seguro y el suicidio del contratante. Era para evitar que las personas se suicidaran para saldar una deuda, explicó la servicial mujer de Aviva a Murray cuando él llamó. La póliza de Tom Johnson había sido contratada hacía años; el reembolso a su esposa se hizo efectivo en cuanto se emitió el certificado de defunción.

—¿Qué hay del testamento de Caroline?

Sarah seguía pasando la mano por la pared, pero en ese momento Murray observó que entre sus dedos y los ladrillos pasaba algo de aire. Siguió hablando.

—Una pequeña suma la heredó su ahijada, diez mil libras fueron a parar a una organización benéfica para rescatar animales de Chipre y el resto lo heredó Anna.

—Así que Anna se quedó con la parte más cuantiosa. ¿Estás seguro de que no fue ella quien se los cargó a los dos? —Sarah dejó caer la mano sobre un costado de su cuerpo.

—¿Y se envió a sí misma una tarjeta anónima?

Sarah estaba pensando.

—A lo mejor la tarjeta era de alguien que sabía que los había matado ella. Anna se siente presa del pánico y lleva la tarjeta a la comisaría porque eso es lo que haría una persona normal, no una asesina. Es un doble farol.

Murray sonrió ampliamente. Sarah era mucho más imaginativa que cualquier inspector con el que hubiera trabajado jamás.

—¿Alguna huella?

—Varias. Nish está analizándolas en este mismo instante.

Habían espolvoreado el coche de Tom Johnson en busca de huellas después de su muerte, y habían extraído muestras comparativas de su hija y del personal de Automóviles Johnson. La felicitación anónima presentaba varias huellas, tanto de Anna Johnson como de su tío, Billy, quien la había hecho pedazos antes de que su sobrina pudiera detenerlo, y otras muchas de diversa procedencia; incluida la tienda donde debieron comprarla. Ninguna de las huellas había dado resultados coincidentes en el ordenador central de la policía nacional.

Al mencionar el nombre de su amiga común, el rostro de Sarah se iluminó. Relajó un poco la presión de la mano con la que se agarraba a Murray.

—¿Cómo está Nish?

—Está bien. Preguntó por ti. Sugirió que cenáramos juntos cuando estés disponible.

—A lo mejor.

«A lo mejor» estaba bien. «A lo mejor» era preferible a «no». El día siguiente era Nochebuena, y el terapeuta de Sarah, el señor Chaudhury, había decidido que ella podía salir. Pero la esposa de Murray pensaba de otra forma.

—No estoy bien —dijo, mirándose con preocupación las mangas dadas de sí.

Las personas que se proclamaban conocedoras de las enfermedades mentales gustaban de compararlas con las dolencias físicas.

—Si Sarah se hubiera roto una pierna, todos entenderíamos que necesitara curarse de esa rotura —había dicho el jefe de departamento de Murray cuando él se disculpó por tomarse tiempo libre para acompañar a su esposa. Con ese comentario, el jefe cumplía con su cupo de inclusión de la diversidad en el trabajo.

Lo que pasaba es que no se trataba de una puñetera pierna rota. Una fractura sanando. Unas radiografías, un yeso, tal vez una férula metálica, unas semanas caminando con muletas. Descanso, fisio. Y luego... ¿qué? Algún que otro dolorcillo, tal vez, pero la persona estaría sana. Mejor. Sin duda podrías rompértela más fácilmente la próxima vez que te cayeras de la bici o que pisaras de forma rara un escalón y tropezaras, pero no se te partirá la pierna de repente. Ni se te paralizará, aterrorizada, cuando tengas que ir a abrir la puerta, ni se derrumbará si alguien te susurra al oído.

El Trastorno Límite de la Personalidad no se parecía en nada a una pierna rota.

No, Sarah no estaba bien. Pero es que nunca lo estaría.

—Sarah, el Trastorno Límite de la Personalidad no es algo que vayamos a curar. —El acento típico de Oxbridge de Chaudhury tenía un sonsonete de Birmingham—. Ya lo sabes. Sabes más sobre tu condición que nadie en este mundo. Pero estás gestionándolo bien, y seguirás haciéndolo en casa.

—Quiero quedarme aquí. —Sarah tenía el rostro empapado de lágrimas. Tenía más aspecto de niña nostálgica que de mujer de cincuenta y tres años—. No me gusta estar en casa. Aquí estoy segura.

Murray se obligó a conservar la sonrisa para ocultar el derechazo en el estómago que sintió en ese momento. El señor Chaudhury se había mostrado firme.

—Estarás segura en casa. Porque durante estos días pasados no hemos sido nosotros los que te hemos mantenido a salvo. —Hizo una pausa y se inclinó hacia delante para señalarla formando una carpa con los dedos juntos—. Has sido tú. Seguirás con las sesiones diarias, luego pasaremos a las visitas semanales. Iremos paso a paso. La prioridad fundamental es que regreses a casa con tu marido.

Murray se quedó esperando a recibir un izquierdazo. Pero Sarah asintió obedientemente y aceptó, a regañadientes, que al día siguiente volvería a casa. Y luego sorprendió a Murray queriendo ir a dar un paseo.

Murray se detuvo.

—Ya está. Hemos dado tres.

Sarah pareció sorprendida al volver a ver la puerta de entrada, pues ya habían completado las tres vueltas al edificio.

—Te recogeré mañana por la mañana, ¿vale?

Ella frunció el ceño.

—Mañana por la mañana tengo terapia de grupo.

—Pues a la hora de comer.

—Vale.

Él la besó y se alejó caminando por el sendero hacia el aparcamiento. A medio camino se volvió para despedirse con la mano, pero ella ya había entrado a toda prisa.

Murray pasó la hora siguiente limpiando la casa ya de por sí impecable, en preparación para el regreso de Sarah. Había cambiado las sábanas de su dormitorio, y también había preparado una cama supletoria; puso flores en ambas habitaciones, solo por si ella quería estar sola. Cuando el lugar estuvo limpio como una patena, se subió al coche y se fue al trabajo.

El hecho de que Diane Brent-Taylor —la testigo que había llamado a la policía para informar del suicidio de Tom— no hubiera acudido al interrogatorio obsesionaba a Murray. Brent-Taylor había afirmado que se encontraba en Beachy Head esa mañana en compañía de un amante, y que no podía arriesgarse a que su marido descubriera dónde había estado. El CID había intentado convencerla varias veces, pero en vano. No contaban con los detalles de su dirección —solo su número de móvil—, y cuando este fue desconectado, los agentes desistieron. Al fin y al cabo se trataba de una investigación por suicidio. No de un asesinato. No por aquel entonces.

Murray no pensaba rendirse.

Había muchísimas mujeres apellidadas Taylor y montones de Brent en el ordenador central de la policía nacional y en el registro electoral, pero ninguna Diane Brent-Taylor. Tampoco tuvo mucha suerte con los sistemas de información al alcance del público —Facebook, Twitter, LinkedIn—, aunque él fuera el primero en admitir que se le daban fatal las redes sociales. Su experiencia se basaba en el pensamiento lateral. Tamborileó con los dedos sobre el escritorio y luego reinició su búsqueda; esa vez sacó una hoja en blanco y la colocó junto al teclado. Existía, sin duda alguna, un sistema que realizaría su trabajo en menos de la mitad del tiempo, pero el boli y el papel jamás le habían fallado. Además, remitir la consulta a la brigada central de inteligencia suscitaría preguntas a las que él todavía no quería responder.

A la izquierda de la hoja anotó las direcciones de todas las personas apellidadas Brent en un radio de cuarenta kilómetros alrededor de Eastbourne. Si tenía que ampliar la búsqueda, lo haría, pero, por el momento, trabajaría partiendo de la suposición de que la testigo era una habitante de la localidad. A continuación, Murray inició una nueva lista con todas las direcciones correspondientes a personas apellidadas Taylor.

Pasó media hora antes de encontrar una coincidencia.

Bingo.

«Número 24 de Burlington Close, Newhaven.» Habitada por el señor Gareth Taylor y la señora Diane Brent.

Murray levantó la vista con una amplia sonrisa en el rostro. La única persona visible era John, el taciturno compañero de Murray que se había sorprendido al verlo llegar una hora antes al trabajo.

—Creía que estabas de vacaciones hasta Año Nuevo.

—Tenía un par de cosas que incluir en mi RDP.

John se sintió incluso más confuso. Nadie trabajaría voluntariamente en su Registro de Desarrollo Personal a menos que solicitara un nuevo puesto o estuviera preparándose para un ascenso. En cuanto al hecho de hacerlo en tus horas de trabajo...

En ese momento, John miró a Murray totalmente anonadado.

—Jamás he visto a nadie tan contento por tener que completar su RDP.

—Me enorgullezco de mi trabajo, John.

Murray salió silbando de la comisaría.

El número 24 de Burlington Close era un silencioso callejón sin salida que partía de Southwich Avenue, en Newhaven, a medio camino entre Eastbourne y Brighton. Murray esperó un instante antes de llamar al timbre, observando los cuidados tiestos con flores de la entrada y el cartel de No se admite propaganda en la ventana de cristal esmerilado. Una sombra avanzó hacia él cuando alargó la mano para tocar el timbre de plástico blanco, y se dio cuenta de que la señora Brent-Taylor debió de haberlo visto aparcar en el camino de entrada y estaría esperando en el recibidor. Abrió la puerta antes de que el timbre hubiera dejado de sonar. Un perro ladró desde algún lugar de la casa.

Murray se presentó.

—Estoy investigando un caso en el que creo que usted podría haber estado implicada, hasta cierto punto. ¿Puedo entrar?

La señora Brent-Taylor lo miró con los ojos entrecerrados.

—Tengo que hacer las maletas para irme a casa de mi hija. Este año celebramos la Navidad allí.

—No me quedaré mucho rato.

La señora se apartó de la puerta abierta.

—Solo puedo concederle media hora.

En lo que a bienvenidas se refería, a Murray le habían dado peores. Sonrió y alargó la mano de una forma que hacía imposible que la señora Brent-Taylor no aceptara el saludo. Ella miró a su alrededor como si los vecinos pudieran estar juzgándola ya.

—Será mejor que entre.

El recibidor era oscuro y angosto. Había un paragüero y dos pares de zapatos en el suelo, y un tablón de corcho sobre el que Murray pudo ver una diversidad de folletos y recordatorios. Algo llamó su atención al pasar junto al tablón, pero la señora lo obligó a adentrarse en la casa a toda prisa.

De pronto se sintió confundido al ser conducido hacia arriba por un tramo de escalera, pero acabó entendiéndolo cuando llegaron a una sala abierta con ventanales panorámicos y una asombrosa vista al mar.

—Caramba.

Diane Brent-Taylor apareció por la escalera un minuto después que Murray. Pareció ablandarse por el cumplido del ex policía, y las comisuras de sus labios se fruncieron formando lo que podría haber pasado por una sonrisa.

—Soy muy afortunada.

—¿Hace mucho que vive aquí?

—Hará veinte años en marzo. Si me mudara sería a un chalé.

Hizo un gesto hacia un sofá color mostaza y ocupó la butaca que estaba junto a él. Se desplomó sobre ella con una sonora exhalación.

Murray vaciló. Había refinado su línea de interrogatorio de camino hacia la casa, empezando por la identidad del amante de la señora Brent-Taylor. Al fin y al cabo, era muy posible que Brent-Taylor se hubiera negado a prestar declaración no para ocultar su actividad extramarital, sino porque ella, o su amante, estaban implicados en la muerte de Tom Johnson. ¿Podría estar protegiendo a alguien?

Pero en ese momento, Murray sintió que su corazonada era totalmente errónea.

La señora Brent-Taylor tenía casi ochenta años. Era posible que ya los hubiera cumplido. Llevaba esa clase de pantalones que su madre habría descrito como «bombachos», conjuntados con una camisa de multitud de estampados y unos tonos mucho más alegres que la persona que los lucía. Su cabello con toques azulados estaba peinado con rígidas ondas, muy pegado al cuero cabelludo, y llevaba un esmalte de uñas coral claro.

Por supuesto que era posible que la señora Brent-Taylor tuviera un amante. Pero, teniendo en cuenta el tiempo que le había costado subir la escalera, y el bastón que Murray había visto de reojo apoyado por detrás de su butaca, el ex policía consideró improbable que hubiera estado tonteando con él en Beachy Head.

—Mmm... ¿su marido está en casa?

—Soy viuda.

—Mis condolencias. ¿Ha sido reciente?

—Hará cinco años el próximo mes de septiembre. ¿Puedo preguntar de qué trata todo esto?

Cada vez estaba más claro que o bien Murray se había equivocado de casa o... Solo había una forma de averiguarlo.

—Señora Brent-Taylor, ¿le dicen algo los nombres de Tom y Caroline Johnson?

Ella frunció el ceño.

—¿Deberían sonarme?

—Tom Johnson murió en Beachy Head el 18 de mayo del año pasado. Su esposa Caroline murió en el mismo lugar el 21 de diciembre.

—¿Se suicidaron? —Interpretó el silencio de Murray como afirmación—. Qué espanto.

—Una testigo que dio su nombre avisó a la policía de la muerte de Tom Johnson.

—¿Que dio mi nombre?

—Diane Brent-Taylor.

—Bueno, pues no fui yo. Bueno, sí que he estado en Beachy Head, evidentemente; he vivido cerca de ese lugar toda mi vida, pero jamás he visto saltar a nadie. Gracias a Dios. —Murmuró esto último entre dientes.

¿Qué probabilidad existía de que hubiera dos Diane Brent-Taylor en la zona de Eastbourne?

—Es un apellido poco común.

—El guion no estaba en el apellido original, ¿sabe? —dijo la señora Brent-Taylor a la defensiva, como si eso la exculpara—. A mi marido le gustaba cómo sonaban los dos apellidos juntos. Le parecía que quedaba bien en el campo de golf.

—Está bien. —Murray se preparó para asumir las consecuencias. Estaba claro que la excursión del día había sido tiempo perdido, pero no habría realizado bien su investigación si no comprobaba todas las hipótesis—. Bueno, solo para dejarlo claro, ¿usted no llamó de ningún modo a emergencias el 18 de mayo de 2016 para informar que había visto un hombre tirándose por el acantilado de Beachy Head?

La señora Brent-Taylor lo miró con los ojos entrecerrados.

—Puede que renquee un poco, joven, pero todavía me conservo en plenas facultades mentales.

Murray tuvo que morderse la lengua para no agradecerle el inesperado cumplido.

—Una última cuestión, y me disculpo de antemano si le parece algo impertinente: ¿es posible que el pasado 18 de mayo estuviera en Beachy Head con un hombre que no fuera su marido?

En cuestión de segundos, Murray se encontró plantado en la entrada del número 24 de Burlington Close con la puerta cerrada en las mismísimas narices. Diane Brent-Taylor se movía muy deprisa cuando quería.

26

ANNA

Al correr, mis pies hacen un ruido muy agradable sobre el asfalto mojado. Se me hace raro llevar zapatillas de deporte después de que se hayan pasado cosa de un año en el fondo del armario del hueco de la escalera, y la costura de los *leggings* se me clava en la carne flácida que me rodea la cintura, pero me sienta muy bien moverme y correr un poco. La falta de costumbre ha hecho que se me olviden los auriculares, pero el sonido rítmico de mi propia respiración me resulta hipnótico. Tranquilizador.

La madre de Mark, Joan, ha venido a pasar las navidades, y en cuanto llegó, esta mañana temprano, ella y Mark prácticamente me obligaron a dejarla que sacase a Ella de paseo.

—Así podrá conocerme y que no le resulte una extraña.

—Y a ti te vendrá bien descansar un poco, cariño.

—Ni se te ocurra ponerte a hacer las faenas de la casa. Tú túmbate tranquilamente y lee alguna revista.

—Vuelve a la cama, si quieres.

A regañadientes, preparé la bolsa de Ella con pañales y leche que me había extraído con el sacaleches, di a Joan una lista con instrucciones de las que sabía que no iba a hacer ningún caso y empecé a pasearme por la casa, buscando fantasmas.

La casa estaba demasiado silenciosa, y los fantasmas, todos en mi imaginación. Me puse a olisquear el aire como loca para ver si detectaba algún olor a jazmín, cerrando los ojos con fuerza en un intento por oír mejor unas voces que no estaban allí.

Era imposible que pudiese volver a conciliar el sueño, o ni siquiera relajarme unos minutos leyendo una revista, así que subí a la planta de arriba a ponerme la ropa de correr. El descansillo estaba más oscuro de lo normal, porque el tablón de la ventana del cuarto de Ella tapaba toda la luz.

Dejo atrás una hilera de tiendas, con guirnaldas de luces de colores colgadas como banderines por toda la calle.

Mañana es Navidad. Ojalá pudiera irme a dormir esta noche y que, al despertar, ya fuese el día veintiséis. El año pasado, mamá llevaba muerta cuatro días. El día de Navidad ni siquiera tuvo lugar; nadie se propuso intentarlo siquiera. Este año, el peso de la expectación recae con fuerza sobre mis hombros. Es el primer calcetín de Navidad colgado en la chimenea para Ella, su primera vez sobre la rodilla de Santa Claus. Nuestra primera Navidad como familia. Estamos creando recuerdos, pero todos son agridulces.

—¿Tienes que trabajar hoy? —le pregunté a Mark esta mañana.

—Lo siento. La Navidad es una época complicada para mucha gente.

«Sí —me dieron ganas de decirle—. Para mí.»

Tengo los pulmones ardiendo y no llevo recorridos todavía ni dos kilómetros. Hace un par de años corrí la maratón de Great South Run, ahora ni siquiera me veo llegando a la playa sin caerme redonda al suelo.

La calle principal está abarrotada de compradores agobiados que corren a comprar los regalos a última hora. Bajo a la calzada para esquivar la cola de la carnicería, con los clientes que serpentean por toda la calle esperando para comprar sus pavos y sus *chipolatas*.

No he prestado ninguna atención a la ruta que he estado siguiendo, pero al doblar la esquina veo el cartel de Automóviles Johnson al cabo de la calle. Me fallan las piernas. Me llevo una mano al costado, donde siento el flato.

El día de Nochebuena, mis padres siempre cerraban a mediodía, a la hora del almuerzo. Bajaban la persiana, cerraban las puertas, reunían al personal y yo llenaba unos vasos pegajosos con vino caliente con azúcar y especias mientras Billy y papá repartían los cheques con la paga extra y «I Wish It Could Be Christmas Every Day» sonaba en los altavoces.

Podría darme media vuelta. Enfilar hacia el callejón de la izquierda y volver sobre mis pasos hacia casa. Apartar de mi cabeza unas horas más a mamá y papá, la investigación policial y la ventana rota del cuarto de Ella.

Podría hacerlo.

Pero no lo hago.

—¡Corre, Annie, corre!

Billy está atravesando la explanada delantera del concesionario. Mueve los brazos como si estuviera haciendo un *sprint*, y yo me río porque tiene una pinta ridícula y a él le da igual. Se detiene a un par de metros escasos de mí y da media docena de saltos de tijera antes de parar bruscamente.

—Espero que los chicos no cuelguen eso en YouTube. —Se pasa el dorso de la mano por la frente—. Dios, no hacía eso desde los programas de ejercicio de Diane Moran en la tele, allá por los ochenta.

—Pues tal vez deberías. ¿YouTube? —Me pongo a hacer estiramientos y noto que el tendón de la corva me arde cuando presiono la pierna estirada.

—Las cámaras del circuito cerrado de televisión. —Billy señala con gesto vago hacia arriba y alrededor—. Antes eran de mentirijilla, pero la compañía de seguros insistió en que instaláramos cámaras de verdad. Y localizadores en los coches, después de... —Se calla de golpe, sonrojándose. Después de que dos socios de la empresa se largaran con sendos coches nuevecitos y los abandonaran luego en el aparcamiento público de Beachy Head.

—Billy, anoche alguien arrojó un ladrillo por la ventana del cuarto de Ella, justo después de que te fueras.

—¡¿Un ladrillo?! —Una pareja que está mirando los coches levanta la vista y Billy baja la voz—. Joder, por Dios santo... ¿Y Ella está bien?

—Aún estaba abajo con nosotros. Todavía duerme con nosotros de todos modos, pero podríamos haber estado cambiándole el pañal, o haberla dejado allí a dormir un rato, o... No quiero ni pensarlo. La policía vino enseguida.

—¿Creen que podrán descubrir quién lo hizo?

—Ya sabes cómo son: «Haremos todo lo posible, señorita Johnson». —Mi tío lanza un resoplido desdeñoso—. Tengo miedo, Billy. Creo que a mamá y a papá los asesinaron, y creo que quienquiera que sea su asesino quiere impedirnos que sigamos indagando. No sé qué hacer... —Se me quiebra la voz y él abre los brazos y me da un fuerte abrazo de oso.

—Annie, cariño, estás muy nerviosa...

Me aparto.

—¿Y te extraña?

—La policía investigó las muertes de tus padres; dijeron que en ambos casos se trató de un suicidio.

—Se equivocaban.

Nos miramos el uno al otro un segundo. Billy asiente despacio.

—Entonces espero que sepan lo que hacen esta vez.

Señalo un Porsche Boxster que ocupa un lugar de honor en la exposición de coches.

—Bonito cacharro.

—Llegó ayer mismo. Todavía no hace buen tiempo para poder conducirlo, claro; seguro que habrá que esperar al menos hasta la primavera, pero espero que atraiga a los clientes. —Hay una expresión de preocupación en sus ojos.

—¿Tan mal va el negocio, tío Billy?

No dice nada durante largo rato, y cuando habla al fin, lo hace sin apartar los ojos del Porsche.

—Muy mal.

—El dinero que papá te dejó...

—Ya no queda nada. —Billy suelta una risa amarga—. Sirvió

para cubrir el descubierto, pero no era suficiente para saldar el préstamo.

—¿Qué préstamo?

Silencio de nuevo.

—Billy, ¿qué préstamo?

Esta vez me mira a la cara.

—Tu padre pidió un préstamo para empresas. Las ventas habían sido bastante flojas durante un tiempo, pero íbamos tirando. En este negocio hay que ir combinando las épocas de vacas gordas con las vacas flacas. Pero Tom quería renovar y modernizar un poco el negocio: que los chicos utilizasen iPads en lugar de carpetas portapapeles; arreglar y optimizar la zona de exposición del concesionario. Tuvimos una discusión por culpa de eso. Y después, así, sin más ni más, el dinero apareció en la cuenta. Siguió adelante y lo hizo de todos modos.

—Oh, Billy...

—Nos atrasamos en los pagos del préstamo y luego... —Se interrumpe, pero oigo el resto de la historia en mi cabeza. «Luego tu padre se tiró por un acantilado y me dejó a mí la deuda.»

Por primera vez en diecinueve meses, el suicidio de papá empieza a tener algún sentido.

—¿Por qué no me lo has dicho antes?

Billy no contesta.

—¿De cuánto dinero es el préstamo? Yo lo liquidaré.

—No voy a aceptar tu dinero, Annie.

—¡Es el dinero de papá! Es justo que tú lo tengas.

Billy se vuelve de manera que se coloca frente a mí. Apoya sendas manos a cada lado de mis hombros y me sujeta con fuerza.

—Primera regla de cualquier negocio, Annie: mantén el dinero de la empresa separado de tu propio dinero.

—Pero ¡soy una directora! Si quiero saldar la deuda de la empresa...

—No es así como funciona. Una empresa tiene que sostenerse por sí misma, y si no puede... Bueno, pues entonces debería cerrar. —Corta de raíz mis intentos de hacer cualquier objeción—. ¿Y si vamos a dar una vuelta para probarlo? —Señala el Boxster. Nuestra conversación ha terminado.

Aprendí a conducir con un Ford Escort («empieza con algo sensato, Anna»), pero en cuanto me saqué el carnet, el cielo era el límite. A cambio de trabajar lavando y limpiando los coches todos los fines de semana, tomaba prestados toda clase de vehículos en exposición, consciente de que me arriesgaba a sufrir la ira tanto de mis padres como del tío Billy si no los devolvía en perfecto estado. Nunca desarrollé el gusto por la velocidad de mi madre, pero aprendí a llevar coches rápidos.

—Todo tuyo.

Las calzadas mojadas implican que el Boxster va un poco demasiado suelto en las curvas, de modo que salgo de la ciudad para poder liberarlo al máximo. Sonrío al mirar al tío Billy, disfrutando de la libertad que brinda un coche sin sillitas de bebé en los asientos de atrás. Un coche, de hecho, sin asientos de atrás. Percibo una expresión de preocupación en su rostro.

—Solo voy a cien.

Entonces me doy cuenta de que no es la velocidad lo que preocupa a Billy, sino el cartel indicador para Beachy Head. No había estado pensando hacia dónde nos dirigíamos, sino disfrutando de las sensaciones que irradia un motor receptivo, o un volante que se estremece como si fuera un ser vivo en mis manos.

—Lo siento. Ha sido sin querer.

Billy no ha estado en Beachy Head desde que murieron mis padres. Cuando sale a probar los coches, lleva a los clientes en la otra dirección, hacia Bexhill y Hastings. Lo miro de reojo y veo su cara, pálida y crispada, reflejada en el retrovisor del copiloto. Aparto el pie del acelerador, pero no doy media vuelta.

—¿Por qué no damos un paseo? Presentamos nuestros respetos.

—Oh, Annie, cariño, no sé...

—Por favor, tío Billy. No quiero ir sola.

Sigue un silencio espeso, pero luego accede.

Llego al aparcamiento donde mis padres dejaron sus coches.

No me hace falta buscar fantasmas: están por todas partes a nuestro alrededor. Los caminos que recorrieron, los carteles por los que pasaron.

La última vez que vine fue en el cumpleaños de mamá, pues me siento más cerca de ella aquí que en el rincón del cementerio donde dos placas pequeñas señalan las vidas de mis padres. Los acantilados tienen el mismo aspecto de siempre, pero las preguntas que me hago en mi cabeza han cambiado. Ya no es «por qué», sino «quién». ¿Con quién estaba mamá ese día? ¿Qué hacía papá aquí?

«¿Suicidio? Piénsalo mejor.»

—¿Estás bien?

Billy asiente con rigidez.

Cierro el coche y lo tomo del brazo. Se relaja un poco y echamos a andar hacia el promontorio. «Concéntrate en los buenos tiempos», pienso.

—¿Te acuerdas de la vez que papá y tú os disfrazasteis de los Krankies para la fiesta de verano?

Billy se ríe.

—Nos peleamos para ver cuál de los dos sería Wee Jimmy. Y gané yo, porque era el más bajito, pero entonces...

—Entonces los dos os enfadasteis y volvisteis a pelearos otra vez.

Nos echamos a reír al recordar a Wee Jimmy y a papá rodando por el suelo de la exposición. Papá y el tío Billy se peleaban como solo se pelean los hermanos: con furia e intensidad, y con peleas que acaban nada más empezar.

Nos quedamos callados en un silencio cómplice mientras caminamos, un silencio salpicado con estallidos ocasionales de risa cuando Billy recuerda la noche de los Krankies otra vez. Me aprieta el brazo.

—Gracias por obligarme a venir. Ya iba siendo hora de que me enfrentase a esto.

Estamos en lo alto del acantilado, a una distancia prudente del borde. Ninguno de los dos va abrigado adecuadamente y está lloviendo a raudales, y el agua me está empapando la chaqueta de correr. En el mar, un pequeño velero de velas rojas navega por las aguas grises y turbulentas. Pienso en mamá, de pie donde estamos nosotros ahora. ¿Tenía miedo? ¿O estaba aquí con alguien en quien confiaba? Alguien a quien consideraba su amigo; un amante, incluso, aunque la sola idea me revuelve el estómago. ¿Es posible que mi madre tuviese una aventura?

—¿Crees que lo sabía?

Billy no dice nada.

—Cuando vino aquí. ¿Crees que sabía que iba a morir?

—Anna, no... —Billy empieza a caminar de vuelta al aparcamiento. Echo a correr para darle alcance.

—¿No quieres saber lo que pasó de verdad?

—No. Dame las llaves. Yo conduciré de vuelta.

La lluvia le ha pegado el pelo a la cabeza. Billy extiende las manos, pero yo me quedo inmóvil, desafiante, con las llaves entre nosotros.

—¿Es que no lo ves? Si mamá y papá fueron asesinados, eso lo cambia todo. Eso significa que no nos abandonaron, que no arrojaron la toalla. La policía buscará a su asesino. ¡Encontrarán las respuestas, Billy!

Nos miramos fijamente el uno al otro y entonces descubro, horrorizada, que Billy está llorando. Mueve los labios sin articular palabra, como una televisión cuando está en el modo de silencio, y entonces sube el volumen y deseo con toda mi alma haber conducido en dirección a Hastings en vez de ir allí.

—No quiero respuestas, Annie. No quiero pensar en cómo murieron. Quiero pensar en cómo vivieron: quiero recordar los buenos tiempos, los momentos de alegría y diversión y las noches en el pub. —Va subiendo la voz cada vez más hasta que, prácticamente, está gritándome, con el viento azotándome con las palabras en la cara. Las lágrimas han cesado, pero nunca había visto a Billy así. Nunca lo había visto perder el control. Aprieta los puños con fuerza y traslada el peso de su cuerpo de un pie a otro como si se preparase para un combate de boxeo.

—¡Mamá fue asesinada! Es imposible que no quieras saber quién lo hizo...

—Eso no cambiará nada. Eso no va a devolverle la vida.

—Pero al menos se hará justicia; alguien pagará por lo que hizo.

Billy se da media vuelta y echa a andar. Corro tras él y lo agarro del hombro para retenerlo.

—Solo quiero respuestas, tío Billy. La quería muchísimo...

Él deja de andar, pero no me mira, y su cara es una mezcla de dolor, ira y algo más, algo confuso. Comprendo lo que ocurre una fracción de segundo antes de que hable, en un hilo de voz tan fino que el viento casi se lo lleva sin que pueda oírlo. Casi, pero no lo consigue.

—Y yo también.

Nos quedamos sentados en el coche, en el aparcamiento, observando la lluvia en el parabrisas. De vez en cuando, una fuerte ráfaga de viento zarandea el coche, y me alegro de haber regresado de los acantilados cuando lo hicimos.

—Me acuerdo de la primera vez que la vi —dice Billy, y debería resultarme incómodo, pero no es así, porque él no está allí conmigo en realidad, no está dentro de un Porsche Boxster en Beachy Head con su sobrina. Está en otro sitio, muy lejos de allí. Recordando—. Tom y yo vivíamos en Londres. Tom había cerrado un trato muy importante para el negocio y habíamos ido a Amnesia a celebrarlo. Con pases VIP y todo eso, el paquete completo. Fue una gran noche. Tom estuvo bebiendo champán sin parar; se pasó todo el rato en el sofá rodeado de chicas. Creo que se pensaba que era Peter Stringfellow. —Billy me mira de soslayo. Se sonroja y, por un momento, temo que se cierre en banda y no me cuente nada más, pero sigue hablando—. Era el año 1989. Tu madre estaba allí con una amiga. Ni siquiera miraron a la zona VIP, ni una sola vez, sino que se pasaron toda la noche en la pista de baile. Estaba deslumbrante, tu madre. De vez en cuando, algún chico se les acercaba e intentaba ligar con ellas, pero ellas no mostraban ningún interés. «Noche de chicas», dijo Caroline más tarde.

—¿Hablaste con ella?

—Entonces no. Pero le di mi número de teléfono. Llevaba toda la noche intentando armarme de valor cuando, de repente, anunciaron la hora de la última ronda y todo el mundo empezó a marcharse y yo creí que había perdido mi oportunidad.

Casi se me olvida que es de mi madre de quien está hablando. Estoy fascinada con la expresión en el rostro de Billy: nunca lo había visto así.

—Y de pronto, ahí estaba ella. En la cola del guardarropa. Y pensé: «Ahora o nunca». Así que me lancé. Le pregunté si podía darle mi número de teléfono. Que me llamase. Solo que no llevaba ningún bolígrafo, y ella se rio y dijo que seguro que era de los que también se olvidaban hasta la cartera, y su amiga encontró un delineador de ojos y escribió mi número en el brazo de Caroline.

Me imagino la escena perfectamente. Mi madre en todo su esplendor ochentero —el pelo cardado y las mallas de neón— y el tío Billy torpe y desmañado, sudando a chorros por los nervios. Mamá debía de tener veintiuno, así que el tío Billy tendría veintiocho, tres años menor que papá.

—¿Y te llamó?

Billy asiente con la cabeza.

—Salimos a tomar una copa. Y a cenar unos días después. La llevé al concierto de Simply Red en el Albert Hall, y luego... —Se calla.

—¿Qué pasó?

—Le presenté a Tom.

Permanecemos un rato en silencio y pienso en el pobre tío Billy y me pregunto qué siento al saber que mis padres le rompieron el corazón.

—Lo vi inmediatamente. Ella se reía conmigo, pero... fui por las bebidas y, cuando volví, me quedé un momento en la puerta, observándolos.

—Oh, Billy, no me digas que...

—No, no, no pasó nada de eso. Durante mucho tiempo. No

hasta que los dos hubieron hablado conmigo y me pidieron disculpas, y me dijeron que nunca habían tenido intención de hacerme daño. Pero tenían esa conexión... Yo ya supe, desde ese momento, que la había perdido.

—Pero luego trabajasteis todos juntos. ¿Cómo podías soportarlo?

Billy lanza una risa cargada de amargura.

—¿Y qué otra cosa iba a hacer? ¿Perder también a Tom? Para cuando tu abuelo se puso enfermo y Tom y yo pasamos a encargarnos del negocio, tú ya estabas en camino y todo eso era ya agua pasada.

Recobra entonces la serenidad y se vuelve hacia mí con su jovialidad característica. Solo que ahora ya sé que es puro teatro, y me pregunto cuántas veces más me habré dejado engañar por su actitud alegre. Me pregunto si también mamá y papá se dejaron engañar.

—Te quiero, tío Billy.

—Yo también te quiero, cariño. Y ahora, vamos a devolverte junto a esa hijita tuya, ¿quieres?

Recorremos el camino de vuelta de forma sosegada, y Billy toma las curvas con el Boxster como si fuera un Toyota Yaris. Me deja delante de Oak View.

—¡Solo falta una noche! —se despide, como solía decirme cuando era niña—. Te veo mañana a primera hora.

—Vamos a pasar una Navidad muy bonita. —Lo digo de corazón. Billy no dejó que su pasado dictara su futuro, y yo tampoco puedo dejar que eso ocurra. Mis padres ya no están, y sean cuales fueran las circunstancias de sus muertes, nada va a cambiar ese hecho.

Falta todavía una hora para que Joan vuelva con Ella. Haciendo caso omiso de la humedad que me traspasa la ropa deportiva, me pongo un delantal y preparo dos hornadas de pasteles de carne. Lleno la olla de cocción lenta con vino tinto, rodajas de zanahoria y especias, echo un generoso chorro de brandy y la pongo en marcha al mínimo de potencia. Suena el timbre de la puerta, me lavo las manos y busco un trapo de cocina. El timbre suena de nuevo.

—¡Sí... ya voy!

Rita lanza un ladrido, solo uno, y le sujeto el cuello con la mano, en parte para regañarla y en parte para tranquilizarla. Suelta una sarta de gruñidos débiles, como si fuera un motor en fase de aceleración, pero no vuelve a ladrar. Cuando veo que mueve la cola, sé que no pasa nada malo.

Nuestra puerta principal está pintada de blanco, con una vidriera en el montante superior que atrapa la luz de primera hora de la tarde y proyecta los colores sobre el suelo de baldosas. Cuando llega alguna visita, su silueta se dibuja sobre el suelo, interrumpiendo el arcoíris. De niña, atravesaba de puntillas el recibidor, bordeando la orilla, para ir a abrir la puerta. Pisar la sombra de alguien me parecía que era como estar pisando una tumba.

El sol de invierno está muy bajo, y el contorno de la visita que ha llamado a la puerta se alarga muy delgado en el suelo, como el reflejo distorsionado de un espejo de feria, y la cabeza casi toca la base de la barandilla de la escalera. Como si fuera una niña otra vez, avanzo pegada a la pared en dirección a la puerta. Rita no tiene tantos reparos, sino que se abalanza por encima de la sombra, correteando a toda prisa, y se para patinando frente a la puerta.

Hago girar la llave. Abro la puerta.

Y entonces el mundo enmudece de golpe y lo único que oigo son los latidos de mi propia sangre palpitando en mi cabeza. Veo un coche pasar por la calle, pero no hace ningún ruido, porque el zumbido me martillea los oídos cada vez más y más rápido, y alargo la mano para no perder el equilibrio, pero eso no basta, y noto que me fallan las rodillas y no puede ser... no puede ser.

Pero está ahí, en la entrada. Distinta, en cierto modo. Y aun así, igual que siempre.

Ahí, en la entrada, indiscutiblemente viva, está mi madre.

SEGUNDA PARTE

27

ANNA

He perdido la facultad del habla. He perdido la facultad de pensar o razonar. Mil y una preguntas se agolpan en mi mente y me pregunto si no me habré vuelto loca. Si no estaré teniendo visiones e imaginándome que mi madre —mi madre muerta— está ahí de pie en la entrada de mi casa.

Lleva el pelo —largo y de color rubio ceniza desde que yo recuerdo— teñido de negro y cortado hasta justo por encima de la barbilla. Lleva unas gafas de montura metálica poco favorecedoras y un vestido holgado y sin forma que no se parece a nada de la ropa con que la he visto vestida.

—¿Mamá? —digo en un murmullo, temiendo que si hablo en voz alta se rompa el hechizo y que mi madre, o esta nueva y extraña versión de mi madre, desaparezca tan rápidamente como ha aparecido.

Abre la boca, pero parece que no soy la única que se ha quedado sin palabras. Veo las lágrimas acumularse en sus pestañas y, cuando le resbalan, yo también noto húmedas mis mejillas.

—¿Mamá? —Más alto esta vez, pero vacilante. No sé lo que pasa, pero no quiero cuestionarlo. Mi madre ha vuelto a mi lado. Me han dado una segunda oportunidad. La presión se acumula en mi pecho y parece imposible que mis costillas puedan contener los latidos que pugnan por salir de mi corazón. Suelto a Rita, porque no puedo respirar y necesito tener los brazos libres; necesito llevarme las manos a la cara y palpármela, sentir que soy de carne y hueso porque esto no puede estar sucediendo.

No puede estar sucediendo.

Rita da un salto hacia delante y se abalanza sobre mamá, lamiéndole las manos y enredándose entre sus piernas, gimoteando y moviendo la cola frenéticamente. Mi madre, cuya actitud de parálisis ha reflejado la mía hasta el momento, se agacha para revolverle el pelaje y, con aquel movimiento familiar, me arranca un respingo de las entrañas, como si estuviera emergiendo del agua.

—¿Estás... de verdad... —pronuncio cada palabra y la hago salir como si las usara por primera vez—... aquí?

Yergue la espalda. Inspira hondo. Ha dejado de llorar, pero sus ojos transmiten tanta ansiedad que es como si fuera ella la que estuviera de luto por mí. La vida se mueve como si fuera arena bajo mis pies y ya no sé qué es real y qué no lo es. Soy presa de mi propia paranoia. ¿Ha sido este último año una pesadilla? ¿Y si he sido yo la que ha muerto? Tengo esa sensación. La cabeza me da vueltas con un mareo que hace que me tambalee, y mi madre da un paso hacia delante, con la mano extendida y cara de preocupación.

Retrocedo, asustada por la confusión, y ella aparta la mano, con una expresión dolida en los ojos. He empezado a llorar aparatosamente, y mira por encima de su hombro hacia la calle. Cada uno de sus movimientos me resulta dolorosamente familiar. Cada gesto hace esto más difícil de entender porque significa que no son imaginaciones mías. No he invocado una visión de mi madre, ni me he vuelto loca. No es ningún fantasma. Está realmente aquí. Viva. Respirando.

—¿Qué está pasando? No lo entiendo.

—¿Puedo pasar? —La voz de mi madre, baja y sosegada, es la voz de mi infancia. De los cuentos de antes de ir a dormir y el apaciguamiento después de los terrores nocturnos. Llama a la perra, que se ha cansado de correr en círculos a su alrededor y está olisqueando la grava al pie de los escalones de la entrada.

Rita obedece de inmediato, entrando alegremente en la casa. Mi madre vuelve a echar una mirada cautelosa alrededor. Vacila al llegar al umbral, esperando a ser invitada a entrar.

He imaginado este momento todos los días a lo largo del último año.

He soñado con él, he fantaseado con él; con llegar a casa y encontrar a mis padres concentrados en sus cosas como si nada hubiera pasado. Como si todo hubiese sido una terrible pesadilla. Me he imaginado recibiendo una llamada de la policía para decirme que mi padre había sido arrastrado mar adentro, que lo había rescatado un barco pesquero, que sufría amnesia. Que mi madre había sobrevivido a la caída. Que iban a volver a mi lado.

En mis sueños, me arrojo a los brazos de mis padres. Nos aferramos los unos a los otros furiosamente, abrazándonos, tocándonos. Dándonos seguridad. Y entonces hablamos, con palabras atropelladas. Interrumpiéndonos, llorando, disculpándonos, haciendo promesas. En mis sueños hay ruido, alegría y pura felicidad.

Mi madre y yo permanecemos en silencio en la entrada.

El reloj de pared ronronea antes de dar la hora. Rita, a quien nunca le ha gustado el sonido, desaparece escabulléndose en la cocina, tras haberse quedado, presuntamente, satisfecha de ver que, en efecto, su dueña está allí. Es real.

Suenan las campanadas. Cuando mi padre trajo a casa ese reloj, comprado en una subasta el año que empecé la secundaria, los tres nos mirábamos cada vez que daba la hora. «¡No vamos a poder dormir con ese ruido!», decía mi madre, riendo a medias y horrorizada también a medias. Hasta el tictac era intrusivo, devolviendo el eco de cada segundo que pasaba en el recibidor vacío. Pero sí dormíamos, y antes de darme cuenta, solo reparaba en el reloj cuando el mecanismo se paraba y la ausencia del tic, tac, tic, tac hacía que la casa pareciese vacía.

Ahora nos miramos, mi madre y yo, mientras el eco de cada hora retumba en el espacio que hay entre nosotras. No es hasta que cesa y se ha extinguido el último repique cuando habla.

—Sé que esto es un shock para ti. —¿Es posible un eufemismo mayor?—. Tenemos mucho de qué hablar.

Encuentro mi voz.

—No estás muerta.

Hay muchas preguntas, pero esta —la verdad fundamental— es la que más me está costando. No está muerta. No es un fantasma.

Niega con la cabeza.

—No estamos muertos.

«Estamos.» En plural. Contengo la respiración.

—¿Papá?

Un latido.

—Cariño, hay muchas cosas que debes saber.

Poco a poco, obligo a mi cerebro a procesar lo que estoy oyendo. Mi padre está vivo. Mis padres no murieron en Beachy Head.

—Entonces ¿fue un accidente?

Lo sabía. Estaba segura. Mis padres nunca intentarían suicidarse.

Pero... un accidente. No un asesinato; un accidente.

¿Dos accidentes?

Una cinta de teletipo va pasando por mi cerebro mientras incorporo esos nuevos acontecimientos a las escenas que nunca he entendido. Dos accidentes. Testigos equivocados. Caídas, no saltos al vacío.

¿Dos caídas idénticas?

La cinta se para.

Un suspiro sale de la boca de mi madre. Resignada. Cansada. Está nerviosa, se recoge un mechón negro de pelo por detrás de las orejas en un gesto inútil ahora que lo lleva tan corto. Señala con la cabeza a la cocina.

—¿Puedo entrar?

Pero la cinta se ha quedado atascada y se enreda formando nudos en mi cabeza porque lo que estoy imaginando no tiene sentido. No encaja.

—Papá te envió un mensaje de texto.

La pausa más larga del mundo.

—Sí. —Me sostiene la mirada—. Por favor, ¿podemos sentarnos dentro? Es complicado.

Pero de pronto, parece muy sencillo. Y las arenas movedizas bajo mis pies se quedan quietas, y el mundo torcido empieza a dar vueltas de nuevo. Solo hay una explicación.

—Simulasteis vuestras muertes.

Observo mi tranquilidad como si fuera una espectadora, al margen; me felicito por mi presencia de ánimo. Y aun así, mientras lo estoy diciendo —aun a pesar de saber sin la menor duda que tengo razón— rezo para estar equivocada. Porque es esperpéntico. Porque es ilegal. Inmoral. Pero, por encima de todo eso, porque es cruel. Porque su muerte me rompió el corazón, y ha seguido destrozándolo, pedazo a pedazo, todos los días desde entonces, y saber que mis padres hicieron eso deliberadamente lo hará añicos para siempre.

La cara de mi madre se arruga como el papel. Las lágrimas caen sobre la baldosa de piedra.

Una sola palabra.

—Sí.

La mano que muevo podría ser de otra persona. Toco el borde de la puerta, muy ligeramente, con dos dedos.

Y se la cierro de golpe en toda la cara.

28

MURRAY

El segundo piso de la comisaría de policía estaba desierto. La mayor parte del personal administrativo no trabajaba los fines de semana, y los que lo hacían ya se habían ido de vacaciones. Solo el despacho del comisario estaba ocupado, el jefe en persona con una llamada y su secretaria tecleando un informe sin mirarse los dedos ni una sola vez.

La mujer llevaba espumillón en el pelo y unos pendientes de bolas de Navidad que destellaban de forma muy aparatosa.

«El jefe necesita que le pase a máquina unos informes —le había explicado cuando Murray le había preguntado qué hacía en el trabajo un domingo por la mañana y en el día de Nochebuena, para más inri—. Lo quiere todo listo para antes de las vacaciones.»

—¿Tienes previsto algo especial para mañana? —le estaba diciendo en ese momento.

—No, voy a quedarme en casa tranquilamente. —Hubo una pausa—. ¿Y tú? —añadió cuando quedó claro que ella estaba esperando la pregunta.

—Iré a casa de mis padres. —Dejó de teclear y apoyó los brazos cruzados sobre la mesa—. Todos tenemos calcetines con regalos, todavía, a pesar de que mi hermano ya tiene veinticuatro años. Primero los abrimos y luego tomamos salmón ahumado con huevos revueltos y Buck's Fizz.

Murray sonrió y asintió mientras ella le relataba las tradiciones navideñas de su familia. Se preguntó cuánto duraría el rapapolvo que estaba a punto de recibir.

Se abrió la puerta del despacho.

—¡Murray! Perdón por haberle hecho esperar.

—No pasa nada.

Murray omitió el «señor», no solo porque ahora era un civil y ya no estaba obligado por razones de rango y jerarquía, sino porque cuando Leo Griffiths estaba en período de prueba y Murray era su tutor, el joven se había comportado como un auténtico gilipollas.

Había dos sillones en el despacho de Leo, pero el comisario estaba sentado a su mesa, de modo que Murray ocupó la silla de madera que había enfrente. Una amplia superficie de madera pulida se extendía entre ellos, sobre la que Leo jugaba con los clips sujetapapeles que justificaban su salario.

Leo entrelazó los dedos y se recostó en su silla.

—Estoy un poco confuso. —No lo estaba, por supuesto, pero al comisario le gustaba exponer en voz alta el mecanismo de sus pensamientos, lo cual solía alargar un tanto el proceso—. Los agentes del turno de noche acudieron a responder una llamada anoche, poco antes de la medianoche, y hablaron con un tal Mark Hemmings y con su pareja, la señorita Anna Johnson.

Ah, de modo que, efectivamente, se trataba del caso Johnson.

—Alguien arrojó un ladrillo por la ventana de un dormitorio. Iba envuelto en una nota amenazadora.

—Eso había oído. Algunas de las casas de esa calle cuentan con sus propias cámaras de vigilancia. Tal vez merecería la pena...

—Ya nos estamos encargando de eso, gracias —lo interrumpió Leo rápidamente—. Me preocupa más el hecho de que la señorita Johnson denunció el incidente como otro más de una serie de sucesos anteriores. —Hizo una pausa para dar un efecto más dramático a sus palabras—. Una serie de sucesos investigados por... usted.

Murray no dijo nada. «Podrías seguir adelante con tu perplejidad, decir algo solo por decir. Rellenar lagunas. Hazme una pregunta, Leo. Entonces la responderé.»

La pausa se hizo eterna.

—Y lo que más me confunde, Murray, es que tenía la impresión de que estaba trabajando como ayudante en tareas administrativas en comisaría. Como civil. Y de que se había retirado del departamento de investigación criminal, y desde luego, del servicio activo, hace varios años.

Sin comentarios.

Un dejo de irritación asomó a la voz de Leo. Iba a tener que trabajar con más ahínco de lo que hacía normalmente.

—Murray, ¿está investigando una serie de delitos relacionados con dos suicidios históricos?

—No, no es eso lo que he estado haciendo.

Eran asesinatos, no suicidios.

—Entonces ¿qué ha estado haciendo exactamente?

—Anna Johnson vino a comisaría el jueves para hablar de unas dudas que tenía respecto a la muerte de sus padres, unas muertes repentinas, ocurridas el año pasado. Estuve un rato contestando sus preguntas. —Murray dedicó a Leo una sonrisa benigna—. Uno de mis objetivos en mi informe de rendimiento es proporcionar un servicio de atención al cliente de la máxima calidad. Señor.

Leo entrecerró los ojos.

—La patrulla del turno de noche dijo que la pareja recibió una nota con contenido malintencionado.

—Una tarjeta anónima, entregada en el aniversario de la muerte de la madre.

—No hay nada de eso en el ordenador. ¿Por qué no generó un informe?

—¿Y a qué clase de delito debería corresponder ese informe? —preguntó Murray educadamente—. La tarjeta no contenía ninguna amenaza explícita. Ni lenguaje ofensivo. Era desagradable, por supuesto, pero no era ilegal.

Se produjo una larga pausa mientras Leo asimilaba esa información.

—Arrojar un ladrillo por una ventana...

—Es un hecho delictivo —lo interrumpió Murray hábilmente— y estoy seguro de que los agentes encargados harán un trabajo excelente investigándolo.

—La señorita Johnson parece creer que el suicidio de su madre en realidad fue un asesinato.

—Eso tengo entendido. —Murray esbozó una sonrisa cortés—. Naturalmente, fue el equipo del departamento de investigación criminal quien examinó el caso el año pasado.

Leo miró a Murray, tratando de descubrir si la insinuación había sido intencionada o no. Si reprendía a Murray por no haber llevado el caso al departamento de investigación criminal, había una crítica implícita que equivalía a decir que la investigación original no se había llevado correctamente.

Murray esperó.

—Redacte un informe con su intervención en el caso hasta el momento y páselo todo al departamento para que le echen un vistazo como es debido. ¿Entendido?

—Perfectamente. —Murray se levantó, sin esperar a que le indicase que se fuese—. Feliz Navidad.

—Igualmente. Y... ¿Murray?

—¿Sí?

—Limítese a hacer su trabajo.

Murray no le había mentido al comisario todavía y no iba a empezar a hacerlo ahora.

—No se preocupe, Leo. —Dedicó al jefe una sonrisa alegre—. No haré nada que no esté capacitado para hacer.

Una vez abajo, Murray encontró una sala para redactar informes vacía y cerró la puerta antes de conectarse al ordenador. Había devuelto su PC del cuerpo cuando se jubiló y quería hacer unas pocas comprobaciones más antes de irse para casa. Si a Leo Griffiths se le ocurría la brillante idea de examinar el historial de navegación de Murray en la intranet, podría explicarlo fácilmente como información básica que precisaba para redactar el informe que tendría que presentar para el departamento.

Buscó Oak View en el sistema central de control que recogía todas y cada una de las llamadas hechas a la policía. Los agentes encargados de la investigación original ya habrían realizado esa comprobación tan básica, pero no había ninguna copia impresa en el expediente archivado y Murray quería ser muy concienzudo. Buscaba la irrupción de algún intruso en la casa, algún tipo de acoso o de actividad sospechosa relacionada con Oak View o con los Johnson. Cualquier cosa que pudiese sugerir que tanto Tom como Caroline habían sido un objetivo antes de sus muertes.

Oak View aparecía varias veces a lo largo de los años desde que las llamadas se registraban en el sistema informático. Dos veces se había efectuado una llamada al número de emergencias desde aquella dirección, y en ambas ocasiones la persona que llamaba había permanecido completamente muda. Cada vez la sala de control había vuelto a llamar y las dos veces habían obtenido la misma explicación.

«El ocupante de la vivienda se disculpa. La niña, de corta edad, estaba jugando con el teléfono.»

Murray comprobó la fecha: el 10 de febrero de 2001. ¿La niña de corta edad? Anna Johnson ya tendría diez años. Demasiado mayor para ir haciendo llamadas telefónicas accidentales al número de emergencias. ¿De veras había habido una niña de corta edad en la casa o eran las llamadas a emergencias un deliberado grito de auxilio?

En 2008, la sala de control había recibido la llamada de un vecino, Robert Drake, que decía haber oído un altercado en la casa vecina. Murray examinó el informe de registro.

«El vecino asegura estar oyendo gritos. Ruido de cristales rotos. Posible caso de violencia doméstica. Se envían efectivos.»

No se había registrado ningún delito.

«Todo tranquilo al llegar a la casa. Los ocupantes de la vivienda declaran y niegan cualquier incidente o pelea doméstica.»

Caroline Johnson parecía estar «alterada», tal como comprobó Murray al leer el informe, pero este no incluía muchos más detalles, y sin localizar y ponerse en contacto con los agentes que se personaron en el lugar —con la esperanza, además, de que recordasen un incidente que había ocurrido hacía más de una década— eso era lo único que tenía.

Era suficiente. Murray estaba empezando a formarse una imagen precisa de los Johnson, y no era la que su hija le había descrito. Tal vez el hermano de Tom, Billy Johnson, arrojaría más luz sobre las pesquisas. Murray consultó su reloj. Ese maldito Leo Griffiths y su postureo. Llegaría tarde a recoger a Sarah como no saliese inmediatamente; ella ya iba a estar bastante tensa emocionalmente, así que el más mínimo cambio de planes sin duda acabaría por descolocarla por completo.

—Iré contigo.

Murray había llegado justo a tiempo, y lo primero que había hecho Sarah era preguntarle por el caso de los Johnson e insistir en acompañarlo a ir a ver a Billy.

—Puede esperar a después de Navidad.

Murray puso el coche en marcha y fue alejándose despacio de Highfield. Era agradable tener a Sarah en el coche, saber que no iba a volver solo a una casa vacía.

—No pasa nada, de verdad. Además, prácticamente nos viene de camino.

Murray miró de reojo a su mujer. Ni siquiera dentro del coche se sentaba como era debido; tenía un pie metido por debajo de la rodilla de su otra pierna y se sujetaba el cinturón de seguridad apartándoselo del cuello con una mano, al tiempo que apoyaba el codo en la parte inferior de la ventanilla.

—Si estás segura...

—Estoy segura.

Automóviles Johnson había cambiado mucho desde que Murray había comprado su Volvo. Todavía había la misma colección variopinta de cacharros hechos con piezas de recambio aparcados detrás, pero la mayor parte de la zona de exposición, en la parte delantera, estaba llena de flamantes Jaguars, Audis y BMW, los más caros colocados en ángulo sobre una rampa, de tal forma que parecía que estaban a punto de salir disparados en cualquier momento.

—Diez minutos —dijo Murray.

—No hay prisa.

Sarah se desabrochó el cinturón y abrió su libro. Murray se guardó las llaves en el bolsillo y escaneó maquinalmente el interior del coche en busca de cualquier cosa que pudiera suponer un riesgo. «Le han dado el alta —se recordó a sí mismo al alejarse—. Relájate.»

Miró atrás al atravesar la zona de exposición, pero Sarah estaba absorta en la lectura de su libro. Los comerciales, de aspecto pulcro y bien afeitados, merodeaban como tiburones, y dos iban directos hacia él desde direcciones opuestas, los dos con la mirada puesta en su comisión. Un muchacho desgarbado con una gruesa mata de pelo pelirrojo llegó primero, así que su colega desvió su trayectoria hacia una pareja elegantemente vestida que se paseaba cogida de la mano por una hilera de descapotables. «Una apuesta mucho más segura», pensó Murray.

—¿Billy Johnson?

—Está en las oficinas. —El muchacho de pelo pelirrojo ladeó la cabeza hacia el salón de exposición del interior—. Pero tal vez yo pueda ayudarlo. —Su sonrisa era toda dentadura sin el menor indicio de sinceridad. Inclinó la cabeza hacia un lado, fingiendo un interés exagerado por evaluar a Murray. Analizándolo—. Es usted un fan de los Volvo, ¿a que tengo razón?

Teniendo en cuenta que Murray acababa de bajarse de un Volvo, su observación impresionaba mucho menos de lo que pretendía. Murray siguió andando.

—Por aquí, ¿verdad?

El pelirrojo se encogió de hombros y su sonrisa brillante se desvaneció junto con sus posibilidades de cerrar una venta.

—Sí. Shaneen está en recepción. Ella le indicará.

La cara de Shaneen era dos tonalidades más oscura que su cuello, y tenía los labios tan brillantes que Murray podía ver su reflejo en ellos. Estaba de pie detrás de un alargado mostrador de recepción de forma curvada, con una tira de espumillón colgada a un lado, y distribuía vasos en una bandeja para una copita de Nochebuena. Sonrió cuando él se acercó.

—Bienvenido a Automóviles Johnson, ¿en qué puedo ayudarle? —soltó del tirón, tan rápido que Murray tuvo que pararse un segundo a procesar qué era lo que había oído.

—Me gustaría ver a Billy Johnson, por favor. Soy de la policía de Sussex.

—Voy a ver si está libre.

Iba encaramada a unos zapatos de tacón con la punta puntiaguda cuya forma era imposible que coincidiese con la forma de sus pies, y empezó a taconear por el suelo pulido en dirección al despacho de su jefe. Los cristales tintados significaban que Murray no podía ver el interior, así que se puso a mirar por los ventanales de la inmensa sala de exposición, pensando que ojalá hubiese aparcado el Volvo un poco más cerca. Desde ese ángulo no podía ver a Sarah. Consultó su reloj. Ya había empleado tres de los diez minutos que le había prometido que tardaría.

—Pase, señor... —Shaneen apareció en la puerta, interrumpiéndose cuando se dio cuenta de que había olvidado preguntarle el nombre a Murray.

—Mackenzie. Murray Mackenzie. —Sonrió a la recepcionista al pasar por su lado y entró en un impresionante despacho con dos escritorios de gran tamaño. Billy Johnson se levantó. Tenía la frente reluciente, y cuando estrechó la mano de Murray, estaba caliente y pegajosa. No sonrió ni invitó a Murray a sentarse.

—Del departamento de investigación criminal, ¿no?

Murray no lo sacó de su error.

—¿Y a qué debemos el placer de su visita? El último intento de robo tuvo lugar hace seis meses, así que si se presenta aquí ahora por eso, es un tiempo de respuesta lamentable, incluso para sus propios estándares. —La sonrisa pretendía transmitir un sentido del humor del que carecían sus palabras.

Billy Johnson tenía una barriga prominente. Le daba un aspecto corpulento, más que gordo, y no le desfavorecía, pensó Murray, aunque ¿qué sabía él? Llevaba un traje de corte elegante, unos zapatos lustrosos y una corbata amarillo brillante a juego con las rayas de su camisa de cuello italiano. Su actitud a la defensiva sin duda se debía al estrés y no a un carácter agresivo, pero a pesar de ello Murray se quedó a una distancia prudente, cerca de la puerta.

—Si es por el IVA...

—No, no es eso.

Billy se relajó un poco.

—Estoy haciendo algunas pesquisas sobre la muerte de su hermano y la esposa de este.

—¿Es usted el agente con el que ha estado hablando nuestra Annie?

—Es usted su tío, ¿verdad?

Pese al desasosiego de Billy, el afecto que sentía por Anna era evidente. Sus ojos se enternecieron y asintió repetidamente con la cabeza, como si ese movimiento reforzase aún más el hecho.

—Es una chica tan maravillosa... Todo esto ha sido muy duro para ella.

—Para todos ustedes —señaló Murray.

—Sí, sí, claro. Pero para Annie... —Se sacó un pañuelo blanco del bolsillo y se secó la frente—. Lo siento. Ha sido una mañana bastante emotiva. Por favor, siéntese. —Se desplomó en una silla giratoria de cuero—. Está convencida de que Tom y Caroline fueron asesinados.

Murray esperó unos segundos antes de contestar.

—Creo que tiene razón.

—Dios santo...

A través de la ventana, por detrás de Billy, Murray vislumbró una figura que le resultó familiar, paseándose por entre las hileras de coches. Sarah. Veinte metros por detrás de ella, caminando lo más deprisa posible pero sin llegar a correr, estaba el Pelirrojo.

—¿Estaban muy unidos usted y Tom, señor Johnson? —Murray habló deprisa, sin quitarle el ojo a la zona de exposición.

Billy frunció el ceño.

—Éramos hermanos.

—¿Se llevaban bien?

La pregunta pareció irritarlo.

—Éramos hermanos. Siempre nos apoyábamos el uno al otro, pero también teníamos nuestras diferencias, como es lógico.

—Y tengo entendido que también eran socios en el negocio.

Billy asintió.

—Mi padre padecía demencia senil y no podía continuar con el negocio, así que Tom y yo tomamos el relevo en 1991. La familia —añadió, como si eso lo explicase todo. Tenía una chequera abierta delante de él, junto a una pila de sobres y una lista impresa. Alineó los sobres innecesariamente y señaló la chequera con la cabeza—. Las bonificaciones de Navidad. Más reducidas de lo habitual, pero así es la vida.

—¿Cómo se llevaba con Caroline?

Un rubor rojo escarlata se le extendió hacia arriba por el cuello.

—Ella se encargaba de las tareas administrativas. Tom se ocupaba de esa parte del negocio. Yo me encargaba de dirigir el equipo de ventas.

Murray advirtió que Billy no había respondido a su pregunta. No insistió. Ni siquiera debía estar allí; lo último que le hacía falta era que alguien presentase otra queja ante Leo Griffiths. Probó con otro enfoque.

—¿La relación entre ellos era buena?

Billy se puso a mirar por la ventana, como tratando de decidir si debía revelar o no lo que estaba pensando. El Pelirrojo estaba guiando a Sarah hacia un Land Rover Defender con un cartel que decía Precio a consultar colgado del espejo retrovisor. Murray esperaba que su mujer estuviese bien; esperaba que el Pelirrojo no le dijese nada que pudiese alterarla.

Billy se volvió hacia Murray.

—Él no la trataba bien. Era mi hermano y yo lo quería, pero no era lo bastante bueno para ella.

Murray esperó. Era evidente que había una historia detrás de aquello.

—Le gustaba beber. Bueno, a todos nos gusta, pero... —Billy negó con la cabeza—. Esto no está bien. Hablar mal de los muertos. No está bien.

—¿Está insinuando que Tom tenía un problema con el alcohol, señor Johnson?

Hubo una larga pausa antes de que Billy contestara. Miró por la ventana.

—Caroline trataba de ocultarlo y encubrirlo, pero no soy idiota. Aunque Tom pensase que sí lo era —dijo, murmurando eso último más para sí mismo que para que lo oyera Murray.

A su espalda, Murray vio al Pelirrojo abrir la puerta del Defender. Sarah se instaló al volante y ajustó el asiento. El Pelirrojo se la llevaría a probar el coche como Murray no saliese pronto. Se levantó.

—Ha sido de gran ayuda, señor Johnson. Gracias.

A Murray le supo mal dejar al hombre allí desplomado frente a su mesa, visiblemente afligido por los recuerdos que le había obligado a revivir, pero su prioridad era Sarah.

Estaba andando hacia él cuando salió a la zona de exposición. El Pelirrojo estaba de pie junto al Defender, con las manos metidas tristemente en el bolsillo.

—¿Estás bien? —dijo Murray cuando Sarah se reunió con él. Parecía totalmente satisfecha, y Murray lanzó un suspiro de alivio al ver que el Pelirrojo no la había alterado.

—Perfectamente. —Sus labios dibujaban una sonrisa maliciosa y Murray volvió a mirar al Pelirrojo, cuya cara era la de alguien a quien acabaran de comunicar que se había cancelado la Navidad.

—¿Qué le ha pasado?

—Le he dicho que estaba interesada en el último modelo.

—Ya...

—Que quería algo muy muy sofisticado, con un montón de extras, y que estaba buscando algo que pudiese llevarme hoy mismo.

—Ah...

Sarah sonrió de nuevo.

—Y luego le he dicho que tal vez lo mejor sería seguir con mi bicicleta.

29

ANNA

Mi madre llama al timbre al instante, y luego otra vez, sin apartar la mano, y otra vez, y otra y otra y otra. Rita sale corriendo al recibidor, patina sobre las baldosas y luego se abalanza sobre la puerta. Me mira y luego mira a la silueta de mi madre, enmarcada en la vidriera. Gimotea, confusa.

Tengo el pecho encogido, la cara entumecida. No puedo hacer esto. Las manos me tiemblan descontroladamente, y cuando vuelve a sonar el timbre, el pánico se apodera de mí.

—¡Anna!

Me doy media vuelta. Obligo a mis pies a moverse. Camino despacio hacia el pie de las escaleras.

—Tenemos que hablar de esto. Necesito que lo entiendas, Anna...

No habla levantando la voz, pero sí lo hace en tono de súplica, desesperado. Apoyo una mano en la barandilla y un pie en el primer peldaño. Mis padres están vivos. ¿No es eso todo lo que he estado deseando este último año? Abuelos para Ella, unos suegros para Mark. Mi madre y mi padre. Una familia.

—Anna, no me iré hasta que lo entiendas. ¡No tuve elección!

Y de pronto, me decido. Subo los escalones de dos en dos, huyendo del recibidor, de las súplicas. De las excusas que me está dando mi madre para lo inexcusable.

¿Que no tuvo elección?

Fui yo la que no tuvo elección. No tuve más elección que

llorar a mis padres. No tuve más elección que ver cómo la policía diseccionaba nuestras vidas; esperar en el despacho de un juez de instrucción mientras se analizaban sus muertes; organizar un funeral y telefonear a sus amigos para oír las mismas condolencias una y otra vez. No tuve más elección que vivir un embarazo, un parto y las primeras semanas de ansiedad que conlleva la maternidad sin la ayuda y los consejos de mi madre.

Yo no tuve elección. Ellos sí.

Mis padres eligieron engañarme, no solo cuando desaparecieron, sino todos los días a partir de entonces.

Vuelve a sonar el timbre, una y otra vez, y otra. Mi madre mantiene pulsado el botón, y el sonido persiste, estridente y con insistencia, reverberando por las entrañas de la casa.

Me tapo los oídos con las manos y me hago un ovillo en la cama, pero lo sigo oyendo. Me incorporo. Me pongo de pie. Me paseo arriba y abajo por el dormitorio.

Entro en el baño y abro el grifo de la ducha, sentándome en el borde de la bañera mientras la habitación se llena de vapor y el espejo se empaña. Luego me quito la ropa de deporte y entro en la ducha, cierro la puerta de la mampara y subo la temperatura del agua al máximo, tan caliente que me hace daño. Bajo la ducha, ya no oigo el timbre. Inclino la cabeza hacia atrás, dejando que el agua me inunde los oídos, la nariz y la boca, hasta que es casi como si me estuviera ahogando. Cedo a la presión de las lágrimas que empezaron cuando vi a mi madre y se quedaron paralizadas en cuanto comprendí que había elegido desaparecer. Lloro con una intensidad física que no había experimentado nunca, doblada sobre mí misma con los sollozos que pugnan por salir de la boca de mi estómago.

Cuando ya he llorado tanto que estoy demasiado débil para sostenerme de pie, me siento y me abrazo las rodillas, con el agua resbalándome por la cabeza agachada y formando un charco en mi regazo. Lloro hasta quedarme exhausta. Hasta que el agua se vuelve de hielo y tengo la carne de gallina.

Cuando cierro el grifo de la ducha, con los brazos y las piernas rígidos y fríos, aguzo el oído. Silencio.

Se ha ido.

La afilada puñalada de dolor me toma por sorpresa. Me reprendo a mí misma por el resquicio de debilidad que sugiere. He vivido sin mis padres más de un año. He sobrevivido. Sobreviviré. No hay nada que puedan decir para obtener mi perdón. Es demasiado tarde.

Hallo consuelo en la suavidad de un viejo par de pantalones de correr y una sudadera desteñida del lado del armario que corresponde a Mark. Calcetines de cachemira gruesos. Me seco el pelo con una toalla y me hago un moño suelto.

Justo cuando empiezo a sentirme, si no mejor, al menos más entera, suena el timbre de la puerta.

Me quedo paralizada. Espero un minuto largo. Vuelve a sonar.

La determinación que antes admiraba —casi envidiaba— en mi madre, ahora se burla de mí. No va a rendirse. Podría quedarme aquí todo el día y ella esperará, y seguirá llamando al timbre y gritando. Una ira rabiosa se abre paso y resquebraja la pátina de serenidad que me había convencido a mí misma de que era real, y salgo furiosa de mi dormitorio y voy escaleras abajo. ¿Cómo se atreve?

Un año entero.

La idea me golpea repetidamente por el interior de mi cabeza como una bola de *pinball*, disparando indiscriminadamente. Un año entero ha estado mintiéndome. Ha estado mintiendo a todo el mundo.

Llego al recibidor tan rápido y tan descontroladamente que resbalo con los calcetines y caigo de espaldas en el suelo; la caída me deja sin aliento, tanto es así, que cuando me levanto, me duele todo el cuerpo, como si me hubiera caído desde lo alto de las escaleras.

El timbre vuelve a sonar. Rita no aparece por ninguna parte. Hasta la perra ha dejado de esperar que abra la puerta, pero cuando a mi madre se le mete algo en la cabeza, no para hasta conseguirlo.

Un año entero.

Si alguien me hubiese dicho, hace seis meses —incluso esta misma mañana—, que algún día le diría a mi madre que me dejase en paz, habría pensado que ese alguien estaba loco, pero eso es exactamente lo que voy a hacer. No se puede deshacer el pasado; no se puede mentirle a alguien y luego volver a aparecer en sus vidas y esperar que te perdonen. Hay mentiras demasiado gordas para eso.

Un año entero de mentiras.

Abro la puerta de golpe.

—¡Ahí estás! Creía que estabas arriba. Tendrás que subir tú el cochecito, querida. No me gusta hacerlo a mí con la niña dentro, por si tropiezo. —Joan me mira con curiosidad—. ¿Estás bien, querida? Parece como si hubieras visto un fantasma.

30

MURRAY

Sarah estaba pasando la mopa por el suelo de la cocina. No era un reflejo de los esfuerzos de Murray del día anterior, sino una indicación de la ansiedad creciente de Sarah. El cambio había sido brusco y repentino, como cuando el sol se esconde detrás de las nubes. Murray había intentado aferrarse a la sensación de satisfacción que había sentido mientras conducían a casa desde Automóviles Johnson, riéndose de la venta frustrada del Pelirrojo, pero, igual que cuando se intenta evocar un calor de treinta grados en lo más crudo del invierno, la sensación le había dado esquinazo.

Murray no estaba seguro de cuál había sido el detonante. A veces, simplemente, no había ninguno.

—Siéntate y tómate una taza de té.

—Quiero hacer las ventanas primero.

—Es Nochebuena.

—¿Y?

Murray echó un vistazo a la programación para ver si echaban algo que pudiera distraerlos a los dos. *¡Qué bello es vivir!* seguramente no era la mejor idea.

—Dentro de un minuto empieza *The Snowman*.

—Menuda sorpresa. —Arrojó la mopa al cubo—. Seguro que hasta Aled Jones está harto de ella.

Murray habría abundado aún más en el tema, pero Sarah tenía la frente arrugada con unos surcos muy profundos mientras miraba bajo el fregadero buscando el limpiacristales y un trapo, de modo que se calló y no dijo nada más. A Murray se le daba bien leer las señales, observar las respuestas de los demás y devolverles reflejadas sus reacciones. Lo había hecho durante años con delincuentes, mucho antes de que la comunicación y el lenguaje no verbal fuesen algo que hubiese que aprender en una clase. Lo había hecho durante años en casa.

Sin embargo, era agotador, y Murray deseó, como había deseado otras veces, que él y Sarah hubiesen tenido hijos para diluir las repercusiones de su enfermedad. Él había querido tenerlos —desesperadamente, además—, pero a Sarah le había dado demasiado miedo.

—¿Y si salen a mí?

Él la había malinterpretado deliberadamente.

—Entonces serán los niños más afortunados del mundo.

—Quiero decir ¿y si heredan mi estado mental? ¿Esta maldita y jodida cabeza enferma? —Se había echado a llorar, y Murray la había estrechado entre sus brazos para que no viese que a él también se le humedecían los ojos.

—¿O mi nariz? —dijo él con delicadeza. De entre los pliegues de su jersey se oyó un hipido de risa y entonces ella se apartó.

—¿Y si les hago daño?

—No lo harías. Solo te has hecho daño a ti misma.

Las palabras de Murray para tranquilizarla habían caído en saco roto. A Sarah le aterrorizaba la idea de quedarse embarazada, por lo que rehuía mantener relaciones íntimas con Murray. Cayó en una espiral de episodios de paranoia en los que, durante semanas, se hacía tests de embarazo absurdamente inútiles en el improbable caso de que Eastbourne hubiese sido la localidad elegida como escenario de la siguiente Inmaculada Concepción. Al final, su médico de cabecera había accedido a someter a Sarah a un proceso de esterilización por el bien de su salud mental.

Lo cual significaba que solo eran ellos dos, Murray y Sarah. Podrían haber pasado la Navidad con el hermano de Sarah y su familia, pero el reciente ingreso de ella implicaba que no habían podido hacer ningún plan. Murray pensó que ojalá no hubiese bajado ya el árbol del trastero, o que ojalá hubiese tenido la precaución de no comprar uno ya predecorado. Al menos eso les habría dado algo que hacer.

Algo que no fuese limpiar toda la casa.

Sarah estaba arrodillada sobre el escurridor de platos para limpiar la ventana de la cocina, y Murray estaba buscando otro trapo —ya puestos, más le valía ocuparse haciendo algo útil él también— cuando oyó a alguien cantando fuera, en la puerta de la casa.

—Somos los tres Reyes Magos de Oriente / Uno en un taxi, uno en un coche / Y el otro en una moto, dando regalos a troche y moche... —Los cánticos cesaron y los sustituyeron unas risas y carcajadas muy escandalosas.

—Pero ¿qué demonios...?

A Sarah le picó la curiosidad lo suficiente para dejar el limpiacristales y acompañar a Murray a la puerta de la entrada.

—¡Feliz Navidad! —La compañera de Nish, Gill, puso una botella de vino en las manos de Murray.

—¡Y bienvenida a casa! —Nish dio a Sarah una bolsa de regalo con una tarjeta muy grande adornada con unas cintas—. Para ti no hay nada —le dijo a Murray— porque eres un triste abuelete. —Sonrió—. ¿Es que no nos vais a invitar a entrar? Os recuerdo que a los que cantan villancicos por las casas los invitan a tomar pasteles de carne y vino caliente con especias.

—Lo de los pasteles de carne creo que podemos arreglarlo —dijo Murray, abriendo la puerta de par en par. Sarah estaba agarrando la bolsa de regalo con las dos manos, con cara de susto.

—Yo es que estaba... —Miró hacia la cocina, como si tuviera toda la intención de planear su huida.

A Murray le dio un vuelco el corazón. Le sostuvo la mirada y pensó cómo podía hacerle entender que necesitaba aquello. Estar con amigos en Nochebuena. Pasteles de carne. Villancicos. Normalidad.

Sarah vaciló unos instantes y luego esbozó una sonrisa tímida.

—Estaba con todos los preparativos de la Navidad. ¡Pasad, pasad!

Murray sacó los pasteles de carne de los supermercados Waitrose que tenía reservados para el día siguiente y copas para el vino que habían traído Nish y Gill. Encontró un CD de villancicos del King's College y luego Nish descubrió uno de las «Diez mejores canciones de Navidad de todos los tiempos». Sarah abrió su regalo y abrazó a todos como agradecimiento por la fiesta improvisada, y Murray pensó que Nish y Gill no sabían el regalo tan maravilloso que acababan de hacerle a él.

—Me ha dicho un pajarito que has estado en la mismísima boca del lobo esta mañana... —dijo Nish.

Las noticias volaban.

—¿La boca del lobo? —Gill estaba llenando las copas de los cuatro. Sarah levantó la suya para que le sirviera el vino más cómodamente y Murray trató de evitar que su cara reflejase sus pensamientos. Cuando Sarah bebía un poco de alcohol, estaba pletórica. Feliz. Pero cuando se pasaba de la raya, tenía el efecto contrario.

—Con el comisario Leo Griffiths —explicó Nish—. Le gusta dar miedo.

—¿Y el pajarito que te ha contado eso no llevaría por casualidad unos pendientes de bolas de Navidad y espumillón en el pelo?

—No tengo ni idea, me envió un mensaje de texto. Tengo entendido que tu plan de resolver tú solito los históricos asesinatos de Eastbourne ha sufrido un revés...

Murray tomó un sorbo de vino.

—Para nada. Si acaso, estoy más decidido que nunca a llegar al fondo de qué fue lo que les pasó a los Johnson, sobre todo ahora que las cosas parecen estar complicándose aún más.

Nish asintió.

—Han enviado el ladrillo al laboratorio para efectuar más análisis. Me temo que no hay huellas; es un material jodido, y quienquiera que envolviese ese papel alrededor, tuvo la precaución de ponerse guantes. Sin embargo, puedo decirte que la nota que iba envuelta alrededor del ladrillo se imprimió en un tipo de papel distinto del que se utilizó para la tarjeta de aniversario. Y en una impresora distinta.

Sarah dejó su copa.

—¿Fueron dos personas distintas?

—No necesariamente, pero es posible.

—Eso tiene sentido. —Sarah miró a Murray—. ¿Verdad? Una persona que anima a Anna a escarbar en el pasado y otra advirtiéndola para que no lo haga.

—Tal vez.

Como Nish, Murray era reacio a comprometerse con una respuesta, pero él también estaba llegando a la misma conclusión: no estaban tratando con una sola persona, sino con dos. La tarjeta de aniversario era de alguien que sabía la verdad sobre lo que le había ocurrido a Caroline Johnson y quería que Anna hiciese preguntas. La nota de la noche anterior era otra cosa. Una orden. Una amenaza.

«Nada de policía. Déjalo antes de acabar mal.»

—¿Por qué enviar una advertencia a menos que seas el asesino?

Murray no podía señalar ningún fallo en la lógica de Sarah.

Quienquiera que hubiese arrojado ese ladrillo por la ventana de la casa de Anna era responsable de las muertes de Tom y Caroline, y parecía que todavía no habían acabado con los Johnson. Murray tenía que resolver este caso antes de que Anna —o su niña— resultasen heridas.

31

ANNA

Mark y Joan están hablando, pero es como si estuviese debajo del agua. De vez en cuando, uno de los dos me lanza una mirada de preocupación, antes de ofrecerme té, o vino, o «¿por qué no te echas un rato y duermes?».

No necesito dormir. Necesito entender qué narices está pasando.

¿Dónde han estado mis padres este último año? ¿Cómo pudieron simular sus suicidios de una forma tan convincente como para que nadie sospechara nada? Y lo que es más importante: ¿por qué lo hicieron?

No tiene ningún sentido. No he encontrado ninguna evidencia de que hubiesen contraído deudas, ninguna indicación de que hubiesen movido grandes sumas de dinero antes de desaparecer. Cuando se leyó el testamento de ambos, todo —más o menos— me lo dejaron a mí. Papá pidió un préstamo para el negocio, pero no fue hasta después de su muerte —y Billy se vino abajo— cuando la empresa empezó a tener problemas. Mis padres no estaban arruinados, no pueden haber hecho lo que hicieron por razones económicas.

La cabeza me da vueltas.

—Tenemos que hablar —digo cuando Joan sale de la habitación.

—Sí. —El gesto de Mark es serio—. Después de Navidad, cuando mi madre se haya ido, buscaremos una niñera para Ella y saldremos los dos a cenar. Tenemos que hablar con tranquilidad de todo. Estaba pensando que el terapeuta no tiene por qué ser conocido mío, si es eso lo que te preocupa; puedo pedir que me recomienden a alguien.

—No, pero...

Joan vuelve a entrar en la habitación, con una caja con el juego de Scrabble en la mano.

—No estaba segura de si lo teníais, así que me he traído el mío. ¿Queréis que juguemos una partida? —Me mira ladeando la cabeza—. ¿Cómo estás, querida? Sé que es un día duro para ti.

—Estoy bien —contesto, mintiendo por omisión, haciendo pasar mi extraño estado de ánimo por un síntoma de pena y dolor. Otras navidades sin mis padres. «Pobrecilla Anna. Los echa tanto de menos...»

Coloco las fichas con las letras de Scrabble en el soporte que tengo delante, incapaz de ver cómo formar hasta las palabras más sencillas. ¿Qué voy a hacer? ¿Debería llamar a la policía? Pienso en el encantador Murray Mackenzie, tan amable, y siento una oleada de vergüenza. Él me creyó. Él fue la única persona que admitió que había algo que no acababa de encajar en todo aquello. La única persona que estaba de acuerdo conmigo en que tal vez alguien había asesinado a mis padres.

Y todo este tiempo, era mentira.

—¡Tocadiscos! —exclama Joan—. Setenta y siete puntos.

—Pero eso son dos palabras ¿no?

—Para nada, una sola palabra.

Desconecto de su discusión de broma.

A lo largo de los últimos diecinueve meses, en diversos momentos, el dolor por la muerte de mis padres se veía superado por otra emoción.

La ira.

«Es completamente normal sentir ira cuando muere uno de nuestros seres queridos —dijo Mark durante mi primera sesión de terapia—. Sobre todo cuando creemos que la persona que ha muerto tomó de forma activa la decisión de dejarnos.»

Una decisión tomada de forma activa.

Mi mano —que sujeta una letra «e» que he cogido del montón de fichas en el centro de la mesa— empieza a temblar violentamente. Dejo la letra en el soporte y bajo las manos a mi regazo, apretándolas entre las rodillas. He pasado el último año trabajando —por utilizar la terminología de Mark— de forma activa en la ira que sentía por los suicidios de mis padres. Ahora resulta que estaba plenamente justificada.

Cada segundo que sigo guardando este secreto me hace sentirme más asqueada. Más angustiada. Ojalá Joan no estuviera aquí. Esta es la tercera vez que la veo, ¿cómo voy a soltarle una cosa así? Y en Nochebuena, además...

Mark coloca una sola ficha.

—Ex.

—Nueve —dice Joan.

—Me parece que no has visto que cuenta doble...

—¡Ay! No, no me había dado cuenta. Dieciocho.

—Cuidado con ella, cariño. Es muy muy tramposa.

—No le hagas caso, Anna.

«Oye, ¿sabéis qué? Resulta que al final mis padres no están muertos. ¡Solo simulaban estar muertos!»

Es surrealista. Parece imposible que sea verdad.

Reflexiono un poco más sobre eso. ¿Y si no lo es?

Llevo los últimos dos días imaginando la presencia de mi madre de una forma tan vívida que hasta olía su perfume; hasta la veía en el parque. ¿Y si todo es fruto de mi imaginación? ¿Y si la conversación que mantuve con ella en la puerta de casa fue una de las alucinaciones provocadas por el sentimiento de pérdida que Mark tanto insistía en que estaba teniendo?

Me estoy volviendo loca.

Mark tenía razón. Necesito ver a alguien. Pero es que parecía tan real...

Ya no sé qué creer.

Justo después de las once, nos preparamos para ir a la misa del gallo. El recibidor es un lío de abrigos y paraguas, y además está el cochecito de Ella, y pienso en toda la gente a la que veré en la iglesia, toda la gente que me transmitirá sus buenos deseos y me dirá que piensa en mí y en lo duro que debe de ser pasar estas fechas sin Tom y Caroline.

Y no puedo. Sencillamente, no puedo.

Estamos en la puerta, con un pie dentro y otro fuera. Laura aparca en la calzada, enfrente de la casa —no hay sitio en el camino de entrada, con el coche de Joan apretujado junto al mío y al de Mark—, y sale del coche, envolviéndose una bufanda alrededor del cuello. Echa a andar hacia nosotros.

—¡Feliz Nochebuena!

Llegan las presentaciones.

—Mamá, te presento a Laura. Laura, esta es Joan.

Todo el tiempo, el corazón me late a toda velocidad, a punto de estallar, y fijo la mirada en el suelo para que nadie me vea, escrito en la cara, lo que me pasa por la cabeza.

—¿Cómo estás, preciosa? —Laura me aprieta cariñosamente el hombro. Es solidaridad, no compasión. Cree entender lo que estoy pasando. Cómo me siento. Una punzada de culpa me reconcome por dentro. La madre de Laura murió. La mía mintió.

—Pues la verdad es que no me encuentro muy bien.

De pronto se forma un torbellino de preocupación.

—Ahora que lo dices, tienes mala cara.

—¿Crees que es por algo que has comido?

—Son unas fechas tan malas... Es comprensible.

Interrumpo.

—Creo que será mejor que me quede aquí. Si no os importa.

—Nos quedaremos todos —dice Mark. Lo dice como si no tuviera importancia, pero yo sé que él y su familia nunca han faltado a la iglesia en Nochebuena—. Además, siempre me quedo sin aliento para cantar «Gloria».

—No, id vosotros. Ella y yo nos iremos pronto a la cama.

—¿Estás segura, querida? —Joan prácticamente ya está dentro del coche.

—Estoy segura.

—Yo me quedaré con ella, para cuidarla. —Laura sube los escalones con una expresión de preocupación en los ojos.

—¡Estoy bien! —No era mi intención ser tan brusca. Esbozo una media sonrisa de disculpa—. Perdona. Es el dolor de cabeza. Quiero decir que preferiría estar sola, si no te importa.

Mark y ella se intercambian una mirada. Veo a Mark sopesar si es seguro dejarme sola; si se me puede dejar sola.

—Llama si cambias de idea, ¿de acuerdo? Volveré a buscarte.

—Que te mejores muy pronto —dice Laura, dándome un abrazo esta vez, haciéndome cosquillas en la mejilla con el pelo—. Feliz Navidad.

—Que lo paséis bien.

Cierro la puerta y apoyo la espalda en ella. Mi excusa solo era imaginaria a medias: me duele la cabeza y tengo los brazos y las piernas agarrotados de la tensión.

Bajo la cremallera del saco acolchado de Ella y la saco del cochecito para llevarla a la sala de estar y darle de mamar.

Está empezando a cerrar los ojitos cuando oigo un ruido procedente de la cocina. Rita se levanta de golpe. Yo suelto el aire despacio, tratando de apaciguar los latidos de mi corazón, que me martillea contra el pecho, luego aparto a Ella y me recoloco la camiseta interior.

Con cuidado, sujetando el cuello de Rita con una mano, atravieso el recibidor. Oigo el chirrido de las patas de una silla sobre las baldosas en el interior de la cocina. Abro la puerta.

El débil olor a jazmín me indica que no hace falta que grite.

Mi madre está sentada a la mesa. Tiene las manos entrelazadas sobre el regazo, y retuerce con dos dedos la tela del mismo vestido barato de lana que llevaba antes. Tiene puesto el abrigo, a pesar de que, con la cocina de leña, aquí dentro hace demasiado calor para ir abrigado, y es un shock verla allí sentada, como si fuera una simple visita, en una cocina que antes era la suya.

Está sola. Siento un brote de ira al ver que mi padre no ha tenido el valor de verme cara a cara, que ha enviado a mamá de avanzadilla para suavizar el golpe. Mi padre. Tan seguro en los negocios. Con su despliegue de labia y simpatía con los clientes. Casi chulo con los comerciales, que escuchaban embelesados todo lo que salía por su boca, ávidos de recibir sus sabios consejos, esperando que algún día esos mismos consejos los llevasen a abrir sus propios concesionarios con su nombre en la puerta. Y aun así, no ha tenido los cojones de enfrentarse a su propia hija. De responder por lo que ha hecho.

Mi madre no dice nada. Me pregunto si habrá perdido ella también el coraje de hablar, pero entonces me doy cuenta de que está embobada mirando a Ella.

Hablo para romper el hechizo.

—¿Cómo has entrado?

Una pausa.

—Guardé una llave de la puerta de atrás.

Se me enciende una lucecita.

—Ayer, en la cocina. Olí tu perfume.

Asiente con la cabeza.

—Perdí la noción del tiempo. Casi me pillas.

—¡Creía que estaba volviéndome loca!

El grito asusta a Ella y me obligo a mí misma a calmarme, por la niña.

—Lo siento.

—¿Qué estabas haciendo aquí?

Mi madre cierra los ojos. Parece cansada, y mucho más vieja que antes... «que antes de morir», quiere decir mi cabeza.

—Vine a verte. Tenía la intención de contártelo todo, pero no estabas sola y... me entró el pánico.

Me pregunto cuántas veces habrá usado su llave para entrar y salir deslizándose en el interior de la casa, como un fantasma. La sola idea me produce escalofríos. Traslado a Ella de una de mis caderas a la otra.

—¿Dónde has estado?

—Alquilé un piso en el norte. Es... —dice, haciendo una mueca— un piso muy sencillo.

Pienso en el desasosiego que he estado sintiendo los últimos días.

—¿Cuánto hace que has vuelto?

—Llegué el jueves.

El jueves. El 21 de diciembre. El aniversario de su... no de su muerte. No ha muerto. Me repito ese hecho para mis adentros, tratando de encontrarle un sentido.

—He estado alojada en el Hope desde entonces. —Se ruboriza un poco. El Hope es un albergue a cargo de la iglesia que hay cerca del paseo marítimo. Llevan el banco de alimentos, recaudan donativos para ropa y artículos de higiene y ofrecen alojamiento temporal a mujeres necesitadas, a cambio de la realización de tareas domésticas. Me ve la cara—. No está tan mal.

Pienso en los hoteles de cinco estrellas donde solían alojarse mis padres y me imagino a mi madre de rodillas limpiando baños a cambio de una cama en un albergue para mujeres en riesgo de exclusión social.

Mi madre está mirando a Ella.

—Es preciosa.

Envuelvo a mi hija con los brazos en actitud protectora, como si por el hecho de esconderla de su vista pudiera protegerla de las mentiras de su abuela, pero Ella arquea la espalda y forcejea para zafarse de mi abrazo. Se retuerce para ver a la extraña que hay en nuestra cocina, aquella mujer delgada de aspecto desaliñado que la mira con ojos vidriosos y ante la que no pienso ceder.

No pienso hacerlo.

Y pese a todo, siento un dolor lacerante en el pecho con el peso de algo que no tiene nada que ver con lo que hicieron mis padres y sí con el dolor que veo reflejado en el rostro de mi madre. El amor. Un amor tan palpable que traza un arco eléctrico imaginario entre nosotras, tan palpable que estoy segura de que Ella lo nota. Extiende una mano regordeta hacia su abuela.

«Un año entero», me recuerdo a mí misma.

Fraude. Conspiración. Mentiras.

—¿Puedo cogerla?

La osadía me deja sin aliento.

—Por favor, Anna. Solo una vez. Es mi nieta.

Podría decir tantas cosas... Que mi madre renunció a todos sus derechos familiares la misma noche en que fingió su muerte. Que un año de mentiras significa que no merece la recompensa de tener la mano regordeta de Ella entre las suyas, ni de percibir el olor a polvos de talco de su cabecita recién lavada. Que ella eligió estar muerta, y, en lo que a mi hija respecta, así es como va a seguir estando.

Pero en vez de decir todo eso, me acerco a mi madre y le entrego a mi niña. Porque es ahora o nunca.

Una vez que la policía sepa lo que ha hecho, se la llevará. Un juicio. Cárcel. El circo mediático. Hizo a la policía remover cielo y tierra en busca de papá, cuando sabía, desde el primer momento, que estaba perfectamente. Reclamó el dinero de su seguro de vida. Robo, fraude, obstrucción a la justicia al hacer perder el tiempo a la policía... La cabeza me da vueltas al pensar en todos los delitos que han cometido, y por el miedo —recién descubierto— de que ahora soy cómplice de todos ellos.

Mis padres se lo han buscado.

Pero yo no formo parte de eso. Ni Ella tampoco.

Mi hija no debería ser castigada por las acciones de otras personas. Lo menos que puedo hacer es regalarle un arrumaco de una abuela a la que no va a conocer nunca.

Mi madre la coge con extremo cuidado, como si estuviera hecha de cristal. Con la soltura que da la experiencia, la acuna en sus brazos y la recorre con la mirada, absorbiendo hasta el último detalle.

Me quedo a escasos centímetros de distancia, con los dedos inquietos. ¿Dónde está mi padre? ¿Por qué ha vuelto mi madre ahora? ¿Para qué ha vuelto? Cien preguntas se me agolpan en la cabeza, y ya no puedo soportarlo más. De pronto, vuelvo a coger a Ella, tan rápidamente que deja escapar un gritito de sorpresa. La acallo en mis brazos, apretándola contra mi pecho cuando intenta volverse a mirar a su abuela, que lanza un débil suspiro, no de censura sino más bien de satisfacción. Como si su nieta fuese lo único que importase. Por un segundo, mi madre y yo nos miramos a los ojos; al menos estamos de acuerdo en una cosa.

—Tienes que irte. Ahora.

Me sale con más brusquedad de la que pretendía, pero ya no confío en que pueda seguir ciñéndome al guion. Ver a mi hija en los brazos de mi madre me está ablandando el corazón. Siento que me flaquean las fuerzas y la determinación.

Me mintió.

Tengo que hacer lo correcto. Tengo que decírselo a Mark, a la policía. Pero es mi madre...

—Diez minutos. Quiero contarte algo, y si después sigues pensando lo mismo, entonces...

—Nada de lo que puedas decirme va a hacerme...

—Por favor. Solo diez minutos.

Silencio. Oigo el sonido del reloj de pared en el recibidor, el ululato de un búho en el jardín. Luego me siento.

—Cinco.

Me mira y asiente. Inspira hondo y deja escapar el aire despacio.

—Hace muchos años que la relación entre tu padre y yo no funciona.

Encajo esas palabras como si las hubiera estado esperando.

—¿Y no podíais haberos separado, como hace la gente normal?

Muchos de mis amigos son hijos de padres divorciados. Dos casas, dos destinos de vacaciones, dos tandas de regalos... Nadie quiere que sus padres se separen, pero hasta un niño puede aprender a entender que no es el fin del mundo. Yo lo habría superado.

—No era tan sencillo.

Recuerdo una vez que me escondí en mi cuarto, con el iPod subido a todo volumen para sofocar la discusión que tenía lugar en la planta de abajo. Preguntándome si había llegado el momento, si iban a divorciarse. Luego, por la mañana, al bajar, todo estaba tranquilo. Papá se estaba tomando el café. Mamá tarareaba una canción mientras ponía más tostadas en la mesa. Siguieron fingiendo que todo iba bien. Así que yo también lo hice.

—Por favor, Anna, deja que te lo explique.

Escucharé lo que tenga que decirme. Y luego, cuando regrese Mark, se lo contaré. Me importa un bledo lo que piense Joan. Llamaré a la policía también. Porque cuando todo el mundo lo sepa, podré distanciarme de este plan desquiciado ideado por mis padres como alternativa preferible al divorcio.

—Encontraste una botella de vodka bajo el escritorio en el estudio. —Ha estado observándome.

Y yo que creía que estaba volviéndome loca. Que estaba viendo fantasmas.

—¿Has encontrado otras? —Habla con voz pausada. Con la mirada fija en la mesa que tiene delante.

—Eran de papá, ¿verdad?

Me mira a los ojos de repente. Escudriña mi cara y me pregunto si no estará resentida conmigo por no haberlo reconocido antes, por dejarla para que cargara con aquello ella sola.

—¿Por qué las escondía? No es ningún secreto que le gustaba beber.

Mamá cierra los ojos un momento.

—Hay una diferencia entre que te guste beber y que necesites beber. —Vacila unos instantes—. Era muy hábil con eso, como muchos alcohólicos. Iba con mucho cuidado para ocultártelo a ti, a Billy.

—¿El tío Billy no lo sabía?

Mi madre suelta una risotada amarga.

—La mujer de la limpieza encontró una botella de vodka escondida en la papelera que hay debajo del escritorio de tu padre. Se la llevó a Billy por si la habían tirado por error. Me entró el pánico. Le dije a Billy que era mía, que había comprado la marca equivocada y que nadie quería bebérsela, así que la había tirado a la basura. No me creyó, pero tampoco insistió más. No quería hacerlo, supongo. —Se calla y me mira, y veo lágrimas en sus ojos—. Ojalá me hubieses dicho que sabías que tu padre bebía. No deberías haber cargado con eso tú sola.

Me encojo de hombros y vuelvo a ser una adolescente encerrada en mí misma. No quiero compartir confidencias con ella. No ahora. La verdad es que nunca habría dicho nada. Odiaba saberlo. Quería vivir en mi burbuja de felicidad, fingiendo que todo era perfecto, sin hacer caso nunca del millón de señales que indicaban todo lo contrario.

—Bueno... —Vuelve a respirar hondo—. Cuando estaba borracho, y solo cuando estaba borracho... —se apresura a aclararme, como si eso cambiara algo; como si algo de todo aquello fuese a cambiar en algo lo que han hecho—... me pegaba.

El suelo se abre bajo mis pies.

—Nunca fue intencionadamente... siempre se arrepentía muchísimo. Se avergonzaba muchísimo de lo que había hecho.

Como si eso lo justificase de algún modo.

¿Cómo puede decirlo así, tan tranquila? ¿Cómo puede hablar con tanta naturalidad? Veo la imagen de mi padre —riendo, bromeando— e intento recomponer mis recuerdos. Pienso en las discusiones que acababan bruscamente cuando yo volvía a casa, el cambio en el ambiente que se respiraba allí dentro y que a mí me costaba horrores ignorar. Pienso en mi pisapapeles destrozado, en las botellas escondidas por toda la casa. Había considerado a mi padre un granuja adorable. Un hombre expresivo, jovial y generoso. Alguien a quien le gustaba beber de vez en cuando, que podía ser un poco zafio en ocasiones, pero esencial y definitivamente bueno. Una buena persona.

¿Cómo podía haberme equivocado tanto?

Abro la boca para hablar, pero me interrumpe.

—Por favor, déjame acabar. Si no lo saco todo ahora, no sé si podré hacerlo alguna vez. —Espera unos segundos y asiento casi imperceptiblemente con la cabeza—. Hay muchas cosas que no sabes, Anna, y que no quiero que sepas. Al menos puedo ahorrarte eso. Baste con decir que tenía mucho miedo de él. Muchísimo miedo. —Mira por la ventana. La luz del jardín está encendida, y las sombras del patio oscilan cuando un pájaro atraviesa el haz de luz—. Tom la cagó en el trabajo. Pidió un préstamo sin consultarlo con Billy, y no pudieron devolverlo. El negocio empezó a ir mal, y sí, ya sé que Billy te habrá dicho que todo iba bien, pero así es tu tío. Tom estaba desesperado: tres generaciones y él era quien había hecho a la empresa contraer deudas. Se le ocurrió un plan descabellado. Quería simular su propia muerte: desaparecería, yo reclamaría el seguro de vida y luego, al cabo de un año o así, se presentaría en un hospital y fingiría tener amnesia.

—¿Y tú le seguiste la corriente? No me puedo...

—Creí que era la respuesta a mis plegarias. —Lanza una risa hueca—. Por fin iba a ser libre. Sabría que habría repercusiones cuando volviese a aparecer, pero lo único que pensaba era que ya no iba a tener más miedo.

Miro el reloj. ¿Cuánto dura la misa del gallo?

—Así que accediste a seguir su plan. Papá desapareció.

—Quiero saber cómo hizo que pareciese un suicidio, pero los detalles pueden esperar hasta que sepa cómo acaba—. Estabas a salvo. Y luego tú...

«Tú también me dejaste», quiero decirle, pero no lo hago. Voy a separar mis emociones de esto, a enfocarlo como si fuera un caso práctico en el trabajo. Una historia terrible y angustiosa que le ha pasado a otra persona.

—Solo que no estaba a salvo —dice—. Fui una estúpida al pensar que iba a estarlo. No dejaba de llamarme. Un día, incluso, vino a casa. Quería dinero para un pasaporte falso. Para la documentación. El alquiler. Dijo que el seguro de vida era suyo, que yo lo había robado. Había cambiado de idea respecto a fingir amnesia, decía que no iba a funcionar. Quería el dinero para empezar una nueva vida. Dijo que me haría daño si no le daba el dinero. Empecé a darle pequeñas cantidades, pero él quería más y más. —Inclina el cuerpo hacia delante y empuja las manos hacia mí. Las miro fijamente, pero no hago ningún ademán de cogerlas—. Ese dinero era para tu futuro. Era lo que habrías heredado cuando muriésemos. Yo quería que fuese para ti. No era justo que se lo llevase él.

Estoy aturdida. Aún estoy intentando conciliar esta versión de mi padre con el hombre que creía que era.

—No tienes ni idea de lo que es capaz, Anna —dice—. Ni de lo asustada que estaba. Tu padre murió para saldar sus deudas. Yo morí para huir de él.

—Entonces ¿por qué has vuelto? —Mis palabras están llenas de amargura—. Ya tienes lo que querías. Conseguiste tu libertad. ¿Para qué volver?

Deja espacio para un silencio que me da escalofríos antes incluso de oír su respuesta.

—Porque me ha encontrado.

32

Tengo carácter. ¿Acaso no lo tiene todo el mundo?

No tengo ni más ni menos control sobre mis actos que tú; en un momento dado, tengo las mismas probabilidades que tú de perder los estribos. Todo depende de que haya un factor específico que desencadene esa falta de autocontrol.

Todos tenemos algún factor desencadenante. Que tú no hayas descubierto cuál es el tuyo no significa que no esté ahí. Es mejor saber cuál es, porque, de lo contrario, algún día alguien te tocará la tecla y una furia de niebla roja descenderá sobre ti.

Si sabes cuál es el factor que desencadena tu ira, puedes controlarlo. Al menos, esa es la teoría.

El mío es el alcohol.

No encajo en el estereotipo de una persona alcohólica. Nadie me encontrará durmiendo en un portal con los pantalones meados y una lata de cerveza en la mano. Yo no voy tambaleándome por las calles, gritando a los extraños. Metiéndome en peleas de bares.

Yo sufro lo que se llama un alcoholismo funcional. Siempre de punta en blanco. Ni un solo cabello fuera de su sitio. Siempre impecable con los clientes, seduciéndolos con mi labia. Deshaciéndome en sonrisas con el personal. ¿Una copa con el almuerzo? ¿Por qué no? ¡Esa venta ha ido fenomenal!

El dinero lo hace más fácil. Mira las carreras, mira toda esa gente joven y guapa con sus sombreros elegantes y una botella de champán en cada mano. Es divertido, ¿verdad? Pero sustituye los sombreros elegantes por unos gorros mugrientos y las burbujas por el brandy barato y te cambiarías de acera para no cruzarte con ellos.

El dinero permite llevar petacas de plata el día de la jornada deportiva en la escuela, cuando el whisky escondido en una bolsa de papel sería un escándalo y motivo de protestas. El dinero significa que puedes beber bloody marys los domingos por la mañana, gin-tonics al salir del trabajo, Pimm's cada vez que asoma un tímido rayo de sol, y nadie se vuelve a mirarte.

Tenía mis propios reconstituyentes, por supuesto. No puedes tomarte un bloody mary al terminar una prueba de conducción de un coche, pero sí puedes beber un sorbito de vodka de una botella de agua. Puedes echar un trago de algo que tienes escondido entre las macetas, en tu escritorio, debajo de las escaleras.

Cuando empecé a beber, lo hacía para divertirme. Más adelante, bebía porque no podía dejar de hacerlo. En algún punto del camino, perdí el control.

La niña me atrapó. Tú querías casarte, la vida doméstica, visitas familiares al zoo. Yo quería mi vida de antes. Echaba de menos Londres. Echaba de menos las noches ruidosas en los bares, los rollos de una noche y que me diese igual si la cama estaba fría o no a la mañana siguiente, al despertar. Echaba de menos llevarme a casa un cheque con la paga sin preocuparme por si el negocio podía permitírselo o no. Echaba de menos mi libertad.

Todo eso me convirtió en una persona amargada. Resentida. Furiosa. Y todo eso podía llevarlo más o menos bien... siempre y cuando no fuera en estado de embriaguez.

Mi factor desencadenante es el alcohol.

El alcohol me hace perder el control. Hace que me sienta muy distante de las consecuencias de mis actos. Hace que se me disparen los puños.

Sé mucho sobre el alcoholismo funcional. Sé mucho sobre la ira, ahora.

En aquel entonces, también sabía mucho.

Salvo cómo parar.

33

ANNA

Mi madre se saca un pedazo de papel del bolsillo y lo desdobla. Es una fotocopia en blanco y negro del interior de una tarjeta de felicitación.

«¿Suicidio? Piénsalo mejor.»

La tarjeta que recibí.

Pienso en lo duro que fue ese día, en cómo me desperté sintiendo el peso de la angustia y la tristeza en el corazón, y cómo cada minuto me había parecido eterno. Pienso en el nudo que se me hizo en el estómago cuando saqué la tarjeta y vi el mensaje de «Feliz Aniversario», y en la náusea cuando leí el mensaje del interior.

En la fotocopia que me enseña mi madre, debajo del mensaje impreso y escrito en rotulador rojo, hay escrita otra frase.

«Podría contárselo todo...»

—¿La envió papá?

Asiente despacio. De mala gana.

—Pero ¿por qué?

—¿Para demostrarme que no iba a librarme de él tan fácilmente? ¿Que todavía podía controlarme, incluso desde la tumba? —Las lágrimas le ruedan por las mejillas—. Pensaba que había sido muy lista. Me fui a un lugar en el que nunca habíamos estado juntos, un lugar al que hacía años que no iba. Alquilé un apartamento horrible porque era el único sitio donde el casero no me pidió referencias. Limpiaba lavabos a cambio de dinero en efectivo, no me conectaba a internet, no me puse en contacto con nadie en ningún momento, a pesar de las ganas que tenía de hacerlo... ¡Anna, tenía tantas ganas de llamarte! Y a pesar de todo, me ha encontrado.

Son demasiadas cosas para poder asimilarlas todas.

—Vas a tener que empezar por el principio. No entiendo cómo consiguió papá... Hubo una testigo... Esa mujer lo vio saltar.

No dice nada, pero sus ojos lo dicen todo.

La cabeza me da vueltas.

—Fuiste tú quien llamó a emergencias. Diane Brent-Taylor. Eras tú.

Puede que fuera la primera en toda mi familia en ir a la universidad, pero eso no me hacía más lista que las generaciones anteriores. Siempre supe que mi madre era inteligente, demasiado inteligente para estar trabajando en la recepción de Automóviles Johnson, pero aquel cálculo maquiavélico... Es difícil de digerir.

—Lo estuvo planeando durante semanas, no hablaba de otra cosa. Me hacía practicar una y otra vez, y cada vez que me equivocaba, me hacía daño. Me dio un móvil para que hiciera la llamada; me hacía sostenerlo en la dirección del viento cuando hablaba, para que mi voz quedase distorsionada. Lo tenía todo pensado.

—Deberías haber ido a la policía.

Esboza una sonrisa triste.

—Es fácil decirlo ahora. Pero cuando alguien te tiene sometida bajo su control de esa manera, es... es duro.

Pienso en mi trabajo, en los niños de todo el planeta por cuya protección todo el mundo lucha tan ferozmente. Muchos de ellos son víctimas de abusos, de coacciones, de intimidaciones. Muchos podrían decírselo a un profesor, a un amigo. Y sin embargo, muy pocos lo hacen.

—Yo estaba convencida de que no llegaría a hacerlo realmente, que aquello era una fantasía. Entonces, un buen día, se despertó y dijo: «Hoy. Voy a hacerlo hoy. Mientras Anna está fuera».

Recuerdo esa mañana. «Pásalo bien», me dijo. Yo salía tarde de casa, y estaba rebuscando las llaves en mi bolso con un trozo de tostada en la otra mano. Papá estaba sentado a la isla de la cocina, leyendo el *Daily Mail* y bebiendo café solo. Hacían falta dos tazas para sacarlo de la cama, tres para que pudiese mantener una conversación y una cuarta cuando llegaba al trabajo, para rendir a la máxima potencia.

«Trabaja mucho, pero diviértete mucho también», me había dicho, guiñándome un ojo. Y eso fue todo. No me había dado un abrazo, no me había dicho que me quería ni me había ofrecido unos sabios consejos que atesoraría para siempre. Solo que trabajase mucho y me divirtiese mucho también.

En los meses después de su muerte, decidí que me alegraba de que no hubiera habido más ceremonia ni aspavientos de ninguna clase esa mañana. Eso significaba que no tenía planeado suicidarse, decidí. Si hubiera sabido que esa era la última vez que iba a verme, habría sido distinto.

Pero sí lo sabía. Simplemente, le daba igual.

—Ese día fue horrible —dice mi madre—. Se peleó con todo el mundo, con Billy, con los comerciales, conmigo... Creía que era una puesta en escena, que quería hacer su suicidio convincente, pero me pregunto si no serían los nervios. Le dije que no era demasiado tarde para recapacitar y echarse atrás, que ya encontraríamos la manera de pagar el dinero que debíamos, pero ya conoces a tu padre. Siempre ha sido muy cabezota.

—¿Que ya conozco a mi padre? No, creo que ya no lo conozco.

—Cuando salimos del trabajo, tomamos direcciones distintas. Él se llevó un Audi del trabajo, le dijo a Bill que quería probarlo sobre el asfalto. Esa fue la última vez que lo vi.

No puedo seguir sentada. Me acerco a la ventana y miro al jardín, al enorme laurel plantado en la maceta y las rosas que mi madre plantó en la valla que separa nuestro jardín del de Robert.

Miro hacia arriba, a la casa del vecino, y pienso en su plan de ampliación de la casa, y en mi idea irracional de que tuvo algo que ver con el conejo que encontramos en la puerta.

Cierro las cortinas.

—¿Qué pasó luego?

—Acordamos que no tendría noticias hasta las diez de la mañana. Tu padre había investigado las horas de las mareas, sabía que si un cuerpo se hunde durante la pleamar, las corrientes pueden arrastrarlo por el fondo marino. Que tal vez nunca lo encontrarían. —Se estremece—. Pero a las 9.30 envió un mensaje de texto diciendo que lo sentía. —Arruga la cara y veo que está haciendo esfuerzos por no llorar—. Y yo no sabía si lo sentía por lo que me estaba obligando a hacer a mí, o por todas las veces que me había hecho daño, o si, sencillamente, eso también formaba parte de su plan.

Vuelvo a cruzar la cocina y pongo el agua a hervir. Luego cambio de idea y aparto el hervidor del fuego. Saco dos vasos y la botella de whisky que tengo reservada para los días de frío y me sirvo un dedo del sedoso líquido ámbar intenso. Miro a mi madre y le ofrezco la botella, pero ella niega con la cabeza. Tomo un sorbo y lo retengo en la boca hasta que me quema.

—A las diez recibí un segundo mensaje de texto: «Ya no puedo seguir con esto». Empecé a creer que iba a matarse de verdad. Decidí que tenía que seguir adelante, que nadie podría demostrar que yo conocía sus planes. Hice lo que me dijo que hiciera. Respondí a su mensaje y luego llamé a la policía. Te llamé a ti.

Un súbito fogonazo de ira.

—¿Tienes idea de lo terrible que fue esa llamada para mí?

—No recuerdo nada sobre cómo volví a casa, solo recuerdo el pánico absoluto de que no encontrásemos a mi padre. De que fuese demasiado tarde—. ¡Tenías que habérmelo dicho!

—¡Habíamos cometido un delito!

Mi madre se pone de pie. Cuando echa a andar hacia mí, retrocedo un paso. No es esa mi intención —mis pies tienen voluntad propia—, pero el gesto hace que ella se detenga de golpe, con expresión dolida.

—Podríamos haber ido a la cárcel. ¡Todavía podemos acabar allí! No quería arruinar tu vida, además de la mía.

Nos quedamos calladas. Tomo otro trago de whisky. Es más de medianoche. Mark y Joan no tardarán en volver.

—Celebramos un funeral por ti —digo en voz baja—. Laura lo organizó todo. Billy pronunció un discurso.

Pienso en el joven voluntario que lloró durante la investigación, el mismo que luego me abordó y me cogió las manos y me dijo que sentía mucho que sus acciones no hubiesen bastado para salvar a mi madre de sí misma.

Entonces recuerdo algo.

—Alguien lanzó un ladrillo por la ventana del cuarto de Ella anoche.

—¿Un ladrillo? —Mira a Ella horrorizada.

—La niña está bien. Estaba abajo con Mark. El ladrillo iba acompañado de una nota que decía que no fuésemos a la policía. Que lo dejásemos antes de que nos pasase algo malo.

Miro a mi madre, que se ha tapado la boca con las manos, con los dedos a cada lado de los ojos.

—No. No, no, no.

Siento un escalofrío de miedo.

—¿Lo hizo papá?

Silencio.

—Tienes que marcharte —le digo.

—Anna, por favor...

—Mark volverá muy pronto.

—Tenemos tanto de que hablar...

Me sigue al recibidor, tratando de hablar conmigo, pero yo no la escucho. Ya no puedo seguir escuchándola. Abro la puerta, compruebo que no hay nadie en la calle y luego la empujo afuera, hacia el frío, y por segunda vez en el mismo día, cierro la puerta en las narices a mi madre.

Apoyo la espalda en la vidriera de la puerta. Me pregunto si llamará al timbre y aporreará la puerta, como hizo esta mañana. Se produce una pausa, y luego oigo sus pasos en los escalones, en la gravilla del suelo. Silencio.

Mi cabeza es un torbellino. Mi padre era un hombre violento. Tan cruel con mamá que esta simuló su propia muerte para huir de él.

Y ahora viene a por mí.

34

MURRAY

Cuando Murray se despertó la mañana de Navidad, el lado de la cama donde dormía Sarah estaba frío. Experimentó la punzada de pánico habitual mientras la buscaba por toda la casa. La puerta de atrás no estaba cerrada, y Murray se maldijo a sí mismo por haber dejado la llave fuera, pero cuando la abrió de golpe y salió corriendo al jardín, encontró a Sarah sentada tranquilamente en el banco.

Iba descalza, y el rocío del banco empapaba la tela de la bata de algodón que llevaba encima del camisón. Sus brazos delgados le rodeaban las rodillas, encogidas a la altura del pecho, y una taza de té le calentaba las manos, sucias de tierra.

Haciendo caso omiso de la humedad, Murray se sentó en el banco a su lado. El jardín era estrecho, con un huerto al final de todo que, en otro tiempo, había estado bien cuidado, y también con un invernadero y un pulcro rectángulo de césped entre dos parterres elevados con traviesas de ferrocarril. Más cerca de la casa, donde estaban sentados él y Sarah, había un patio cuadrado rodeado de macetas con plantas. Murray las regaba en las raras ocasiones en que el clima inglés no cumplía con su costumbre de repartir lluvia, pero no sabía qué debía podar y qué no, por lo que, poco a poco, el color había ido desapareciendo del patio.

—Mira.

Murray había seguido la mirada de Sarah hasta la maceta más grande, en la que había un soporte de mimbre para plantas trepadoras. Murray recordó que allí había crecido algo, con unas florecillas de color rosa claro tan delicadas como el papel de seda, antes de secarse y marchitarse, convirtiéndose en poco más que unos pocos palos resecos. Ahora estos estaban en el suelo, y la tierra de la maceta estaba limpia y libre de restos de malas hierbas.

—Así está mucho mejor.

—Sí, pero mira.

Murray miró. Junto a una esquina de la estructura, donde la planta hundía sus raíces en la tierra, aparecía un brote minúsculo de color verde claro. Murray sintió un atisbo de esperanza cuando Sarah deslizó la mano en la suya.

—Feliz Navidad.

La cena consistía en pavo al horno con la típica guarnición navideña.

—Tú siéntate ahí —dijo Sarah, empujando a Murray al sofá—. Relájate.

Pero era difícil relajarse mientras oía a Sarah soltar palabrotas cuando varias cosas arrancaron a hervir a la vez en el preciso instante en que algo resultaba estar «demasiado caliente, ¡joder!». Al cabo de un rato, Murray asomó la cabeza por la puerta.

—¿Necesitas que te eche una mano?

—Lo tengo todo controlado.

Había sartenes por todas partes, algunas incluso en el suelo y otra en precario equilibrio sobre el alféizar de la ventana.

—Solo seremos nosotros dos, ¿verdad?

—Nos comeremos las sobras mañana.

«Y durante las próximas tres semanas», pensó Murray.

—¡Mierda! Se me ha quemado la salsa.

—Odio la salsa. —Murray desabrochó el delantal de Sarah y la empujó con delicadeza hacia una silla—. Siéntate ahí. Relájate.

Mientras removía la salsa, Murray sintió la mirada de Sarah clavada en él. Se dio media vuelta.

Se estaba mordisqueando un trozo de piel alrededor de la uña.

—Dime la verdad: ¿es más fácil cuando estoy en Highfield?

Murray no le había mentido nunca.

—¿Más fácil? Sí. ¿Igual de agradable? Ni por asomo.

Sarah digirió su respuesta.

—Me pregunto si no andará detrás de su dinero.

Pasó un tiempo antes de que Murray entendiera a qué se refería.

—¿Hablas de Mark Hemmings?

—Anna cree que Mark no conoció a sus padres, pero sabemos que Caroline había concertado una visita con él. También sabemos que, juntos, Caroline y Tom valían una jodida fortuna. —Sarah se sirvió un poco de vino y se levantó para llenar la copa de Murray—. Caroline va a ver a Mark, muy afectada por la muerte de su marido. Le revela que su propia vida vale en torno a un millón de libras. Mark la quita de en medio y va a por la hija. ¡Toma!

Murray parecía escéptico.

—Supongo que es un poco más convincente que tu teoría de que Caroline fue asesinada por presentar alegaciones al plan de ampliación de obra de su vecino.

—No la he descartado por completo, pero creo que la hipótesis del dinero es más probable.

—Mark y Anna no están casados. Él no heredaría automáticamente.

—Ya —dijo Sarah en tono sombrío—, pero él ya está trabajando en eso. Y una vez que le haya echado mano al dinero y a la casa... —Se llevó un solo dedo a la garganta y lo deslizó de lado a lado mientras hacía un melodramático sonido gutural.

Murray se rio del gesto macabro de Sarah mientras empezaba a servir la cena, cubriendo los trozos de patatas quemadas con salsa, pero la idea de que Anna Johnson pudiera estar en peligro le daba escalofríos.

—En cuanto acaben las vacaciones, veré qué puede averiguar la Unidad de Delitos Informáticos sobre el número desde el que se hizo la llamada de Diane Brent-Taylor. Apostaría a que quien tiró el ladrillo por la ventana de Anna Johnson también hizo esa llamada, y quien hizo esa llamada sabe cómo murió Tom Johnson.

Dejó un plato lleno de comida delante de Sarah y se sentó frente a ella.

—Pero será alguien del entorno más cercano a la familia, recuerda mis palabras —dijo Sarah, cogiendo su cuchillo y su tenedor—. Siempre lo es.

No por primera vez, Murray pensó que probablemente tenía razón.

Pero ¿quién?

35

ANNA

No he cogido a Ella en brazos en toda la tarde. Se la han ido pasando como si fuera un paquete, y por lo visto, ha disfrutado siendo el centro de atención, sin oponer resistencia de ninguna clase a los brazos de los simpáticos extraños. La fiesta de Navidad de Robert es el último lugar en el que me apetece estar ahora, pero al menos me ha procurado un respiro de la mirada vigilante de Mark y su madre, cuya simpatía por mí en Nochebuena había menguado considerablemente a la hora del almuerzo de hoy. Yo estaba haciendo un gran esfuerzo —abrir un calcetín para Ella que había llenado de regalos solo unas horas antes, tomar unos sorbitos de Bellini muy ligero en el desayuno—, pero entablar conversación era un suplicio para mí. Sentía cada palabra como una mentira.

—Podría esforzarse un poco; al fin y al cabo, es la primera Navidad de Ella...

Eran alrededor de las tres, y Mark y Joan estaban lavando los platos después del almuerzo. Me detuve en las escaleras y clavé los dedos de los pies en la moqueta. No estaba espiándolos, solo... escuchando.

—Está deprimida, mamá.

—Yo también me deprimí cuando murió tu padre, pero no me vine abajo de esa manera, ¿verdad que no? Puse buena cara y mi delantal y seguí cuidándoos a todos.

Mark dijo algo que no entendí y seguí bajando las escaleras

hacia la entrada, pisando deliberadamente el tablón de madera suelto que siempre me aseguraba de sortear. Las voces de la cocina se callaron bruscamente y cuando entré estaban lavando en silencio.

—¡Ahí está! ¡Aquí está mamá! —exclamó Joan con falsa alegría—. ¿Has dormido una buena siesta, querida?

No había dormido ninguna siesta. ¿Cómo podía dormir? Sin embargo, había aprovechado su invitación a hacerlo para escapar de la preocupación empalagosa de Mark y la creciente irritación de Joan por que yo no fuera el alma de la fiesta, precisamente. Me había acostado en la cama con la mirada fija en el techo, dándole vueltas y más vueltas a todo en mi cabeza.

Y aún sigo dándole vueltas. ¿Dónde estará mi madre ahora? ¿Pasará el día de Navidad en el Hope? ¿Estará segura allí? ¿Por qué narices me importa? La idea de que Ella pudiera haber estado en su cuarto cuando ese ladrillo atravesó la ventana es terrorífica. Mi madre es tan responsable de haber traído aquel drama a nuestra casa como si ella misma hubiera arrojado el ladrillo.

¿Cómo puedo perdonarla por eso?

¿Y por qué, sabiendo lo que ha hecho mi padre, todavía hay una parte de mí que quiere verlo?

Durante las últimas veinticuatro horas he reproducido todo el relato de mi infancia con el filtro que me da el hecho de saber que mi padre no era el hombre que creía que era. Mi vida se está derrumbando sobre unos cimientos que se edificaron sobre mentiras.

Fingir la propia muerte no es algo que pueda hacerse a la ligera. Mi madre debía de haber estado desesperada.

Me necesita.

No puedo perdonarla.

La necesito.

Doy vueltas y más vueltas en círculos.

El salón de Robert está abarrotado con todos nuestros vecinos. Hay un puñado de niños, aunque la mayoría de los residentes del barrio son mayores que nosotros, sus hijos son ya adultos y tienen sus propias familias. Conozco a todos los presentes, excepto a la pareja que hay junto a la chimenea, que deben de ser los nuevos inquilinos de Sycamore. Vi el camión de mudanzas la semana pasada.

Mark está absorto en una animada conversación sobre terapias alternativas con Ann y Andrew Booth, que viven dos puertas más abajo, y Joan ha encontrado un sitio cómodo en un sofá y no va a moverse de allí. Me paseo despacio de habitación en habitación. Hay gente en la cocina, en el recibidor y en el salón, y yo voy de uno a otro, con un plato de comida en una mano y una bebida en la otra, como si fuera de camino a mi asiento. Nadie me para. No quiero detenerme en una esquina y hacer que la gente se sienta obligada a acercarse a preguntarme si estoy bien. No quiero hablar.

Esta noche todos me han ofrecido sus condolencias, a pesar de que ya lo hicieron en los respectivos funerales de mis padres. Me arde la cara de vergüenza al recordar las lágrimas que se derramaron, los discursos que se pronunciaron, la consideración de prácticamente unos desconocidos que se tomaron la molestia de escribir una tarjeta de pésame, prepararme una comida, enviar flores.

¿Qué dirían si lo supieran?

Cada muestra de afecto bienintencionado y sincero me hace sentirme terriblemente culpable, así que sigo moviéndome de habitación en habitación, evitando el contacto visual, sin detenerme nunca. Paso de largo por delante de Robert, que está siendo objeto de devoción por parte de las hermanas de avanzada edad que viven en la casa de la esquina. Técnicamente ya no es nuestra calle, pero preparan unos rollos de salchichas increíblemente buenos, cosa que les garantiza una invitación a cualquier celebración comunitaria.

—... diseñado con mucha sensatez. Me encantaría enseñarles los planos.

Uno por uno, está ganando el apoyo de todos sus vecinos para la ampliación. Todavía no se ha ganado a Mark, pero no tengo ninguna duda de que acabará metiéndoselo en el bolsillo.

«Por supuesto, no tendría ningún inconveniente en compensaros por las molestias —había dicho Robert cuando vino a mostrarnos los planos, que implicaban la eliminación temporal del límite entre nuestras propiedades y excavar en la zona de la fosa séptica y el sistema de alcantarillado, ambos en desuso—. Me aseguraré de sustituir cualquier planta que se vea afectada y de instalar una parcela nueva de césped cuando todo esté terminado.»

«Solo estoy un poco preocupado por la luz», había respondido Mark, otra vez.

Mark se habría llevado bien con mamá. Podría haberse sumado a su campaña para detener las ampliaciones de los jardines traseros, habría escuchado sus argumentos sobre el impacto medioambiental y la integridad de los edificios históricos. Por un segundo, me los imagino a los dos maquinando juntos frente a la mesa de la cocina, y tengo que tragar saliva con fuerza para no llorar. A Mark le caería bien mamá, estoy segura. Y él a ella, a ella le gustaría cualquier persona que cuidase de mí de la forma en que lo hace él.

De pronto veo una imagen de Murray Mackenzie con el folleto publicitario de Mark, con la letra de mi madre en el reverso. Ahuyento la imagen.

No se conocieron. Mark dice que no lo hicieron y no tiene ningún motivo para mentir. Confío en él.

Confío en él, pero no puedo contarle lo de mamá. En cuanto lo haga, me hará llamar a la policía. No hay zonas grises para Mark, nunca se anda por las ramas y va directo al meollo del asunto. Me gustaba eso de él. Aún me gusta, solo es... complicado, ahora mismo. Vuelvo a la cocina. Un vecino que vive varias puertas más abajo me saluda desde el otro lado de la habitación y, sin pensarlo, sonrío. Miro hacia otro lado, pero ya es demasiado tarde: viene directamente hacia mí, seguido de su mujer.

—Le he dicho a Margaret que teníamos que verte un momento antes de irnos, ¿a que sí, Margaret?

—Hola, Don. Hola, Margaret.

Cuando llega hasta mí, Don retrocede deliberadamente para mirarme de arriba abajo, como si fuera un pariente que lleva fuera mucho tiempo. Me pregunto si estará a punto de comentar cuánto he crecido, pero, en vez de eso, lanza un suspiro.

—Eres clavadita a ella, de verdad. ¿No te parece, Margaret?

—Oh, sí. Como dos gotas de agua.

Fuerzo una sonrisa. No quiero ser como mi madre.

—¿Cómo estás?

—Estoy bien, gracias.

Don parece positivamente decepcionado.

—Pero tiene que ser muy muy difícil para ti.

—Es Navidad —interviene Margaret, por si se me ha olvidado qué día es hoy.

A pesar de los últimos diecinueve meses de duelo, de pronto estoy paralizada por la incertidumbre. ¿Debería estar llorando? ¿Qué esperan de mí?

—Estoy bien —repito.

—Todavía no me lo creo —dice Don—. Es que, los dos... Es una pérdida terrible.

—Una inmensa pérdida —se hace eco Margaret.

Ahora están hablando entre sí, mi presencia es irrelevante y tengo la incómoda sensación de que me han buscado como catalizador para su propio entretenimiento, por el placer macabro derivado de hablar de las personas menos afortunadas que nosotros. Miro alrededor en la cocina para ver quién tiene a Ella, para poder buscar una escapatoria relacionada con la lactancia materna.

—Ayer mismo me pareció verla en el parque. —Me quedo paralizada—. Es curioso cómo la mente te juega malas pasadas. —Margaret suelta una pequeña risotada estridente. Mira a su alrededor, como si fuera una cuentacuentos en pleno apogeo, y su risa cesa bruscamente cuando sus ojos se tropiezan con los míos. Transforma su rostro en un gesto que se aproxima a la compasión—. Quiero decir, cuando la miré más detenidamente, no se parecía en nada a Caroline. Más mayor, con el pelo negro... muy diferente. Con una ropa que no se habría puesto ni muerta...

—Demasiado tarde, se da cuenta de su error.

—¿Me disculpáis? —digo—. La niña... —Ni siquiera me molesto en terminar mi frase.

Rescato a Ella de los brazos de otra vecina y encuentro a Mark en el estudio con Robert, examinando los planos de la ampliación.

—Voy a llevarme a Ella a casa. Está cansada. ¡Demasiadas emociones! —Sonrío a Robert—. Gracias por esta fiesta tan preciosa.

—Te acompaño. Mamá también querrá irse a la cama. Ya es hora de irnos todos, ¿verdad?

Los hombres se estrechan la mano y me pregunto de qué habrán estado hablando, pero me he puesto a buscar a Joan. Como siempre, tardamos siglos en salir de allí, entre que nos despedimos y deseamos una feliz Navidad a la gente a la que vemos por la calle o en el parque la mayoría de los días igualmente.

—¡Nos vemos el domingo! —grita alguien cuando nos vamos.

Espero hasta que estamos lo bastante lejos para que nadie nos oiga.

—¿El domingo?

—He invitado a los vecinos a casa para Nochevieja.

—¿Una fiesta?

Me ve la cara.

—¡No! No es una fiesta. Solo unas copas para recibir el año nuevo.

—Una fiesta.

—Tal vez una pequeña fiesta. ¡Oh, vamos! Es imposible encontrar niñera para la Nochevieja. De ese modo nos quedaremos en casa, pero nos divertiremos igualmente. Ganamos todos. Envía un mensaje de texto a Laura a ver si ya ha hecho planes. Y a Bill también, por supuesto.

«Todavía faltan varios días», me digo. Tengo cosas más urgentes de qué preocuparme.

—Le he dicho a Robert que apoyamos su solicitud de ampliación de obra —dice Mark cuando Ella ya está en su moisés y Mark y yo nos estamos preparando para meternos en la cama.

—¿Qué te ha hecho cambiar de idea?

Sonríe a través de la boca llena de pasta de dientes.

—Treinta mil.

—¿Treinta mil libras? No va a costar treinta mil libras reemplazar el césped y volver a colocar algunas plantas.

Mark escupe y salpica de agua el lavamanos.

—Si eso es lo que vale para él, no pienso discutir. —Se limpia la boca y deja una mancha blanca en la toalla de mano—. Ahora no tengo que preocuparme de que el apartamento esté vacío un tiempo.

—No tienes por qué preocuparte de todos modos, ya te lo dije.

Me da un beso mentolado y se dirige a la cama.

Me miro en el espejo. En mi piel todavía no asoman arrugas, pero es innegable que los huesos sobre los que se extiende son de mi madre.

Margaret cree que vio a mi madre en el parque ayer. Ella no lo sabe, pero lo más probable es que sí la viera. Solo es cuestión de tiempo antes de que alguien la reconozca de verdad, antes de que llamen a la policía.

Podría poner fin a todo esto, ahora mismo, diciendo la verdad.

Entonces ¿por qué no lo he hecho? Hace más de veinticuatro horas que sé que mis padres están vivos, que mi padre fingió su muerte para escapar de sus deudas y mi madre fingió la suya para alejarse de mi padre. Ella me traicionó. Me mintió. ¿Por qué no estoy llamando a la policía?

Mi cara me mira desde el espejo, con la respuesta escrita en mis ojos.

Porque es mi madre y está en peligro.

36

—¿Un hijo? —dije—. ¡Pero si tomamos precauciones!

—La píldora solo tiene un noventa y ocho por ciento de fiabilidad.

No me lo podía creer, y así lo dije.

—Compruébalo si quieres.

La rayita azul seguía allí, inflexible. Y yo también lo fui. No quería tener un hijo.

Había opciones, por supuesto, pero me hiciste sentir como si fuera un monstruo por sugerirlo siquiera.

—¿Cómo puedes plantearte una cosa así?

—Es un conjunto de células.

—Es un niño. Nuestro hijo.

Nuestros padres estaban encantados. Se conocieron en un encuentro a media tarde, con té y pastas, un tanto incómodo, y descubrieron que hacían muy buenas migas. Ya era hora de que sentáramos la cabeza: tanto los unos como los otros estaban preocupados por nuestras costumbres un tanto «salvajes», no acababan de entender nuestros estilos de vida en Londres. Era maravilloso que nos hubiésemos conocido y ¡aquel niño era un verdadero milagro!

Todo el asunto se me había ido de las manos.

Una boda de penalti. Casa nueva («Mucho más adecuada para una familia que un espantoso piso»), trabajo nuevo («mucho menos competitivo y estresante que en la City»), una mudanza para vivir junto al puto mar («¡El aire es mucho más sano!»)...

Nunca en toda mi vida había tenido esa sensación de haber caído en una trampa.

Y pese a todo, era imposible no querer a Anna cuando llegó. Era alegre y preciosa, y estaba llena de curiosidad. Pero también era imposible no sentir cierto resentimiento hacia ella. Había toda una vida ahí fuera, esperándome, y en lugar de lanzarme corriendo de cabeza hacia ella con las dos manos, ahí estaba, sosteniendo a mi hija en brazos. Fantaseaba con la idea de marcharme. Me decía que era preferible dejar a una hija que ser alguien que no quería estar allí, a su lado. Pero no me fui. Hice lo que hacía siempre cada vez que la vida se me hacía cuesta arriba.

Beber.

37

MURRAY

El día después de Navidad siempre había sido un anticlímax. Cuando Murray vestía uniforme, cada 26 de diciembre era sinónimo de un incidente doméstico tras otro, ya que las resacas se aplacaban con más alcohol y las tensiones familiares explotaban después de haberlas contenido durante las veinticuatro horas que duraba la Navidad.

Para alguien como Sarah, que lo sentía todo tan intensamente, el proceso era aún peor. Ya era mediodía para cuando apareció en la planta baja, pero solo para tomar el té que Murray le había preparado y volverse inmediatamente a la cama. Murray recogió la cocina, se preparó un almuerzo y se preguntó qué hacer. No quería dejar sola a Sarah cuando estaba así, pero la casa estaba empezando a caérsele encima.

Sacó la carpeta del caso Johnson y lo extendió sobre la mesa de la cocina. Tom Johnson había realizado varias búsquedas en Google relacionadas con el suicidio, Beachy Head y las mareas, todo ello entre la medianoche del 17 de mayo y las nueve de la mañana siguiente. Perfectamente plausible para un hombre que estaba contemplando el suicidio —que era, presumiblemente, lo que los agentes de la investigación habían concluido—, pero en el contexto de la composición de lugar que Murray se había ido haciendo, las búsquedas eran demasiado cuidadosas. Demasiado oportunas. Saltaba a la vista que las había hecho quienquiera que hubiera asesinado a los Johnson e ideado los falsos suicidios.

¿Quién habría podido tener acceso al móvil de Tom? Era una pregunta imposible, sobre todo sin saber dónde había estado el hombre la mañana antes de su muerte. El departamento de investigación criminal había intentado rastrear todos sus pasos, pero una vez que la cámara de reconocimiento automático de matrículas ubicada cerca de Beachy Head hubo reconocido el Audi, no se había hecho nada más. No había sido necesario.

¿Dónde estuvo Tom durante la noche? ¿Con quién había estado esa mañana? Murray rellenó tres páginas de su bloc de notas con posibles líneas de investigación, sintiéndose frustrado por el período de vacaciones, lo que significaba que no había nadie trabajando para que él pudiera hablar con alguien.

Era última hora de la tarde cuando Murray apoyó una mano en la parte más abultada del edredón e insinuó que tal vez Sarah se sentiría mejor si se duchaba y se vestía. El aire de la habitación estaba un poco viciado, y la taza de té que había depositado en la mano de Sarah estaba intacta, con una película brillante sobre la superficie.

—Solo quiero volver a Highfield.

—Vas a ver al señor Chaudhury el viernes.

Sarah estaba llorando, enterrándose debajo del edredón, de modo que sus palabras llegaban amortiguadas.

—No quiero estar aquí. Quiero estar en Highfield.

—¿Quieres que baje el edredón abajo? Podemos apoltronarnos en el sofá y ver películas en blanco y negro.

—¡Vete!

Si Sarah hubiera estado visible, Murray habría disimulado el dolor de su rostro bajo la sonrisa de un marido comprensivo, y lo cierto es que puso una mano donde imaginaba que estaba el hombro de Sarah, y empezó a formar las palabras que él necesitaba. Las palabras que ella necesitaba. Solo que, de repente, se sintió abrumadora y extraordinariamente cansado. Nada de lo que dijera cambiaría nada. Dijera lo que dijese, hiciera lo que hiciese, no ayudaría a Sarah. Nada podía ayudar a Sarah.

Se levantó y salió de la habitación, cerrando la puerta del dormitorio tras de sí. Se detuvo en el descansillo y miró al otro lado de la calle, donde las casas estaban adornadas con luces navideñas, y dentro, las familias jugaban a juegos de mesa y se peleaban por el mando a distancia de la tele.

—Despierta, Mackenzie —murmuró.

Una vez abajo, puso dos lonchas de queso sobre una tostada en el grill. Llamaría a Anna Johnson. Al diablo las vacaciones. Aquella mujer estaba llorando la muerte de sus padres; le habían arrojado un ladrillo por la ventana. No eran unas fechas normales. Ella había querido desesperadamente que él reabriera la investigación, y, recordando su encontronazo con Leo Griffiths, Murray sabía que el departamento pronto tomaría la iniciativa. Era hora de decirle a Anna Johnson lo que sabía.

Bajó la potencia del grill y cogió el teléfono.

—¿Diga?

—Hola. Soy Murray Mackenzie. De la policía —añadió, cuando Anna no habló.

—Ah. La verdad es que ahora no es un buen momento.

—Siento molestarte hoy. Solo quería decirte que creo que tienes razón. Detrás de la muerte de tus padres hay más de lo que parece a simple vista.

Le había salido así, de sopetón, tanto por el bien del propio Murray como de Anna. Sintió que se aliviaba parte de la tensión de su pecho. Imaginó a Anna llevándose la mano a la garganta; tal vez incluso vertiendo lágrimas de alivio por que por fin alguien la hubiese escuchado. Esperó. Se oyó un ruido muy débil al otro extremo de la línea, y luego, silencio.

Murray volvió a llamar.

—Creo que la llamada se ha cortado. He pensado que podríamos vernos mañana, tal vez. Si estás libre. Puedo informarte de lo que he descubierto, y podemos hablar de...

—¡No!

Esta vez le tocó el turno a Murray de guardar silencio. Ni siquiera estaba seguro de si aquel «no» tan brusco y repentino iba dirigido a él o a alguien del hogar de Anna. ¿Su compañero? ¿Un perro? ¿El bebé?

—He cambiado de opinión. —A Anna le temblaba la voz, pero siguió hablando de todos modos, cada vez más fuerte, como si tuviera que forzar las palabras—. Tengo que pasar página. Aceptar lo que sucedió. Aceptar los veredictos de suicidio.

—Pero es que eso es precisamente lo que te estoy diciendo, Anna. Creo que tienes razón. Creo que tus padres fueron asesinados.

Anna soltó un gruñido de frustración.

—No me está escuchando. Oiga... siento haberle hecho perder el tiempo, pero no quiero esto. No quiero que remueva el pasado. No quiero que haga nada. —El timbre de su voz cambió y Murray se dio cuenta de que estaba llorando—. Por favor, simplemente, déjelo...

Esta vez el clic al otro lado del hilo fue más fuerte. Anna Johnson había colgado.

Murray volvió a experimentar la misma tensión de antes en el pecho y se tragó el ridículo impulso de llorar. Permaneció inmóvil, con el teléfono en la mano, y solo cuando la alarma antiincendios quebró la quietud del aire se dio cuenta de que se le estaba quemando la cena.

38

ANNA

El miércoles, dos días después de Navidad, Joan se va a su casa. Le damos paquetes con las sobras y prometemos ir a verla, e intercambiamos exclamaciones de lo maravilloso que ha sido pasar unos días en familia, pero al final se sube a su coche y nosotros nos despedimos de ella con la mano, desde el camino de entrada.

Es ese paréntesis tan raro entre Navidad y Año Nuevo, cuando tienes que mirar el calendario para ver qué día es, y es como si todos los días fuera fiesta y estuviese todo cerrado. Mark saca el reciclaje y yo me tumbo con Ella en el suelo de la sala de estar. Está embelesada con las páginas arrugadas de un libro en blanco y negro que le regalamos en Navidad, y voy pasándoselas una a una, repitiendo los nombres de los animales de cada página. Perro. Gato. Oveja.

Han pasado tres días desde que mi madre regresó. Me prometí a mí misma que después de Navidad, después de que Joan se fuera, se lo contaría a Mark e iríamos juntos a la policía.

Y ahora la Navidad ya ha pasado.

Me pregunto si el hecho de no haber confesado todavía lo que sé es un acto delictivo, y si el delito se vuelve progresivamente cada vez más grave con el tiempo. ¿Son aceptables veinticuatro horas, pero setenta y dos, en cambio, ya es un asunto para los tribunales? ¿Hay algún atenuante para el tipo de delito que estoy cometiendo? Repaso mentalmente las razones por las que estoy manteniendo este secreto.

Tengo miedo. De los titulares de los periódicos, del acoso de la prensa, de las miradas de los vecinos. Internet significa que las noticias nunca desaparecen del todo; Ella cargará con las consecuencias de esto toda su vida.

También siento un miedo más inmediato, más urgente. Miedo de mi padre. Mamá me ha contado de lo que es capaz; yo misma lo vislumbré lo suficiente como para tomarlo en serio. Si voy a la policía con todo lo que sé, necesito que actúen con rapidez: que detengan a mi padre y se aseguren de que no puede hacernos daño. Pero ¿y si no logran encontrarlo? ¿Qué podría hacernos?

Me preocupa lo que dirá Mark. Lo que hará. Él me quiere, pero nuestra relación todavía es muy reciente, aún frágil. ¿Y si todo esto es demasiado? Intento imaginar qué haría yo si fuese al revés, pero la idea de que la sensata y rígida Joan fingiese su propia muerte es demasiado absurda como para considerarla en serio. Pero yo me quedaría, ¿no? Nunca abandonaría a Mark por algo que hiciesen sus padres. Aun así, me preocupa. Todo el tiempo que Mark y yo hemos estado juntos, mi dolor ha estado tan presente como si fuera una tercera persona en nuestras vidas. Mark ha sido muy paciente, ha hecho concesiones. Si eliminamos ese factor... Al fin identifico qué es lo que me asusta. Sin el dolor que nos unió, temo que podríamos empezar a separarnos.

Paso la página para Ella. Agarra una esquina con un puño apretado y se la lleva a la boca. Hay otra razón por la que no he ido a la policía.

Mi madre.

No puedo justificar lo que ha hecho, pero puedo entender por qué se fue. Desearía con todo mi corazón que hubiese actuado de otra manera, pero ir a la policía no va a cambiar eso. La elección que haga ahora la enviará a la cárcel o la mantendrá fuera de ella.

No puedo encerrar a mi propia madre en la cárcel.

Estos últimos días he visto a Joan con Ella, y he visto la alegría de una relación que abarca varias generaciones. Hemos bañado a Ella, paseado por el parque y hecho turnos para empujar el cochecito. Quiero hacer esas cosas con mi propia madre. Quiero que Ella conozca a sus dos abuelas.

Mi madre ha vuelto, y quiero, con toda mi alma, que se quede en mi vida.

Necesito un poco de aire. Busco a Mark.

—Voy a sacar a Ella a dar un paseo.

—Buena idea. Si puedes esperar cinco minutos, iré contigo.

Dudo unos instantes.

—¿Te importaría si vamos nosotras solas? Es que con Joan aquí, y con la fiesta en casa de Robert, siento que no he tenido ni un segundo para mí.

Su cara me dice que está analizando mis palabras. ¿Necesito tiempo para mí porque quiero un poco de paz y tranquilidad, o porque me estoy derrumbando?

A pesar de cómo me siento por dentro, es evidente que no parezco representar ningún peligro para mí ni para Ella, porque sonríe.

—Claro, no te preocupes. Nos vemos luego.

Me dirijo al centro. El viento, apenas perceptible tierra adentro, azota el paseo marítimo. Me detengo para colocar la cubierta de plástico en la parte delantera del cochecito. Los guijarros del suelo están oscuros, relucientes por la lluvia que ha caído durante la noche, y está todo muy tranquilo, con la mayoría de las tiendas aún cerradas durante las vacaciones, aunque hay gente paseando por la playa y la explanada. Todo el mundo parece de buen humor —rebosante de alegría festiva y contentos por no tener que ir al trabajo hoy tampoco—, pero tal vez solo sea una impresión mía, infundada, por la confusión que tengo en la cabeza. Todos tienen sus propios problemas, me recuerdo a mí misma, aunque veo poco probable que alguien más tenga que enfrentarse a unos padres que han vuelto de entre los muertos en este momento.

No es mi intención ir al Hope, aunque sospecho que era inevitable. Mis pies encuentran por sí mismos el camino que lleva hacia allí y no me resisto.

El edificio es muy poco atractivo, revestido de cascotes grises y más ancho que alto. Llamo al timbre.

La mujer que acude a abrir la puerta es callada y amable. Tiene pose de bailarina, con los pies en primera posición, y las manos en la cintura.

—Venía a ver a Caroline... —dudo, decidiendo no usar su apellido—. Se hospeda aquí.

—Espera aquí, por favor. —Sonríe y cierra la puerta de nuevo, cortésmente pero con firmeza.

Me pregunto si vendrá mala gente por aquí, maridos maltratadores que quieren que sus mujeres vuelvan a casa. Dudo que esta mujer sonría entonces. Me pregunto si mi padre habrá venido aquí buscando a mamá. Miro a mi alrededor. ¿Y si me ha estado vigilando? Debe de haberlo hecho, para saber que acudí a la policía. Me pongo a temblar, agarrando con los dedos las empuñaduras del cochecito de Ella.

—Me temo que no hay nadie aquí con ese nombre. —Ha vuelto tan rápido que me pregunto si habrá llegado a consultarlo de veras o si simplemente se ha quedado agazapada detrás de la puerta un momento. Quizá sea una respuesta estándar, independientemente de si la persona por la que preguntan se hospeda allí o no.

No es hasta que la puerta se cierra de nuevo cuando me doy cuenta de mi error. Mi madre no usaría su verdadero nombre —ni el nombre de pila ni el apellido— cuando se supone que está muerta. Me marcho, preguntándome si debería volver y describirla físicamente; preguntándome si, en el fondo, es bueno que no la haya encontrado allí. Si así es como tiene que ser.

—¡Anna! —Me doy media vuelta. Mi madre está saliendo por la puerta, vestida con la misma ropa que llevaba en Nochebuena. Se pone la capucha del abrigo para taparse la cabeza—. La hermana Mary me ha dicho que alguien ha venido preguntando por Caroline.

—¿Es monja?

—Es una mujer increíble. Rabiosamente protectora, te habría dicho que no, fuese cual fuese el nombre que le hubieses dado.

—Eso mismo sospechaba yo. Lo siento, no pensé...

—No importa. —Caminamos juntas, en dirección al paseo marítimo—. Angela.

La miro con cara de confusión.

—El nombre que uso ahora. Es Angela.

—Ah, vale.

Caminamos en silencio. No he ido al Hope con un discurso ni un plan preparado de antemano. Me siento incómoda. Sin saber qué decir. Aparto las manos de las empuñaduras del cochecito, me muevo hacia un lado y, sin decir nada, mi madre toma el relevo, y es tan fácil —un gesto tan natural—, que me dan ganas de echarme a llorar.

No puedo enviarla a la cárcel. La quiero, la necesito en mi vida. En la vida de Ella.

Hay más personas en el muelle. Los niños corren arriba y abajo, desahogándose después de días encerrados en casa. Veo que mi madre se ajusta la capucha y mantiene la cabeza baja. Deberíamos haber ido a un lugar más tranquilo, porque ¿y si vemos a alguien a quien conocemos?

El tobogán en espiral está cubierto, y el puesto de tiro al blanco está tapiado para todo el invierno. Caminamos hasta el final y miramos al mar. Unas olas grises golpean las patas del muelle.

Las dos estamos tratando de pensar en algo que decir. Mi madre habla primero.

—¿Qué tal el día de Navidad?

Es una pregunta tan ridículamente trivial que siento que se me escapa la risa. Miro a mi madre a los ojos y ella también se echa a reír, y de repente las dos estamos llorando y riendo, y corre a abrazarme con fuerza. Su olor me resulta dolorosamente familiar. ¿Cuántos abrazos me habrá dado mi madre? No los suficientes. Nunca podrían ser suficientes.

Cuando dejamos de llorar, nos sentamos en un banco y acercamos el cochecito de Ella.

—¿Vas a decírselo a la policía? —pregunta en voz baja.

—No lo sé.

Se queda callada durante unos instantes. Cuando habla, le sale una voz apresurada.

—Dame unos días. Hasta el Año Nuevo. Déjame pasar un poco de tiempo con Ella, déjame conocerla. No decidas hasta entonces. Por favor.

Es fácil decir que sí; retrasar mi decisión. Nos sentamos en silencio, mirando el mar.

Mi madre entrelaza su brazo con el mío.

—Háblame de tu embarazo.

Sonrío. Parece que fue hace un siglo.

—Tenía unas náuseas matutinas horribles.

—Me temo que es cosa de familia. Yo vomitaba todo el tiempo contigo. Y la acidez de estómago...

—¡Un horror! Al final acabé tomando Gaviscon directamente de la botella.

—¿Algún antojo?

—Palitos de zanahoria untados de crema de cacao. —La expresión en su cara me hace reír—. Hay que probarlo para opinar.

Tengo una sensación cálida en mi interior, a pesar del viento que silba en el muelle. Cuando las mujeres de nuestro grupo de preparación al parto se quejaban de los consejos no deseados que tenían que soportar de boca de sus madres, yo pensaba en lo mucho que me habría gustado oírlos de los labios de la mía. Que no me importaría nada que ella interfiriese y se metiese donde no la llamaban, cómo valoraría cada visita suya, cada llamada, cada ofrecimiento de ayuda.

—Cuando estaba embarazada de ti, solo quería comer aceitunas, no me cansaba nunca de comerlas. Tu padre decía que saldrías pareciendo una...

Mi risa se muere en mis labios, y mi madre cambia de tema rápidamente.

—Y Mark, ¿es bueno contigo?

—Es muy buen padre.

Mi madre me mira con curiosidad. No he respondido la pregunta, no estoy segura de poder hacerlo. ¿Es bueno conmigo? Es amable y atento. Me escucha, colabora en las tareas de la casa. Sí, es bueno conmigo.

—Tengo mucha suerte —le digo. Mark no tenía por qué quedarse a mi lado cuando me quedé embarazada. Muchos hombres no lo habrían hecho.

—Me encantaría conocerlo.

Estoy a punto de decir lo maravilloso que sería eso si pudiera ser, cuando le veo la cara. Lo dice absolutamente en serio.

—No puedes... No es posible.

—¿Seguro? Podríamos decirle que soy una prima lejana. Que perdimos el contacto, o que nos distanciamos, o... —Se calla, renunciando a la idea.

En el agua agitada que hay debajo del muelle veo un destello de movimiento. Un brazo. Una cabeza. Hay alguien en el agua. Ya casi me he puesto de pie cuando me doy cuenta de que están nadando, no ahogándose. Empiezo a tiritar solo de verlos; vuelvo a sentarme en el banco.

Mi fecha límite autoimpuesta me deja cuatro días con mi madre antes de ir a la policía o dejar que desaparezca para que vaya a un lugar donde nadie la reconozca. En cualquier caso, tengo cuatro días antes de despedirme de mi madre por segunda vez.

Cuatro días para disfrutar de lo que siempre he anhelado desde que nació Ella. De una familia. Mark y Ella, mamá y yo.

Me pregunto si...

No se parece en nada a las pocas fotos que Mark ha visto de ella. Está más delgada, más vieja, tiene el pelo negro azabache y se lo ha cortado de una manera que le cambia la forma de la cara.

¿Podríamos...?

—¿Y tú estás segura de que nunca lo has visto?

Arquea las cejas al oír mi pregunta tan brusca.

—Ya sabes que no.

—La policía encontró uno de los folletos publicitarios de Mark en tu diario. —Trato de mantener mi tono neutro, pero sigue sonando como una acusación—. Concertaste una visita con él.

Observo su ceño fruncido, el movimiento de su mandíbula mientras se mordisquea la parte interna del labio inferior. Mira los tablones de madera bajo nuestros pies, al nadador, que avanza limpiamente contra las olas.

—¡Ah! —Se vuelve hacia mí con una expresión de alivio ahora que ha resuelto el misterio—. Servicios terapéuticos. Brighton.

—Sí. Concertaste una visita con él.

—¿Ese era Mark? ¿Tu Mark? Qué coincidencia tan extraordinaria... —Se rasca un trozo de piel alrededor de una uña—. Lo dejaron debajo de la puerta cuando tu padre desapareció. Ya sabes cómo estaba yo entonces, estaba hecha polvo. No podía dormir; saltaba a la mínima. No tenía a nadie a quien acudir, claro. Necesitaba contárselo a alguien, quitarme ese peso de encima, así que pedí hora.

—Pero no te presentaste.

Niega con la cabeza.

—Pensé que todo lo que dijera sería confidencial, como una especie de confesión, supongo. Sin embargo, cuando revisé la letra pequeña, el folleto decía que no se podía garantizar la confidencialidad si la vida del cliente corría peligro, o si revelaba un delito.

—Ya. —Me pregunto si Mark alguna vez ha traicionado la confianza de un cliente acudiendo a la policía, y si me lo diría si lo hubiese hecho.

—Así que no fui.

—Él no te recuerda.

—Debe de tratar a mucha gente. —Me coge de las manos y las frota con los pulgares—. Déjame formar parte de una familia de nuevo, Anna. Por favor.

Contengo el aliento.

—Sabrá que eres tú.

—No, no lo sabrá. La gente cree lo que quiere creer —dice mi madre—. Creen lo que les dices. Confía en mí.

Y eso es lo que hago.

39

Está demostrado científicamente: en Navidad muere más gente que en cualquier otra época del año.

El frío les supera. Los recursos hospitalarios les fallan. La soledad les obliga a buscar las pastillas, un cuchillo, una soga.

O se enzarzan en una pelea.

Di mi primer puñetazo el 25 de diciembre de 1996. Feliz Navidad.

Anna tenía cinco años. Estaba sentada junto al árbol en un mar de papel de regalo, sujetando a Buzz Lightyear con cara de felicidad absoluta.

—Están agotados en todos sitios, ¿sabes? —dijo Bill, con cierta chulería—. No te creerías lo que he tenido que hacer para conseguir ese.

Junto a Anna, tirada en el suelo, había una Barbie. Le crecía el pelo y la sombra de ojos cambiaba de color. Hasta los putos tobillos eran articulados. Una Barbie por la que me había matado a trabajar, que había escogido, que había pagado yo. Le había echado un vistazo —había visto cómo le crecía el pelo cada vez que hacía girar la ruedecilla de detrás— y luego la había tirado al suelo. Me parece que no volvió a cogerla en todas las navidades.

Me serví la primera copa entonces. Percibí una mirada reprobadora mientras me la bebía, así que me serví otra, porque me dio la gana. Y sentí cómo me hervía la sangre.

Destrozaste la comida de Navidad. Dejaste el pavo demasiado rato en el horno, y sacaste las verduras demasiado pronto. Tú también te serviste una copa. Te pareció divertido. A mí no me hizo ninguna gracia. Intentaste hacer que Bill se quedara. No querías quedarte a solas conmigo. Cuando él insistió en irse, lo acompañaste a la puerta y le diste la clase de abrazo que ya nunca me dabas a mí. Bebí más aún. La sangre me hervía más aún.

—¿Y si invitamos a Alicia las próximas navidades? —dijiste—. Se me cae el alma a los pies de pensar en ella y Laura en ese piso tan horrible.

Yo te dije que sí, pero no lo tenía muy claro. Sinceramente, no me imaginaba a Alicia allí, en nuestra casa. Ella era distinta a nosotros. Hablaba distinto, vestía distinto. Ella pertenecía a otro mundo, no al nuestro.

Habíamos guardado nuestros propios regalos para el final. Anna estaba en la cama, y el pavo envuelto en papel de aluminio (aunque era imposible que estuviera más reseco), y quisiste que nos sentáramos en el suelo como si tuviésemos cinco años nosotros también.

—Tú primero. —Te di un regalo. Había pagado más para que lo envolviesen, pero tú quitaste el lazo sin fijarte siquiera y pensé que la próxima vez no me tomaría la molestia.

—Me encanta.

Sabía que te encantaría. La cámara había captado a Anna justo cuando el columpio llegaba a lo más alto. Estaba riendo, balanceando las piernas y con el pelo al viento. El marco era de plata. Caro. Era un buen regalo.

—Ahora tú. —Lo depositaste en mis manos. Se te notaban los nervios—. ¡Es tan difícil comprarte un regalo!

Con mucho cuidado, retiré el celo y saqué el paquete deslizándolo del papel rojo y blanco. ¿Un estuche con un reloj? ¿Unos guantes?

Era un CD.

«Música suave: Un recopilatorio de grandes éxitos mundiales. Simplemente, reláááájate...»

En la esquina de la funda había un trozo pegajoso donde habías arrancado la etiqueta.

Era como si alguien me hubiese robado dos décadas de mi vida. Como si me hubiesen metido en un C&A y me hubiesen vestido con unos pantalones beige, con la cintura elástica. Pensé en mi vida antes de ti; antes de Anna. En las fiestas, la coca, los polvos, la diversión.

Y ahora, ¿qué era mi vida?

Un CD de música relajante.

Sería lógico pensar que todo pasó muy deprisa, pero para mí fue todo lo contrario. El tiempo se ralentizó. Noté cómo los dedos se me cerraban en un puño; sentí las uñas clavadas en la carne blanda de la palma de mi mano. Percibí la descarga de un escalofrío de tensión, que me salía de la muñeca y me recorría el brazo hasta el hombro, se detenía al llegar arriba y luego volvía a hacer el mismo recorrido una y otra vez. Acumulando cada vez más tensión, y más, y más, y más aún.

El morado se te extendía por toda la cara, desde la sien hasta tu garganta.

—Lo siento —dije. Y lo sentía. Sentía vergüenza de lo que había hecho. Y también un poco de miedo, a pesar de que no lo habría admitido nunca, de lo que era capaz de hacer.

—Olvídalo.

No lo olvidé, por supuesto, ni tú tampoco. Pero fingimos olvidarlo.

Hasta la siguiente vez.

Aquello me asustó lo bastante como para que dejara de beber durante un tiempo. Pero yo no tenía adicción al alcohol, ¿recuerdas? Era eso lo que me repetía una y otra vez, así que no tenía por qué pasar por ningún síndrome de abstinencia. Una cerveza fresquita por aquí, una copa de vino por allá... No pasó mucho tiempo para que necesitase refrescarme la garganta con algo más que agua mucho antes de las seis de la tarde.

Nunca se sabe lo que pasa en la intimidad de un hogar. Dos de cada diez de tus amigos mantienen relaciones violentas.

Dos. ¿Cuántos amigos teníamos? No podemos haber sido los únicos.

Me parecía reconfortante, en cierto modo. No éramos tan raros.

Lo manteníamos en secreto, por supuesto. Si no lo hubiéramos hecho, tal vez no habría durado tanto tiempo. Pero nadie se siente orgulloso del fracaso de un matrimonio. Nadie se siente orgulloso de ser una víctima.

Tú no dijiste nada, ni yo tampoco.

Me gustaría decir que había perdido el control. Al fin y al cabo, solo te pegaba cuando estaba bajo los efectos del alcohol, eso sin duda tenía que absolverme de alguna responsabilidad, ¿no?

Tú nunca me lo echaste en cara, pero tú sabías —y yo también lo sabía— que debía de conservar un mínimo de autocontrol. Nunca perdía los estribos cuando Anna estaba en la habitación, o ni siquiera —cuando ya fue lo bastante mayor para entender los entresijos de una relación adulta— cuando estaba en casa. Era como si su presencia fuese una influencia tranquilizadora, un recordatorio de cómo se comporta una persona racional.

Eso, y que yo sentía demasiada vergüenza de que me viera en ese estado. Cada vez que ocurría, te pedía perdón y te decía que lo sentía. Cada vez te decía que había sido sin querer, que no era esa mi intención, que no había podido contenerme. Ahora me odio por las mentiras que decía entonces. Sabía exactamente lo que hacía. Y después de aquella primera vez, por mucho que hubiese bebido, por mucha furia que sintiese, nunca volví a pegarte en un sitio donde el morado pudiera ser visible.

40

MURRAY

La Unidad de Delitos Informáticos estaba a kilómetro y medio de la comisaría de policía más cercana, en medio de un polígono industrial. Los coches patrulla y los agentes de uniforme estaban terminantemente prohibidos, y nada del edificio número doce sugería que dentro de aquella caja de cemento gris hubiese docenas de especialistas en informática que desmontaban portátiles, analizaban los discos duros y extraían la peor clase de imágenes pornográficas de los archivos cifrados.

Ese día el aparcamiento estaba vacío, salvo por un coche. Murray presionó el timbre y miró a la cámara.

—¿Qué? ¿No llevas gorro de Santa Claus? —preguntó la voz incorpórea, seguida de un zumbido brusco y un fuerte chasquido cuando la puerta se abrió.

Sean Dowling tenía la clase de personalidad que entraba en una habitación un segundo antes que él. Robusto y de ancha espalda, todavía jugaba al rugby todos los sábados, a pesar de haber cumplido ya los sesenta, y ese día lucía un moretón en el puente de la nariz. Estrechó vigorosamente la mano de Murray.

—Podrías haberme sido útil contra Park House la semana pasada.

Murray se rio.

—Hace ya mucho tiempo que estoy retirado, amigo mío. No sé de dónde sacas tú la energía.

—Me mantiene joven. —Sean sonrió. Le aguantó la puerta—. ¿Has tenido unas buenas navidades?

—Tranquilas. Perdón por molestarte y haberte hecho venir en vacaciones.

—¿Bromeas? La madre de Tracy está pasando estos días con nosotros. Ya iba camino de la puerta antes de que colgaras el teléfono.

Se pusieron al día mientras caminaban, prometiendo quedar para tomar una cerveza y preguntándose en voz alta por qué lo habían dejado tanto tiempo. Era tan fácil cuando estabas trabajando en un caso, pensó Murray. Era muy fácil socializar, hacer nuevos amigos y mantenerse en contacto con los viejos. Al volver a un puesto como civil después de retirarse del servicio activo, Murray esperaba recuperar intacto ese elemento del trabajo que tanto le gustaba, pero a medida que cada vez más compañeros se iban jubilando, las cervezas de después del trabajo habían ido desapareciendo también. Murray dudaba de que alguno de los agentes de la comisaría de Lower Meads supiera siquiera que el ayudante retirado que realizaba funciones administrativas en el mostrador de recepción había sido uno de los inspectores más respetados de Sussex.

Sean llevó a Murray a la esquina de una amplia sala de espacios abiertos. Los aparatos de aire acondicionado —instalados para provecho de la cantidad ingente de ordenadores, más que para beneficio de sus usuarios— vibraban en cada extremo de la sala, y los ventanales que iban del suelo al techo quedaban oscurecidos por las persianas, que impedían a los transeúntes curiosos mirar dentro.

Solo el ordenador de Sean estaba encendido, y había una parka verde oscuro colgada del respaldo de su silla. En el escritorio había tres cajas, cada una llena de bolsas transparentes para guardar pruebas, con sus sellos de plástico rojo sobresaliendo en todas direcciones. Debajo de su escritorio había otras dos cajas, ambas también llenas. En cada bolsa había un teléfono móvil.

—Tenemos un poco de trabajo acumulado...

—No me digas.

Sean sacó otra silla y abrió una libreta grande y de color negro. En la parte superior de la página estaba el número de móvil de la persona que había llamado dando el nombre de Diane Brent-Taylor.

—La tarjeta SIM era de prepago, así que tendremos que centrarnos en el terminal en sí. Estuvo activo durante seis meses después del incidente, aunque no se hicieron llamadas con él. —Sean hizo girar su bolígrafo como si fuera un bastón entre sus dedos.

—¿Hay alguna forma de averiguar dónde está el teléfono ahora?

—No, a menos que tu testigo, o quienquiera que lo tenga ahora, lo encienda. —Un giro excesivamente entusiasta hizo que el bolígrafo saliera disparado hasta el otro lado de la habitación, donde se coló rodando debajo de un archivador. Con aire distraído, Sean cogió otro bolígrafo y empezó a hacer el mismo movimiento bien ensayado. Murray se preguntó cuántos bolígrafos habría debajo del archivador—. Ahora bien, lo que podríamos hacer es extraer los datos de la llamada y encontrar el IMEI.

—¿Me lo dices para que yo lo entienda?

Sean sonrió.

—Todos los dispositivos tienen un número único de quince dígitos: el IMEI. Es como una huella digital para móviles. Si podemos seguir el rastro de la llamada de tu testigo hasta el teléfono, podemos ir desde ahí hasta el punto de compra.

Y desde ahí, pensó Murray, se abría la posibilidad de llegar hasta la persona que había llamado, sobre todo si utilizaban una tarjeta bancaria para realizar la transacción.

—¿Cuándo podrías tener algún resultado?

—Sabes que siempre estoy encantado de hacerle un favor a un amigo, pero... —Sean miró las cajas de almacenamiento apiladas delante de ellos y se frotó la cara, olvidando su moretón y, acto seguido, haciendo una mueca de dolor ante su olvido—. Además, ¿se puede saber a qué viene tanto interés por esto ahora?

—No es nada. —Murray habló con más despreocupación de la que sentía en realidad—. La hija vino a comisaría a compartir algunas preocupaciones sobre el veredicto de suicidio, y yo lo estoy investigando por ella.

—¿En tu tiempo libre? Espero que te lo agradezca.

Murray miró el escritorio. Estaba intentando no darle demasiada importancia a la llamada telefónica a Anna. La había pillado en un mal momento, eso era todo. Tenía que ser terrible para ella, era natural que albergara dudas. Una vez que tuviera pruebas convincentes de que a sus padres les había sucedido algo sospechoso, le estaría muy agradecida de que hubiera seguido adelante con las pesquisas igualmente. Sin embargo, el fuerte clic cuando le colgó el teléfono aún resonaba en sus oídos.

Sean suspiró, confundiendo la expresión de Murray con una mueca de decepción con él.

—Escucha, veré qué puedo hacer.

—Te lo agradezco.

—Pero más importante: saca tu agenda y vamos a quedar ya en un día para tomarnos esa cerveza. Sabes que si no buscamos una fecha ahora mismo, no quedaremos. —Sean abrió un calendario en su portátil, pasando una fecha tras otra y enseguida se dio cuenta de que ya las tenía todas ocupadas. Murray pasó pacientemente las páginas de su agenda de bolsillo de National Trust hasta que Sean encontró un hueco, luego tomó prestado un bolígrafo y anotó la cita en la página limpia.

Fue tarareando la música de la radio mientras se alejaba con el coche del polígono industrial, con el sol invernal a la altura de sus ojos. Con un poco de suerte, Sean volvería a llamarlo más tarde, ese mismo día. Las vacaciones daban a Murray una excusa legítima para retrasar la presentación de su informe para el departamento, y si podía obtener resultados sobre el teléfono móvil antes de redactarlo, podría entregarlo adjuntando el perfil de un sospechoso.

Además de investigar el teléfono móvil, había algo que le daba mala espina sobre su visita a la casa de Diane Brent-Taylor.

No era sobre la propia Diane, pues Murray se enorgullecía de saber calar a la gente, y si la pensionista de la rebeca y las perlas resultaba ser una asesina, se comería su sombrero.

Pero, definitivamente, había algo raro.

Algo que había visto en el tablón de corcho, junto a la puerta principal. ¿Un folleto? ¿Una tarjeta? Era muy irritante no poder acordarse, y como Diane estaba haciendo maletas para irse el día que Murray había ido a verla, no había nada que pudiera refrescarle la memoria.

Una vez en casa, se detuvo con la llave en la cerradura, experimentando la sensación familiar de la ansiedad inundando su pecho. Aquella pausa representaba los últimos segundos en los que la vida estaba bajo control, en los que sabía que todo tenía un orden. Al otro lado de la puerta, podía estar esperándolo cualquier cosa. Con los años, Murray había perfeccionado un saludo neutro mientras aguardaba a ver cómo estaba Sarah, qué esperaba de él, pero nunca había dejado de necesitar esos tres segundos entre las dos mitades de su mundo.

—¡Ya estoy en casa!

Ella estaba abajo, lo cual era un avance.

Las cortinas aún estaban echadas, y cuando Murray las abrió, Sarah hizo una mueca y se tapó los ojos con las manos.

—¿Cómo te encuentras?

—Cansada.

Sarah había dormido doce horas, pero parecía como si hubiera pasado toda la noche en vela: unos círculos oscuros le rodeaban los ojos, y tenía la piel apagada y gris.

—Te prepararé algo de comer.

—No tengo hambre.

—¿Una taza de té?

—No, no me apetece.

Con delicadeza, Murray intentó retirar el edredón para sacudirlo, pero Sarah se aferró a él y se hundió aún más en el sofá. La televisión estaba en modo silencio, y aparecían unas imágenes de dibujos animados para niños con animales en un zoológico.

Murray permaneció inmóvil un momento. ¿Debía preparar algo de todos modos? A veces, Sarah cambiaba de opinión una vez que tenía la comida delante. Sin embargo, lo cierto era que, con la misma frecuencia, no lo hacía. Con la misma frecuencia, Murray se la comía, o la tiraba, o la cubría con film transparente con la esperanza de que le apeteciese más tarde. Murray miró el bulto del edredón, a su mujer, que se había alejado lo máximo posible de él sin llegar a salir del sofá.

—Bueno, estaré por aquí, entonces. Por si necesitas algo.

No había señales de que Sarah lo hubiese escuchado.

Murray metió en la casa una caja de reciclaje vacía del jardín. Metódicamente, abrió cada uno de los cajones de la cocina y sacó los cuchillos afilados, las tijeras y las cuchillas del procesador de alimentos. Cogió el paquete del papel de aluminio del armario y arrancó con cuidado la tira de metal serrado de la carcasa de cartón. Extrajo los productos cáusticos de limpieza de debajo del fregadero y las cajas de medicamentos del cajón de la cómoda. Había pasado bastante tiempo desde la última vez que sintió la necesidad de hacer aquello y no quería pensar en por qué le parecía necesario hacerlo ahora, así que, en vez de eso, se puso a pensar en su visita a la casa de Diane Brent-Taylor, con la esperanza de recordar qué era lo que había llamado su atención en su tablón de corcho.

La puerta de la entrada era de PVC blanco, y el felpudo de una mezcla de fibra de coco y caucho. En el interior, el suelo del pasillo era de parquet sintético, y las paredes de color rojo oscuro hacían la ya de por sí sombría planta baja aún más oscura. El tablón de anuncios estaba a la izquierda, encima de un estante con un variado surtido de objetos. ¿Qué era lo que había allí? Un cepillo para el pelo. Una postal. Unas llaves. Visualizó cada sección del estante hasta que los distintos elementos cobraron forma, una versión adulta del juego de memoria al que había jugado de niño.

Murray lo metió todo en la caja de reciclaje y la llevó al fondo del jardín. Abrió el cobertizo y empezó a enterrar la caja debajo de unas láminas decorativas llenas de polvo.

Mientras lo hacía, volvió a pensar en el tablón. ¿Qué había allí? Más postales, al menos tres. Una era de la Montaña de la Mesa (se acordaba porque Ciudad del Cabo estaba en su lista de destinos de ensueño). Un folleto de propaganda de un salón de belleza. Una lista de números de teléfono. ¿Había reconocido un nombre en esa lista? ¿Era eso lo que le había estado incordiando?

—¿Qué estás haciendo?

Murray no había visto a Sarah salir al jardín, y la voz, justo detrás de él, lo hizo reaccionar con torpeza. Respiró hondo antes de darse media vuelta. Sarah estaba temblando, con los labios azulados después de tan solo unos pocos segundos alejada del calor. Iba descalza y se abrazaba el cuerpo, con cada mano metida debajo de la manga del brazo opuesto. Movía los dedos rítmicamente, y Murray supo que estaba rascándose la piel, una piel que ya tenía roja por el mismo motivo.

La tocó con las manos en ambos brazos y el movimiento cesó.

—Tengo hambre.

—Te prepararé algo.

Murray la llevó de nuevo dentro de la casa, encontró sus zapatillas y la sentó en la cocina. Sarah no dijo nada mientras le preparaba un sándwich con un cuchillo romo que desgarró el pan, pero ella comió con un hambre voraz y Murray consideró eso como una victoria.

—He estado trabajando en el caso Johnson. —Buscó un destello de interés en los ojos de Sarah, pero no encontró ninguno. Le dio un vuelco el corazón. La había sometido a su propia prueba de fuego y los resultados reforzaban lo que él ya sabía: que Sarah estaba a punto de adentrarse en otro difícil período de crisis. Se sentía como si estuviera solo en alta mar, tratando de mantenerse a flote, a mitad de camino sin ni siquiera un bote de apoyo—. Aunque no es que tenga mucho sentido ahora —añadió, y no sabía en realidad si estaba hablando sobre el cambio de opinión de Anna, o sobre el hecho de que la investigación ya no era el salvavidas que parecía haber sido hasta entonces para él y para Sarah.

Sarah dejó de comer. Unas profundas arrugas surcaron su frente mientras lo miraba.

—Anna Johnson no quiere que siga investigando —dijo Murray despacio, fingiendo que no la había visto reaccionar; fingiendo estar hablando solo. Miró a un punto justo a la derecha del plato de Sarah—. Así que no sé por qué debería pasar mi tiempo libre...

—¿Por qué no quiere que haya una investigación?

—No lo sé. Me dijo que lo dejara. Estaba enfadada. Me colgó el teléfono.

—¿Enfadada? ¿O asustada?

Murray miró a Sarah.

—Porque si tiene miedo, puede parecer que está enfadada. Como si no quisiera que siguieras investigando.

—Desde luego, fue muy clara al respecto —dijo Murray, recordando cómo Anna le había colgado el teléfono—: No quiere mi ayuda.

Sarah se quedó pensativa.

—Puede que no la quiera. —Cogió su sándwich, luego lo apartó y miró a Murray—. Pero tal vez la necesita.

41

ANNA

El teléfono resuena en el pasillo. Suena rara vez —los dos usamos nuestros móviles—, y cuando lo hace, suele ser una llamada para convencernos de que instalemos doble acristalamiento contra el frío o de algún otro teleoperador intentando vendernos cualquier otra cosa. Mark hace amago de levantarse, pero soy yo quien se pone de pie de un salto. Han pasado dos días desde que le colgué el teléfono a Murray Mackenzie, y llevo desde entonces atacada de los nervios, esperando que, en cualquier momento, me llame otra vez.

—Ya lo cojo yo. —No se lo he contado a Mark. ¿Qué le voy a decir?

Después de haber atribuido la tarjeta de aniversario a una broma pesada y macabra, el ladrillo que arrojaron por la ventana era una amenaza que no podía ignorar. Ha hablado todos los días con los agentes encargados de la investigación.

—Al parecer están haciendo «lo que pueden» —me dijo después de la última vez—. Cosa que no parece ser mucho.

—¿Pueden obtener huellas?

La policía tiene las de mis padres y también el ADN. Los sacaron de sus efectos personales en casa y en el trabajo, con la esperanza de que, si aparecía un cadáver, pudieran identificarlos. Me pregunté si mi padre lo sabía, si no habría sido cuidadoso con sus huellas. ¿Qué pasaría si encontraban las suyas en el ladrillo? Sabrían que no está muerto, se darían cuenta de que mi madre tampoco lo está. Los dos están inextricablemente unidos: si uno va a prisión, el otro seguramente también lo hará.

¿Es eso lo que quiero?

—No han encontrado nada en la nota, y por lo visto el ladrillo es un material muy malo para obtener huellas de él.

El alivio que siento me toma por sorpresa.

—Están esperando los resultados de ADN de la goma elástica.

Se encogió de hombros, descartando de antemano cualquier esperanza de que sacaran algo en claro. Mientras tanto, hemos reparado la ventana del cuarto de la niña y hemos encargado unas luces de seguridad en la parte delantera y trasera de la casa.

—¿Diga? —pregunto ahora al contestar el teléfono.

No se oye nada al otro lado.

—¿Diga?

El miedo me atenaza el estómago.

Silencio. No, no es silencio del todo. Un crujido. Una respiración.

¿Papá?

No lo digo en voz alta. No puedo. No solo porque Mark está escuchando, sino porque no quiero que mi voz me traicione, que la ira que inunda mi corazón y mi cabeza por lo que mi padre le hizo a mi madre —a mí— quede eclipsada en el preciso instante en que me ponga a hablar. Que el miedo y el odio que llevo sintiendo esta última semana queden anulados por veintiséis años de amor.

Veintiséis años de mentiras, me recuerdo a mí misma, atrincherando mi corazón y cerrando mi mente a los recuerdos que me asaltan: mi padre, llamando para decir que llegará tarde; para desearme feliz cumpleaños, cuando él y Billy estaban fuera de viaje; para recordarme que tenía que repasar para un examen; para ver si necesitamos algo; para pedirme que le grabe *Planet Earth*.

Pulso el botón de refrescar las imágenes y veo, en cambio, lo que ahora sé que es la verdad: mi padre arrojando mi pisapapeles casero contra la pared en un ataque de ira; entregándose al alcohol para soportar el día; escondiendo las botellas por toda la casa; pegando a mamá.

No puedo colgar el teléfono. Me quedo de pie, paralizada en el sitio, con el receptor pegado a la oreja. Deseando desesperadamente que me hable, pero aterrorizada por lo que vaya a decirme.

No dice nada.

Se oye un clic silencioso y se corta la comunicación.

—No ha contestado nadie —digo cuando regreso a la sala de estar, en respuesta a la mirada inquisitiva de Mark.

—Eso es un poco preocupante. Deberíamos avisar a la policía. Tal vez podrían rastrear la llamada.

¿Podrían hacer eso? ¿Quiero que lo hagan? No puedo pensar con claridad. Si la policía detiene a mi padre, estaremos a salvo. Mamá estará a salvo. Su falso suicidio será descubierto e irá a la cárcel. Mi madre también estará en apuros, pero seguro que la violencia doméstica es un atenuante, tiene que serlo. Hay mujeres que han sido absueltas de hechos más graves en circunstancias similares.

Y sin embargo...

Tal vez mi padre ha llamado desde una cabina. Tal vez haya cámaras de videovigilancia. Tal vez la policía rastreará la llamada, verá esas imágenes. Sabrán que mi padre está vivo, pero no estará encerrado. Quizá nunca lleguen a encerrarlo. Se descubrirá el falso suicidio de mi madre y mi padre todavía andará suelto. Aún libre. Aún una amenaza.

—No, era de una de esas centrales de llamadas —digo—. Se oían las voces de otros teleoperadores de fondo.

Por lo visto, una vez que empiezas a mentir, es fácil seguir haciéndolo.

Son las ocho en punto cuando llega el mensaje de texto. En la tele están echando una reposición de alguno de los primeros clásicos con Richard Briers, que ninguno de nosotros está viendo. Los dos estamos mirando nuestros teléfonos, viendo las múltiples actualizaciones de Facebook sin sentido, dándole al «Me gusta» en todas y cada una de ellas. Tengo el móvil en silencio, y el mensaje que aparece en mi pantalla es de un número que he guardado bajo el nombre de ANGELA.

¿Ahora?

El corazón me late con furia. Miro a Mark, pero él no está prestando atención. Escribo una respuesta.

No estoy segura de esto.
Por favor, Anna. No sé cuánto tiempo más puedo arriesgarme a quedarme aquí.

Escribo otro mensaje, lo borro, escribo otro más, elimino ese también.

¿Cómo puedo haberme planteado seriamente la idea de traer a mi madre aquí, de presentársela a Mark? Se supone que está muerta. Muy bien, sí, lleva el pelo distinto, está más delgada y parece más mayor de lo que es, pero sigue siendo mi madre.

Él lo sabrá.

Lo siento, no puedo hacerlo.

Escribo el mensaje, pero cuando pulso «enviar», suena el timbre, seguro y claro. Levanto la vista, con los ojos muy abiertos, presa del pánico. Mark ya está de pie, y yo me levanto precipitadamente para seguirlo hasta el recibidor, donde es evidente, por la forma de la silueta de la vidriera, que es ella.

Mark abre la puerta.

Si está nerviosa, lo disimula muy bien.

Ella lo mira a los ojos.

—Tú debes de ser Mark.

Hay una pausa de una fracción de segundo antes de su respuesta.

Me desplazo para situarme junto a él, aunque estoy segura de que está oyendo los latidos desbocados de mi corazón, y mientras espera amablemente una explicación, sé que no tengo otra alternativa más que continuar con la farsa.

—¡Angela! Mark, esta es la prima segunda de mi madre. Nos tropezamos ayer por casualidad y me dijo que le encantaría conoceros a ti y a Ella, así que... —Me callo. La historia que mi madre y yo tramamos mientras caminábamos por el paseo marítimo ahora se me antoja absurda, y las mentiras que le estamos diciendo a Mark hacen que se me revuelva el estómago.

Pero mis mentiras son para protegerlo. No puedo consentir que Mark se vea implicado por los delitos de mis padres. No lo haré.

Da un paso atrás con la amplia sonrisa de un hombre acostumbrado a recibir a invitados que se presentan por sorpresa, sin avisar.

Me pregunto si mi madre se da cuenta, como yo, de la preocupación que hay detrás de esta alegre fachada. ¿Preocupación porque nunca he mencionado a ninguna prima? ¿O porque, al parecer, su compañera, emocionalmente inestable, ha olvidado una vez más decirle que había invitado a alguien a casa? Por una vez, espero que sea la segunda opción.

Escruto su cara en busca de indicios de sospecha, de alguna señal de reconocimiento.

Nada.

No me doy cuenta hasta este momento de la inquietud que me producía la letra de mi madre en el folleto publicitario de Mark; de que necesitaba esta confirmación, a pesar de las afirmaciones por ambas partes.

—Hola, soy Mark. —Extiende una mano, luego sacude la cabeza y se ríe de su formalidad, dando un paso hacia delante para estrechar a mi madre en un cálido abrazo—. Encantado de conocerte.

Suelto el aire de mis pulmones.

—Caroline y yo nos peleamos por una tontería —dice mi madre cuando estamos instalados en la sala de estar, con unas copas de vino en la mano—. Ahora ni siquiera me acuerdo de por qué exactamente, pero estuvimos varios años sin hablarnos y... —Se interrumpe, y creo que tiene la boca reseca, pero traga saliva—. Y ahora es demasiado tarde.

Mark apoya un codo en el brazo del sofá. Con el pulgar en la base de la barbilla, se frota ligeramente el labio superior con el dedo índice. Escuchándola. Reflexionando sobre sus palabras. ¿Le parece raro que «Angela» haya aparecido así, de repente, en Eastbourne, un año después de la muerte de mi madre? Desplazo la mirada entre Mark y mi madre, y esta me mira a los ojos una fracción de segundo, antes de bajar la mirada. Busca un pañuelo.

—No podemos cambiar el pasado —dice Mark con delicadeza—. Solo podemos cambiar cómo nos sentimos con respecto a él, y el modo en que afecta a nuestro futuro.

—Tienes razón.

Mi madre se suena la nariz y se guarda el pañuelo en la manga, en un gesto tan familiar que se me corta la respiración por un instante. Rita está sentada lo más cerca posible de mamá, apoyada en ella de tal manera que si mi madre moviera las piernas, la perra se caería.

—Le gustas —dice Mark—. Por lo general, siempre se muestra muy recelosa con los extraños. —No me atrevo a mirar a mi madre—. Me alegro mucho de conocer a alguien de la familia de Anna. Conozco a Bill, por supuesto, y también a la ahijada de Caroline, Laura, que es prácticamente familia. —Me mira de soslayo, guiñándome un ojo para prepararme para lo que viene después—. Otra invitada más para la mesa de los novios.

—¿Vais a casaros?

—No —digo, y me río porque eso es lo que Mark está haciendo. Me remuevo incómoda en mi asiento.

—Tal vez tú puedas convencerla, Angela. Hasta ahora no he tenido mucha suerte. —Es un comentario inofensivo, pensado como una broma.

—Pero ¡eres tan joven, Anna!

—Tengo veintiséis años. —Como si ella no lo supiera. Como si no me hubiera llevado en su barriga nueve meses cuando era más joven de lo que yo soy ahora.

—No deberías tomar decisiones precipitadas.

Se produce un silencio incómodo. Mark tose.

—¿Estás casada, Angela?

—Separada. —Me mira—. No funcionó.

Sigue otra pausa incómoda, mientras mi madre y yo pensamos en la forma en que se produjo esa separación, y Mark piensa en... ¿en qué? El rostro de un buen terapeuta no deja traslucir nada.

—¿Cuánto tiempo tienes previsto quedarte en Eastbourne? —pregunto.

—No mucho. Hasta el día de Año Nuevo nada más. Tiempo suficiente para ver a las personas que me importan y evitar a las que no quiero ver. —Se ríe.

Mark sonríe.

—¿Dónde te alojas?

Un rubor rojo colorea las mejillas de mi madre.

—En el Hope. —La expresión de Mark es impenetrable, pero la vergüenza de mi madre se intensifica—. Voy un poco justa de dinero y... Bueno, son pocas noches de todos modos. Está bien.

—¿Por qué no te quedas con nosotros? —Me mira para confirmar su ofrecimiento, a pesar de que ya lo ha hecho—. Tenemos sitio de sobra, y para Ella sería genial estar tiempo contigo.

—Oh, no puedo...

—Insistimos, ¿a que sí?

No me atrevo a mirar a mi madre para ver si la expresión de alarma en sus ojos refleja la mía. Creía que estaba a salvo, creía que mi padre nunca la encontraría. Si él sabe que está aquí...

—Por supuesto —me oigo decir a mí misma. Porque, ¿qué explicación podría dar para decir que no?

—De hecho, me estarías haciendo un favor, porque tengo algunas citas que no puedo cancelar, y me sentiría mejor sabiendo que no estoy dejando a las chicas solas.

Mark se refiere a mí; le preocupa que sufra algún tipo de crisis. Y no se aleja mucho de la verdad.

—Bueno, si estáis seguros...

—Estamos seguros. —Mark habla por los dos.

—Entonces me encantaría. Gracias.

Mark se vuelve hacia mí.

—Tal vez podría venir Laura. ¿Conoces a Laura, Angela?

De pronto se pone muy pálida, a pesar de la sonrisa forzada.

—Pues... No creo que hayamos coincidido nunca, no.

Yo también me obligo a sonreír, me digo que todo va a salir bien. Mark estará en el trabajo. Puedo decirle que Laura tiene otro trabajo, o que está fuera visitando a unos amigos. Mientras pueda mantener a mi madre aquí dentro, fuera de la vista, no hay razón para que nadie sospeche nada.

¿Y mi padre?

Se me acelera el pulso.

Trato de convencerme de que no querrá venir aquí, donde alguien pueda reconocerlo. Mamá estaba escondida en el norte del país, ahí fue donde la encontró. La estará buscando por allí arriba.

Solo que...

«¿Suicidio? Piénsalo mejor.»

Él envió la tarjeta. Lanzó el ladrillo. Él sabe lo que hizo mamá. Sabía que yo había ido a la policía. De algún modo, sabe exactamente lo que sucede dentro de esta casa. Si no sabe ya que mamá está en Oak View, no me cabe duda de que pronto lo sabrá.

Se me acelera el pulso. ¿Llamó mi padre a casa porque cree que mamá está aquí? ¿Esperaba que ella contestara la llamada? ¿Que le diera la confirmación que necesita?

Si mi madre hubiera ido a la policía cuando mi padre mencionó por primera vez su absurdo plan, nada de esto habría sucedido jamás. Mi madre no habría creído que la única forma de escapar era fingiendo un suicidio, y yo no estaría aquí ahora, escondiendo a una delincuente. Ella no debería haberlo hecho.

No debería haberlo ayudado a desaparecer.

42

Lo habría hecho sin ayuda, si hubiese sido posible.

Pero no lo era.

Ya solo los aspectos prácticos lo hacían demasiado difícil para una sola persona. Necesitábamos un coche para dejarlo en Beachy Head, otro para traernos de vuelta. Había testigos que fabricar, huellas que cubrir, pruebas que destruir... incluso con dos personas, fue todo un reto.

Podríamos haber pedido ayuda a Anna. Podríamos haberle contado todo, haberle prometido la luna si mentía para encubrirnos. Pero no quise involucrarla; no quería destrozarle la vida, como yo me había destrozado la mía.

Ahora ella está hasta el cuello con esto de todos modos.

Tiene miedo. No me gusta, pero no hay otra manera. Mis mentiras se están desmoronando y, a menos que la policía se eche atrás, lo que hicimos va a aparecer en las portadas de los periódicos, y yo iré a la cárcel... si logran encontrarme.

Pensé que no tenía más remedio que involucrar a alguien más.

Ojalá hubiera intentado hacerlo de otro modo.

Si lo hubiese hecho sin ayuda, no habría tenido que confiar en otra persona. No habría tenido que pasar noches en vela, preguntándome si mis secretos estaban saliendo a la luz.

Si lo hubiera hecho sin ayuda, podría haberme quedado con el dinero.

43

MURRAY

Murray se despertó con el ruido de la radio. Abrió los ojos y rodó sobre su espalda, parpadeando con la mirada hacia el techo hasta que pudo ver con claridad y estuvo bien despierto. Sarah se había quedado dormida en el sofá la noche anterior, y aunque sabía que no subiría las escaleras, se llevó una decepción de todos modos al comprobar que su lado de la cama estaba intacto.

La radio estaba muy alta. Alguien estaba lavando su coche o cortando el césped, sin pensar si alguien más en el vecindario quería escuchar el programa de Chris Evans. Murray bajó las piernas de la cama.

La habitación de invitados también estaba vacía, el edredón aún abajo en el sofá. Sarah tenía una cita en Highfield hoy. Murray intentaría hablar a solas con Chaudhury, contarle cómo había estado Sarah el último par de días.

Ya estaba bajando las escaleras cuando se dio cuenta de que el ruido de la radio procedía del interior de la casa. En la sala de estar, las cortinas estaban abiertas y el edredón de Sarah estaba cuidadosamente doblado en el sofá. Desde la cocina, Chris Evans se reía de su propio chiste.

—Gilipollas. Pon algo de música.

Murray se animó. Si Sarah estaba insultando a los presentadores de radio, es que estaba escuchando lo que decían. Escuchar significaba salir de su propio mundo para acercarse al de otra persona, algo que no había hecho ayer ni el día anterior.

—No hay gilipollas en Radio Cuatro.

Se reunió con ella en la cocina. Aún llevaba puesta la ropa del día anterior, y desprendía un leve olor a sudor. Tenía el pelo gris un poco grasiento, y su piel todavía estaba apagada y tenía signos de cansancio, pero estaba despierta. De pie. Haciendo huevos revueltos.

—¿Qué me dices de Nick Robinson?

—Me gusta Nick Robinson.

—Pero es un gilipollas.

—Es un *tory*. No es lo mismo. —Murray se detuvo junto al fogón e hizo girarse a Sarah para que lo mirara a la cara—. Bueno, no siempre. ¿Cómo se presenta el día de hoy?

Ella vaciló un instante, como si no quisiera comprometerse, y luego asintió despacio.

—Hoy parece que podría estar bien. —Le sonrió con aire tímido, y él se adelantó para besarla.

—¿Por qué no tomo el relevo y subes a darte una ducha rápida?

—¿Huelo mal?

—No hueles a rosas, exactamente. —Murray sonrió cuando Sarah abrió la boca para protestar, antes de poner una burlona cara de exasperación y dirigirse al baño.

Murray estaba terminando una llamada cuando Sarah reapareció en la cocina. Se guardó el móvil en el bolsillo y sacó los dos platos del horno, donde los había mantenido calientes.

—Supongo que no te apetecerá salir a hacer unas compras, ¿verdad?

Sarah arrugó la cara, frunciendo los labios, a pesar de que intentaba cooperar.

—Habrá mucha gente.

Murray solía evitar las tiendas entre Navidad y Año Nuevo, y a juzgar por los anuncios en la televisión, las rebajas ya estaban en pleno apogeo.

—Sí.

—¿Te importa si me quedo aquí? —Vio la cara de Murray y levantó la barbilla—. No necesito niñera, si eso es lo que estás pensando. No me voy a cortar las venas.

Murray trató de no reaccionar ante la despreocupada alusión a todas las veces que ella había intentado suicidarse.

—No estaba pensando eso. —Pero claro que lo estaba pensando. Por supuesto que lo estaba pensando—. Ya iré en otro momento.

—¿Qué necesitas?

—He recibido un correo de Sean, de la Unidad de Delitos Informáticos. El móvil utilizado para llamar a emergencias para informar del suicidio de Tom Johnson fue adquirido en la tienda de Fones4All, en Brighton.

—¿Crees que tienen registrado quién lo compró?

—Eso es lo que espero.

—¡Vete! —Sarah blandió en el aire un tenedor cargado de comida—. Piénsalo: todo esto podría estar solucionado antes de que el departamento sepa siquiera qué ha pasado.

Murray se rio, aunque él también había pensado lo mismo. No es que pudiera efectuar una detención, por supuesto, pero podría dejarlo todo en orden, y entonces... ¿Y entonces qué? ¿Investigar otro caso sin resolver? ¿Interferir con la investigación de otro policía?

Cuando cumplió los treinta años de servicio, Murray no estaba preparado para jubilarse. No estaba listo para dejar a su familia de la policía, para alejarse de la satisfacción que conlleva hacer un trabajo capaz de cambiar las cosas. Pero no podía quedarse para siempre. En algún momento tendría que renunciar, así que, ¿de verdad iba a esperar hasta hacerse viejo o estar enfermo antes de retirarse? ¿Hasta que estuviera demasiado decrépito para disfrutar de los últimos años de su vida?

Murray miró a Sarah y, en ese instante, supo exactamente qué iba a hacer una vez que hubiese cerrado el caso de los Johnson. Iba a retirarse. Esta vez de verdad.

Sarah tenía días buenos días y días malos. Murray no quería perderse más de los buenos.

—¿Estás segura de que estarás bien?

—Estaré bien.

—Te llamaré cada media hora.

—Vete.

Murray se fue.

En la tienda de móviles, un letrero gigante colgado del techo anunciaba el último altavoz Bluetooth, y los compradores miraban detenidamente los estantes con gesto de perplejidad mientras trataban de identificar las diferencias entre los distintos modelos. Murray cruzó toda la tienda directamente y se detuvo al lado de un estante que mostraba el iPhone más reciente y más caro, sabiendo que esa era la forma más eficaz de que un dependiente acudiera a ayudarlo. En efecto, en cuestión de segundos apareció a su lado un chico tan joven que parecía recién salido de la escuela. El traje azul claro le quedaba demasiado ancho en los hombros, y los pantalones le hacían arrugas sobre las zapatillas de deporte. En la placa dorada brillante se leía el nombre «Dylan».

—Bonitos, ¿verdad? —Señaló con la cabeza el estante con los iPhone—. Pantalla de 5,5 pulgadas OLED, carga inalámbrica, totalmente sumergible.

A Murray lo sorprendió momentáneamente la única característica importante para alguien a quien se le había caído dos veces el móvil —mucho menos caro, pero igual de indispensable— del bolsillo en el retrete. Reaccionó y mostró a Dylan su identificación policial.

—¿Podría hablar con el encargado, por favor?

—Soy yo.

Murray convirtió su «¡oh!» de sorpresa en uno de entusiasmo.

—¡Estupendo! Bien. Pues estoy investigando una compra realizada en esta tienda en algún momento justo antes del 18 de mayo de 2016. —Miró hacia arriba, donde dos cámaras prominentes enfocaban hacia la cola de clientes. Otras dos cámaras captaban la entrada de la tienda—. ¿Durante cuánto conservan las imágenes de las cámaras de videovigilancia?

—Tres meses. Hace un par de semanas vinieron unos compañeros suyos con un montón de móviles robados. Pudimos demostrar que fueron robados de aquí, pero eso fue hace seis meses, así que ya no teníamos imágenes.

—Qué lástima. ¿Y puedes rastrear esta compra en la caja, para ver cómo pagó el sospechoso?

Dylan no hizo nada por ocultar su falta de entusiasmo ante aquella tarea.

—Estamos muy ocupados. —Miró hacia las cajas—. Son las rebajas de Navidad —añadió, como si eso pudiera ser una novedad para Murray.

Murray se inclinó hacia delante, haciendo su mejor imitación de policía de serie de televisión.

—Está relacionado con una investigación de asesinato. Si me encuentras esa transacción, Dylan, podríamos resolver todo el caso.

Dylan abrió los ojos como platos. Se ajustó la corbata, fuertemente anudada, y miró alrededor como si el asesino pudiera estar merodeando por allí.

—Será mejor que venga a mi despacho.

El «despacho» de Dylan era un armario en el que alguien había metido con calzador un escritorio de Ikea y una silla giratoria rota, con el respaldo inclinado hacia un lado. Varios certificados con el título de empleado del mes estaban colgados en un tablón de anuncios encima del ordenador.

Dylan le ofreció magnánimamente la silla a Murray, se sentó sobre una caja de almacenamiento de la mitad de altura y alargó la mano para introducir su contraseña en un teclado sucio. Murray desvió cortésmente la mirada. En la pared había una fotografía de seis hombres y dos mujeres, todos elegantemente vestidos y sonriendo con entusiasmo a la cámara. Dylan era segundo desde la izquierda, y vestía el mismo traje azul claro que llevaba ese día. En el marco de cartón se leía «Curso para Managers de Fones4All 2017».

—¿Cuál es el IMEI?

Murray leyó el código de serie de quince dígitos que Sean le había dado.

—En efectivo. —Con dos palabras, Dylan había puesto un desolador punto final a la investigación de Murray. Miró al policía con ansiedad—. ¿Eso significa que no podemos atrapar al sujeto?

Murray se permitió una sonrisa irónica al oír la jerga del joven, que sin duda habría aprendido en las series policíacas estadounidenses. Se encogió de hombros.

—Me temo que así no.

Dylan se lo tomó como una afrenta personal. Suspiró, miró a Murray y luego abrió la boca ligeramente cuando se le ocurrió una idea.

—A menos que...

Se volvió hacia la pantalla y tecleó hábilmente en el teclado, luego cogió el ratón y se desplazó por la pantalla. Murray pensó en Sean y en si había algo más que el equipo técnico pudiera hacer para rastrear la transacción. Sin la identidad de la persona que había realizado la llamada, no tenía mucho de lo que tirar.

—¡Sí! —Dylan dio un puñetazo en el aire de forma totalmente inconsciente y luego deslizó la palma abierta por el aire hacia Murray—. ¡Toma ya! —exclamó, y Murray chocó los cinco con el entusiasta encargado de Fones4All—. La tarjeta de cliente —explicó Dylan, con una sonrisa tan radiante que Murray le veía todos los empastes—. Evalúan a cada encargado por el número de inscripciones que consigue cada mes: el ganador obtiene un Samsung Galaxy S8. Yo he ganado tres veces porque le doy el premio a la persona de mi equipo que ha colocado más tarjetas cliente.

—Ah, eso es un detalle por tu parte.

—Son una mierda, los Samsung. El caso es que mi equipo es muy competitivo, ¿sabe? No dejan que nadie salga por la puerta sin registrarse en el programa. Y el sujeto en cuestión —señaló la pantalla— no fue ninguna excepción.

—¿Tenemos un nombre?

—Y una dirección. —Dylan presentó la información con el ademán teatral de un mago que confía en arrancar una ovación.

—Bueno, ¿y quién es? —Murray se inclinó para leer la pantalla. Dylan lo dijo primero.

—Anna Johnson.

Debía de haber oído mal. ¿Anna Johnson?

Murray leyó la información él mismo: «Anna Johnson, Oak View, avenida Cleveland, Eastbourne».

—¿Es nuestra asesina, entonces?

Murray abrió la boca, a punto de decir que no, que no era su sospechosa sino la hija de la víctima, pero a pesar de lo útil que había sido Dylan, era un miembro de la comunidad y no podía revelarle más información.

—¿Podrías imprimirme eso? Has sido de gran ayuda. —Tomó nota mental de escribirle al jefe de Dylan cuando terminara todo aquello. Tal vez le darían algo que no fuese un Samsung Galaxy S8.

La impresión casi le quemaba en el bolsillo mientras se abría paso, más rápido esta vez, a través del centro comercial y hacia la calle.

¿Anna Johnson?

Anna Johnson había comprado el móvil utilizado para hacer la llamada de la testigo confirmando el suicidio de su padre.

Murray estaba cada vez más confundido. Nada sobre aquel caso tenía sentido.

¿Habría tomado prestado Tom Johnson el teléfono de su hija por algún motivo? Las pesquisas de Sean confirmaban que con la llamada de la falsa testigo —supuestamente Diane Brent-Taylor— era la primera vez que se usaba el teléfono. ¿Era verosímil que Anna hubiese comprado el móvil por una razón inocente y que Tom lo hubiese cogido ese mismo día, horas antes de su muerte?

Murray regresó a su coche, ahora completamente ajeno al gentío. Si Tom Johnson no fue a Beachy Head a suicidarse, ¿para qué fue? ¿Para encontrarse con alguien? ¿Alguien que planeaba matarlo a él? Murray visualizó varios escenarios mientras conducía de vuelta a casa. Una aventura extramatrimonial descubierta por un esposo celoso y una pelea que había tenido como consecuencia que Tom cayera por el precipicio. ¿Habría usado el asesino el móvil que Tom había tomado prestado a su hija para hacer llamadas falsas a la policía? ¿La amante? ¿Por qué elegir el nombre de Diane Brent-Taylor?

Murray negó con la cabeza con impaciencia. El asesino no habría tenido una tarjeta SIM de repuesto a menos que el asesinato de Tom hubiera sido premeditado, y si era premeditado, el asesino habría adquirido su propio teléfono de prepago, y no habría encontrado uno por casualidad en el bolsillo de su víctima. Nada de aquello tenía sentido. Era todo tan... Murray luchó por encontrar la palabra adecuada.

Escenificado. Eso era.

No parecía real, sino una puesta en escena.

Si eliminaba la llamada de la testigo de la ecuación, ¿qué tenía? Una persona desaparecida. Un mensaje de texto suicida del teléfono de Tom, que podría haber escrito cualquiera. No era una prueba de asesinato.

Como tampoco era una prueba de suicidio...

Y la muerte de Caroline: ¿tenía eso más sentido? Todo apuntaba al suicidio, pero nadie la había visto. El voluntario, pobre hombre, la había apartado del precipicio y llevado a un lugar seguro. ¿Quién podía decir que no se había quedado allí? Un hombre que paseaba a su perro había encontrado, muy oportunamente, su bolso y su móvil al borde del acantilado, en el mismo lugar donde el voluntario había encontrado a una angustiada Caroline. Pruebas circunstanciales, desde luego, pero difícilmente concluyentes. Y al igual que en la desaparición de su marido, en cierto modo también parecía una puesta en escena. Las muertes de verdad siempre estaban rodeadas de caos, eran un asunto muy sórdido. Allí había cabos sueltos, piezas que no encajaban. Los suicidios de los Johnson eran demasiado limpios, demasiado ordenados.

Para cuando Murray se detuvo en la entrada de su casa, estaba seguro.

No había ningún testigo de la muerte de Tom. No había habido ningún asesinato. Tampoco suicidios.

Tom y Caroline Johnson todavía estaban vivos. Y Anna Johnson lo sabía.

44

ANNA

Se me hace raro ver a mamá de vuelta en Oak View. Raro y maravilloso. Está nerviosa, pero no sé si es por miedo a que Mark la descubra o por mi padre. En cualquier caso, siempre salta al más leve ruido del exterior, y no participa demasiado en las conversaciones, a menos que alguien le pregunte directamente. Rita la sigue dondequiera que vaya, y me pregunto cuánto la afectará cuando mamá se vaya otra vez.

Porque ese es el trato. Tres días más como familia, aunque sea una familia cargada de secretos, y luego se acabó.

—No tienes que irte.

Estamos en el jardín y mis palabras se transforman en vaho en cuanto salen de mi boca. Hoy el aire está reseco, pero hace tanto frío que me duele la cara. La niña está en su hamaca, en la cocina, de cara a la ventana para que podamos vigilarla.

—Sí tengo que irme.

Mamá me suplicó poder salir a su querido jardín. Solo está abierto por un lado, los altos setos en los otros dos costados nos protegen de las miradas curiosas, pero aun así, tengo el corazón en la boca. Mamá está ocupada con sus rosas, sin practicar la poda extensa que habrá que hacer en primavera, sino que las corta un tercio para que los vientos invernales no les rompan los tallos. He descuidado el jardín, el orgullo y la alegría de mamá, y los rosales están demasiado largos y torcidos.

—Si me quedo, alguien me verá. Es demasiado arriesgado.

Mira continuamente a la casa de Robert, el único lugar desde el cual se nos puede ver, a pesar de que lo vimos marcharse esta mañana, cargado de regalos navideños tardíos para sus familiares que viven en el norte. Mamá lleva la bata de jardinero de Mark, y un gorro de lana que le tapa las orejas.

—Deberías haber cortado esos arbustos de las mariposas el mes pasado. Y hay que desbrozar el laurel. —Niega con la cabeza al ver la valla que hay entre nuestro jardín y el de Robert al ver las rosas trepadoras y la extensión de clemátides que alguien debería haber recortado después de que floreciera.

El jardín ya tiene mejor aspecto, aunque oigo a mamá chasquear la lengua de vez en cuando y sospecho que mi falta de atención ha dejado a algunas plantas al borde de la extinción.

—Hay un libro en la cocina, en él encontrarás lo que hay que hacer cada mes.

—Lo leeré, te lo prometo. —Siento un nudo en la garganta. Habla en serio sobre irse. Sobre no volver nunca más.

Leí en alguna parte que el primer año después de una pérdida es el más difícil. La primera Navidad, el primer aniversario. Un ciclo completo de estaciones al que hay que sobrevivir solo, antes de que un nuevo año traiga nuevas esperanzas. Es cierto que fue difícil. Quería contarles a mis padres lo de Ella, compartir las anécdotas del embarazo con mi madre y enviar a Mark y a mi padre al bar a brindar por la niña. Quería llorar sin motivo, mientras mamá doblaba los peleles y me decía que todas las madres tenían depresión postparto.

El primer año fue difícil, pero sé que aún me esperan tiempos más difíciles por delante. El carácter definitivo de la muerte es indiscutible, pero mis padres no están muertos. ¿Cómo voy a aceptar eso? Mi madre me dejará por su propia voluntad, porque tiene demasiado miedo de quedarse aquí, donde mi padre la va a encontrar; tiene demasiado miedo de quedarse donde alguien pueda reconocerla y sacar sus delitos a la luz. Ya no seré huérfana, pero seguiré sin tener a mis padres, y la pena que siento es tan cruda como si de verdad estuviera llorando su muerte.

—Robert va a pagar la remodelación del jardín cuando acabe con sus obras. ¿Sobrevivirán las plantas de la valla al traslado? Demasiado tarde me doy cuenta de que no debería haber mencionado la ampliación de obra.

—¿Has presentado un formulario de objeción? Deberías hacerlo. Te hará la cocina muchísimo más oscura, y no tendrás intimidad de ninguna clase en el patio.

Comienza a enumerar las razones por las cuales la extensión de Robert es un suplicio, su voz una octava más alta de lo normal, y me dan ganas de preguntarle por qué le importa tanto cuando ha dejado claro que no volverá por aquí nunca más. Pero luego pienso en la forma en que está cortando primorosamente las rosas que no verá florecer. Estamos programados para ocuparnos de las cosas hasta mucho después de necesitar hacerlo realmente.

Emito un murmullo de asentimiento y no menciono el dinero que Mark negoció en compensación por las molestias de las obras.

—Ayúdame a mover esto. —Mamá ha terminado de desbrozar el laurel. Está plantado en una maceta grande de terracota, encima de una tapa de alcantarilla—. Tiene que estar en un sitio un poco más resguardado.

Tira de la maceta, pero esta ni siquiera se mueve. Me acerco para ayudarla. Los albañiles de Robert la moverán cuando excaven alrededor del sistema de alcantarillado para acceder a los cimientos de su casa, pero no quiero volver a disgustar a mi madre. Juntas, arrastramos la maceta por el patio hacia el lado opuesto del jardín.

—Ahí. Buen trabajo.

Paso el brazo por el de mi madre y ella aprieta con fuerza, inmovilizándolo ahí.

—No te vayas. —He logrado no llorar hasta ahora, pero ahora se me quiebra la voz y sé que es una batalla perdida.

—Tengo que hacerlo.

—¿Podemos ir a verte? ¿Ella y yo? Si no vienes aquí, ¿podemos ir a visitarte?

Un momento de silencio me dice que la respuesta no es la que quiero escuchar.

—No sería seguro.

—No se lo diría a nadie.

—Se te podría escapar sin querer.

—¡No, no se me escaparía! —Retiro el brazo, con unas lágrimas ardientes de frustración que me escuecen en los ojos.

Mamá me mira y suspira.

—Si la policía descubre que Tom y yo estamos vivos y que tú lo sabías, que ocultaste nuestros delitos y que me diste refugio, te detendrán. Podrías ir a la cárcel.

—¡No me importa!

Mi madre habla despacio y en silencio, con los ojos clavados en los míos.

—Tom no va a dejar las cosas como están, Anna. En su cabeza, le he traicionado. Le he engañado. No descansará hasta que sepa dónde estoy, y te utilizará a ti para encontrarme.

Espera unos segundos, dejando que asimile sus palabras.

Se me caen las lágrimas, resbalando silenciosamente por las mejillas entumecidas por el frío. Mientras sepa dónde está mamá, corro peligro. Mark y Ella también. Me vuelvo a mirar a la casa, hacia donde Ella se ha quedado dormida en su hamaca. No puedo dejar que sufra.

—Es la única opción.

Me obligo a mí misma a asentir con la cabeza. Es la única opción. Pero es una opción muy dura. Para todos nosotros.

45

MURRAY

—¿Crees que estuvo involucrada desde el principio? —Nish se rascó una mancha en la rodilla de sus vaqueros. Estaba sentada a la mesa de la cocina de Murray, con una taza de té junto a la pila de papeles que Murray había acumulado.

—Su declaración dice que estaba en un congreso la noche que desapareció Tom. —Murray entrecomilló la palabra en el aire—. Los organizadores confirman que estuvo allí para registrarse, pero no saben decir si se fue ni cuándo lo hizo.

—Entonces, su coartada no es sólida.

—Ella no estaba implicada en la simulación de los suicidios.

Nish y Murray miraron a Sarah, que, hasta ahora, había estado en silencio, escuchando a los dos colegas revisar el caso.

—¿Qué te hace estar tan segura? —preguntó Nish.

—Fue ella quien te pidió que volvieras a abrir el caso. No tiene sentido.

Nish cogió su taza y luego volvió a dejarla mientras una teoría tomaba forma.

—A menos que alguien le enviara la tarjeta para hacerle saber que la habían descubierto. Y su compañero, Mark, la vio, así que nos la trajo porque eso es lo que haría una persona inocente.

—Él estaba en el trabajo. No vio la tarjeta hasta más tarde.

Nish agitó una mano hacia Murray, como si aquello no tuviera la menor importancia.

—O el cartero. O un vecino. Lo que quiero decir es que el hecho de que lo denunciara a la policía fue un doble farol.

Murray negó con la cabeza.

—No lo compro. Es un riesgo demasiado grande.

—¿Cuándo te dijo que dejaras la investigación? —preguntó Sarah.

—El día después de Navidad. —Murray miró a Nish, que no había estado al corriente de esa pieza del rompecabezas—. Me colgó. Dos veces.

—Entonces, descubrió algo entre el 21 y el 26 de diciembre. —Sarah se encogió de hombros—. Es obvio.

Murray sonrió.

—Gracias, Colombo.

—¿Y ahora qué? —dijo Nish.

—Necesito pruebas convincentes. La compra de un teléfono no es suficiente, sobre todo cuando, por lo visto, Anna Johnson estaba a kilómetros de Eastbourne en el momento de los hechos. No puedo denunciar que dos personas muertas están vivas, o irrumpir en la casa de la avenida Cleveland para detener a Anna sin pruebas de que los Johnson están sanos y salvos, y que ella lo sabía.

—Necesitamos pensar lógicamente —dijo Sarah—. ¿Por qué simula alguien su propia muerte?

Nish se rio.

—¿Te refieres a hacer un Reggie Perrin? Lo dices como si la gente lo hiciera a todas horas.

—Estaba el caso del hombre de la canoa —dijo Murray—. Eso estaba relacionado con el seguro. Y ese político de los años setenta, ¿cómo se llamaba? Stone...

—Stonehouse. Dejó su ropa en una playa de Miami y se fugó con su amante.

Después de años de ver la programación diurna de la televisión, Sarah se había convertido en una experta en escándalos y curiosidades.

—Por sexo y por dinero, entonces. —Nish se encogió de hombros—. Igual que la mayoría de los crímenes.

Si solo uno de los Johnson hubiera desaparecido, Murray podría haber dado más importancia al primer factor, pero como Caroline había seguido los pasos de su marido, era poco probable que Tom lo hubiera hecho para fugarse con una amante.

—El seguro de vida de Tom Johnson valía mucho dinero —le recordó Murray.

—Entonces ¿Caroline se quedó aquí para reclamar el seguro de vida y luego se reunió con Tom en Mónaco? ¿En Río de Janeiro? —Nish miró a Murray y luego a Sarah.

—Reclamó el seguro de vida, sí, pero luego le dejó todo el dinero a Anna. Si se está pegando la gran vida en alguna parte, lo está haciendo a costa de un tercero.

—O querían escapar por alguna otra razón —dijo Sarah—, y la recompensa de Anna era el dinero, o los tres acordaron dividir el dinero, y ella simplemente está esperando hasta que se calmen las cosas.

Murray se levantó. Aquello no tenía sentido, estaban dando vueltas en círculos.

—Creo que ya es hora de que haga otra visita a Anna Johnson, ¿no?

46

ANNA

Nos levantamos y examinamos el jardín: las pilas de hojas, listas para hacer una hoguera; el laurel, ya limpio; los rosales podados.

—Ahora no parece gran cosa, pero verás los frutos en primavera.

—Me gustaría que estuvieras aquí para verlo.

Me rodea con un brazo.

—¿Por qué no pones el agua a hervir? Creo que nos merecemos un té, después de tanto trabajo.

La dejo en el jardín y, cuando me he quitado las botas de agua, con la puerta cerrada y el hervidor silbando en el fogón, miro fuera y veo que está llorando. Sus labios se están moviendo. Está hablando con sus plantas despidiéndose de su jardín.

«Yo lo cuidaré», le digo en silencio.

Dejo reposar el té y dejo a mi madre el rato a solas que tan claramente necesita. Me pregunto si volverá a irse al norte o si encontrará un lugar nuevo donde establecerse. Espero que tenga un jardín otra vez, algún día.

Recojo las bolsitas de té, las dejo en el fregadero y recojo las tazas con torpeza en una mano, dejando libre la otra para abrir la puerta.

Estoy en la mitad de la cocina cuando suena el timbre.

Me paro. Miro a través de las puertas cristaleras a mamá, que no da señales de haber oído la puerta. Dejo las tazas y se me derrama parte del contenido sobre la mesa. Una mancha oscura se filtra en la madera de pino pulida.

El timbre suena otra vez, más insistente esta vez, y la persona al otro lado presiona el dedo con fuerza contra el timbre. Rita ladra.

«Vete.»

«No pasa nada», me digo a mí misma. Quienquiera que sea, no puede saber que hay alguien en casa, y tampoco puede ver el jardín sin recorrer el costado de la casa. No aparto la mirada de mi madre para asegurarme de que sigue escondida a la vista. Se inclina y arranca una mala hierba de entre dos losas.

El timbre suena de nuevo. A continuación oigo unos pasos, el crujido de la grava.

Quienquiera que sea, está rodeando la casa.

Corro hacia el recibidor, tropezándome con las prisas por llegar, y abro la puerta de golpe.

—¿Hola? —Más fuerte—. ¿Hola?

Estoy a punto de salir corriendo en calcetines, cuando el crujido de los pasos vuelve hacia mí y un hombre asoma por el costado de la casa.

Es el policía.

Se me encoge el corazón, y no sé qué hacer con mis manos. Las junto, hincándome una uña en la palma de la mano opuesta, luego las separo y me las meto en los bolsillos. Soy muy consciente de la expresión de mi rostro; trato de conservar un gesto neutro, pero ya no me acuerdo de cómo se pone esa cara.

Murray Mackenzie sonríe.

—Ah, estás en casa. No estaba seguro.

—Estaba en el jardín.

Repara en mis vaqueros, manchados de barro, y en los calcetines de lana hasta la rodilla.

—¿Puedo pasar?

—No es un buen momento.

—No te entretendré mucho rato.

—Mi hija está a punto de dormir una siesta.

—Solo será un momento.

Durante nuestro breve intercambio ha estado andando hacia mí, y ahora ya ha llegado al escalón de abajo, al del medio, al superior...

—Gracias.

No es que se haya colado a la fuerza en la casa exactamente, porque no he sabido como impedírselo. La sangre me palpita en los oídos, y la opresión en mi pecho hace que me cueste respirar. Siento que me estoy ahogando.

Rita me empuja hacia el camino de entrada, donde se pone en cuclillas para orinar, luego huele las marcas dejadas por gatos invisibles. La llamo. La atracción del gato es más poderosa y la sordera selectiva gana la partida.

—Rita, ¡ven aquí ahora mismo!

—¿Por aquí? —Murray ya va de camino a la cocina antes de que pueda detenerlo. Es imposible que no vea a mi madre. La pared del fondo de la cocina es íntegramente una hoja de vidrio.

—¡Rita! —Hay coches en la calle. No puedo dejarla suelta—. ¡Rita!

La perra levanta la cabeza por fin y me mira. Y luego, después de una pausa lo bastante larga para dejar claro que la decisión de entrar es suya, regresa a la casa. Empujo la puerta con fuerza, dejándola que se cierre sola mientras corro detrás de Murray Mackenzie. Oigo un sonido agudo, una exclamación.

Ahora no. Así no. Me pregunto si la detendrá él mismo o si esperará a que lleguen los agentes de uniforme. Me pregunto si me dejará despedirme de ella. Si también me arrestará a mí.

—Has estado ocupada.

Me sitúo a su lado. Nuestro ordenado montón de hojas y restos de la poda es la única prueba de que alguien ha estado en el jardín. Un pinzón atraviesa volando el patio hacia la valla, donde mamá ha llenado el comedero para pájaros. Se cuelga boca abajo, picoteando la bola de mantequilla de cacahuete y semillas. Salvo por los pájaros, el jardín está vacío.

Murray se aleja del ventanal. Se apoya contra la barra de desayuno y lo miro fijamente, sin atreverme a echar un vistazo al jardín. Ese hombre es demasiado perspicaz. Demasiado astuto.

—¿De qué quería hablarme?

—Me preguntaba cuántos teléfonos móviles tenías.

La pregunta me pilla por sorpresa.

—Mmm... solo uno.

Me saco el iPhone del bolsillo trasero y se lo enseño.

—¿Ninguno más?

—No. Tenía otro móvil para el trabajo, pero lo devolví cuando cogí la baja por maternidad.

—¿Recuerdas de qué marca era?

—Un Nokia, creo. ¿De qué va todo esto?

Su sonrisa es cortés pero cautelosa.

—Solo estoy atando algunos cabos sueltos de la investigación de la muerte de tus padres.

Voy al fregadero y empiezo a lavarme las manos, restregando la suciedad bajo mis uñas.

—Le dije que había cambiado de idea. No creo que hayan sido asesinados. Le dije que lo dejara.

—Pero estabas tan convencida...

El agua sale más caliente, y me quema los dedos hasta que ya casi no puedo soportar sostenerlos bajo el agua.

—No pensaba con claridad. —Restriego más fuerte—. Acababa de tener un bebé. —Añado «utilizar a mi hija como excusa» a mi lista mental de cosas por las que sentirme culpable.

Se oye un ruido fuera. Algo se ha caído. Un rastrillo, una pala, la carretilla. Me doy la vuelta, sin cerrar el grifo. Murray no está mirando fuera. Me está mirando a mí.

—¿Está tu compañero en casa?

—No, está en el trabajo. Solo estoy yo.

—Me pregunto... —Murray se interrumpe. Su rostro se dulcifica y pierde la mirada afilada que tanto me inquieta—. Me pregunto si hay algo de lo que quieras hablar.

La pausa se alarga interminablemente.

Mi voz es un susurro.

—No. Nada.

Asiente brevemente, y, si no supiera que es un agente de policía, pensaría que siente un poco de lástima por mí. O desilusión, tal vez, por no haber encontrado lo que estaba buscando.

—Seguiremos en contacto.

Lo acompaño hasta la puerta y me quedo allí sujetando con una mano el collar de Rita mientras cruza la calle y se sube a un Volvo reluciente. Lo veo alejarse.

Rita tira de mí, protestando, y me doy cuenta de que estoy temblando, apretándole demasiado el collar. Me pongo de rodillas y le doy un abrazo.

Mi madre está esperando en la cocina, con cara cenicienta.

—¿Quién era ese?

—Un policía. —Articularlo en voz alta lo hace aún más aterrador, más real.

—¿Qué quería? —Su voz es tan aguda como la mía, su rostro igual de sombrío.

—Lo sabe.

47

MURRAY

Nish todavía estaba hablando con Sarah cuando Murray regresó a casa.

—No has tardado mucho.

—No ha sido muy hospitalaria, precisamente.

Murray estaba tratando de dilucidar exactamente qué era lo que le había parecido raro de la escena en Oak View. Anna estaba nerviosa, sin duda, pero había habido algo más.

—¿Se lo preguntaste directamente?

Murray negó con la cabeza.

—En este momento no sabemos si acaba de enterarse de que sus padres están vivos o si lo sabía desde el principio. Si es culpable de conspiración, tiene que interrogarla oficialmente un agente en activo, y no un policía jubilado en su cocina.

Nish se puso de pie.

—Aunque me gustaría quedarme, Gill enviará a un equipo de búsqueda si no vuelvo pronto; se supone que vamos a salir más tarde. Dímelo si descubres algo nuevo, ¿de acuerdo?

Murray la acompañó hasta la puerta y se quedó con ella fuera mientras buscaba las llaves de su coche en el fondo del bolso.

—Sarah parece estar bien.

—Ya sabes cómo es esto: dos pasos adelante, un paso atrás. A veces al revés. Pero sí, hoy es un buen día.

Vio a Nish alejarse y se despidió con la mano cuando el coche doblaba la esquina.

Dentro de la casa, Sarah había puesto encima de la mesa los extractos bancarios de Caroline Johnson. Ya los habían examinado en el momento del supuesto suicidio de Caroline, y había una nota de resumen en el archivo con la conclusión de que no había nada de interés. No había pagos de grandes sumas de dinero ni transferencias inmediatamente antes del aparente suicidio de Caroline, ninguna actividad en el extranjero que pudiera insinuar una fuga planeada de antemano. Sarah deslizó el dedo por las filas de cifras, y Murray se instaló en el sofá con la agenda de Caroline.

Señaló con notas adhesivas el período en la agenda entre la desaparición de Tom y la de Caroline. ¿Se reunieron en algún momento? ¿Hicieron planes? Murray recorrió las páginas en busca de algún recordatorio en clave, pero solo encontró citas, listas de cosas que hacer y recordatorios garabateados para comprar leche o llamar a un abogado.

—Cien libras es mucho dinero para sacarlo de un cajero, ¿no crees?

Murray levantó la vista. Sarah estaba recorriendo con un rotulador fosforescente rosa uno de los extractos. Levantó el rotulador, lo movió un par de dedos más abajo y resaltó cuidadosamente una segunda línea.

—No para algunas personas.

—Pero ¿todas las semanas?

Interesante.

—¿Dinero para la semana? —Estaba un poco pasado de moda, pero algunas personas aún programaban sus presupuestos domésticos de esa manera, supuso Murray.

—Sus gastos son más erráticos. Fíjate, usa la tarjeta a todas horas: Sainsbury's, Co-op, la gasolinera... Y saca efectivo sin seguir un patrón obvio. Veinte libras aquí, treinta allá. Pero además de eso, en agosto, cada siete días sacaba cien libras.

El pulso de Murray se aceleró. Tal vez no fuera nada. Aunque, por otra parte, podía ser algo...

—¿Qué hay del siguiente mes?

Sarah encontró el extracto de septiembre. Allí, también, entre las retiradas de efectivo y los pagos con tarjeta, había retiradas semanales, esta vez de ciento cincuenta libras.

—¿Qué hay de octubre?

—Ciento cincuenta otra vez... No, espera, sube a mitad de mes. Doscientas libras. —Sarah rebuscó entre los papeles—. Y ahora trescientos. Desde mediados de noviembre, hasta el día anterior a su desaparición. —Deslizó la punta del rotulador por las últimas líneas, y le dio el fajo de extractos a Murray. Le estaba pagando a alguien.

—O saldando una deuda.

—¿A Anna?

Murray negó con la cabeza. Estaba pensando en las llamadas a emergencias que se habían hecho desde Oak View; la anotación que describía a Caroline Johnson como «alterada», según la declaración del vecino de al lado, Robert Drake.

El matrimonio de los Johnson había sido tormentoso. Posiblemente incluso violento.

Desde que Murray se había dado cuenta de que los Johnson habían simulado sus muertes, había estado considerando a Caroline sospechosa. Pero ¿y si también era una víctima?

—Creo que alguien estaba chantajeando a Caroline.

—¿Quién? ¿Tom? ¿Porque ella había cobrado su seguro de vida?

Murray no respondió. Todavía estaba tratando de contemplar todas las posibilidades. Si Tom había estado chantajeando a Caroline, y ella le había estado pagando, eso significaba que le tenía miedo.

¿Suficiente miedo como para fingir su propia muerte y escapar?

Murray cogió la agenda. Ya la había revisado varias veces, pero entonces buscaba pistas sobre por qué Caroline había estado en Beachy Head, no sobre adónde se había ido después. Examinó los folletos y los trozos de papel metidos en la parte de atrás, con la esperanza de encontrar un recibo, un horario del tren, una nota con una dirección. No había nada.

—¿Adónde irías si quisieras desaparecer?

Sarah se quedó pensativa.

—A algún lugar que conociese, pero donde nadie me conociese a mí. Algún lugar donde me sintiera segura. Tal vez un lugar que hubiese conocido hace mucho tiempo.

Sonó el móvil de Murray.

—Hola, Sean. ¿Qué puedo hacer por ti?

—Es más bien lo que yo puedo hacer por ti. He recuperado los resultados en una búsqueda inversa de IMEI sobre ese móvil tuyo.

—¿Y qué nos dice eso exactamente?

Sean se rio.

—Cuando me trajiste el caso, revisé las redes para ver en qué teléfono se había usado esa tarjeta SIM, ¿de acuerdo?

—Sí. Y seguiste el rastro hasta Fones4All, en Brighton.

—Exacto. Pues lo mismo puede hacerse a la inversa, solo que lleva un poco más de tiempo. Pedí a las redes que me dijeran si ese teléfono había aparecido en sus sistemas en algún momento desde la llamada de la testigo de Beachy Head. —Hizo una pausa—. Y lo ha hecho.

Murray sintió una oleada de emoción.

—¿Qué pasa? —murmuró Sarah, pero Murray no podía responder, estaba escuchando a Sean.

—El delincuente puso una nueva tarjeta SIM de prepago, y volvió a aparecer en Vodafone en primavera.

—Y supongo que no...

—¿Que no sé qué llamadas se hicieron? Vamos, Murray, sabes perfectamente que lo sé. ¿Tienes un bolígrafo? Un par de móviles y un teléfono fijo que podría darte una ubicación para tu hombre...

«O mujer» pensó Murray. Anotó los números, tratando de no dejar que Sarah lo distrajese, agitando los brazos hacia él y exigiendo saber qué era lo que lo había entusiasmado tanto.

—Gracias Sean, te debo una.

—Me debes más de una, amigo.

Colgaron y Murray sonrió a Sarah y la informó de lo que el agente de la Unidad de Delitos Informáticos le había dicho. Hizo girar su cuaderno hasta dejar la lista de números de teléfono delante de Sarah y marcó con un asterisco el único teléfono fijo.

—¿Quieres hacer los honores?

Luego le tocó a Murray el turno de esperar, mientras Sarah hablaba con una voz inaudible al otro lado del teléfono. Cuando ella hubo terminado, él levantó las manos.

—¿Y bien?

Sarah puso una voz elegante.

—La escuela de secundaria Our Lady's Preparatory.

—¿Una escuela privada?

¿Qué tenía que ver una escuela privada de secundaria con Tom y Caroline Johnson? Murray se preguntó si no estarían yendo a un callejón sin salida. La llamada de la testigo falsa, supuestamente de Diane Brent-Taylor, se había realizado el anterior mes de mayo, diez meses antes de que el móvil se hubiera usado nuevamente con una tarjeta SIM diferente. Podría haber pasado por varias manos mientras tanto.

—¿Dónde está la escuela?

—En Derbyshire.

Murray se quedó pensativo un momento. Giró la agenda entre sus manos, recordando las fotos que se habían caído entre las páginas cuando Anna Johnson se la había dado: una joven Caroline, de vacaciones con una vieja amiga de la escuela.

«Mi madre contaba que lo pasaron de maravilla.»

Habían estado en un pub con jardín, con un carro y caballos en el cartel de la entrada.

«Era un lugar curioso para unas vacaciones, tan alejado del mar.»

Abrió el buscador en su teléfono y buscó «pubs carros y caballos, Reino Unido». Dios, había centenares de páginas de ellos. Probó con una táctica diferente y buscó «el punto más alejado del mar, Reino Unido».

Coton in the Elms, Derbyshire.

Murray nunca había oído hablar de ese lugar, pero una búsqueda definitiva en Google: «carros y caballos Derbyshire» le dio lo que buscaba. Renovado desde la foto y con un nuevo letrero y unas cestas colgantes, pero sin lugar a dudas, era el mismo pub que Caroline y su amiga habían visitado hacía todos esos años.

«Bed & Breakfast de lujo... el mejor desayuno en Peak District... Wifi gratis...»

Murray miró a Sarah.

—¿Te apetecen unas vacaciones?

48

Crecí con arena en los calcetines y sal en la piel, y con la certeza de que cuando tuviera edad suficiente para decidir dónde viviría, sería a kilómetros de distancia del mar.

Era una de las pocas cosas que teníamos en común.

—No entiendo por qué la gente está tan obsesionada con vivir cerca del mar —comentaste cuando te dije de dónde era—. A mí lo que me gustan son las ciudades, con toda mi alma.

Y a mí también. Escapé a la primera oportunidad que tuve. Me encantaba Londres. Frenética, ruidosa, anónima. Con tantos bares que, aunque te echaran de uno, no importaba. Con tantos trabajos que perder uno significaba encontrar otro al día siguiente. Con tantas camas que al abandonar una, nunca experimentaba ninguna sensación de soledad.

Si no te hubiera conocido, todavía estaría allí. Quizá tú también lo estarías.

Si no hubiera sido por Anna, no estaríamos juntos.

Habríamos seguido caminos distintos al cabo de unas pocas semanas, habríamos salido en busca de nuevos paisajes. De diferentes brazos, de diferentes barras de bar.

Recuerdo la primera mañana en Oak View. Todavía estabas durmiendo, con el pelo alborotado y los labios ligeramente separados. Me recosté sobre mi espalda y resistí el impulso de irme, de bajar las escaleras de puntillas con los zapatos en la mano y largarme de allí.

Luego pensé en nuestro hijo, que aún no había nacido. De la barriga que tanto había acariciado y que ahora ni siquiera soportaba tener que tocar. Tensa como un tambor. Grande como un balón de playa. Atándome a aquella cama. A aquella vida. A ti.

Veinticinco años de matrimonio. Mentiría si dijera que fui infeliz todo ese tiempo; aunque también mentiría si dijera que era feliz. Coexistimos, atrapados en un matrimonio del que las convenciones sociales no nos permitían salir.

Deberíamos haber sido más valientes. Más sinceros el uno con el otro. Si uno de nosotros se hubiera ido, los dos hubiésemos tenido las vidas que queríamos.

Si uno de nosotros se hubiera ido, nadie tendría las manos manchadas de sangre.

49

MURRAY

—¿Qué harás si la encontramos? —Sarah hacía de copiloto, el navegador por satélite en su teléfono los enviaba por la M40 más allá de Oxford. Tocó la pantalla—. Tienes que tomar la salida número tres.

—Detenerla —dijo Murray, aunque luego recordó que ya no era un agente de policía en activo. Tendría que pedir refuerzos.

—¿A pesar de que crees que se vio obligada a hacerlo?

—Eso serviría de atenuante, pero no niega el delito. Sigue existiendo un fraude, por no hablar de hacer perder el tiempo a la policía.

—¿Crees que están juntos?

—No tengo ni idea.

Antes de salir, Murray había llamado al Wagon and Horses y hecho averiguaciones sobre Tom y Caroline Johnson. Sus descripciones no habían arrancado ninguna señal de reconocimiento por parte de la encargada, así que ir ellos mismos les había parecido la única opción. ¿Habría hecho lo mismo si todavía hubiera sido inspector? Tal vez hubiese sido su intención —una excursión a cargo del presupuesto del departamento siempre era un aliciente—, pero habría habido formas más eficientes de averiguar si los Johnson estaban en Coton in the Elms. Hubiera hecho una solicitud a la comisaría de Derbyshire; habría pedido a los agentes de allí que hicieran algunas preguntas y que revisaran sus sistemas de información. Todo eso era posible cuando eras un inspector en activo, pero no cuando eras un jubilado que ya había tenido sus más y sus menos con un comisario.

—Está bien esto de salir de casa —dijo Sarah. Estaba mirando por la ventana como si estuviera contemplando un paisaje de colinas o unas vistas al mar, y no una estación de servicio de la autopista de camino a Birmingham. Sonrió a Murray—. Como Thelma y Louise, pero con menos pelo.

Murray se pasó una mano por la cabeza.

—¿Estás diciendo que me estoy quedando calvo?

—Para nada. Simplemente tienes unos folículos poco activos. Tienes que quedarte en el carril de la izquierda.

—Tal vez deberíamos hacer esto más a menudo.

—¿Buscar a unos muertos que no están muertos de verdad? Murray sonrió.

—Hacer excursiones por carretera.

A Sarah le daba miedo volar, y en los cuarenta años que llevaban juntos solo habían ido al extranjero una vez, a Francia, donde Sarah había sufrido un ataque de pánico en el ferry, rodeada de coches esperando su turno para salir.

—Hay muchos sitios bonitos para ver en este país.

—Eso me gustaría.

«Otra razón para jubilarse de una vez», pensó Murray. Si él estaba en casa todo el tiempo, podrían irse de excursión cuando quisieran. Cuando a Sarah le apeteciese. Tal vez podrían comprar una autocaravana, para que ella nunca tuviera que preocuparse por coincidir con otras personas. Solo ellos dos, aparcados en algún camping bonito en alguna parte. Terminaría con aquel caso —nunca había renunciado a un caso, y no iba a empezar a hacerlo ahora—, y luego presentaría su solicitud formal. Ahora ya estaba preparado para abandonar la policía para siempre, y por primera vez en mucho tiempo miró hacia el futuro sin dudas de ninguna clase.

Coton in the Elms era un bonito pueblo unos pocos kilómetros al sur de Burton upon Trent. De acuerdo con el surtido de folletos de su habitación —una doble muy bien amueblada en el primer piso del Wagon and Horses— se podían hacer muchas cosas a escasa distancia en coche, pero muy poco en el pueblo.

Murray no podía creer que hubiese sido el destino más excitante del mundo para dos mujeres jóvenes, aunque suponía que si vivías en el centro de la ciudad de Londres, el contraste con el aire fresco y el hermoso paisaje campestre era una fiesta en sí mismo. En la fotografía, Caroline y Alicia parecían felices y despreocupadas.

En el bar recientemente renovado, la encargada estaba colocando los adornos para la fiesta de Nochevieja de la noche siguiente.

—Menos mal que solo quieren quedarse una noche. Mañana lo tenemos todo lleno. Páseme ese Blu Tack, ¿quiere?

Sarah hizo lo que le pedía.

—¿Hay muchas casas de alquiler en el pueblo?

—¿Se refiere a casas de vacaciones?

—Algo más permanente, tal vez. Un piso, por ejemplo. Dinero en efectivo, sin preguntas, ese tipo de cosas.

La encargada miró a Sarah por encima de sus gafas y entrecerró los ojos.

—No es para nosotros. —Murray sonrió. Había trabajado con algunos detectives cuyas habilidades para un interrogatorio carecían del mínimo refinamiento, pero Sarah los ganaba de calle a todos.

—¡Ah! No, no es para nosotros. Estamos buscando a unas personas.

—¿La pareja que mencionó por teléfono?

Murray asintió.

—Es posible que estén en la zona. Si es así, querrían pasar desapercibidos.

La encargada lanzó una carcajada que hizo estremecerse su escalera.

—¿En Coton? Aquí todo el mundo se conoce. Si la pareja que buscan estuviera aquí, yo lo sabría. —Cogió otro trozo de

325

Blu Tack de los que le ofrecía Sarah, y colocó un puñado de globos plateados en una viga falsa—. Hablen con Shifty, esta noche. Él podría ayudarlos.

—¿Quién?

—Simon Shiftworth, pero todo el mundo lo llama Shifty. Ya verán por qué. La gente que no consigue una vivienda de protección oficial alquila una a través de Shifty. Estará por aquí alrededor de las nueve, siempre aparece a esa hora.

Sarah miró a Murray.

—Pues volveremos a las nueve.

Comieron en el otro pub del pueblo, el Black Horse, para preguntarle al encargado si sabía si había llegado gente nueva al pueblo. No lo sabía. Murray se sorprendió al descubrir que no estaba excesivamente preocupado por no obtener ningún resultado de momento. De hecho, si todo el viaje resultaba ser en vano, no le importaba, pues Sarah parecía más feliz de lo que la había visto en meses. Había devorado un bistec y unas patatas fritas, además de una tarta de melaza, junto con dos copas de vino, y los dos se habían reído como hacía mucho que no se reían, tal vez desde que estaban juntos. Decían que un cambio nunca viene mal, y Murray ya se sentía mucho más animado y relajado, como si hubiera pasado una semana en un balneario.

—Si Shifty no está aquí, ya podemos irnos a la cama —dijo Sarah, mientras se dirigían de nuevo a The Wagon and Horses.

—Todavía es temprano, no sé si... —Murray captó el guiño de Sarah—. Ah. Buen plan.

Esperaba que Shifty hubiera decidido quedarse tranquilamente en su casa, pero cuando se dirigieron al bar para tomar una última copa antes de subir a su cuarto, la encargada señaló con la cabeza hacia el salón más pequeño.

—Ahí lo tienen. Lo reconocerán enseguida.

Murray y Sarah intercambiaron una mirada elocuente.

—Tenemos que hablar con él.

—Pero... —Había pasado mucho tiempo desde la última vez que Murray se había ido a la cama temprano.

Sarah reprimió una risa ante su evidente frustración.

—Hemos venido hasta aquí para esto.

Así era. Y con un poco de suerte, su conversación con Shifty no duraría mucho. Había mucho tiempo por delante para irse a la cama pronto.

La encargada tenía razón, Shifty era fácilmente reconocible. Rondaba los sesenta y tenía el pelo graso y amarillento pegado a una cabeza calva, y llevaba unas gafas de montura gruesa tan sucias que era un milagro que pudiera ver con ellas. Tenía una llaga en la comisura de la boca. Vestía unos vaqueros azul claro, zapatillas de deporte negras con calcetines blancos y una chaqueta de cuero, agrietada en los pliegues de cada codo.

—Parece la viva imagen de un pedófilo —susurró Sarah.

Murray la miró escandalizado, pero Shifty no dio muestras de haberla oído. Levantó la mirada cuando se acercaron.

—Caz dice que están buscando a alguien.

—A dos personas. Tom y Caroline Johnson.

—Nunca he oído hablar de nadie con esos nombres —dijo Shifty, demasiado deprisa para que eso significase algo. Miró a Murray de arriba abajo—. No es policía, ¿verdad?

—No —dijo Murray, con la conciencia tranquila.

Shifty apuró su jarra de cerveza y la colocó despacio delante de él.

Murray conocía el mecanismo de aquello.

—¿Puedo ofrecerle una bebida?

—Creí que nunca lo preguntaría. Tomaré una pinta de Black Hole.

Murray llamó la atención de la encargada.

—Una pinta de Black...

—Y un chupito de whisky —añadió Shifty.

—Eso.

—Y un par más para luego. Tengo sed.

—¿Sabe qué le digo? —Murray abrió su billetera—. ¿Por

qué no le doy esto? —Sacó dos billetes de veinte libras y los dejó en la barra. Extrajo de su bolsillo dos fotografías de Tom y Caroline Johnson, entregadas a la policía después de la denuncia de la desaparición de ambos—. Y usted me dice si ha alquilado un piso a esta pareja.

Shifty se guardó el dinero.

—¿Por qué quiere saberlo?

«Porque fingen estar muertos.»

Si Shifty tenía la mitad de vista para los negocios que parecía tener, no les diría nada y llamaría inmediatamente al *Daily Mail*.

—Nos deben dinero —dijo Sarah.

Muy buena idea. A Murray le dieron ganas de aplaudir. Shifty asintió, seguramente pensando en sus propias experiencias con deudores que desaparecían.

—Nunca he visto a ese tipo. —Señaló la fotografía de Tom Johnson—. Pero esa pájara... —señaló a Caroline—. Está en una de mis habitaciones en Swad. Lleva el pelo diferente, pero está claro que es ella. Se llama Angela Grange.

Murray lo habría besado en ese momento. ¡Lo sabía! Falsos suicidios. Aquello era enorme. Le dieron ganas de estrechar a Sarah en sus brazos y ponerse a bailar, comprar champán y contarle a todo el bar lo que habían descubierto.

—Estupendo —dijo.

—O al menos estaba...

Casi.

—Se largó, debiéndome un mes de alquiler.

—Descuénteselo del depósito —sugirió Sarah amablemente. Murray intentó mantener una expresión seria sin conseguirlo.

Shifty la miró como si le hubiera sugerido que se lavara el pelo.

—¿Qué depósito? La gente me alquila habitaciones porque no pido depósito. No hay contrato ni preguntas.

—Ni moqueta —intervino Caz, desde detrás de la barra.

—Cállate —repuso Shifty.

—¿Podríamos echar un vistazo a la habitación? —Murray

pensó que no perdía nada por intentarlo. Un casero normal lo mandaría a freír espárragos. Shifty, en cambio...

—Por mí no hay problema. Los veo allí mañana por la mañana. —Miró la pinta llena y el vaso de whisky que tenía delante—. Será mejor que vengan después del almuerzo.

La dirección que Shifty les había dado estaba en Swadlincote, a unos diez kilómetros de Coton in the Elms, y no tenía el encanto de ese último pueblo. Una serie de tiendas de organizaciones benéficas y varios locales tapiados con tablones flanqueaban la calle principal de la localidad, y el variopinto grupo de jóvenes a las puertas de un supermercado era indicio de que las oportunidades laborales eran escasas y limitadas.

Murray y Sarah encontraron Potters Road y aparcaron delante del bloque de pisos que Shifty les había descrito. El edificio era de ladrillo rojo, con varias ventanas cubiertas con rejas metálicas, que a su vez habían sido cubiertas con grafitis. En la puerta principal aparecía dibujado un enorme pene amarillo.

—Qué sitio tan bonito —dijo Sarah—. Deberíamos mudarnos aquí.

—Unas vistas preciosas —convino Murray. Un montón de colchones inundaba el descuidado jardín de la parte delantera de la propiedad. En el centro, un círculo carbonizado mostraba el lugar donde alguien había intentado prenderles fuego.

Sarah señaló con la cabeza hacia un coche que se aproximaba, el único en toda la calle desierta.

—¿Crees que es él?

El coche de Shifty no tenía nada de discreto: un Lexus blanco con tren de rodaje de altura rebajada y unas ruedas desproporcionadas. Unas luces LED azules brillaban por detrás de una rejilla de malla plateada, y un alerón gigante sobresalía por la parte trasera.

—Qué elegante.

Murray salió del coche.

—Tal vez deberías esperar dentro.

—De eso ni hablar.

Sarah se bajó de un salto y esperó a que Shifty saliera de detrás de los cristales tintados del Lexus. Aquel hombre era un cliché andante; a Murray le sorprendió no haber visto el destello de una cadena de oro entre los botones de su camisa.

No malgastaron el tiempo deseándose buenos días. Shifty asintió brevemente con la cabeza a modo de saludo y se dirigió hacia la entrada adornada con el pene.

El cuarto donde Angela Grange —alias Caroline Johnson— había pasado los últimos doce meses era deprimente. Estaba limpio —más limpio, sospechaba Murray, que cuando Caroline se había mudado allí, a juzgar por la inmundicia que atestaba la escalera comunitaria—, pero la pintura se estaba desconchando de las paredes y, con todas las ventanas cerradas, la condensación relucía en cada pared. Murray señaló con la cabeza los cerrojos adicionales en la parte interior de la puerta de entrada.

—Eso debe de ser habitual por aquí, ¿verdad?

—Los puso ella. Alguien le había metido el miedo en el cuerpo.

—¿Ella le dijo eso?

—No le hizo falta. Estaba siempre de los nervios. Pero no era asunto mío. —Shifty estaba paseándose por la habitación, buscando posibles daños. Abrió un cajón, sacó un sujetador negro y se volvió hacia Murray con una mirada maliciosa—. Talla treinta y seis C, por si tiene curiosidad.

Murray no la tenía, pero si Shifty iba a husmear, él también lo haría.

«Alguien le había metido el miedo en el cuerpo...»

Tom. Tenía que ser él. Y si Caroline se había largado de allí, ¿significaba eso que había encontrado aquel apartamento? A Murray le estaba costando seguir el ritmo de los acontecimientos. Aquella investigación había pasado de ser un doble suicidio a un posible doble asesinato, a un falso suicidio y ahora... ¿qué?

¿Caroline aún estaba huyendo o Tom la había encontrado?

¿Se enfrentaba Murray a un secuestro?

Sería el crimen perfecto. Después de todo, ¿quién iba a buscar a una mujer muerta?

En el piso no había gran cosa: algo de ropa, una lata de sopa en el armario y un cartón de leche en la nevera que Murray no se arriesgaría a abrir. La basura apestaba a comida podrida, pero Murray retiró la tapa de todos modos. Una nube de moscas se lanzó hacia su cara. Cogió una cuchara de madera del escurridor y hurgó en la basura. Su cerebro trabajaba a toda velocidad. ¿Y si Caroline no había fingido su propia muerte por motivos económicos, sino porque estaba asustada? Tom la había estado chantajeando, pidiendo más y más dinero, hasta que Caroline sintió que la única vía de escape para ella era desaparecer. Después de todo, a su marido le había funcionado.

Un fajo de papeles enterrados debajo de una pila de bolsitas de té usadas atrajo la atención de Murray. Había algo en el diseño, en el logotipo, que le resultaba familiar, y cuando lo sacó supo exactamente de qué se trataba. La pregunta era, ¿por qué lo tenía Caroline?

Mientras leía el documento, las piezas del rompecabezas comenzaron a encajar en su sitio. No tenía la imagen completa, todavía no, pero todo estaba empezando a cobrar sentido. Los falsos suicidios estaban motivados por el dinero, sí, y también por el sexo. Pero había otra razón por la que la gente quería desaparecer, y al parecer, Murray acababa de descubrirla.

50

ANNA

Mamá está haciendo la maleta. No tiene muchas cosas, la pequeña bolsa que se llevó consigo al Hope y algunas cosas que la he convencido de que se lleve de su propio armario en Oak View. Me siento en su cama, con ganas de suplicarle que se quede, pero sabiendo que no tiene sentido intentarlo. No se quedará. No puede quedarse. La policía volverá, y la próxima vez no me libraré de ellos tan fácilmente. Ya va a ser bastante difícil convencerlos de que no sé nada de los delitos de mis padres sin tener que preocuparme, además, por si mamá está bien escondida.

—¿No te vas a quedar para la fiesta al menos? —dijo Mark cuando anunció en el desayuno que se iría hoy—. ¿No quieres recibir al Año Nuevo con nosotros?

—No me gustan mucho las fiestas —dijo con toda naturalidad.

Le encantan las fiestas. Al menos, a la madre que yo conocía le encantaban las fiestas. Ahora no estoy segura. Mi madre ha cambiado, y no me refiero solo a la pérdida de peso y al pelo teñido. Está más nerviosa. Apagada. Constantemente en actitud de alerta. Es una mujer derrotada, y ahora mi pena es por partida doble. Estoy de luto no solo por una madre, sino por la mujer que era antes.

Hago un último intento por retenerla.

—Si se lo contáramos todo a la policía...

—¡Anna, no!

—Tal vez entenderían por qué hiciste lo que hiciste.

—O tal vez no.

Me quedo en silencio.

—Iré a la cárcel. Y tú también podrías ir. Les dirás que no supiste que estaba viva hasta esta Nochebuena, pero ¿crees que te creerán? ¿Cuando parece que Tom y yo planeamos esto juntos? ¿Cuando la casa ahora está a tu nombre?

—Ese es mi problema.

—Y cuando te detengan, lo será para Mark y para Ella. ¿Quieres que esa niña crezca sin una madre?

«No. Por supuesto que no. Pero tampoco quiero quedarme sin la mía.»

Mamá cierra su bolsa.

—Ya está. Hecho. —Trata de esbozar una sonrisa que no nos convence a ninguna de las dos. Intento coger su bolsa, pero niega con la cabeza—. Ya puedo yo. De hecho... —Se calla.

—¿Qué es?

—Pensarás que es una tontería.

—Ponme a prueba.

—¿Puedo despedirme de la casa? Solo serán unos minutos...

La atraigo hacia mí y la abrazo con tanta fuerza que siento sus propios huesos.

—Pues claro que puedes, mamá. Es tu casa.

Se separa despacio y sonríe con tristeza.

—Es tu casa. Tuya, de Mark y de Ella. Y quiero que la llenes de recuerdos felices, ¿de acuerdo?

Asiento, pestañeando con fuerza.

—Mark y yo nos llevaremos a Ella al parque. Te dejaremos un poco de tiempo para despedirte.

No me parece ninguna tontería. Un hogar es mucho más que una casa, mucho más que ladrillos y cemento. Por eso nunca accedería a la sugerencia de Mark de venderla; por eso no quería oponerme a la ampliación de obra de Robert. Aquí es donde vivo. Soy feliz aquí. No quiero que nada cambie eso.

En el parque, Mark empuja el cochecito de Ella, y meto la mano en el hueco de su brazo.

—No has recibido una llamada de la policía, ¿verdad?

Lo miro bruscamente.

—¿Qué quieres decir? ¿Por qué tendría que llamarme la policía?

Mark se ríe.

—Tranquila, no creo que el FBI te haya descubierto todavía.

El agente del departamento de investigación criminal dijo que llamaría hoy para decirnos si habían conseguido obtener algún rastro de ADN de la goma elástica. No tengo nada en mi móvil, y pensé que tal vez habrían llamado al teléfono de casa.

—Ah. No, nada. —Las ruedas del cochecito dejan huellas de charcos en el camino—. La verdad es que he estado pensando en eso y creo... Creo que deberíamos dejarlo.

—¿Dejarlo? —Mark se para en seco y me choco con la empuñadura del cochecito—. Anna, no podemos dejarlo. Es muy grave.

—La nota decía que no hablásemos con la policía. Si lo dejamos, pararán.

—Eso no lo sabes.

Sí lo sé. Aparto el brazo del de Mark y empiezo a caminar otra vez, apartando el cochecito de él. Corre para darme alcance.

—Por favor, Mark. Solo quiero olvidarlo. Empezar el nuevo año con una actitud positiva.

Mark cree mucho en los nuevos comienzos. Nuevos capítulos. Pasar página. Tal vez todos los terapeutas creen en eso.

—Para que conste, creo que te equivocas.

—Quiero pasar página con lo que les pasó a mis padres. Por Ella. —La miro, tanto para ocultar mi cara como para enfatizar mi punto de vista, sintiéndome culpable por utilizarla para mi chantaje emocional.

Mark asiente.

—Les diré que no queremos seguir con el asunto.

—Gracias. —Mi alivio, por lo menos, es auténtico. Me detengo de nuevo, esta vez para besarlo.

—Estás llorando.

Me seco los ojos.

—Creo que ha sido demasiado. La Navidad, el Año Nuevo, la policía... —Mamá. Me acerco tanto como me atrevo a la verdad—. Voy a echar mucho de menos a Angela.

—¿Pasasteis mucho tiempo juntas cuando eras más joven? Nunca me habías hablado de ella, no sabía que la conocieras tan bien.

El nudo en mi garganta se hace más tenso y me tiembla la barbilla mientras hago todo lo posible por contener las lágrimas.

—Eso es lo que tienen las familias —acierto a decir—. Que aunque no te hayas visto nunca, sientes como si siempre hubierais estado juntos.

Mark me rodea con un brazo y volvemos despacio a Oak View, donde las luces centelleantes en el porche marcan el comienzo de la Nochevieja y el comienzo del final de este año terrible, maravilloso y extraordinario.

Mamá está en el jardín. Abro la puerta de cristal y se sobresalta, con el pánico reflejado en el rostro, hasta que ve que soy yo. No lleva ninguna bata, y sus labios están teñidos de azul.

—Te vas a morir de frío —digo con una sonrisa irónica que no me devuelve.

—Estaba despidiéndome de las rosas.

—Cuidaré de ellas, te lo prometo.

—Y asegúrate de presentar una objeción a...

—Mamá.

Se calla en mitad de la frase y sus hombros se hunden.

—Es hora de irme.

Dentro, Mark ha abierto una botella de champán.

—Una Nochevieja anticipada.

Brindamos y lucho con las lágrimas. Mamá sostiene a Ella en brazos y se parecen tanto que trato de grabarme a fuego ese momento en la memoria, pero es muy doloroso. Si esto es lo que significa perder a alguien despacio, rezaría por una muerte rápida siempre. Un golpe certero en el corazón, en lugar del lento astillar que siento ahora en mi pecho, como grietas que resquebrajan un lago helado.

Mark pronuncia un discurso, sobre la familia y la reconexión, sobre el Año Nuevo y los nuevos comienzos, eso último haciendo un guiño en mi dirección. Intento ver la cara de mamá, pero está escuchando atentamente.

—Espero que el nuevo año nos traiga salud, bienestar y felicidad a todos. —Levanta su copa—. Un muy feliz año para ti, Angela; a mi hermosa Ella; y a Anna, quien tengo la esperanza de que este año diga que sí.

Sonrío rabiosamente. Me lo preguntará esta noche. A medianoche, tal vez, cuando mi madre esté en un tren hacia sabe Dios dónde, y yo esté de duelo otra vez. Me lo preguntará y yo diré que sí.

Entonces huelo algo. Un olor acre, como a plástico derretido, que me produce un hormigueo en la nariz y luego en la parte posterior de mi garganta.

—¿Hay algo en el horno?

Mark tarda un segundo en reaccionar, pero se mueve rápidamente. Se precipita hacia la puerta y sale al pasillo.

—¡Dios!

Mamá y yo lo seguimos. El olor en el recibidor es aún peor, y del techo cuelga un hongo de humo negro. Mark está pateando el felpudo y unas pavesas negras de papel quemado salen volando de debajo de sus pies.

—¡Oh, Dios mío! ¡Mark! —grito, aunque es obvio que las llamas que hubiera ya se han extinguido y la nube de humo ya se está disipando.

—Tranquila, no pasa nada.

Mark trata de mantener la calma, pero su voz es un poco más aguda de lo normal, y todavía está pateando el felpudo. Advierto que era el borde de goma lo que olía. Sea lo que sea lo que hayan metido por el buzón ha desaparecido; probablemente se habría consumido de todos modos incluso sin la intervención de Mark. Trozos de papel quemado diseñado para asustarnos.

Señalo la puerta de entrada. Un hilo de sudor me recorre la parte baja de la espalda.

Alguien ha escrito algo en el exterior de la vidriera, en la parte superior de la puerta. Veo las letras mayúsculas, distorsionadas por los diferentes grosores del vidrio.

Mark abre la puerta. Las letras están escritas con rotulador negro grueso.

TE ENCONTRÉ.

51

MURRAY

Había anochecido antes de llegar a la autopista. Murray había hecho una llamada tras otra cuando salieron del piso, y cuando se hizo evidente que no iba a poder conducir, le había dado las llaves del coche a Sarah.

—No figuro en el seguro del coche.

—Estás cubierta con el mío. —Murray cruzó mentalmente los dedos y deseó tener razón.

—No me acuerdo de la última vez que conduje.

—Es como ir en bicicleta.

Cerró los ojos cuando se incorporaron a la M42, cuando Sarah se cruzó por delante de una camioneta de diez toneladas en medio de una cacofonía de pitidos. Se colocó en el carril del medio a una velocidad constante de cien kilómetros por hora, sin hacer caso de los coches que le hacían luces desde atrás para que se apartara, con los nudillos blancos sobre el volante.

Murray no había podido encontrar a nadie en la oficina de planificación del distrito de Eastbourne, y no tenía autoridad para localizar al responsable. Antes de encontrar a alguien que sí la tuviera, tenía que aclarar los hechos. Alisó los papeles que había encontrado en la papelera. Era una copia impresa de la solicitud de ampliación de obra de Robert Drake, arrugada y manchada, pero aún legible.

A lo largo de los treinta años de carrera de Murray, había habido ocasiones en las que una corazonada instintiva le había proporcionado la clave para una investigación, por lo demás, frustrante. Podría estar varios años desfasado en materia de novedades en legislación y procedimientos, pero el instinto nunca se quedaba atrás. Drake tenía algo que ver con las desapariciones de sus vecinos, Murray estaba seguro.

Examinó el pliego de objeciones, interesado no en el contenido, sino en la información de quienes habían presentado esas objeciones. Luego examinó el resto de los documentos. Estudió los bocetos y comparó el plano propuesto con el actual. Era una ampliación de gran magnitud; a Murray no le sorprendía la gran cantidad de objeciones.

Miró la página siguiente y leyó la larga lista de materiales de construcción, las técnicas y la metodología sugerida para la ampliación. No sabía decir lo que estaba buscando, solo que estaba seguro de que la clave de aquel caso se hallaba en Robert Drake.

La encontró enterrada en un párrafo a mitad de la última página. Murray levantó la mirada, casi sorprendido de encontrarse aún en el coche. En su cabeza, estaba en el despacho del departamento de investigación criminal, en medio del ajetreo y el bullicio de una docena de casos activos, las bromas entre colegas, y las consecuencias de la política de la oficina.

No había tiempo para reflexionar sobre cómo había cambiado la vida. No había tiempo para hacer otra cosa que no fuera informar al departamento sobre los detalles del caso en el que llevaba trabajando desde que Anna Johnson entró por primera vez en la comisaría de policía de Lower Meads.

—¿Diga? —La voz del sargento James Kennedy no sonaba como la de un hombre que estuviera de servicio. De hecho, sonaba como la voz de un hombre que tenía la suerte de disfrutar de un par de días de descanso después de pasar una Navidad de guardia, y de estar sentado con una cerveza, su esposa y sus hijos, preparándose para una tranquila Nochevieja en casa. Murray estaba a punto de cambiar todo eso.

—James, soy Murray Mackenzie.

Siguió una breve pausa, antes de que James fingiera una reacción de entusiasmo. Murray lo imaginó mirando a su esposa, sacudiendo la cabeza para indicar que no, que no era nada importante.

—¿Recuerdas que te mencioné los suicidios de los Johnson cuando pasé a verte la semana pasada? —Si James lo recordaba o no, Murray no esperó a descubrirlo—. Resulta que no fueron suicidios.

Murray sintió el zumbido familiar de cuando un caso va ganando ímpetu, oyó cómo su propia voz se imbuía de la energía de años más jóvenes.

—¿Qué?

Murray había captado toda su atención.

—Tom y Caroline Johnson no se suicidaron, sino que los suicidios fueron simulados.

—¿Cómo?

No importaba que Murray fuera a recibir otro rapapolvo de Leo Griffiths, ¿qué más le daba? Iba a renunciar al trabajo de todos modos. Echó otro vistazo a Sarah, con los nudillos todavía blancos sobre el volante, y decidió que sería mejor si conducía él la nueva autocaravana.

—El 21 de diciembre, el aniversario de la muerte de Caroline Johnson, la hija de los Johnson, Anna, recibió una nota anónima que sugería que los suicidios no eran tales. He estado investigándolos desde entonces. —Sin dejar intervenir a James, siguió hablando—. Debería haber informado ya del caso, pero quería daros algo más concreto para continuar. —«Y no creí que fuerais a tomároslo en serio, le dieron ganas de agregar», pero no lo hizo. Tampoco añadió que el caso le había dado un sentido a sus días; que les había dado a él y a Sarah un motivo de distracción de sus propias vidas.

—¿Y ahora lo tienes? —Murray oyó que se cerraba una puerta y los ruidos de fondo de los hijos de James se desvanecían.

—La llamada de la testigo al número de emergencias, diciendo que Tom Johnson se había arrojado al acantilado, era falsa. Se realizó desde un móvil comprado por Johnson el día de la supuesta muerte de Tom.

—Espera, estoy tomando notas. —Ya no persistía ningún indicio de duda en la voz de James sobre la validez de las afirmaciones de Murray. No había suspicacia de ninguna clase, como tampoco insistencia en que Murray pasara por los canales apropiados—. Nadie vio saltar a Caroline. El voluntario era un testigo creíble porque realmente vio a Caroline al borde del acantilado, fingiendo que iba a saltar.

Murray recordó la declaración del joven voluntario, su angustia por no haber podido salvar a Caroline Johnson. Cuando todo aquello hubiese terminado, Murray buscaría a ese pobre muchacho y le diría lo que había pasado realmente. Le daría un poco de paz para que tuviese la conciencia tranquila.

—Hay una solicitud para un permiso de obras presentada en el ayuntamiento de Eastbourne —continuó Murray. Si James se sorprendió por aquel aparente cambio de tema, no lo demostró—. No puedo contactar a nadie de la oficina de planificación urbanística, y necesitamos acceso al portal de planificación y las direcciones IP de todas aquellas personas que presentaron una objeción a una ampliación de obra propuesta para la casa contigua a la de los Johnson.

—¿Qué estamos buscando?

—Confirmación. Una de esas objeciones se habrá realizado desde una dirección IP en Swadlincote, Derbyshire, o por parte de una mujer que usa el nombre de Angela Grange. —Murray estaba seguro de eso. Caroline había estado tan decidida a detener esa ampliación como decidido estaba Robert Drake a hacerla. Si ella no lo lamentaba, pronto lo haría.

—Haré la llamada enseguida.

—La nota anónima que recibió Anna fue enviada con la intención de hacer salir a Caroline de su escondite, y eso fue exactamente lo que consiguió. Caroline se fue de Derbyshire el 21 de diciembre. No hace falta ser un genio para adivinar a dónde fue.

—¿A la casa familiar?

—Bingo. Y si no llegamos pronto, va a pasarle algo malo a alguien.

—¿Por qué... ? —James se calló. Cuando volvió a hablar, lo hizo con más urgencia, con más gravedad, como si ya supiera la respuesta a su pregunta—. Murray, ¿dónde está Tom Johnson?

Murray estaba prácticamente seguro, pero todavía dudaba. A los pocos segundos de colgar el teléfono, James lo levantaría nuevamente para solicitar recursos, llamar a los agentes a sus casas, a la policía científica, a los inspectores, pidiendo órdenes de registro, un equipo de entrada en la casa: toda la maquinaria se pondría en marcha.

¿Qué pasaba si Murray se equivocaba?

—Él también está allí.

52

ANNA

Mamá y yo nos miramos, el horror congela nuestras caras en sendas máscaras idénticas.

—Sabe que estás aquí. —Se me escapa antes de que me dé cuenta.

Mark nos mira a ambas.

—¿Quién? ¿Qué está pasando aquí?

No contestamos ninguna de las dos. Dudo que alguna sepa cómo hacerlo.

—Voy a llamar a la policía.

—¡No! —gritamos las dos al unísono.

Me asomo a mirar afuera. ¿Está ahí? ¿Vigilándonos? ¿Observando nuestra reacción? Cierro la puerta principal y echo la cadena con unos dedos que me tiemblan tanto que, por dos veces, no acierto a colocarla en su sitio. Trato de ganar tiempo.

Mark coge el teléfono.

—Por favor, no lo hagas.

No debería haber ido a la comisaría de policía cuando llegó la tarjeta del aniversario, eso solo hizo que empeorar las cosas.

—¿Por qué no, si puede saberse? Anna, ¡alguien acaba de intentar incendiar la casa!

«Porque mi madre irá a la cárcel. Porque me detendrán por haberla escondido en mi casa.»

—Primero lanzan un ladrillo a través de la ventana, ahora esto... —Acerca los dedos a las teclas de marcado. Me mira, leyendo mi expresión, luego alterna la mirada entre mi madre y yo—. Hay algo que me estáis ocultando, ¿no?

«Mi padre no está muerto. Fue él quien envió la tarjeta de aniversario porque sabía que mi madre tampoco lo estaba, pero cuando se dio cuenta de que yo había ido a la policía, intentó detenerme. Dejó un conejo muerto en nuestra puerta. Lanzó un ladrillo por la ventana de la habitación de nuestra hija. Es un hombre inestable y es peligroso, y está vigilando la casa.»

—Pues porque...

Miro a mi madre. Tengo que decírselo. Nunca quise arrastrarlo a esta situación, pero ya no puedo seguir mintiéndole, no es justo. Hago lo que puedo por transmitirle eso mismo a mi madre, que avanza unos pasos, con una mano frente a ella, como si pudiera detener físicamente las palabras que salen de mi boca.

—No he sido sincera contigo sobre el verdadero motivo de por qué estoy en Eastbourne —habla rápidamente, antes de que yo haya llegado a formular siquiera la explicación que le debo a Mark desde hace tiempo. Mi madre me sostiene la mirada. «Por favor...»

Todo esto es demasiado: ayudar a mi madre a hacer la maleta; prepararme para perderla por segunda vez; Murray Mackenzie a punto de acusarme de conspiración.

Y ahora esto.

Es como si mis terminaciones nerviosas estuvieran fuera de mi cuerpo, cada revelación desencadena una serie de descargas eléctricas.

—Entonces será mejor que lo expliques. Ahora.

Mark traslada el teléfono de una mano a la otra y viceversa, una llamada a la policía a escasos segundos de tiempo. La frialdad en sus ojos me da escalofríos, aunque sé que es solo por la preocupación que siente. Tomo a Ella de los brazos de mi madre, por la tranquilidad de sentir su peso en los míos, por percibir el contacto de un cuerpo cálido.

Mi madre me mira, negando con la cabeza casi imperceptiblemente.

«No lo hagas...»

Me quedo callada.

—Estoy huyendo —dice—. Puse fin a mi matrimonio el año pasado, y he estado escondiéndome de mi marido desde entonces.

No aparto la mirada de Mark. No veo indicios de que no crea las palabras de mi madre, ¿por qué no iba a hacerlo? Es la verdad.

—Justo antes de Navidad, descubrió dónde estaba viviendo. No sabía a dónde ir. Creí que si mantenía un perfil bajo durante un tiempo...

—Deberías habérnoslo dicho, Angela. —Son palabras de reproche, pero el tono de Mark es suave. Muchos de sus pacientes vienen de relaciones abusivas, o incluso siguen en ellas. Quizá algunos son maltratadores ellos mismos, nunca se lo he preguntado, y Mark nunca me lo diría—. Si existía la posibilidad de que hubiera podido seguirte hasta aquí, de que también podías ponernos en peligro a nosotros, deberías habérnoslo dicho.

—Lo sé. Lo siento.

—Supongo que fue él quien lanzó el ladrillo por la ventana...

—Compré un billete de tren por internet. Debe de haber espiado mis correos electrónicos; es la única forma de que haya averiguado a dónde iba. Caroline era la única dirección de Eastbourne en mis contactos.

Mark mira el teléfono que tiene en la mano y luego vuelve a mirar a la puerta, donde las letras aparecen del revés.

—Tenemos que decírselo a la policía.

—¡No! —exclamamos las dos a la vez.

—Sí.

—Tú no sabes cómo es él, con quién estás tratando.

Mark me mira.

—¿Tú lo conoces?

Asiento con la cabeza.

—Es... es peligroso. Si lo denunciamos a la policía, no podemos quedarnos aquí, no si sabe que estamos aquí. Es capaz de cualquier cosa.

Todavía estoy temblando. Acuno a Ella con fuerza en mis

brazos, más para expulsar parte de la adrenalina que me corre por las venas que para calmarla. Mark camina por el pasillo, golpeándose el muslo con el teléfono al andar.

—Me iré yo. —Mamá lleva su bolsa en la mano—. Es a mí a quien busca. Nunca debería haber venido aquí, no es justo involucraros en esto.

Da un paso hacia la puerta y la agarro del brazo.

—¡No puedes irte!

—Iba a irme de todos modos. Tú lo sabías. —Me aparta la mano de su brazo y la aprieta afectuosamente.

—Ahora es distinto, sabe dónde estás. Te hará daño.

—Y si me quedo, te hará daño a ti.

Es Mark quien rompe el silencio que sigue a continuación.

—Tenéis que iros las dos. —Se muestra decidido, rebuscando en el cajón de la cómoda para sacar un juego de llaves que deposita en mis manos—. Id a mi apartamento. Yo esperaré aquí y llamaré a la policía.

—¿Qué apartamento? No, no puedo involucraros a los dos en esto. Tengo que irme.

Mi madre intenta abrir la puerta, pero Mark es más rápido que ella. Interpone una mano plana entre la puerta y ella.

—Ya nos has involucrado, Angela. Y por mucho que me solidarice con tu situación, mi prioridad es mantener a salvo a Anna y a nuestra hija, lo que significa que debo alejaros de esta casa, hasta que tu ex esté encerrado entre rejas.

—Tiene razón —digo—. El piso de Mark está en Londres, nadie sabrá que estamos allí. —La niña se retuerce en mis brazos, despierta y con hambre.

Mi madre está muy pálida. Busca algún argumento, pero no tiene ninguno. Esta es la mejor solución: una vez que nos hayamos ido de Eastbourne, sanas y salvas, Mark llamará a la policía y yo convenceré a mi madre de que tenemos que confesarlo todo. No hay otra manera.

—No quiero que Anna y la niña vengan conmigo —dice mi madre—. No es seguro.

—Teniendo en cuenta que tu ex acaba de intentar prender fuego a nuestra casa, aquí tampoco están seguras. —Mark señala las llaves—. Marchaos.

—Hazle caso. —Apoyo una mano en el brazo de mi madre—. Llévanos contigo.

En lo único que puedo pensar es en alejarme de Eastbourne. De mi padre. De Murray Mackenzie y de las preguntas que rodean la verdad.

Al final, mi madre suspira, cediendo.

—Yo conduciré. Tú te sentarás detrás con Ella, no queremos tener que parar. —Mira a Mark—. Ten cuidado, ¿de acuerdo? Es peligroso.

—Llámame cuando estéis en el apartamento. Y no dejes entrar a nadie más que a mí, ¿entendido?

Mi madre sujeta el volante con la mirada fija en la carretera. En la parte de atrás, Ella va atada en su sillita a mi lado, chupando furiosamente el nudillo de mi pulgar, en lugar del pecho que ella quiere. Dentro de poco empezará a llorar reclamando leche. Tal vez podamos detenernos una vez que estemos a salvo, fuera de Eastbourne.

—Papá ni siquiera sabe de la existencia del apartamento de Mark —repito cuando veo a mamá mirar el espejo retrovisor por enésima vez desde que salimos—. Todo va a ir bien.

—No, no va a ir bien. —Está al borde de las lágrimas—. Nada va a ir bien.

Siento que a mí también me escuecen los ojos. Necesito que ella sea fuerte. La necesito fuerte para que yo también pueda ser fuerte. Así ha sido siempre.

Recuerdo cuando me caía de niña, cuando sentía el dolor punzante en la rodilla despellejada.

—¡Vamos, arriba, valiente! —entonaba mi madre, poniéndome de pie. La miraba, la veía sonreír, y sin pensar conscientemente en si me dolía más o menos, sentía que el dolor de mi rodilla iba mitigándose.

—La policía lo iba a descubrir de todos modos, mamá.

En el espejo, su cara es de un gris ceniciento.

—Es a por papá a por quien van a ir. Contigo van a ser mucho más benévolos, verán que te viste obligada a hacerlo. Seguramente no irás a la cárcel, anularán la sentencia...

No me está escuchando. Está escaneando la calle, buscando algo, buscando a papá. Y de pronto, pisa los frenos de golpe y salgo disparada hacia delante por el impulso, sin que el cinturón, a la altura del regazo en el asiento del medio, haga gran cosa para detenerme.

—Sal.

—¿Qué? —Estamos en las afueras de Eastbourne.

—Hay una parada de autobús, justo ahí enfrente. O puedes llamar a Mark para que venga a recogerte. —Su pie descansa sobre el embrague; su mano en el freno. Ahora está llorando—. No tenía que haber sido así, Anna. Nunca quise que alguien resultara herido. Nunca quise que te vieras involucrada.

No me muevo.

—No pienso dejarte sola.

—Por favor, Anna, es por tu propio bien.

—Estamos en esto juntas.

Espera diez segundos largos. Entonces, con un sonido a medio camino entre un sollozo y un gemido, suelta el freno de mano y continúa conduciendo.

—Lo siento.

—Ya sé que lo sientes.

Todos esos años limpiándome las lágrimas y poniéndome tiritas en las rodillas, y ahora yo soy la fuerte. Es mamá quien me necesita. Me pregunto si esta metamorfosis se debe únicamente a las circunstancias excepcionales en las que nos encontramos, o si esta es la progresión natural de las mujeres a medida que se transforman de hijas en madres.

Conducimos en silencio, salvo por Ella, que ha pasado de emitir unos gimoteos discordantes a chillidos en toda regla.

—¿Podemos parar otra vez?

—No, no podemos. —Mamá está mirando otra vez en el espejo retrovisor. Y otra.

—Solo serán cinco minutos. —No dejará de berrear hasta que le dé de mamar.

Mi madre desplaza la mirada del espejo a la carretera y luego de nuevo al espejo. Ha visto algo.

—¿Qué pasa?

—Tenemos un Mitsubishi negro detrás. —Pisa con fuerza el acelerador y el súbito ímpetu de la velocidad me empuja contra mi asiento—. Nos está siguiendo.

53

Cuando te pasas la vida vendiendo coches, aprendes a manejarlos.

Pisas el acelerador hasta el fondo. Noventa. Cien. Ciento diez. Ciento veinte...

Una curva cerrada. Luego otra, y otra. Ambos la hemos cogido demasiado abierta. Veo la mirada aterrorizada del conductor que se aproxima, cómo suelta las manos cuando se sale de la carretera.

En la siguiente curva, voy tocando poco a poco los frenos y uso la reducción de marchas. Voy disminuyendo a cuarta, tercera, segunda. Voy girando el volante y luego piso a fondo el acelerador hasta que tengo la sensación de que la parte trasera del coche va más deprisa que la delantera.

La distancia se acorta.

Se me acelera el pulso de tal forma que oigo mis latidos a pesar del ruido del motor, y me inclino hacia delante como si el movimiento influyera en algo.

El gato y el ratón.

¿Quién ganará?

Conducir deprisa implica pensar deprisa. Reaccionar deprisa. No son habilidades típicas de alguien alcohólico —ni aunque conserve la mayoría de sus capacidades— y es otra de las razones por las que me alegro de haber dejado la bebida.

Al final fue fácil. Nada de reuniones de Alcohólicos Anónimos, nada de terapia y nada de intervenciones de amigos bienintencionados.

Solo tú.

Tu mirada cuando caíste al suelo esa noche. No supuso nada en ese momento; fue una riña más. Otro puñetazo, otra patada. Sucedió después, cuando recordé tu cara —vi la desilusión, el dolor, el miedo—, que por fin entendí lo que la bebida me había empujado a hacerte.

No. Lo que yo te había hecho.

Lo siento. Sé que no basta y que es demasiado tarde, pero lo siento.

He frenado un poco. Necesito concentrarme. Sujeto con fuerza el volante; me obligo a levantar el pie del acelerador.

¿Cómo he llegado a esto?

Quiero rebobinar; deshacer mis errores. La he fastidiado. Me pasé el matrimonio pensando solo en mí, y ahora, míranos.

¿Qué estoy haciendo?

No puedo detenerme ahora. Estoy hasta el cuello.

«Anna.»

Ella está ahí, en el asiento trasero. Agachada, intentando mantenerse oculta. La veo de refilón cuando se asoma para mirar por la ventanilla trasera. Intentando ver sin ser vista.

No lo consigue.

Jamás quise hacerle daño. Ya es demasiado tarde.

54

ANNA

Me retuerzo en el asiento para volverme a mirar. Llevamos detrás un Mitsubishi Shogun nuevecito, se mantiene a unos noventa metros, pero va acercándose. Tiene los cristales tintados; no veo al conductor.

—¿Es él? ¿Es papá?

Nunca he visto a mi madre así. Temblando con un miedo muy mal disimulado.

—Deberías haber bajado. He intentado que bajaras.

Vuelve a mirar por el espejo retrovisor, y gira el volante con brusquedad hacia la derecha para esquivar un fragmento de parachoques tirado en la carretera.

Se me revuelve el estómago.

—Concéntrate en conducir.

—Quédate agachada, podría haberte visto. No quiero que sepa que estás conmigo.

Reacciono de forma automática a las instrucciones de mi madre, tal como he hecho siempre; me desabrocho el cinturón, coloco las piernas hacia un lado y me tumbo sobre la sillita de Ella. Mi madre vira con brusquedad hacia la izquierda y yo me sujeto como puedo a la puerta del coche, porque me resbalo sobre la sillita. La pequeña rompe a llorar, alarmada, y yo intento tranquilizarla, pero siento que el corazón va a salírseme por la boca, y mis «tranquila, tranquila» suenan más histéricos que los berridos de mi hija. Tengo los pliegues de las rodillas empapados de sudor, las palmas de las manos, calientes y pegajosas.

—¡Todavía nos sigue! —Poco a poco, la actitud de control de mi madre va desvaneciéndose, y empieza a manifestar el mismo pánico cegador que yo siento crecer en mi interior—. ¡Y está acercándose!

Los alaridos de Ella se intensifican, cada chillido es más intenso tanto en volumen como en timbre que el anterior, armonizando con la histeria de su abuela. Llevo una mano apoyada sobre el interior de la puerta y la otra sobre el respaldo del asiento del conductor. En el semicírculo que forma mi brazo cobijo a Ella, quien va chillando a escasos milímetros de mi oído. El ruido se topa con mi tímpano izquierdo y se aleja emitiendo un pitido que no deja espacio para recuperar el aliento antes del siguiente alarido. Saco el móvil del bolsillo; paso el dedo por la pantalla para desbloquearlo. No tengo más alternativa que llamar a la policía.

—¡Conduce más rápido!

Un nuevo giro brusco a la izquierda, rápidamente seguido por un giro a la derecha que me hace soltar la sillita de Ella y me manda de golpe y porrazo al suelo; impacto con la cadera justo en el otro extremo de la parte trasera. El móvil se mete por debajo del asiento del acompañante y no llego a cogerlo. Mi madre pisa el acelerador y yo vuelvo a subir como puedo para envolver la sillita de mi niña entre los brazos. Levanto la cabeza; aunque no quiero ver a mi padre, no me resisto a mirar.

Mi madre me grita.

—¡Sigue agachada!

Mi pequeña deja de llorar, se ha callado por la brusquedad del movimiento; aunque luego toma aire y vuelve a berrear.

Por el espejo retrovisor veo que a mi madre le caen lágrimas por las mejillas y, como una niña que solo llora cuando ve que a su madre se le corre el rímel, yo también pierdo la calma. Se acabó. Vamos a morir. Me pregunto si mi padre nos echará el coche encima o nos empujará para sacarnos de la carretera. Si querrá matarnos o querrá dejarnos con vida. Me preparo para el impacto.

—Anna. —Mi madre habla acelerada—. En mi bolso... Cuando supe que me encontrarían me asusté mucho y... —Da otro giro brusco. Los frenos chirrían—. Jamás planeé usarla, era como un seguro. Por si... —Titubea—. Por si él me pillaba.

Todavía medio tumbada sobre el asiento trasero, con los pies apoyados contra el asiento del acompañante y la puerta, abro la bolsa que tengo debajo, rebusco entre la ropa que vi que metía dentro hace solo una hora.

Me parece que haya sido hace un siglo.

Retiro la mano enseguida.

Mi madre tiene una pistola.

Gira el volante como si estuviera en los coches de choque. Me golpeo la cabeza contra la puerta. La niña chilla. Trago saliva porque noto el vómito a punto de salirme por la boca.

—¿Una pistola?

No pienso tocarla.

—Se la compré al tipo a quien alquilé un piso. —El esfuerzo por mantener el coche en la carretera hace que hable de forma entrecortada, como si cada frase acabara en punto y final—. Está cargada. Cógela. Protégete. Protege a Ella.

Se oye un chirrido de frenos cuando toma una curva demasiado rápido. El coche empieza a dar bandazos —primero a la izquierda y luego a la derecha—, antes de que vuelva a recuperar el control. Cierro los ojos. Oigo cómo mueve el cambio de marchas, cómo pisa los pedales, el ruido del motor.

Giro brusco a la izquierda. Me doy con la cabeza contra la puerta, tengo el manillar de la sillita de Ella clavado en el pecho.

El coche va deteniéndose a trompicones.

Entonces se hace el silencio.

Oigo la respiración de mi madre, tensa y entrecortada. Muevo la cara hasta tocar el rostro de mi hija con los labios, y le juro en silencio que moriré antes de permitir que le pase nada.

Moriré.

¿Usaría la pistola? Poco a poco alargo la mano para cogerla. Siento el peso de la empuñadura en la mano, pero no la levanto.

«Protégete. Protege a Ella.»

¿Mataría a mi propio padre para salvar a mi hija? ¿Para salvarme a mí?

Lo haría.

Cierro los ojos con fuerza, me quedo escuchando para ver si se abre la puerta del coche. Para ver si oigo la voz de mi padre. Esperamos.

—Lo hemos despistado.

Oigo las palabras de mi madre, pero no las asimilo. Todavía tengo el cuerpo rígido, mis terminaciones nerviosas siguen temblando.

—En la última curva. —Mi madre está sin aliento—. Nos hemos desviado antes de que él la tomara. No nos ha visto.

—Rompe a llorar ruidosamente—. No ha visto cómo nos salíamos de la carretera.

Poco a poco me incorporo y echo un vistazo a nuestro alrededor. Estamos en el camino de entrada de una granja, a casi un kilómetro del lugar donde la separación entre unos setos indica el punto de inicio del sendero. No se ven otros coches.

Desabrocho las cinchas de la sillita de Ella y la tomo en brazos, le beso la coronilla y la aprieto con tanta fuerza que ella se remueve para zafarse. Me levanto la camiseta, me desabrocho el sujetador y mi pequeña mama con avidez. Nos relajamos con el contacto mutuo y me doy cuenta de que mi cuerpo lo deseaba tanto como el de mi hija.

—¿Una pistola? —No me suena real—. ¿Una puñetera pistola?

Levanto la bolsa y la coloco sobre el asiento delantero, junto a mi madre. Estaba a menos de noventa centímetros de la cabecita de Ella. No me permito imaginar qué habría ocurrido de haberse disparado; si yo hubiera levantado la bolsa por donde no debía, si la hubiera pisado...

Mi madre no dice nada. Sigue sujetando el volante con firmeza. Como si estuviera sufriendo una especie de embolia; tengo que lograr colocarla en el asiento del acompañante. Me pregunto si podríamos desistir del plan e ir hasta una comisaría. Hagamos lo que hagamos, debemos reaccionar pronto; si nos quedamos aquí, seremos un blanco fácil en campo abierto. Mi padre se dará cuenta de que nos hemos apartado de la carretera y retrocederá.

—Ya te lo he dicho. Era un seguro. Ni siquiera sé cómo funciona ese maldito chisme.

Aparto a Ella del pecho con delicadeza y rebusco a tientas mi móvil debajo del asiento. Tengo un sms de Mark.

El ex sigue sin aparecer. He enviado un sms general para anular la fiesta. La policía está de camino. Necesitan la fecha de nacimiento y la dirección de Angela. ¡Llámame!

Eludo la pregunta.

Un Shogun negro nos ha seguido, pero lo hemos despistado. Llamaremos al llegar al piso. Te quiero.

Inspiro con fuerza para contener las lágrimas.

—Vamos. Iremos por carreteras secundarias hasta llegar a la autovía.

Vuelvo a abrochar a Ella en la sillita, y me abrocho el cinturón. Vamos avanzando, con más cuidado esta vez, aunque no con menos urgencia, por las serpenteantes carreteras nacionales, a tiro de piedra de la A23. Los giros y curvas —y la frecuencia con la que voy mirando hacia atrás para ver si nos siguen— están mareándome, y el viaje se me hace eterno.

No hablamos. Yo hago un par de intentos, pero mi madre no está de humor para hacer planes. Solo quiero que nos lleve al piso de Mark y que lleguemos allí de una pieza.

Me siento mejor en cuanto nos encontramos en la M23. La autovía va llena; somos uno de los miles de coches que se dirigen a Londres. La probabilidad de que mi padre nos localice es muy baja y, aunque lo consiguiera, ¿qué podría hacer con tantos testigos? ¿Con tantas cámaras? Cruzo la mirada con mi madre y le sonrío con timidez. Ella no corresponde el gesto, y siento una ansiedad creciente como reacción. Miro con detenimiento los coches que nos rodean en busca del Shogun.

Nos incorporamos a la M25. Miro en el interior de los coches que llevamos a ambos lados. La mayoría van llenos de personas que regresan a casa después de Navidad, o que van a casa de amigos a celebrar el Año Nuevo; los asientos están abarrotados hasta el techo con regalos y mantas de recambio. Una pareja en un Astra destartalado va cantando con entusiasmo, e imagino que tienen puesto el CD de clásicos navideños en el estéreo del coche.

Me suena el móvil; veo un número desconocido en la pantalla.

—¿Señorita Johnson?

Murray Mackenzie. Me insulto a mí misma por haber contestado; me planteo colgar y echar la culpa a una mala cobertura.

—Anna, tengo algo que contarte. Algo... inesperado. ¿Estás con alguien?

Miro a mi madre.

—Sí, estoy en el coche. Mi... una amiga está conduciendo, no pasa nada.

Mi madre me mira con gesto interrogante por el espejo retrovisor y yo niego con la cabeza para indicarle que no hay nada de qué preocuparse. Se desplaza al carril rápido; acelera ahora que estamos tan cerca de la seguridad.

Murray Mackenzie parece estar esforzándose por encontrar las palabras adecuadas. Empieza varias frases, pero ninguna de ellas tiene sentido.

—¿Qué narices ha ocurrido? —pregunto al final.

Mi madre se queda mirándome por el retrovisor y va pasando la mirada de la carretera a mí. Está nerviosa por mí.

—Siento tener que decirte esto por teléfono —dice Murray—, pero quería que lo supieras lo antes posible. Los agentes están en tu casa en este momento. Me temo que han encontrado un cadáver.

Me tapo la boca con la mano para acallar un grito. «Mark.»

Jamás debimos marcharnos. Jamás debimos dejarlo solo para que se enfrentara a mi padre.

Murray Mackenzie sigue hablando. Habla de huellas deterioradas, de ADN y de una identificación provisional y...

—Perdón, ¿qué ha dicho?

—No podemos asegurarlo, pero los primeros indicios sugieren que el cadáver es el de tu padre. Lo lamento muchísimo.

El alivio que siento al saber que estamos a salvo se difumina de inmediato al saber que la única persona que quedó en Oak View cuando nos marchamos era Mark.

«Yo esperaré aquí y llamaré a la policía.»

¿Y si mi padre se presentó antes de que llegara la policía? Mark es fuerte; podría haberse encargado él solo. ¿Ha atacado a mi padre?

¿En defensa propia?

—¿Cómo ha muerto?

Intento calcular durante cuánto tiempo nos ha seguido el Shogun. ¿Para qué habrá vuelto mi padre a Oak View, si sabía que nosotras no estábamos allí? Aunque hubiera regresado de inmediato, ¿cómo habría llegado a la casa tan deprisa? En el espejo retrovisor, mi madre está frunciendo el ceño. Al escuchar solo la conversación a medias, está más confusa que yo.

—Habrá que esperar a la autopsia para estar seguros, pero me temo que no cabe duda de que ha sido un asesinato. Lo siento mucho.

Me arde el cuerpo, vuelvo a sentir náuseas. ¿Mark ha matado a mi padre?

En defensa propia. Tiene que haber sido en defensa propia. No puede acabar en la cárcel por eso, ¿verdad?

Hay algo que no me encaja, como un niño que me tira de la mano y me pide que mire... Me pregunto si mi madre está enterándose de algo; si, aunque no quiera, siente una punzada de lástima por la muerte de un hombre al que supuestamente amó alguna vez. Pero percibo su mirada fría en el espejo retrovisor. Si hubo algo entre mis padres en el pasado, ya está muerto.

Murray sigue hablando, y yo pensando, y mi madre está mirándome por el espejo retrovisor, y hay algo en su mirada que...

—... en la fosa séptica, desde hace al menos doce meses, seguramente desde hace más tiempo —está diciendo Murray.

En la fosa séptica.

Esto no tiene nada que ver con Mark.

Visualizo el agujero en forma de pozo del jardín de Oak View; el laurel en su pesada maceta. Recuerdo la insistencia de mi madre para que moviéramos el tiesto; pienso en su obsesión con la ampliación que quería hacer Robert Drake. La ampliación que requería que se excavara la fosa en desuso.

Ella lo sabía. Ella sabía que mi padre estaba ahí.

Siento demasiada presión en el pecho. Cada inspiración me cuesta más que la anterior. Tengo la mirada clavada en la de mi madre y, aunque sigo con el móvil en la oreja, ya no oigo qué dice Murray. Porque me doy cuenta de que solo hay un motivo para que mi madre sepa que mi padre estaba en la fosa séptica.

Que ella lo metió allí.

TERCERA PARTE

55

ANNA

Mi madre va alternando la mirada entre la carretera y mi cara. Me quedo inmóvil, con el teléfono pegado a la oreja. Murray Mackenzie sigue hablando, pero yo no estoy entendiendo nada. Mi madre vuelve a situarse en el carril rápido y adelantamos a la misma pareja del Astra destartalado. Siguen contentos. Siguen cantando.

—¿Señorita Johnson? ¿Anna?

Estoy demasiado asustada para contestar. Me pregunto si existe la posibilidad de que mi madre no haya escuchado lo que Murray tenía que contarme —si no habrá intuido lo que ocurre por la expresión de mi cara—, pero la mirada de mi madre me indica que todo ha terminado.

—Dame el móvil. —Le tiembla la voz.

No hago nada. «Díselo a Murray —me dice una vocecita interior—. Dile que estás en la M25 y que vas en un Volkswagen Polo. Tienen cámaras, patrullas de tráfico, agentes para situaciones de emergencia. Vendrán a por ti.»

Sin embargo, mi madre acelera. Se cambia de carril con brusquedad y sin poner el intermitente; el coche de detrás toca con violencia el claxon. La densidad de tráfico que antes me proporcionó bienestar, ahora me parece aterradora; cada coche es un posible objeto contra el que chocar. La sillita de Ella, que antes parecía tan resistente, se me antoja endeble e insegura. Tenso más el cinturón que la sujeta; también me tenso el mío. Murray ya no habla. O se ha cortado la comunicación o él ha cortado la llamada, suponiendo que yo he vuelto a colgarle.

—¿Quién iba en el Mitsubishi? —Silencio—. ¿Quién estaba siguiéndonos? —le grito, y ella inspira con fuerza, pero ignora la pregunta.

—Dame el móvil, Anna.

Está tan aterrorizada como yo. Tiene los nudillos blancos por el miedo, no de rabia; le tiembla la voz de puro pánico, no por la ira. El saberlo debería hacerme sentir más segura, más fuerte, pero no es así.

Porque ella va al volante.

Le entrego el móvil.

56

Fue un accidente. Eso es lo que tienes que entender. Jamás pretendí que ocurriera.

No te odio. No te quería, pero tampoco te odiaba, y no creo que tú me odiaras. Éramos jóvenes y yo estaba embarazada, e hicimos lo que nuestros padres esperaban que hiciéramos, y luego nos vimos atrapados, atados el uno al otro, como les ocurre a muchas personas en las relaciones.

Me ha costado un tiempo entenderlo.

Porque durante todo nuestro matrimonio o yo estaba bebiendo, o recuperándome por haber bebido, o pensando en beber. Estaba en estado de embriaguez bastante a menudo; y muy pocas veces sobria. Y así seguí y seguí, durante tantos años que ya era imposible saber si estaba o no bajo los efectos del alcohol.

Te culpo de haberme arrancado la libertad de cuajo, de no haber visto que lo que tenía en Londres no era en absoluto libertad. Era más bien una especie de jaula, al igual que el matrimonio: un ciclo interminable de trabajo, borracheras, salidas nocturnas, rollos de una noche y regreso a casa durante la madrugada.

Creía que tú me habías atrapado. Jamás entendí que en realidad me estabas salvando.

Luché contra ello. Y seguí luchando durante veinticinco años.

La noche que moriste me había bebido media botella de vino, y ya llevaba tres gin-tonic. Como Anna no estaba, no tenía nada que ocultar; hacía tiempo que había dejado de disimular delante de ti.

No es que hubiera admitido jamás que tuviera un problema. Dicen que ese es el primer paso. Yo no lo había dado, no por aquel entonces. No hasta después.

—¿No crees que ya has bebido demasiado?

Tú también habías tomado una copa. De no ser así, jamás te habrías atrevido. Estábamos en la cocina, Rita dormía hecha un ovillo en su cama. La casa parecía vacía sin Anna, y yo sabía que bebía más por ese motivo. No solo porque pudiera, sino porque la casa estaba rara. Desequilibrada. Lo mismo que pasó cuando ella estaba en la universidad. En aquella época pude hacerme una idea de cómo sería la vida cuando se fuera de casa para siempre, y no me gustó. Nuestro matrimonio se había construido en torno a nuestra hija; ¿quiénes éramos sin ella? Pensarlo me inquietaba.

—La verdad es que creo que me tomaré otra. —Ni siquiera me apetecía. Me serví el resto del vino en una copa hecha para estar más vacía que llena. Sujeté la botella por el cuello para ponerla boca abajo, para demostrar que no quedaba ni gota. Para provocarte—. Salud. —Me cayó un chorrito de vino tinto por la manga.

Me miraste como si estuvieras viéndome por primera vez. Negaste con la cabeza, como si te hubiera hecho una pregunta.

—Ya no puedo seguir con esto, Caroline.

No creo que lo tuvieras planeado. Fue solo una de esas cosas que se dicen. Pero te pregunté qué querías decir, y eso te hizo pensar, y percibí el momento en que tomaste la decisión mentalmente. El gesto decisivo de cabeza, la tensión de tus labios. Sí, estabas pensando, que eso era lo que querías. Querías que ocurriera eso.

—No quiero seguir casado contigo.

Como he dicho: mi detonante era el alcohol.

Estaba borracha la primera vez que te pegué y lo estaba la última. No es una justificación, es un motivo. ¿Habría sido distinto para ti si te dijera que después lo sentía? ¿Sabías que era sincera, que cada vez me decía a mí misma que sería la última? Algunas veces las disculpas llegaban tarde; otras veces eran inmediatas, cuando la avalancha liberada de ira acumulada me quitaba la borrachera de golpe, como si hubiera dormido la mona. Cuando la policía llegaba, tú mentías igual que yo. Aquí no hay nada que ver. Después de las llamadas a emergencias, decíamos que había sido un error. Que habría sido algún niño gastando una broma telefónica.

Dejaste de decir que me perdonabas. Dejaste de hablar; te limitabas a fingir que no había sucedido. Cuando te lancé el pisapapeles de arcilla que había hecho Anna, y se desvió y fue a impactar contra la pared, tú recogiste los pedazos y los pegaste. Y dejaste que la niña creyera que tú lo habías roto.

—Ella te quiere —dijiste—. No puedo soportar la idea de que sepa la verdad.

Eso debería haberme detenido. Pero no ocurrió así.

Si no hubiera estado bebiendo esa última noche, me habría molestado en lugar de haber perdido los estribos. Podría incluso haber asentido: «Tienes razón, esto no funciona». Podría haberme dado cuenta de que ninguno de los dos era feliz, y que a lo mejor era el momento de darlo por terminado.

No lo hice.

Antes de que las palabras llegaran a salir siquiera de mi boca, mi brazo ya estaba moviéndose. Rápido. Con fuerza. Sin pensarlo. La botella impactó contra tu cabeza.

Me quedé plantada en la cocina, con el cuello del casco todavía en la mano, y la alfombra de esquirlas verdes de cristal a mis pies. Y tú. Tumbado de costado. Un charco brillante de sangre bajo tu cabeza, que manaba de la brecha que te habías abierto al golpearte contra la encimera de granito antes de caer desplomado sobre las baldosas.

Muerto.

57

MURRAY

Murray presionó el botón de rellamada, pero en el móvil de Anna Johnson saltaba directamente el buzón de voz.

—No quiero que la hija lo sepa hasta que tengamos una confirmación de la identificación —había dicho el sargento Kennedy cuando llamó para darle la razón a Murray, corroborando que había un cadáver en la fosa séptica, y que los primeros indicios señalaban que se trataba de Tom Johnson.

Murray se había planteado qué hacer. El sargento tenía razón, por supuesto. No podía ser otro que Tom Johnson quien se encontraba en esa fosa, pero hasta que el cuerpo hubiera sido recuperado e identificado, la información facilitada debía ser estrictamente la necesaria.

Pero ¿no necesitaba saberlo Anna? Y cuanto antes mejor. Fue ella quien insistió a la policía en revisar el suicidio de su madre; ella quien fue abandonada cuando desaparecieron sus padres con escasos meses de diferencia entre la muerte de cada uno. Merecía saber que existía una probabilidad muy alta de que su padre hubiera sido asesinado, y de que hubieran ocultado su cadáver en la fosa séptica de su propia casa.

Mientras Murray iba pasando los nombres de su agenda en la pantalla buscando el número de Anna, ignoró su instinto, que le decía que estaba llamándola no solo por ella, sino por él mismo. «Seguiste indagando cuando ella te dijo que parases —decía la voz—. Ahora quieres demostrarle que hiciste bien entonces.»

Solo que Anna le había colgado de nuevo. Y además había apagado el teléfono. Estaba bajo el efecto del shock, por supuesto. Las personas hacían cosas raras en los momentos de crisis. Pero, incluso así, Murray tenía la horrible sensación de que se había equivocado al llamarla.

Sarah estacionó en el camino de entrada. Murray se sentía desanimado, no solo por la reacción de Anna, sino porque de pronto no tenía nada que ver con la investigación en la que había invertido tantísimo. Reconoció la sensación de su época de agente de emergencias, cuando la emoción de activar un jugoso operativo policial iba seguida por el anticlímax de tener que pasárselo al CID. Jamás llegaba a saber qué había dicho el sospechoso durante el interrogatorio; a veces ni siquiera sabía quién había sido acusado, ni qué pena le había caído. Ver que era otro el que recibía la palmadita en la espalda, cuando eras tú el que se había partido la cara para poner fin a una bronca, quien había rescatado al niño de un accidente provocado por un conductor borracho.

—Deberías ir.

Sarah tenía una mano relajada sobre el cambio de marchas, muy cómoda al volante. Había pasado mucho tiempo sin que Murray fuera copiloto, y cuando se quedó sin batería y no pudo seguir haciendo llamadas, había apoyado la cabeza contra el asiento y observó cómo iba aumentando la confianza de su mujer con cada kilómetro que avanzaban. Se le ocurrió que sus esfuerzos por proteger la zona de confort de Sarah durante todos esos años habrían sido mejor invertidos en ayudarla a salir de ella.

Murray salió del coche.

—James está allí. Ahora es su trabajo.

—También es tu trabajo.

¿Lo era? Si Murray entraba y se ponía las zapatillas de andar por casa y se enganchaba a algún programa de la tele, el mundo policial seguiría girando. James tenía la escena bajo control; los agentes estaban buscando a Caroline Johnson. ¿Qué podía hacer Murray?

Con todo, seguía habiendo cabos sueltos que lo frustraban. ¿Cómo había conseguido Caroline meter a Tom —que de ninguna manera era un hombre menudo, como confirmaban los archivos del caso— en la fosa séptica? ¿La había ayudado alguien? ¿Quién había enviado la tarjeta de aniversario donde se insinuaba que Caroline Johnson en realidad no había saltado?

—Vete. —Sarah estaba apretando las llaves del coche con la mano.

—Íbamos a recibir juntos el Año Nuevo.

—¡Habrá más años nuevos! ¡Vete!

Murray se marchó.

En Cleveland Avenue, el precinto policial rodeaba Oak View. Se oía música procedente de alguna casa del vecindario, y los asistentes a las fiestas —que ya estaban como una cuba— permanecían plantados en el parque vallado con sus copas, e iban comentando las entradas y salidas. Murray se agachó para pasar por debajo de la cinta azul y blanca.

—Disculpe, ¿puede contarme qué está pasando? —preguntó a Murray el hombre asomado por detrás de la valla que separaba el camino de entrada de Oak View de la casa vecina. Llevaba unos pantalones chinos de color rojo desteñido y una americana color crema con una camisa de cuello abierto. Sostenía una copa de champán.

—¿Y usted es...?

—Robert Drake. Vivo en la casa de al lado. Bueno, aquí, en realidad.

—Veo que está listo para recibir el Año Nuevo. —Murray hizo un gesto señalando la copa de champán.

—Se supone que es la fiesta de Mark y Anna. Pero yo la he... —se quedó buscando la palabra apropiada—... ¡heredado! —Se rio, encantado consigo mismo, pero de pronto paró en seco y se puso serio—. ¿Dónde están? Mark ha enviado un sms a todo el mundo. Decía que Anna y él se iban a Londres, y que la fiesta estaba cancelada. Después de eso llegó la policía y acordonó toda la calle. —De repente se quedó mirando alarmado—. Por el amor de Dios, no la habrá asesinado, ¿verdad?

—No que yo sepa. Ahora, si me disculpa...

Murray se alejó caminando. Robert Drake hizo lo mismo. En realidad, Murray debería haberle dado las gracias. De no haber sido por sus planes de ampliación —más motivados por el derroche que no por la sensatez—, el cuerpo de Tom Johnson podría no haber sido descubierto jamás.

¿Cómo debió de sentirse Caroline al caer en la cuenta de que las obras requerirían la excavación de la fosa séptica? Suponiendo que matara a su marido el mismo día en que fingió su suicidio y lo tirara a la fosa enseguida, Tom llevaría ya un mes en el depósito cuando Drake anunció su intención de hacer reformas. La objeción presentada por ella había tardado en resolverse y, a juzgar por el número de quejas idénticas emitidas desde varias partes de la ciudad —aunque ninguna remitida por los vecinos de Cleveland Avenue, según había observado Murray—, Caroline había enviado copias de sus cartas a diversos objetores compulsivos que siempre podían meter baza en el asunto.

Cuando Drake por fin había afinado la redacción de su solicitud y la había reenviado, Caroline ya había desaparecido, tras engañar a su familia, a la policía y al forense haciéndoles creer que se había suicidado. ¿Habría seguido vigilando el terreno destinado a la reforma, por si las moscas? Su objeción —remitida a nombre de Angela Grange— había sido presentada con una dirección de Sycamore, en Cleveland Avenue. Nadie se había percatado. Nadie lo había verificado. ¿Por qué iban a hacerlo?

Así que, según Robert Drake, tanto Mark como Anna se encontraban en Londres. Ninguno de sus coches estaba en la entrada, por lo que cabía suponer que la pareja había viajado por separado. Murray intentó recordar si la joven le había contado sus planes. No, solo le había dicho que iba conduciendo su amiga. Murray pensó que era positivo que tuviera personas a su alrededor. Nada como descubrir un cadáver para aguarte la Nochevieja.

En el centro del jardín, donde el patio daba paso al césped, había una carpa blanca. El sargento James Kennedy estaba de pie frente a la entrada, a través de la cual se vislumbraban siluetas fantasmales de quienes debían de ser los dos agentes del departamento de investigación criminal.

—Es él —dijo James cuando Murray se unió a él—. El anillo grabado corresponde con la descripción del informe original de persona desaparecida.

—Error de novato —comentó Murray con parquedad.

—El cuerpo está bien conservado, la fosa subterránea estaba seca y la entrada sellada, era una morgue casera muy bien construida. Además, el cadáver tiene una herida bastante considerable en la cabeza. Tal vez le golpearan. ¿Una riña doméstica que acabó mal?

—Hubo varias llamadas anotadas para acudir a esta dirección a lo largo de varios años —dijo Murray—. Llamadas a emergencias que acababan anulándose, y el temor expresado por el vecino, Robert Drake, tras oír los gritos procedentes de esta casa.

—¿Acudimos?

Murray asintió.

—Marido y mujer negaron que se hubiera producido una riña doméstica, pero el agente que acudió a la llamada afirmó que Caroline Johnson estaba muy «sensible».

—¿Crees que habrá sido en defensa propia? —preguntó James.

En el interior de la carpa del equipo de investigación, la tapa del pozo había sido metida en una bolsa y etiquetada, y la angosta entrada del tanque quedaba visible. La unidad de rescate especializado ya había retirado el cadáver y lo había transportado al depósito, donde estaba listo para la autopsia que, con suerte, les indicaría la causa exacta de la muerte.

—Podría ser. O también podría ser que ella fuera la violenta —dijo Murray.

Dar algo por supuesto puede salirte muy caro. El suponer que las cosas siempre ocurren de una forma concreta fue precisamente el motivo por el que Caroline Johnson se marchó de rositas a pesar de los delitos cometidos.

—¿Quién está buscándola? —Se preguntaba si habría regresado a Derbyshire, pues no sabía que Shifty ya la había delatado.

—La pregunta es ¿quién no está buscándola? Se ha distribuido su foto por todas partes, y hemos dado aviso a todas las unidades para la detención tanto de Caroline Johnson como de Angela Grange, aunque sabemos que también ha usado otros nombres. Tenemos imágenes de la cámaras de videovigilancia de una mujer que coincide con su descripción llegando a la estación de tren de Eastbourne a última hora del día 21, y un taxista que cree que podría haberla dejado en el hostal Hope esa noche, pero que no está seguro.

—¿Qué han dicho en el Hope?

—¿Qué crees que han dicho?

—¿Que nos vayamos a la mierda? —El personal del Hope protegía con uñas y dientes a sus huéspedes. Lo que era genial cuando el cliente era una víctima; pero menos conveniente si quien se encontraba allí era el sospechoso.

—Más o menos. —James se frotó la nariz por un lado—. En Derbyshire han echado el guante a tu hombre, a ese tal Shifty, pero lo último que he sabido es que no ha soltado prenda.

A Murray no le sorprendía, sobre todo teniendo en cuenta la información comprometida que le facilitó Caz, la casera, cuando Sarah y él se marcharon del Wagon and Horses. «No solo consigue pisos para gente, ¿sabe? —Murray permaneció a la espera—. Les consigue hierba, coca, crack... —La señora había ido enumerando con los dedos como si estuviera repasando la lista de la compra—. Pistolas también. Pero ándese con ojito, yo no digo nada más.»

—El jefe ha autorizado los controles de carretera en todas las salidas de Eastbourne —dijo James—, pero hasta ahora no ha habido suerte. Mark Hemmings ha seguido a su compañera hasta Londres; no responde al móvil, así que hemos de suponer que sigue conduciendo. En cuanto tenga una dirección, enviaré al lugar a una unidad de la policía metropolitana para que les informen de lo ocurrido. Así sabremos si Caroline se ha puesto en contacto con ellos, y podremos iniciar una lista para llevar un registro de las personas con las que podría haber contactado.

Murray no estaba escuchando. No a James, en cualquier caso. Estaba escuchando las respuestas en las que iba pensando en las conversaciones que había mantenido con Anna Johnson, Mark Hemmings, Diane Brent-Taylor... Estaba reaccionando a las dudas que le habían cerrado la boca del estómago, al cosquilleo que sentía en la nuca.

Por lo que ellos sabían, Caroline Johnson había llegado a Eastbourne el 21 de diciembre, en el aniversario de su supuesta muerte y el día que Anna Johnson había acudido a la policía afirmando que su madre había sido asesinada. Se había mostrado inflexible con tal de conseguir que Murray reabriera el caso. Aun así, menos de una semana después le había dicho a gritos que lo dejara. Murray había atribuido el cambio de opinión a las emociones variables de una hija en proceso de luto, pero en ese momento se dio cuenta, aterrorizado por el peligro que suponía, de que se había equivocado. Por fin identificó lo que le había extrañado al visitar a Anna en casa para preguntarle sobre su móvil. Ella le dijo que estaba sola. Sin embargo, había dos tazas de té sobre la mesa de la cocina.

«Sí, estoy en el coche. Mi... una amiga está conduciendo», le había dicho Anna hacía un rato.

Ese instante de vacilación... ¿Por qué no había caído antes en la cuenta? Se había tomado como algo personal ser él quien comunicara a Anna que habían encontrado el cadáver de su padre; había estado demasiado preocupado por demostrar que seguía siendo un investigador nato.

—Necesitamos esa dirección en Putney —dijo Murray—. Y rápido.

58

ANNA

Hago memoria sobre todas las películas de acción que he visto en las que alguien viaja en un coche contra su voluntad. No estoy atada ni amordazada. No estoy sangrando ni semiinconsciente. En las películas se encaraman por el asiento trasero y abren el maletero; dan patadas hasta cargarse los faros traseros y sacuden las manos pidiendo ayuda. Hacen señales para llamar la atención; envían mensajes en Morse con la linterna del móvil.

No estoy en una película.

Permanezco sentada en actitud dócil por detrás de mi madre mientras abandonamos la autovía y nos abrimos paso por las calles del sudoeste de Londres. Frenamos al llegar a un semáforo y me planteo aporrear las ventanillas. Gritar. Hay una mujer en un Fiat 500 en el carril de giro a nuestra derecha. Es de mediana edad. Parece sensata. Si llama a la policía y me sigue hasta que den con nosotras...

Pero ¿y si no lo hace? ¿Y si no se percata de mi presencia o si interpreta mis gritos como una broma, o no quiere meterse en líos? Si esto no sale bien, enfadaré a mi madre para nada.

Y ahora mismo, ella está a punto de estallar. Siendo niña recuerdo los momentos en que era capaz de interpretar las señales y saber cuándo podía interrumpir para pedirle si podía salir a jugar a la calle, o un pequeño aumento en la paga, o que me dejara salir hasta tarde para ir a alguna actuación en Brighton. Me acercaba poco a poco, veía esa vena que le latía en la sien y sabía que debía esperar el momento en que el estrés del día se hubiera mitigado y ella estuviera relajándose con una copa de vino.

Aunque sé que están activados los bloqueos infantiles del coche, alargo la mano hacia el interior de la puerta y presiono el botón para bajar la ventanilla. Se oye un clic inútil en el momento en que el mecanismo registra la acción y la bloquea. Mi madre levanta la vista para mirarme por el espejo retrovisor.

—Déjanos bajar. —Lo intento de nuevo—. Puedes quedarte el coche, y Ella y yo volveremos a casa...

—Es demasiado tarde para eso. —Habla con tono agudo. Presa del pánico—. Ya han encontrado el cuerpo de Tom.

Un escalofrío me recorre el cuerpo cuando pienso en mi padre dentro de la fosa séptica.

—¿Por qué? —consigo articular—. ¿Por qué lo hiciste?

—¡Fue un accidente!

En la sillita del coche, Ella se despierta sobresaltada y me mira sin parpadear.

—Estaba... estaba enfadada. Perdí los estribos. Él resbaló. Yo... —Rompe a llorar y arruga el rostro, como si intentara no pensar en las imágenes que le vienen a la cabeza—. Fue un accidente.

—¿Llamaste a una ambulancia? ¿A la policía? —Silencio—. ¿Por qué volviste? Te habías librado. Todo el mundo creía que papá se había suicidado. Y tú también.

Se muerde el labio. Mira por los retrovisores y se coloca en el carril derecho, lista para girar.

—Por la ampliación de Robert. Llevaba meses planeándola, pero yo no sabía que necesitaba perforar el alcantarillado; de no ser por eso, jamás habríamos tenido que... —Se calla de pronto.

—¿«Habríamos tenido»? —El miedo me atenaza por dentro.

—Intenté impedir la obra. Le denegaron el permiso, pero él recurrió el fallo de urbanismo. Yo presenté una objeción, pero necesitaba ver... necesitaba ver...

—¿Qué necesitabas ver?

Me responde entre susurros.

—Si quedaba algo del cuerpo.

Siento cómo me sube la bilis por la garganta.

—Has dicho «habríamos tenido». —Pienso en el Mitsubishi. El miedo de mi madre era real—. ¿Quién estaba siguiéndonos? ¿De quién tienes tanto miedo?

No responde.

El GPS nos envía a la izquierda. Ya casi hemos llegado. Empiezo a estar muerta de miedo. En cuanto estemos en el piso, será imposible escapar.

Con disimulo desato los seguros de la sillita de Ella para poder cogerla en brazos en cuanto mi madre abra la puerta del coche. Visualizo el aparcamiento subterráneo, situado en los bajos del piso de Mark en Putney. La puerta electrónica se abre con un código y se cierra de forma automática, moviéndose lentamente con un crujido que solía darme grima siempre que iba a visitar a Mark. La plaza de su piso está en el extremo contrario del aparcamiento. ¿Cuánto tarda en cerrarse la puerta? Lo pienso mejor, y recuerdo cómo va disminuyendo la luz natural a lo largo del camino desde el coche hasta el ascensor, hasta desaparecer por completo cuando la puerta se cierra al llegar al suelo. Habrá tiempo. Tendré que ser rápida, pero habrá tiempo.

Noto el bombeo de la sangre con tanta fuerza en la cabeza que estoy convencida de que se oye en el exterior. Paso un brazo por debajo de Ella. No me arriesgo a levantarla tan pronto; no quiero dar a mi madre ningún motivo para que sospeche que puedo huir. Ella vendrá a por nosotras, claro, pero incluso sin estar en forma y con un bebé en brazos, puedo correr más rápido que ella. Y puedo conseguirlo. Tengo que conseguirlo.

Mi madre vacila, pues no está muy segura de adónde está llevándola el navegador. Veo la entrada del aparcamiento subterráneo, pero no digo nada. No quiero que sepa que ya he estado aquí antes y que estoy familiarizada con el entorno. Necesito toda la ventaja con la que pueda contar.

Avanza muy poco a poco, mirando cada una de las entradas

hasta que localiza la correcta. Lo intenta tres veces antes de te-clear el código que Mark le apuntó en un trozo de papel; le tiem-blan tanto los dedos que se le caen las llaves.

Poco a poco, la puerta metálica va subiendo. Lo hace más despacio de lo que yo recordaba, y me alegro, porque así des-cenderá a la misma velocidad. Calculo la distancia entre la plaza de aparcamiento y la salida; me preparo mentalmente para salir a la carrera e imagino que llevo a Ella en brazos.

El aparcamiento está a oscuras, iluminado únicamente por los esporádicos tubos fluorescentes en ausencia de luz natural. La puerta automática rechina a medida que se abre.

Atravesamos la entrada y descendemos por la rampa antes de que oiga el golpe seco de la puerta al chocar con la parte supe-rior del mecanismo de apertura. Se produce un silencio y luego vuelvo a oír cómo rechina. La puerta está cerrándose.

No puedo contenerme.

—Creo que la plaza está por allí.

Mi madre hace maniobras con el coche hasta el pasillo si-guiente y empieza a aparcar. Yo empiezo a levantar a Ella de la sillita. La pequeña se queja, se pone tensa y yo le pido en voz baja que se porte bien. Mi madre duda, planteándose si entrar dando marcha atrás, luego cambia de idea y mete el coche de cara en la plaza.

Tengo a Ella en brazos. Mi madre ha bajado del vehículo. ¡Vamos, vamos! Miro hacia atrás, veo el fragmento de aire libre todavía visible por una rendija mientras la puerta desciende.

Mi madre tiene la mano en el manillar de la puerta.

¡Vamos!

Debe de haber veinte metros entre el coche y la salida. Diez segundos para que la puerta toque el suelo. Es posible. Tiene que ser posible.

Mi madre me abre la puerta.

No lo dudo. Lanzo una patada con fuerza. La puerta impac-ta contra mi madre y la envía volando hacia atrás. Salgo a rastras del coche, con Ella pegada a mi pecho, y echo a correr.

59

Las habría dejado marchar. A Anna y a Ella. Cuando detuve el coche y le dije a Anna que bajara, lo decía en serio. No solo porque podría haberme ido —desaparecer en un lugar demasiado lejano para que me localizaran—, sino porque jamás he querido que ninguna de las dos sufriera ningún daño. Ahora es demasiado tarde. Tendré que retenerlas. Serán un seguro. Daños colaterales.

Si me hubiera deshecho de tu cuerpo yo sola, esto no habría ocurrido. Pero no pude. Estaba arrodillada en el suelo, y tu sangre me empapaba los vaqueros. Estaba buscándote el pulso —observando si el torso te subía y bajaba—, aunque la burbuja de sangre que afloraba entre tus labios me indicó todo cuanto necesitaba saber. Esa vez no había vuelta atrás. Para ninguno de los dos.

No podría decirte si lloraba por ti o por mí. Quizá lo hiciera por ambos. Solo sé que dejé pronto de sollozar. Te tomé por ambos lados del cuerpo, intenté incorporarte para dejarte sentado, pero me resbalaban las manos por la sangre, tú te me escapaste y volviste a chocar contra las baldosas.

Grité. Te di la vuelta y vi el tejido que te asomaba por la brecha del cráneo. Vomité una vez. Dos veces.

En ese momento, cuando estaba sentada y cubierta de tu sangre y llorando de miedo por lo que podrían hacerme, se abrió la puerta.

60

ANNA

El llevar a Ella en brazos me desequilibra. Voy dando bandazos de un lado para otro, como un borracho persiguiendo el último bus. A mis espaldas, mi madre gime al tiempo que se levanta del suelo. Se ha hecho daño.

Oigo sus zapatos —unos cómodos mocasines que encajaban a la perfección con el personaje desaliñado que ha creado, Angela—, palmea el suelo cuando se lanza a la carrera.

El aparcamiento está salpicado de columnas grises de cemento. Los fluorescentes parpadean por debajo de sus mamparas de plástico sucio y proyectan sombras idénticas de cada columna sobre los fragmentos de suelo entre ellas. Eso me desorienta. Me centro en el recuadro de libertad que tengo justo delante; el recuadro que —incluso mientras lo miro— está cambiando de dimensión, como si alguien hubiera puesto de costado el rectángulo de la puerta abierta.

Para delimitar las hileras de plazas de aparcamiento hay muros medianos que creía que podría saltar. Son más altos de lo que recordaba —y más anchos—, así que paso como puedo por encima del primero, y me raspo la rodilla por la rotura de los vaqueros, y estoy a punto de tirar a Ella en el proceso. La aprieto con fuerza contra mi pecho y la pequeña abre la boca y emite un chillido de sirena que retumba en las paredes del aparcamiento y regresa a mí con una potencia diez veces mayor.

Miro por encima del hombro, pero no logro ver a mi madre.

Su ausencia me hace reducir la marcha. ¿Se habrá rendido? Pero oigo un ruido y miro hacia la izquierda. Ha descrito un giro brusco a un lado. No le veo el sentido, hasta que me doy cuenta de que por allí no hay muros, ni columnas que esquivar. Su camino es más largo que el mío, pero está más despejado. Me atrapará antes de que logre llegar a la puerta. A menos que...

Corro más deprisa. Hay dos muros entre la puerta y yo, y no tengo tiempo de detenerme para pasarlos por encima. Me coloco a Ella bajo un solo brazo, lo que aumenta sus chillidos, pero me libera el otro para inclinarme hacia delante y correr más deprisa. El primer muro se eleva ante mí. ¿Cuándo fue la última vez que salté un obstáculo? ¿Hace diez años?

Tres pasos.

Dos.

Levanto la pierna derecha, la alargo hacia delante mientras me doy impulso con la izquierda, y la levanto para saltar el muro. Me golpeo el pie contra el cemento, pero he saltado el muro y sigo corriendo a toda velocidad.

El mecanismo de la puerta rechina. Metal contra metal. La base de la puerta se encuentra a un metro del suelo, la rendija por la que se ve el exterior nocturno está reduciéndose y rindiéndose a la oscuridad del aparcamiento, como si estuviera tan asustada como yo.

El último muro.

Tres

Dos.

Uno.

Doy el salto demasiado pronto.

El muro me envía de un salto hacia delante y a la izquierda, y tengo el tiempo justo para colocar a Ella del otro lado antes de impactar contra el capó de un Mercedes.

El aire abandona mis pulmones de una sola exhalación.

—No me lo pongas difícil, Anna.

Estoy mareada por la falta de aire; por el dolor que siento en el estómago y el pecho. Levanto la cabeza —mi cuerpo sigue desparramado sobre el capó— y la veo allí de pie. Entre la salida y yo.

Me rindo.

La puerta del aparcamiento sigue cerrándose. La gruesa barra metálica que cruza la puerta de lado a lado está por debajo de mi cintura, pero por encima de mis rodillas.

Las luces me llaman. Sí hay tiempo. Pero mi madre está ahí de pie.

Y aunque le tiembla la mano y me haya jurado que no sabe cómo usar el arma, no puedo ignorar el reluciente cañón negro de la pistola.

61

Ojalá estuvieras aquí. Menuda ironía, ¿verdad?

Tú sabrías qué hacer.

Pondrías tu mano sobre la mía y me bajarías el brazo hasta que la pistola estuviera apuntando al suelo. Me la quitarías de la mano y, aunque yo gritara que me dejaras en paz, como te gritaba cuando intentabas quitarme el vodka, como te gritaba cuando me decías que ya había bebido bastante, te lo permitiría. Permitiría que me quitaras esta pistola.

No la quiero en la mano. Jamás la quise.

Él se presentó con ella. Shifty. Me acosaba porque le debía esa semana de alquiler, luego la puso sobre la mesa y dijo que a lo mejor yo la quería. Me pedía dos mil.

Sabía que iba justa de dinero. Sabía que limpiar baños —aunque fuera en un colegio de niñas pijas— no daba para contar con esa cantidad en efectivo, y que todo cuanto llevaba encima se lo había dado para el alquiler.

Pero también sabía que estaba asustada. Me ofreció un préstamo, con unos intereses que me hicieron sentir presión en el pecho, pero ¿qué otra opción tenía? Necesitaba protección.

Acepté su usura. Compré la pistola.

Me sentía mejor sabiendo que estaba ahí, aunque nunca creí que la usaría. Antes imaginaba qué ocurriría si me pillaban; imaginaba que metía la mano en el cajón donde tenía la pistola. Apuntaba.

Disparaba.

Me tiembla la mano.

«Ella es tu hija, ¡y la niña es tu nieta!»

«¿Qué estoy haciendo?»

Oigo el aullido distante de una sirena y casi deseo que se oiga más cerca, pero se aleja. Necesito que alguien me detenga.

Ojalá estuvieras aquí.

Aunque supongo que, si todavía estuvieras aquí, ahora no te necesitaría.

62

ANNA

Quiero mirarla —para ver si su mano temblorosa significa que está tan aterrada como yo—, pero no puedo apartar los ojos de la pistola. Envuelvo a Ella entre mis brazos, como si estos pudieran detener una bala, y me pregunto si así se acaba todo, si estos son los últimos segundos que pasaré con mi hija.

Ahora deseo haber aporreado la ventanilla del coche. Haber gritado a la mujer del Fiat 500. Haber intentado romper el cristal a patadas. Algo. Cualquier cosa. ¿Qué clase de madre no intentaría salvar a su pequeña?

Hace años, cuando volvía a pie de casa de una amiga, alguien intentó meterme en su coche. Me defendí con uñas y dientes. Me revolví con tanta fuerza que ese tipo empezó a soltar tacos.

—¡Puta zorra! —me gritó antes de largarse en su coche.

Ni siquiera me lo planteé. Me defendí y ya está.

¿Por qué no lucho ahora?

Mi madre apunta con el cañón de la pistola hacia un rincón del aparcamiento. Lo hace una vez. Dos veces.

Me muevo.

No es solo por la pistola. Es por quién es ella, por cómo me han programado para estar con ella. Como si fuera una amiga íntima que de pronto te da una puñalada trapera, o un amante que te pega un puñetazo; no logro reconciliar lo que está pasando en este momento con la persona a la que creía conocer. Es más fácil luchar contra un desconocido. Es más fácil odiar a un desconocido que no a sangre de tu sangre.

Desde el exterior llega el ruido de una ametralladora lejana, que retumba en el firmamento. Fuegos artificiales. Todavía queda una hora hasta medianoche; será alguien que ha empezado a celebrarlo antes de tiempo. El aparcamiento está vacío; todos los vecinos o bien han salido de noche o están celebrándolo en casa.

El ascensor se abre en el descansillo enmoquetado. El piso de Mark se encuentra al fondo del pasillo, y cuando pasamos caminando por la puerta de su vecino se oyen unos gritos estridentes. Se oye música de radio fórmula procedente del interior del piso. Si la puerta está entreabierta —por la gente que entra y sale de la fiesta—, podría abrirla de golpe y colarme en el interior en un abrir y cerrar de ojos. Y la multitud me protegería.

No me doy cuenta de que he empezado a caminar más despacio, que todo mi cuerpo está centrado en este último intento de salvar mi vida —de salvar la vida de mi hija—, pero debo haberlo hecho porque noto un fuerte empujón en la espalda y no necesito que nadie me aclare que mi madre está encañonándome con la pistola pegada a la espalda.

Sigo caminando.

El piso de Mark no está ni de lejos como yo lo recordaba. El sofá de cuero está arañado y desgarrado —el relleno se sale por una raja del brazo— y hay quemaduras de cigarrillo por todo el parquet. Han retirado la basura que los antiguos inquilinos habían dejado en la cocina, pero el hedor ha tardado más en esfumarse. Se me mete la peste en la garganta.

Hay dos butacas enfrente del sofá. Ambas se ven mugrientas. Una está cubierta de algo que podría ser pintura. Las tersas mantas de lana que Mark tenía dobladas pulcramente en el respaldo de cada una de ellas están hechas un guiñapo, arrugadas y amontonadas la una sobre la otra.

Nos quedamos en el centro de la habitación. Espero a que ella me dé instrucciones, que diga algo —cualquier cosa—, pero se limita a permanecer ahí plantada.

No sabe qué hacer.

No tiene ni idea de qué va a hacer con nosotras ahora que nos tiene aquí. En cierta forma, eso me parece más aterrador que la certeza de que existe un plan maestro. Podría ocurrir cualquier cosa. Ella podría hacer cualquier cosa.

—Dame a la niña.

Ahora sujeta la pistola con ambas manos, muy juntas, como si estuviera rezando.

Niego con la cabeza.

—No. —Sujeto a Ella con tanta fuerza que la niña suelta un grito—. No vas a cogerla.

—¡Dámela! —Está histérica.

Deseo pensar que alguien la oirá, llamarán a la puerta y nos preguntarán si va todo bien, pero la juerga de al lado hace retumbar las paredes, y me parece que, aunque gritara, nadie acudiría al rescate.

—Déjala en la butaca y luego ve al otro extremo de la sala.

Si me dispara, Ella no tendrá a nadie que la salve de esta situación. Tengo que seguir viva.

Poco a poco avanzo hacia una de las butacas y dejo a Ella sobre el montón de mullidas mantas. Ella me mira parpadeando y me hace sonreír, a pesar de lo que me duele tener que soltarla.

—Ahora muévete. —Un nuevo empujón con la pistola.

Obedezco sin dejar de mirar ni un segundo a Ella mientras mi madre la levanta y la acuna contra su pecho. Hace ruiditos con la boca para calmarla y se balancea sobre los talones. Podría ser cualquier abuela entregada, si no fuera por la pistola que le cuelga de una mano.

—Mataste a papá. —Sigo sin poder creerlo.

Me mira como si hubiera olvidado mi presencia allí. Camina de un lado a otro de la sala —de izquierda a derecha, de derecha a izquierda—, aunque no queda claro si es para calmar a Ella o para calmarse a sí misma.

—Fue un accidente. Él... se cayó. Se golpeó contra la encimera de la cocina.

Me tapo la boca con ambas manos, ahogo el grito que casi se me escapa cuando pienso en mi padre tirado en el suelo de la cocina.

—¿Estaba... estaba borracho?

Eso no cambia nada, pero busco un motivo, intento entender cómo mi pequeña y yo hemos acabado encerradas en este piso.

—¿Borracho? —Mi madre me mira, confusa por un instante, luego me da la espalda y no puedo ver su expresión. Cuando habla, intenta no llorar—. No, él no estaba borracho. Yo sí. —Se vuelve de nuevo—. He cambiado, Anna. No soy la misma persona que era entonces. Esa persona murió, como todos creíais que había ocurrido. Tuve la oportunidad de volver a empezar; de no cometer los mismos errores del pasado. De no hacer daño a nadie.

—¿A esto le llamas no hacer daño a nadie?

—Esto ha sido un error.

Un accidente. Un error. La cabeza me da vueltas por las mentiras que ha contado, y si esta es la verdad, desde luego que no quiero oírla.

—Deja que nos marchemos.

—No puedo.

—Sí puedes, mamá. Tú misma lo has dicho: todo esto ha sido un gran error. Dame a Ella, suelta la pistola y deja que nos marchemos. Me da igual qué hagas después, tú déjanos ir.

—Me meterán en la cárcel. —No respondo—. ¡Fue un accidente! Perdí los estribos, me puse nerviosa... Yo no quería darle. Él se resbaló y...

Le caen las lágrimas por el contorno de la cara y van a dar a su jersey. Parece destrozada y, en contra de mi voluntad y a pesar de todo lo que ha hecho, me reblandezco. La creo cuando afirma que jamás quiso que ocurriera. ¿Quién querría que esto sucediera?

—Pues cuenta eso a la policía. Sé sincera. Es lo único que puedes hacer. —Hablo con serenidad, pero cuando nombro a la policía, ella abre los ojos como platos, con expresión alarmada, y vuelve a caminar de un lado para otro, incluso más deprisa que antes y de forma más frenética. Abre la puerta de corredera que da al balcón y una ráfaga de aire helado penetra en la sala. Se oyen gritos de celebración procedentes de algún lugar de la calle, siete pisos por debajo de nosotras, y la música suena cada vez más alta desde todas las direcciones. Tengo el corazón desbocado, las manos de pronto sudorosas y calientes a pesar de la puerta abierta—. Mamá, vuelve a entrar.

Mi madre sale al balcón.

—Mamá, dame a Ella. —Intento hablar con tranquilidad.

El espacio exterior es reducido, pensado más para fumar que para disfrutar de una barbacoa, y protegido por una barandilla de paneles de cristal templado.

Mi madre cruza el balcón. Mira hacia la calle y yo ni siquiera sé lo que grito, solo que sale de mi boca y no tiene ningún efecto, porque mi madre está mirando hacia la calle con expresión de horror en el rostro. Tiene a Ella fuertemente abrazada, pero está tan cerca del borde, tan cerca...

—Dame a Ella, mamá. —Me muevo despacio, voy paso a paso. Pasitos de bebé—. No quieres hacerle daño. Solo es un bebé.

Mi madre se vuelve. Habla tan bajito que tengo que esforzarme para oírla por los ruidos que llegan desde la ciudad a nuestros pies.

—No sé qué hacer.

Le quito a Ella con delicadeza y contengo la necesidad imperiosa de cogerla de golpe y salir corriendo para ir a encerrarme en otra habitación. Mi madre no se resiste y yo aguanto la respiración al alargar una mano. Tiene que saber que debe parar ya.

—Ahora dame la pistola.

Es como si hubiera roto el hechizo. Me mira de golpe, como si acabara de recordar que estoy ahí. Sujeta con más fuerza el arma y se aparta, pero mi mano ya está agarrándola por la muñeca y, aunque estoy paralizada por el pánico, no puedo soltarla.

Le doy un manotazo en el brazo para alejarlo de mí, para alejarlo de nosotras, en dirección al cielo nocturno, pero ella intenta regresar al piso y ambas forcejeamos con toda la fuerza que tenemos. Estamos peleándonos como niñas por un juguete; ninguna de las dos suelta la pistola; ninguna de las dos tiene la valentía suficiente para hacer nada más en caso de que el arma...

No suena como una pistola.

Suena como una bomba. Como un edificio que se derrumba. Como una explosión.

La barandilla de cristal se hace añicos. El estruendo es un eco del disparo, de los fuegos artificiales que estallan sobre nuestras cabezas.

Yo la suelto primero. Retrocedo desde el borde del balcón, donde ya no hay separación entre la seguridad y el cielo nocturno. Me pitan los oídos como si estuviera en un campanario, y, por encima del pitido, oigo los llantos de Ella, y sé que tiene que estar doliéndole porque a mí también me duele.

Mi madre y yo nos miramos, aterrorizadas por lo que acaba de ocurrir. Por lo que podría haber ocurrido. Ella se queda mirando la pistola que tiene en la mano, posada sobre la palma de su mano, como si no quisiera tocarla.

—No sé qué hacer —susurra.

—Deja la pistola.

Entra en el piso. Deja la pistola sobre la mesita de café y empieza a pasearse por la sala. Está murmurando algo, con el gesto retorcido y las manos en la cabeza, mesándose los cabellos.

Miro a la calle desde el balcón, sujetando a Ella lejos del borde, a salvo. ¿Dónde se ha metido la gente? ¿Dónde están los coches patrulla, las ambulancias, la multitud que acude en tromba para averiguar de dónde procedía ese disparo? No hay nada. Nadie mirando hacia arriba. Nadie corriendo. Ni juerguistas peregrinando desde un bar hacia el siguiente. Un hombre con abrigo hablando por el móvil. Camina esquivando los fragmentos de cristal hecho añicos. Borrachos, basura, cristales rotos; no es más que otra consecuencia de la Nochevieja.

—¡Socorro! —grito.

Estamos en el séptimo piso. El ambiente está inundado por fragmentos de música que se oyen cuando se abren y cierran las puertas; el martilleo continuo de un bajo procedente de algún lugar a un par de calles de aquí; los petardos de las personas demasiado impacientes para esperar a media noche.

—¡Aquí arriba!

Hay una pareja en la calzada. Me vuelvo para mirar a mi madre, luego me inclino hacia delante tanto como me atrevo para gritar otra vez. La mujer mira hacia arriba; el hombre también. Él levanta un brazo; tiene lo que parece una pinta llena de cerveza en la mano. Y el brindis apenas audible que me llega me demuestra que gritar es inútil.

Estoy a punto de dar media vuelta cuando lo veo.

Aparcado en la calle, sin importar las dos rayas amarillas, un Mitsubishi Shogun de color negro.

63

MURRAY

Murray y el sargento Kennedy habían trasladado el campamento a la cocina de Oak View, donde se había instalado, de forma extraoficial, un centro de operaciones.

—Que repasen el censo electoral en busca de Mark Hemmings.

James estaba de pie dando instrucciones a un joven agente, que iba anotándolas a toda prisa, listo para transmitirlas al centro de control. Le sonó el teléfono y contestó; escuchó concentrado, luego tapó el auricular y puso al sargento al corriente de la información.

—El coche de Anna Johnson ha activado en dos ocasiones las cámaras de reconocimiento de matrículas saliendo de Eastbourne. Hay varias cámaras en la A27, pero ninguna de ellas lo ha reconocido. —A Murray se le cayó el alma a los pies; ¿se habría llevado Caroline a Anna y a la niña a un lugar totalmente distinto? El agente seguía hablando—. Han vuelto a coger el coche en Londres; la última identificación ha sido pasadas las diez y media, en la South Circular.

James se quedó mirando a Murray.

—¿Alguna novedad con el móvil de Hemmings?

—Sigue sin contestar. Seguiré intentándolo.

—He pedido la localización del móvil de Anna.

Murray apretó el botón de rellamada. Nada. Ya había dejado un mensaje, pero si Mark había silenciado su móvil para conducir, podía pasar otra hora antes de que contestara. Mientras tanto, ¿quién sabía qué habría planeado Caroline?

—Sargento, hay cientos de Mark Hemmings en el censo electoral. ¿Sabemos si tiene segundo nombre?

Mientras James rebuscaba en la pila de correo abandonado sobre la mesa de la cocina, con la esperanza de encontrar al menos una inicial, Murray se puso a buscar en Google. Pensó que era el equivalente digital de la colaboración ciudadana de toda la vida, la clase de pesquisa que no se basaba en los sistemas de inteligencia policiales, ni en las bases de datos, ni en las exenciones por protección de datos. Era el equivalente a llamar a las puertas, a preguntar qué sabían a personas de carne y hueso.

Buscó «Mark Hemmings, Putney» y aparecieron demasiadas entradas para que resultaran útiles. Cerró los ojos durante un instante; recordó lo que sabía sobre el compañero de Anna. Luego se permitió esbozar una tímida sonrisa. Mark Hemmings no solo había vivido en un piso de Putney; en realidad había trabajado en él.

—Piso 702, Putney, Bridge Tower, SW15 2JX.

Murray pasó el móvil con la pantalla hacia arriba en dirección a James, con la lista de propietarios oficiales abierta en: «Mark Hemmings, Dip. en Investig. de Rasgos Espontáneos, Dip. en Investig. de Transferencia de Rasgos Espontáneos, Máster en Psicología, UKCP (Acreditación Oficial para el ejercicio de la Psicología en Reino Unido), MBACP (Acreditación Oficial de la Asociación Británica de Terapeutas)».

—Excelente trabajo.

Murray se quedó escuchando mientras James comunicaba la dirección al centro de control. En cuanto finalizó la llamada, Sussex pasaría la información a la policía metropolitana de Londres, que entraría en acción; el Centro Informático de Comunicación enviaría a agentes al norte, sur y centro. «Aproximación discreta... Todos los agentes deben aguardar en el punto de encuentro.» Los policías armados deberían esperar a que se especificara la situación de amenaza, a que llegaran las autorizaciones. Una ambulancia estaría de camino. Los negociadores estarían a la espera. Montones de personas trabajando al unísono con el mismo fin.

Todas con la esperanza de llegar a tiempo.

—Ya está, pues —dijo James. Dejó el móvil—. Odio estos casos entre dos jurisdicciones. Nosotros hacemos todo el trabajo duro y la policía de Londres se encarga del papeleo. —Se encogió de hombros, enojado—. Resulta frustrante, ¿sabes?

Murray ya lo sabía. Aunque en ese momento se dio cuenta de que no se sentía frustrado. No quería estar allí para el papeleo, ni para el recuento de bajas, ni para el té ni para las medallas.

Quería irse a casa.

Por supuesto que le preocupaba el bienestar de Anna y Ella, pero por fin había entendido lo que debería haber visto hacía ya tiempo. Los crímenes no eran resueltos por un único inspector; eran resueltos por un equipo. Murray había sido un buen inspector, pero no era indispensable. Nadie lo era.

—Murray... —James vaciló—... mi equipo fue el encargado de los suicidios de los Johnson en un principio. Fui yo quien firmó la autorización para dar por buenos los informes forenses.

—A todos se nos pasó algo, James. Caroline hizo un buen trabajo, tenía una coartada casi infalible.

Caroline. Murray no paraba de darle vueltas a la cabeza. ¿Cómo había conseguido meter ella sola el cuerpo de Tom en la fosa séptica?

—Acababan de ascenderme. Quería dedicarme a la investigación de agresiones con violencia, delitos sexuales, ¿sabes? Crímenes de verdad. Tenía demasiada prisa por ir despejando mi mesa.

Murray recordó su primera época en el CID. Recordó el escalofrío cuando llegaba un caso «de los buenos»; las sonoras quejas colectivas cuando los recursos, ya de por sí estirados al máximo, se dedicaban a investigaciones que no llegaban a ninguna parte. De haber estado en el lugar de James, ¿quién era él para decir que no habría hecho lo mismo?

Intentó consolar al hombre más joven con un ligero toquecito en el brazo, aunque seguía pensando en Caroline.

—Es lo que hay.

¿Quién habría ayudado a Caroline a deshacerse del cuerpo?

—Voy a llamar al equipo para que regresen a la comisaría. Serás bienvenido, ¿esperas a que celebremos la reunión informativa para actualizar los datos?

—Gracias, pero me voy a casa. Quiero recibir el Año Nuevo con Sarah.

Murray miró hacia el jardín, donde habían cerrado la cremallera de la carpa y un agente uniformado montaba guardia, con una gruesa bufanda negra alrededor del cuello.

—No te culpo. Te informaré en cuanto tengamos noticias de la policía metropolitana.

Se levantaron. En la pared, junto a Murray, había un tablón de corcho, y se quedó mirando distraídamente su contenido mientras esperaba a que James recogiera sus papeles. Una ecografía de embarazo ocupaba el honorífico lugar central. Una pulsera de algún concierto o algo parecido colgaba de una chincheta en el marco; una reliquia de la vida de Anna antes de tener a la niña. Había una invitación de bodas —«Solo recepción de tarde»— y una nota de agradecimiento de Bryony por las «Preciosas flores; ¡ocupan dos jarrones!».

Y en la parte inferior del tablón, en la esquina derecha, había un folleto.

¡Eso era!

La última pieza del rompecabezas.

Murray no sintió euforia. Solo alivio al ver que la memoria de elefante que tenía no le había fallado. Por fin recordó lo que había visto en el tablón de corcho de Diane Brent-Taylor. Y, lo que era más importante, sabía exactamente qué significaba.

—Una última cosa —dijo a James cuando los dos iban caminando hacia sus respectivos coches. Mientras lo decía se preguntó si no le convenía más reservarse la información, comprobarla antes y luego llevarse todo el mérito cuando por fin encajaran las piezas, pero concluyó que no. De hecho, se alegraba de poder revelarlo.

—¿Sí?

—Ya sé quién ayudó a Caroline Johnson a deshacerse del cuerpo.

64

ANNA

Se oye un ruido procedente del descansillo. El tenue «ping» del ascensor anunciando su llegada. Miro a mi madre, pero ella tiene la mirada clavada en la puerta.

—¿Quién es? —pregunto susurrando, pero ella no responde. ¿Podría ser la policía?

Mark la habrá llamado en cuanto salimos de Eastbourne; saben que estamos aquí. Y ahora que ya han encontrado el cuerpo de mi padre, sabrán que ella lo hizo; supondrán con quién estoy... Vuelco mis esperanzas en Mark y en Murray; deseo que hayan sumado dos más dos y hayan llegado a las conclusiones correctas.

—Abre la puerta. Sé que estás ahí.

El alivio repentino me aturde de tal forma que estoy a punto de romper a reír. No es la policía, sino la siguiente mejor opción. Mi madre no se mueve, pero yo sí. He sido una idiota. El Mitsubishi Shogun negro no estaba siguiéndonos, sino que intentaba detener a mi madre. Corro hacia la puerta y la abro de golpe, porque de pronto somos dos contra una y me siento invencible.

—Gracias a Dios que has llegado.

Me preparo para ser atacada por la espalda, pero no de frente. El golpe me impacta directamente en el pecho y me obliga a retroceder, mientras logro sujetar a Ella en lo alto al tiempo que tropiezo y voy a parar al suelo. Suelto un gemido. Intento asimilar mentalmente lo que estoy viendo.

No ha venido a rescatarnos.

Laura cierra la puerta de golpe y echa el pestillo. Lleva unos vaqueros negros ajustados con tacones y un top brillante; está vestida para una fiesta a la que no asistirá. Nuestra fiesta de Nochevieja. La melena suelta y rizada cae sobre sus hombros y tiene los ojos pintados con tonos brillantes, grises y verdes. Me ignora y dirige su odio hacia mi madre, quien está retrocediendo poco a poco hacia el balcón.

—Zorra traidora.

65

Todavía recuerdo el rostro de Laura.

Se quedó de pie en la puerta con la expresión paralizada por el horror.

—He llamado al timbre. La puerta estaba abierta, por eso...

—Se quedó mirando tu cuerpo. La sangre empezaba a coagularse. Los apliques del techo proyectaban su luz sobre el pegote del suelo; te dibujaban un halo plateado alrededor de la cabeza—. ¿Qué ha pasado?

He pensado mucho en ese instante. En lo que dije. ¿Habría cambiado algo si le hubiera contado que fue un accidente? ¿Que se me había ido la cabeza, que había perdido los estribos? ¿Que el alcohol me hacía tener reacciones imprevistas?

—Lo he matado.

Se quedó pálida.

Sentí un espasmo muscular y me di cuenta de que seguía plantada en el mismo lugar desde que tú... desde que te habías caído. Me enderecé. Recordé que todavía sujetaba el cuello de la botella. Lo dejé caer y, al impactar contra el suelo, se oyó un golpe seco. Se alejó rodando y no se rompió. Eso sobresaltó a Laura.

El ruido me hizo reaccionar. Cogí el teléfono, pero no marqué. Me temblaba la mano.

—¿Qué haces?

—Llamar a la policía.

Me pregunté si el hecho de estar borracha mejoraba o empeoraba las cosas. Si era un factor agravante el encontrarme bajo los efectos del alcohol o un atenuante el hecho de no saber qué hacía.

—¡No puedes llamar a la policía! —Laura cruzó la cocina y me quitó el teléfono de la mano. Volvió a mirarte y arrugó el gesto cuando vio la masa asquerosa que te supuraba por detrás de la oreja—. ¡Caroline, te detendrán! Te meterán en la cárcel.

Me dejé caer sobre una silla, mis piernas ya no aguantaban el peso de mi cuerpo. Había un olor raro en la cocina, un hedor metálico y agrio a sangre y sudor y muerte.

—Podrían condenarte a cadena perpetua.

Imaginé cómo sería vivir en una celda. Pensé en los documentales que había visto. Pensé en *Prison Break* y en *Orange Is the New Black*, y me pregunté cuánto se parecerían esas series a la realidad.

También pensé en la ayuda que podría necesitar.

Porque tenías razón, Tom, esa no era forma de vivir. Me engañaba como una niña diciéndome que no tenía un problema, porque no quería despertarme temblando o verme sentada en un parque con una lata de cerveza Special Brew. Pero te gritaba. Me burlaba de ti. Te pegaba. Y te había matado.

Tenía un problema con el alcohol. Un problema grave.

—Voy a llamar a la policía.

—Caroline, piénsalo. Piénsalo bien. En cuanto hagas esa llamada, no habrá vuelta atrás. Lo que ha ocurrido es... —Se estremeció—. Dios, es terrible, pero no puedes deshacerlo. Ir a la cárcel no hará resucitar a Tom.

Miré la serie de fotos impresas en lienzos y colgadas sobre la antigua cocina Aga. Tú, yo y Anna tumbados boca abajo con vaqueros y camiseta blanca. Riendo. Laura miró hacia donde yo estaba mirando. Habló con parsimonia.

—Si vas a la cárcel, Anna os perderá a los dos.

Me quedé callada durante un rato.

—¿Y... qué? —Sentí cómo iba alejándome de lo correcto, de

lo bueno. ¿Eso importaba? Ya había cometido un crimen—. No podemos dejarlo aquí.

«Podemos.»

Ese fue el momento. El momento en que nos convertimos en un equipo.

—No —dijo Laura. Tenía la mandíbula apretada, en tensión—. No podemos dejarlo aquí.

Tuvimos que mover juntas la maceta de terracota para retirarla de encima de la tapa de la fosa. La habías colocado tú cuando nos mudamos, y yo había plantado un laurel que nos regalaron por la compra de la casa nueva. La tapa era fea, y no teníamos ninguna necesidad de acceder al agujero; la fosa séptica era un vestigio de la época en que el límite de la ciudad se encontraba a casi un kilómetro hacia el oeste y esta agrupación de casas era una zona rural.

La llave era una gruesa barra de metal, de casi ocho centímetros de largo. Había estado en el cajón de la cómoda desde que habíamos llegado a Oak View, pero encajó en la cerradura de la tapa con la misma facilidad que el día en que había sido fabricada.

En el interior había un túnel angosto, como la entrada a un pozo subterráneo. El aire estaba cargado pero no era fétido, el contenido de la fosa se había secado hacía tiempo. Miré a Laura. Ambas estábamos sudando por el esfuerzo de arrastrarte desde la cocina, y el miedo visceral por lo que estábamos a punto de hacer. Por lo que ya habíamos hecho. Si nos deteníamos en ese instante, sería demasiado tarde. Habría resultado evidente que intentábamos ocultar tu cadáver. El daño ya estaba hecho.

Primero te metimos con la cabeza por delante. Se me escapó un grito cuando te me resbalaste hasta la mitad del túnel y te quedaste atascado, porque el cinturón se te enganchó con el reborde metálico de la tapa, y emitiste un ruido. Un gemido involuntario cuando el aire salió a la fuerza de tus pulmones.

Yo no podía mirar. Me volví y oí el pesado sonido de cómo

arrastraban tu cuerpo para meterlo en la fosa; un golpe seco cuando tocaste fondo.

Silencio.

Había parado de llorar, pero me dolía el corazón por la pérdida y la culpa. Si la policía hubiera llegado justo en ese momento, creo que lo habría confesado todo.

Laura no.

—Ahora hay que limpiar.

Fue idea de Laura simular el suicidio.

—Si informamos de su desaparición, te considerarán sospechosa. Siempre lo hacen.

Me hizo repetir el plan una y otra vez, luego se marchó.

No dormí. Me quedé sentada en la cocina, mirando por la ventana al jardín que yo había convertido en una sepultura. Lloraba por ti y, sí, lloraba por mí también.

Laura fue en coche hasta Brighton en cuanto amaneció, esperó a que abrieran las tiendas y compró un móvil. Una tarjeta SIM ilocalizable. Llamó a la policía; dijo que te había visto saltar por el borde del acantilado.

Yo esperé a diario la llegada de la policía. A diario me sobresaltaba cuando oía el timbre. No podía dormir; no podía comer. Anna intentaba tentarme con huevos revueltos, lonchas de salmón ahumado, pequeños cuencos de macedonia, con la mirada inundada de pesar, aunque estuviera intentando aliviar el mío.

Pero la policía no se presentó.

Pasaron las semanas y te declararon muerto, y nadie me señaló con el dedo ni hicieron preguntas. Y aunque veía a Laura con frecuencia, aunque jamás lo hubiéramos acordado, nunca hablamos de lo ocurrido. De lo que habíamos hecho. Hasta que el seguro pagó tu póliza.

66

ANNA

Me incorporo hasta sentarme y consigo ponerme de pie a duras penas. El pitido en los oídos no ha disminuido, aunque los gritos de Ella se han convertido en gemidos. ¿Qué consecuencias tendrá todo esto en ella? No recordará esta noche, no de forma consciente, pero ¿quedará algo enterrado en lo más hondo de su inconsciente? La noche en que su abuela la tuvo retenida.

«Laura.»

«Yo no sabía que necesitaba perforar el alcantarillado —había dicho mi madre en el coche—, de no ser por eso, jamás habríamos tenido que...»

Laura lo sabía. Laura la ayudó.

Las dos mujeres están de pie, una frente a otra. Laura con los brazos en jarra. Mi madre se queda mirando la mesa, donde yace la pistola inocentemente en el lugar en que la había dejado. Pero tarda demasiado en reaccionar. Laura la sigue con la mirada, se mueve deprisa.

El miedo me atenaza el pecho.

Laura se tira de la manga para taparse la mano y se envuelve los dedos con la tela antes de levantar el arma. Es metódica. Cuidadosa.

Aterradora.

—Yo no te he traicionado. —Mi madre se pone a la defensiva. Quiero decirle que se tranquilice, pero no me sale la voz.

—Me lo debías, Caroline. —Laura se dirige hacia el sofá y se sienta en el brazo del mueble con la pistola sujeta con firmeza—. Era todo muy sencillo. De no haber estado yo allí, te habrían acusado del asesinato de Tom. Yo te salvé.

—Tú me chantajeaste.

Las piezas del rompecabezas van encajando.

No era mi padre quien amenazaba a mi madre, sino Laura. No era mi padre quien la localizó, sino Laura.

—¿Tú? —No logro asimilarlo—. ¿Tú me enviaste la tarjeta de aniversario?

Laura me mira por primera vez. Se fija en Ella, en mi pelo alborotado, en la expresión impactada que todavía debo de tener.

—Se suponía que tú no debías darle importancia, que te lo tomarías como la broma de algún loco. No era más siniestro que las cartas de los pirados que recibisteis cuando murió Tom. —Sacude la cabeza—. Era un mensaje para Caroline, en realidad, para que se diera cuenta a quién se enfrentaba. Le envié una copia.

—Y supongo que el conejo también fue un mensaje, ¿no? ¿Y el ladrillo que rompió la ventana? ¡Podrías haber matado a Ella!

Laura de pronto parece confusa, luego esboza una sonrisa.

—Ah... eso llegó desde un poco más cerca de casa.

Sigo su mirada, hasta el punto donde mi madre tiene la cara entre las manos.

—No...

—Solo quería que dejaras de hurgar en lo que nos ocurrió. Sabía que si descubrías la verdad, ella iría a por ti también y...

—¿Tiraste un ladrillo por la ventana del cuarto del bebé? ¿Sobre la cuna de tu nieta? —Las palabras parecen pronunciadas por otra persona; la histeria hace que suenen agudas e irregulares.

—Sabía que Ella estaba en la planta baja; la había visto desde el jardín.

Da unos pasos hacia mí, con un brazo alargado, pero Laura se mueve más deprisa. Se queda de pie, apuntándola con la pistola. Sacude el arma hacia la izquierda. Una vez, dos veces. Mi madre vacila, pero al final retrocede.

¿Quiénes son estas mujeres? ¿Mi madre, capaz de hacer daño a su propia hija? ¿Y a su nieta? Y Laura... ¿Cómo puedes conocer a alguien de toda la vida y no saber quién es en absoluto?

Me vuelvo hacia Laura.

—¿Cómo supiste adónde había ido mi madre?

—No lo sabía. No al principio. Solo sabía que no se había suicidado. —Se queda mirando a mi madre, que está sollozando ruidosamente—. Es muy predecible —lo dice con tono paternalista, cáustico.

Me recorre una ola de repulsión al pensar en cómo me consoló tras la muerte de mi padre; cómo me ayudó durante el funeral. Quizá mi padre muriera a manos de mi madre, pero fue Laura quien escondió su cuerpo; quien maquinó el falso suicidio; quien ocultó el delito. Recuerdo en su insistencia para que revisara el estudio de mis padres —su generosa oferta de hacerlo por mí— y caigo en la cuenta ahora de que debía de estar buscando pistas sobre el paradero de mi madre.

—Yo también tengo una copia de esa foto, ¿sabes? La tuya con mi madre, en esa mierda de *bed & breakfast* en el culo del mundo, en medio de la nada. —Solo durante un instante, la voz de Laura se quiebra. Es una pista muy sutil de que hay algo más bajo esa coraza metálica de control—. Hablaba de eso sin parar. De lo mucho que os reísteis. Que fue como estar lejos de la vida real. De su vida. Eso era lo que más quería. —Deja caer los hombros—. Ella te quería.

Poco a poco va bajando el brazo. La pistola queda colgando, descuidada, a un costado de su cuerpo. «Ha llegado el momento —pienso—. Aquí se acaba todo. Todo el mundo ha dicho lo que necesitaba decir, y ahora se terminó. Sin que nadie salga herido.»

Mi madre da un paso hacia Laura.

—Yo también la quería.

—¡Tú la mataste! —La pistola se levanta de inmediato. El brazo de Laura se yergue, con el codo bien doblado. La fugaz vulnerabilidad que he percibido ha desaparecido. Tiene los ojos entrecerrados y la mirada sombría, y toda la musculatura tensa de pura rabia—. ¡Te casaste por dinero y la abandonaste en ese piso húmedo de mierda, y ella murió!

—Alicia tenía asma —digo—. Murió por un ataque de asma. —¿No fue así?

Me invade un pánico repentino ante la idea de que eso también sea mentira, y miro a mi madre para que lo confirme.

—¡Ni siquiera fuiste a visitarla!

—Sí lo hice. —Mi madre vuelve a estar a punto de llorar—. Quizá no con tanta frecuencia como debería haberlo hecho. —Se frota los ojos—. Nos separamos. Ella estaba en Londres; yo estaba en Eastbourne. Tuve a Anna y...

—Y no tenías tiempo para una amiga sin dinero. Una amiga que no hablaba como tus nuevas amistades; que no bebía champán ni conducía un coche pijo.

—No fue así.

Pero se queda cabizbaja, y a mí me invade una repentina tristeza por Alicia, porque creo que sí ocurrió de esa forma. Creo que fue eso lo que pasó. Y, de la misma forma que ocurrió con mi padre, se ha dado cuenta demasiado tarde. Emito un sonido; no es un sollozo, ni una palabra. Mi madre me mira y todo lo que pienso debe de estar escrito en mis ojos, porque su rostro se demuda y veo que me suplica perdón en silencio.

—Anna y Ella deberían marcharse. No tienen nada que ver con esto.

Laura suelta una risotada sardónica.

—¡Tienen mucho que ver con esto! —Se cruza de brazos apoyándolos sobre el pecho—. Ellas tienen el dinero.

—¿Cuánto quieres?

No pienso andarme con rodeos. Le daré lo que quiera.

—No.

Miro a mi madre.

—Ese dinero es para tu futuro. Para el futuro de Ella. ¿Por qué crees que hui? Laura se lo habría quedado todo. A lo mejor yo me lo merecía, pero tú no.

—El dinero me da igual. Puede quedárselo. Se lo transferiré a la cuenta que desee.

—Es más simple que eso. —Laura está sonriendo.

Se me eriza el vello de la nuca, un cosquilleo me recorre la espalda.

—Si me das todo tu dinero, la gente hará preguntas: Billy, Mark, el maldito inspector de hacienda. Tendría que confiar en que no dijeras nada y, si he aprendido algo de todo esto... —se queda mirando a mi madre—... es que no se puede confiar en nadie.

—Laura, no.

Miro a mi madre. Está negando con la cabeza; va un paso por delante de mí.

—Lo que creerá todo el mundo es que he venido para salvarte a ti y a Ella —dice Laura—. Mark fue de gran ayuda y me dijo dónde estarías cuando canceló la fiesta, y mi sexto sentido me hizo intuir que corrías un grave peligro. —Abre mucho los ojos para interpretar su pantomima, con las manos levantadas y los dedos separados de la mano con la que no sujeta la pistola—. Pero cuando he llegado, ya era demasiado tarde. Caroline ya os había disparado a las dos y se había suicidado. —Hace una mueca de fingido disgusto y luego se vuelve hacia mí—. Ya has visto el testamento de Caroline. Estabas presente durante su lectura. «A mi hija, Anna Johnson, le dejo todas mis posesiones económicas y materiales, lo que incluye cualquier propiedad puesta a mi nombre en el momento de mi muerte.» —Cita textualmente el testamento de mi madre y va escupiendo las palabras.

—Mi madre también te dejó dinero en herencia. —No fue una fortuna, pero una herencia muy rentable en honor a su larga amistad con Alicia; su deber para con Laura como madrina.

Laura prosigue como si yo no hubiera dicho nada.

—«En caso de que Anna haya fallecido antes de la ejecución de este testamento, lego todas mis posesiones económicas y materiales a mi ahijada, Laura Barnes.»

—Es demasiado tarde —dice mi madre—. Ya se ha realizado la lectura del testamento; Anna ya ha recibido la herencia.

—Ah, pero todavía no estás muerta, ¿verdad? —Laura sonríe—. Aún no. El dinero todavía te pertenece.

Levanta la pistola y apunta en mi dirección.

Se me hiela la sangre.

—Si Anna y Ella mueren antes que tú, lo heredo todo.

67

MURRAY

«Uñas como diamantes.»

Sarah lo habría pillado antes. Se habría fijado en el nombre de una forma en que Murray no lo había hecho; se habría parado a pensar en él. Lo habría comentado.

«Qué nombre más horrible para un centro de manicura.»

La imaginó señalando con el dedo la anotación en el cuaderno donde estaban apuntados los nombres y datos de los presentes cuando la policía dio la noticia a Caroline sobre el suicidio de su esposo.

«Laura Barnes. Recepcionista del centro de manicura Uñas como diamantes.»

«Detesto cuando la gente que abre un local intenta ser ocurrente con el nombre. —Murray podía oír la voz de Sarah como si fuera sentada en el coche junto a él—. También podrían haberlo llamado "Uñas para todas y todas para uñas", solo porque es pegadizo, y porque tiene la palabra "uñas", y también habría sido un nombre ridículo.» Murray rio en voz alta.

Se contuvo.

Si hablar solo era el primer signo de locura, ¿qué indicaba el mantener conversaciones imaginarias?

Al margen de eso, Sarah habría recordado el nombre del centro. Y si hubiera hablado con Murray de él, este también lo habría recordado. Y entonces, al marcharse de la casa de Diane Brent-Taylor, preguntándose quién le habría robado el nombre, se habría fijado en el folleto que la anciana tenía clavado en el tablón de corcho y lo habría relacionado enseguida con Laura Barnes y el lugar donde había trabajado.

Murray sabía por experiencia que inventar un nombre falso era en extremo difícil. Se reía de los gamberros del parque de las barriadas marginales, que ponían ojillos de conejo aterrorizado ante los faros de un coche cuando intentaban inventarse un alias convincente. Sin excepción usaban su segundo nombre, el nombre de algún chaval del colegio o el de su calle.

Laura había sido presa del pánico. Ni siquiera se había planteado si era necesario dar un nombre; pensó en llamar a emergencias e informar de un suicidio, y con eso ya estaría todo.

«¿Cómo se llama?»

Murray se imaginó a la persona que contestó la llamada, con los auriculares puestos y los dedos preparados sobre el teclado. Imaginó también a Laura: en el acantilado, con el viento arrancándole las palabras de la boca. Con la mente en blanco. Laura no; ella no era Laura. Era...

Una clienta. Escogida al azar.

«Diane Brent-Taylor.»

Había sido casi perfecto.

Cuando Murray entró en su calle, ya eran las once y media. Tenía tiempo suficiente para ponerse las zapatillas, descorchar el champán y dejarse caer en el sofá junto a Sarah para ver a Jools Holland y a sus invitados de la gala anual de música folk. Y, a medianoche, cuando dieran la bienvenida al Año Nuevo, diría a Sarah que no pensaba volver al trabajo; que volvía a jubilarse, pero esta vez de verdad. Recordaba a un inspector que había trabajado allí treinta años y luego trabajó otros diez. Decían que estaba casado con el trabajo, aunque tenía esposa en casa. Murray había asistido a su fiesta de despedida por jubilación —cuando por fin la celebró—, había escuchado todos los planes del inspector de viajar por el mundo, aprender idiomas, recibir clases de golf. Entonces murió. De golpe y porrazo. Una semana después de haber entregado la placa.

La vida era demasiado corta. Murray quería aprovecharla al máximo mientras seguía siendo lo bastante joven para disfrutarla. Hacía dos semanas tenía la sensación de merecer totalmente la tarjeta de jubilado que tenía para viajar en autobús; pero ese día —incluso con lo tarde que era y después de la jornada que había tenido— se sentía tan lleno de vida como en el momento en que empezó a trabajar.

En la calle contigua, alguien estaba lanzando fuegos artificiales y, durante un segundo, el cielo quedó iluminado por tonos azules, violetas y rosas. Murray observó la lluvia de chispas abriéndose como un paraguas y luego fundiéndose en negro. El callejón sin salida se dividía en dos en el fondo, y Murray fue frenando antes de doblar a la izquierda para dirigirse a su lado de la calle. Sus vecinos eran, en su mayoría, ancianos, y era poco probable que estuvieran celebrando la Nochevieja bailando en la calle, aunque nunca se sabía.

Vio más fuegos artificiales al doblar la esquina, el cielo refulgía de azul y... No, no eran fuegos artificiales.

Murray sintió un nudo en el estómago.

No había fuegos artificiales.

Era una luz que giraba en silencio; bañaba las casas, los árboles, a las personas que estaban en sus puertas, con un fulgor de un claro tono azulado.

—No, no, no, no...

Murray oyó hablar a alguien sin darse cuenta de que era él mismo. Estaba demasiado concentrado en observar la escena que se desarrollaba ante sus ojos: la ambulancia, los paramédicos, la puerta abierta de la casa. De su casa.

68

ANNA

—No serás capaz.

Laura enarca una ceja.

—Valiente provocación para alguien que se encuentra en el lado equivocado de la pistola. —Arruga el gesto—. ¿No puedes hacer que deje de llorar?

Meneo los brazos de un lado para otro, pero Ella está demasiado enfadada y yo estoy demasiado crispada para mecerla con suavidad, y solo consigo que llore con más intensidad. Me la pego horizontalmente al pecho y me levanto la camiseta para darle de mamar. La sala queda en silencio, y es de agradecer.

—Solo es un bebé. —Intento apelar al instinto materno de Laura, aunque sé que jamás ha querido tener hijos—. A mí hazme lo que quieras, pero, por favor, no hagas daño a Ella.

—Pero ¿es que no lo entiendes? Esa es la única forma de que esto funcione. Ella y tú tenéis que morir antes. Caroline tiene que mataros.

Desde algún punto de las profundidades del edificio llega un golpe seco.

—¡No! —Mi madre había estado callada hasta ahora, y el grito repentino sobresalta a Ella—. No lo haré. —Se queda mirándome—. No lo haré. No puede obligarme.

—No tengo que obligarte. Yo tengo la pistola. —Laura la sostiene en lo alto, con la tela de su brillante camiseta envuelta entre los dedos—. Tiene tus huellas. —Poco a poco, camina hacia mi madre, apuntándola directamente. Miro hacia la puerta, me pregunto si podría llegar—. Nadie sabrá jamás que no siempre estuvo en tus manos.

—No te saldrás con la tuya.

Enarca una ceja perfectamente depilada.

—Solo hay una forma de averiguarlo, ¿no te parece?

Oigo un bramido en los oídos. Ella succiona con avidez.

—Resulta que yo también tengo una póliza de seguros.

—Sonríe—. Si la policía sospechara algo, me bastaría con señalar en la dirección adecuada. Les recordaré que os oí por casualidad hablar de la póliza de seguros de Tom; que cerrasteis el pico en cuanto me visteis. Que las dos habéis estado compinchadas desde el principio.

—Jamás se lo creerán. —Se oye más ruido desde alguna parte interior del edificio. Escucho con atención para ver si oigo el «ping» del ascensor, pero se trata de algo distinto. Un sonido rítmico.

—Y cuando indaguen un poco más, descubrirán que el teléfono usado para informar del suicidio de Tom fue comprado en Brighton... —hace una pausa para crear un efecto dramático—... por, nada más y nada menos, que una tal Anna Johnson.

El sonido rítmico aumenta de volumen. Es más rápido. Necesito ganar tiempo.

—Siempre nos consideré familia. —Avanzo poco a poco por el piso hasta situarme junto a mi madre. Mirando a Laura de frente.

—El pariente pobre, supongo.

Ahora ya sé qué es ese ruido.

A Laura la consume la rabia, está vomitando sus treinta tres años de resentimiento.

—Para ti era normal, ¿verdad? La casa grande, dinero para comprarte ropa, ir a esquiar en invierno, de vacaciones a Francia todos los veranos.

El ruido es de pisadas, de alguien que sube la escalera corriendo. Son botas de policías. Se detienen dos pisos por debajo y continúan más discretamente que un ascensor que anuncia su llegada.

Laura mira de golpe hacia la puerta.

Empiezo a temblar. Fue mi madre quien compró la pistola, quien nos trajo a Ella y a mí hasta aquí. Fue ella quien mató a mi padre y ocultó su cadáver. Ni siquiera saben que Laura está implicada. ¿Por qué iban a creer su historia? Se librará de todo...

—Eso no es culpa mía, Laura. Y tampoco de Ella.

—Al igual que vivir de la caridad en un piso lleno de humedades con mi madre enferma tampoco fue culpa mía.

Del otro lado de la puerta de entrada se oye el más tenue susurro.

Laura mueve la mano. Solo unos milímetros. Tiene el dedo cada vez más enroscado sobre el gatillo. Está blanca como el papel y se le hincha una vena del cuello por el bombeo de la sangre. Ella también está asustada. Lo estamos todas.

«No lo hagas, Laura.»

Me esfuerzo por escuchar y oigo unos pies que se arrastran silenciosamente justo del otro lado de la puerta. ¿Entrarán de golpe como hacen en las películas? ¿Dispararán primero y luego preguntarán? La adrenalina me recorre el cuerpo cuando Ella se aparta; me encuentro completamente en tensión.

Mi madre respira con dificultad. Está acorralada; no tiene adónde huir, ni más mentiras que contar. Va alejándose poco a poco de Laura, alejándose de mí.

—¿Adónde vas? ¡Quédate donde estás!

Mi madre mira hacia atrás, al balcón sin barandilla con su caída libre desde el séptimo piso. Me mira con unos ojos que me suplican perdón. Como una televisión puesta en silencio, situada en un rincón de la sala, la cabeza se me llena de escenas de mi niñez: mi madre leyéndome cuentos; mi padre enseñándome a montar en bici; mi madre en la cena, riendo demasiado alto, durante demasiado rato; sus gritos en la planta baja; mi padre respondiendo a gritos.

¿A qué espera la policía?

Un conejo en la escalera de entrada; un ladrillo atravesando la ventana. Mi madre reteniendo a Ella. Reteniéndome.

De pronto entiendo en qué está pensando, lo que piensa hacer.

—¡Mamá, no!

Sigue caminando. Poco a poco, poco a poco. Del piso de al lado llega un estallido de gritos, pues los invitados a la fiesta inician la cuenta atrás de Nochevieja. Laura va alternando la mirada, frenética, de mi madre a la puerta, distraída por los gritos, sin saber qué hacer, adónde mirar. «¡Diez! ¡Nueve! ¡Ocho!»

Sigo a mi madre hasta el balcón. Sabe que todo ha terminado. Sabe que irá a la cárcel por lo que ha hecho. Pienso en cómo será perderla por segunda vez.

«¡Siete! ¡Seis!»

Se oye un golpe seco de algo pesado en el descansillo.

Laura mueve la pistola. Me apunta directamente. Se le tensa el dedo del gatillo. Detrás de mí, mi madre está llorando. El viento ulula a través del balcón.

«¡Cinco! ¡Cuatro! ¡Tres!», los gritos alegres del piso de al lado se oyen más altos.

A nuestro alrededor aumenta el estallido de los fuegos artificiales, los gritos de alegría, la música.

—¡No dispares! —grito tan alto como puedo.

El sonido es espectacular. De miles de decibelios. Más. La puerta sale volando e impacta contra el suelo, y un centenar de policías armados entra corriendo por encima de ella. Ruido, mucho ruido, producido por ellos y por nosotras, y...

—¡Tire el arma!

Laura retrocede hasta el rincón de la sala con la pistola todavía en las manos. Los pies de mi madre rozan el cristal roto del borde del balcón. El dobladillo de su vestido ondea al viento. Me mira a los ojos.

Entonces desaparece.

Grito, y sigo gritando hasta que no sé si son solo imaginaciones mías o si todo el mundo puede oírlo. Su vestido se hincha como un paracaídas inservible y ella cae girando y girando, en picado hacia el suelo. Los fuegos artificiales estallan en lo alto y llenan el cielo con su lluvia de oro y plata.

Hay un agente de policía a mi lado. Murmura palabras que no puedo oír, su rostro luce expresión de preocupación. Me echa una manta por encima. También tapa a Ella. Me pone una mano en la espalda y me lleva al interior, no me deja que camine despacio mientras avanzamos por el piso y me saca al descansillo, aunque veo a Laura tendida en el suelo, con un agente arrodillado junto a ella. No sé si está viva o muerta, y tampoco sé si me importa.

Ya en la ambulancia, no puedo parar de temblar. La paramédica es amable y eficiente, con su melena rubia peinada con dos gruesas trenzas que le caen sobre los hombros. Me inyecta algo en el brazo que, segundos después, me hace sentir como si me hubiera bebido una botella entera de vino.

—Doy el pecho —le advierto demasiado tarde.

—No le harás ningún bien a la niña si sufres un ataque de pánico. Será mejor que la pequeña tenga un poco de sueño que un ataque de nervios por tu subidón de adrenalina.

Se oye un golpe cuando la puerta trasera de la ambulancia se abre. Me parece reconocer al agente de la manta, pero la medicación me ha atontado demasiado y todas las personas uniformadas me parecen iguales.

—Tienes visitas —dice, y se echa a un lado.

—No nos dejaban atravesar el cordón policial. —Mark sube a la ambulancia y hace un gesto entre sentarse y caer sobre la camilla situada junto a mí—. Nadie me contaba qué estaba pasando. Tenía tanto miedo de que estuvierais...

Se derrumba antes de que la voz le falle y, en lugar de seguir hablando, nos abraza a Ella y a mí. La niña está dormida y me pregunto, una vez más, si los bebés sueñan, y si tendrá pesadillas sobre lo que ha ocurrido esta noche.

—¿Vienes de la guerra, Annie? —Billy intenta esbozar una sonrisa, pero no lo consigue. Tiene la preocupación impresa en el rostro.

—Laura... —empiezo a decir, pero me pesa demasiado la cabeza; tengo la lengua como hinchada.

—Le he dado algo para el shock —oigo que dice la paramédica—. Estará un poco aturdida durante un rato.

—Ya lo sabemos —me dice Billy—. Cuando Mark canceló la fiesta, me contó lo que había ocurrido. Me habló de la prima de Caroline y de su ex violento. Pero no me encajaba. Caroline jamás había dicho que tuviera una prima llamada Angela, y luego estaba lo del Shogun que Laura cogió prestado...

Hace solo unas horas estaba tumbada sobre la sillita del coche de Ella. Escondiéndome, aterrorizada por la idea de que me vieran. Me parece estar recordando una película, o una historia que haya ocurrido a otra persona. No logro evocar el miedo que sentía, y me pregunto si será la medicación la que provoca que se me antoje irreal.

Espero que no.

—He pasado a buscar a Billy y hemos venido lo antes posible.

Hay algo distinto entre ellos —ya no hay más tensión, ni frases hirientes—, pero estoy demasiado cansada para analizarlo, y ahora los paramédicos están sacándolos con amabilidad de la ambulancia; me tumban en la camilla y también atan a Ella. Cierro los ojos. Me entrego al sueño.

Todo ha terminado.

69

MURRAY

Sarah tenía los ojos cerrados, su expresión era pacífica como si estuviera dormida. Se le notaba la mano pesada y fría, y Murray le frotó con suavidad la piel acartonada con el pulgar. Sus lágrimas caían sin rubor sobre la manta blanca del hospital, y cada una dejaba manchas oscuras como los primeros goterones de un chaparrón veraniego.

Había cuatro camas en esa sección de la planta, todas desocupadas menos la de Sarah. Una enfermera se asomó discretamente por el pasillo, para dejarlo a solas en ese momento tan privado. Al ver que él levantaba la vista, ella se situó junto a Murray.

—Tómese todo el tiempo que necesite.

Murray acarició el pelo a Sarah. Tiempo. Ese bien tan preciado. ¿Cuánto tiempo habían pasado juntos su esposa y él?

¿Cuántos días? ¿Cuántas horas, cuántos minutos?

No los suficientes. Jamás podría ser suficiente.

—Puede hablarle. Si lo desea.

—¿Ella puede oírme? —Se quedó contemplando el tenue ascenso y descenso del pecho de su esposa.

—Eso todavía no lo sabemos.

La enfermera tenía unos cuarenta años, los ojos negros, mirada tierna y una voz teñida de compasión.

Murray se quedó mirando los tubos y cables que salían serpenteantes del cuerpo de su esposa, y siguió su recorrido hasta las numerosas máquinas que la mantenían con vida; hasta el gotero lleno de sedante morfina.

El médico le había explicado que aumentarían la dosis. Cuando llegara el momento.

La ambulancia había tardado solo unos minutos, pero fueron demasiados. Durante los días siguientes —entre el torbellino de enfermeras, médicos, maquinaria y papeleo—, Murray se había obligado a revivir esos minutos como si hubiera estado allí. Como si le hubiera ocurrido a él.

Había una silla volcada en la cocina; un vaso roto en el punto en que Sarah había caído, junto al fregadero. El teléfono, junto a ella, en las baldosas. Murray se obligó a repasar las imágenes, una tras otra, cada una de ellas como una cuchilla que le desgarraba la piel.

Nish le había suplicado que lo dejara estar. Había llegado con algo envuelto en papel de aluminio, todavía caliente del horno, y había pillado a Murray en el breve espacio entre las visitas del hospital. Escuchó cómo su viejo amigo le contaba, con agónico detalle, que nadie sabía con exactitud qué había pasado, y entonces Nish lo había tomado de las manos y había llorado con él.

—¿Por qué estás torturándote así?

—Porque no estaba allí —respondió Murray.

Las lágrimas de Nish habían dejado una estela sobre sus mejillas.

—No podrías haberlo imaginado.

«Aneurisma cerebral», había dicho el médico.

«Coma.»

«Esperar lo mejor. Prepararse para lo peor.»

Y luego: «Lo siento. No podemos hacer nada más».

Habían insistido en que ella no sentiría nada. Era lo correcto. Era lo único que podían hacer.

Murray abrió la boca, pero no emitió sonido alguno. Sentía un dolor en el pecho y supo que estaba partiéndosele el corazón. Se quedó mirando a la enfermera.

—No sé qué decir.

—Diga cualquier cosa. Hable sobre el tiempo. Cuéntele qué ha tomado para desayunar. Algún chascarrillo del trabajo. —Posó una mano sobre el hombro de Murray, le dio un ligero apretón y luego la retiró—. Dígale lo que se le pase por la cabeza.

Se apartó hasta el rincón más distante de donde Murray estaba sentado junto a Sarah, y empezó a doblar mantas y a ordenar el contenido del armario metálico situado junto a una cama vacía.

Murray miró a su esposa. Le pasó un dedo por la frente —cuyas arrugas de preocupación habían desaparecido en ese momento— y junto al tabique nasal. Esquivó la mascarilla de plástico que sujetaba el tubo que Sarah tenía metido por la boca, y le acarició la mejilla y el cuello.

Siguió la curva de su oreja.

«Dígale lo que se le pase por la cabeza.»

A sus espaldas, el zumbido constante de las máquinas no cesaba; sonidos rítmicos que componían el lenguaje de la UCI.

—Siento no haber estado ahí... —empezó a decir, aunque las palabras eran sollozos, y tenía los ojos anegados en lágrimas y ya no podía ver.

¿Cuánto tiempo habían pasado juntos? ¿Cuánto tiempo les habría quedado si aquello no hubiera ocurrido? Murray recordó a Sarah el día de su boda, con el vestido amarillo que había escogido en lugar del típico blanco. Recordó su alegría cuando compraron la casa. Mientras sujetaba los dedos laxos de Sarah, veía sus uñas llenas de tierra; su rostro, no pálido sobre la almohada de hospital, sino ruborizado por su rato de jardinería matutina.

No había sido suficiente, pero el tiempo que habían pasado juntos significaba un mundo para él.

Había sido su mundo. El mundo de ambos.

Murray carraspeó. Miró a la enfermera.

—Estoy listo.

Se hizo un silencio. Murray esperaba, en el fondo, que ella hubiera contestado: «Todavía no. Dentro de una hora, más o menos, quizá», pero al mismo tiempo sabía que no habría podido soportar esa respuesta. Que pasara más tiempo no lo haría más fácil. Ella asintió en silencio.

—Iré a buscar a la doctora Christie.

Nadie dijo nada más. Extrajeron el tubo de la garganta de Sarah con tanta delicadeza como si hubiera sido de cristal; retiraron las máquinas con ruedas que habían mantenido un latido demasiado débil para ser natural. Prometieron que estarían en la misma puerta, en el pasillo, por si las necesitaban. Que Murray no debía estar asustado; que no debía sentirse solo.

Entonces lo dejaron.

Y Murray posó la cabeza sobre la almohada junto a la mujer que había amado durante media vida. Se quedó mirando cómo subía y bajaba su pecho con un movimiento tan tenue que apenas lo distinguía. Hasta que se extinguió del todo.

70

ANNA

—¡Anna! ¡Aquí!

—¿Cómo te sientes tras la muerte de tu madre?

Mark me pone una mano en la cintura y tira de mí por la calle, mientras va hablándome en voz baja.

—No los mires a los ojos... sigue mirando hacia delante... ya casi hemos llegado.

Llegamos a la calzada y él retira la mano para levantar el carrito de Ella y subirlo al bordillo.

—Señor Hemmings, ¿qué fue lo primero que le atrajo de la millonaria Anna Johnson?

Se oyen risas generalizadas.

Mark saca una llave del bolsillo y abre la verja. Alguien ha pegado un ramo de flores con cinta adhesiva en los barrotes. ¿Por mi padre? ¿Por mi madre? ¿Por mí? Cuando Mark empuja la puerta para que se abra —lo bastante para que pase yo empujando el carrito— un hombre del *Sun* se nos pone delante. Sé que es del *Sun* porque me lo ha dicho él, a diario durante los últimos siete días, y porque lleva su carné de periodista colgado de la cremallera del forro polar, como si ese toque de profesionalidad justificara el acoso diario.

—Está usted en una propiedad privada —dice Mark.

El periodista se queda mirando al suelo. Tiene una bota marrón desgastada entre la acera y la gravilla de nuestro camino de entrada. La retira. Solo unos centímetros, pero ya no está invadiendo nuestra propiedad. Me planta el iPhone en plena cara.

—Solo una declaración rápida, Anna, y luego todo esto acabará.

Detrás de él está su ayudante. El hombre mayor lleva dos cámaras colgando como ametralladoras, los abultados bolsillos de su parka están llenos de objetivos, flashes y cargadores.

—Déjenme en paz.

Es un error. Enseguida oigo el frufrú de las libretas que se abren, y aparece otro móvil. La pequeña multitud de buitres avanza, y se toma mi ruptura del silencio como una invitación.

—Ahora tienes la oportunidad de dar tu versión de la historia.

—¡Anna! ¡Aquí!

—¿Cómo fue tu madre durante tu infancia, Anna? ¿Era violenta contigo? —Esa última pregunta me la han hecho a gritos, y ahora están todos vociferando. Intentando hacerse oír; todos desesperados por una exclusiva.

La puerta de Robert se abre, y él baja por la escalera con un par de zapatillas de andar por casa de cuero. Nos saluda con un rápido gesto de la cabeza, pero tiene la mirada clavada en los periodistas.

—¿Por qué no os vais todos a tomar por culo?

—¿Por qué no te vas tú a tomar por culo?

—¿Quién es ese?

—No es nadie.

Ha bastado para distraerlos. Le lanzo a Robert una mirada de agradecimiento y siento cómo Mark vuelve a colocarme la mano en la espalda y me empuja hacia delante. Las ruedas del cochecito crujen sobre la grava, y Mark logra cerrar las verjas y gira la llave. Se ven dos, tres y hasta cuatro destellos de flashes.

Más fotos.

Más fotos mías con el rostro pálido y expresión de ansiedad; más fotos del carrito de Ella tapado con una manta colocada sobre la capota para proteger su identidad. Más fotos de Mark, escoltándonos en tensión para entrar y salir por el camino de casa, cuando la necesidad exige que abandonemos la seguridad de nuestro hogar.

Solo el periódico local sigue sacándonos en primera plana (los rotativos nacionales ya nos han relegado a la página cinco), con una foto tomada a través de la valla, como si fuéramos nosotros los que estamos entre rejas.

Ya dentro de casa, Mark prepara café.

Querían que nos quedáramos en otro sitio.

—Serán solo un par de días —dijo el sargento Kennedy.

Yo acababa de terminar mi declaración, el resultado de casi ocho horas metida en una sala sin ventanas con una inspectora con cara de haber querido estar en otro lugar. Ella no era la única.

En casa, la cocina —el escenario del asesinato de mi padre— había sido precintada, los agentes del departamento forense pasaban sus hisopos hasta por el último rincón.

—Esta es mi casa —dije—. No pienso ir a ningún sitio.

Encontraron rastros de sangre de mi padre en las junturas de las baldosas, a pesar de la lejía con la que habían fregado mi madre y Laura. Había estado pisando su sangre durante todos esos meses. Siento que debería haberla visto, que debería haberlo intuido.

Pasaron tres días hasta que nos permitieron volver a usar la cocina de nuevo; otras veinticuatro horas antes de que terminaran con el jardín. Mark había echado las cortinas sobre las puertas de cristal de la cocina, para que yo no viera los montones de tierra que ahora cubrían nuestro césped, y había cerrado las persianas de la fachada, para evitar los teleobjetivos de los cazadores de titulares apostados en la carretera.

—Hoy ya no son tantos —dice ahora—. Se habrán ido al final de la semana.

—Volverán cuando se celebre el juicio.

—Ya libraremos esa batalla cuando llegue. —Me pasa una taza humeante de café y nos sentamos a la mesa.

He cambiado las cosas de sitio; he recolocado la mesa y he

cambiado de posición las dos butacas. Pequeñas transformaciones que espero —con el paso del tiempo— que me permitan dejar de recordar; dejar de visualizar lo que ocurrió aquí.

Mark revisa el correo, y deja la mayoría de sobres sin abrir y amontonados para el reciclaje, junto con las notas de los periodistas que alfombran el camino de entrada hasta que Mark las ha recogido.

«Pago en efectivo por los derechos exclusivos de tu historia.»

Hemos recibido ofertas de editores y agentes literarios.

Han intentado contactarnos productoras cinematográficas y programas de televisión. Tarjetas de condolencia, folletos de funerarias, cartas de vecinos de Eastbourne impactados al enterarse de que Caroline Johnson —activista, recaudadora de fondos, miembro de diversos comités— hubiera asesinado a su marido. Todo había acabado en la basura.

—Todo esto acabará pronto.

—Ya lo sé.

Los buitres saldrán volando a la caza de la siguiente historia jugosa, y algún día podré pasear por Eastbourne sin que la gente hable entre susurros a mi paso. «Es ella, la hija de los Johnson.»

Algún día.

Mark carraspea.

—Tengo que contarte algo.

Veo su cara y se me revuelve el estómago, es como si fuera en un ascensor en caída libre hasta el sótano. Ya no puedo soportar más revelaciones, ni más sorpresas. Quiero vivir el resto de mi existencia sabiendo exactamente qué ocurre cada hora, cada día.

—Cuando la policía me preguntó sobre la cita que había pedido Caroline conmigo... —Se queda mirando su taza de café, permanece callado un instante.

Yo no digo nada, siento los latidos como el redoble de un tambor en los oídos.

—Mentí.

Siento de nuevo ese movimiento, el suelo bajo mis pies se

abre, se fragmenta, se desplaza. Es la vida transformándose por una sola palabra.

Una sola mentira.

—Jamás conocí a tu madre. —Levanta la cabeza, me busca con la mirada—. Pero sí hablé con ella. —Trago saliva con fuerza—. No la relacioné contigo, no hasta que llevabas un par de sesiones conmigo. Revisé mi agenda y lo encontré; el nombre de tu madre. Y recordé su llamada; recordé que me contó que su marido había muerto y que necesitaba ayuda para superarlo. Pero al final no se presentó, y no lo registré mentalmente hasta ese instante.

—¿Por qué no me lo contaste?

Mark deja escapar un suspiro como si acabara de correr una maratón.

—¿Por confidencialidad con el paciente? —Lo dice con tono interrogante, como si supiera que suena absurdo—. Y porque no quería que te marcharas.

—¿Por qué no? —pregunto, aunque ya conozco la respuesta.

Me toma la mano y me acaricia la cara interior de la muñeca con el pulgar. Bajo su amable presión, mi piel palidece, las venas verdes azuladas son visibles, como los afluentes de un río.

—Porque ya estaba enamorándome de ti.

Se inclina hacia delante y yo también lo hago. Nos encontramos en medio, incómodamente doblados sobre la esquina de la mesa de la cocina. Cierro los ojos y siento la tersura de sus labios, la calidez de su aliento sobre el mío.

—Lo siento —susurra.

—No importa.

Entiendo por qué lo hizo. Tiene razón: yo me habría ido a otra consulta. Me habría parecido raro descargarme con un hombre al que mi madre había escogido para hacer sus confesiones.

Además, si me hubiera ido, Ella jamás habría nacido.

—Pero basta ya de secretos.

—No más secretos —dice Mark—. Empezaremos de cero.

Vacila un instante, y yo pienso durante un segundo que quiere confesar algo más, pero él se mete una mano en el bolsillo y saca una cajita forrada de terciopelo.

Me sostiene la mirada y baja deslizándose de la silla para hincar una rodilla en el suelo.

71

MURRAY

—Una más, por favor.

Era un enfoque extraño para la cámara, colocados uno junto al otro y dándose la mano, y la mención enmarcada de Murray sujeta entre ambos.

—Ya estamos.

El fotógrafo terminó, la jefa de Murray estrechó la mano a Murray y le sonrió con sincera calidez.

—¿Lo celebrará esta noche?

—Con unos pocos amigos, señora.

—Se lo merece. Buen trabajo, Murray.

La jefa se puso a un lado y permitió que Murray disfrutara un poco de su protagonismo. No hubo discursos, pero el ex policía echó los hombros hacia atrás y levantó la placa con la mención por delante, y cuando la jefa empezó a aplaudir, la sala fue recorrida por una ovación generalizada. Un par de mesas más allá, Nish levantó ambos pulgares para felicitarlo, con una sonrisa de oreja a oreja, antes de volver a aplaudir con entusiasmo. Desde la puerta más próxima, alguien lo vitoreó. Incluso el taciturno John del mostrador de recepción de la comisaría de Lower Meads estaba aplaudiendo.

Durante un breve instante, Murray se imaginó a Sarah sentada entre el público. Habría llevado uno de sus voluminosos y coloridos vestidos de lino, un fular en el cuello o atado a la cabeza. Estaría sonriendo a más no poder, mirando a todos los presentes, queriendo captar sus miradas para compartir su orgullo con ellos.

A Murray le escocían los ojos. Dio la vuelta a la placa con la mención y la alejó un poco para poder leerla; parpadeó con fuerza para evitar el riesgo de acabar llorando. Había imaginado a Sarah en uno de sus días buenos, se recordó a sí mismo. Existían muchas probabilidades de que su esposa no hubiera estado en absoluto en la sala; que se hubiera encontrado en Highfield, o en casa, metida bajo la colcha, incapaz de atreverse a acompañar a Murray ese día. A su último compromiso laboral.

MURRAY MACKENZIE, CON PLACA NÚMERO C6821, RECIBE ESTE HOMENAJE POR SU DEDICACIÓN PROFESIONAL, TENACIDAD Y DOTES PARA LA INVESTIGACIÓN, QUE PROPICIARON EL ESCLARECIMIENTO DEL ASESINATO DE TOM JOHNSON, ASÍ COMO LA IDENTIFICACIÓN DE AMBAS SOSPECHOSAS. SU CONTRIBUCIÓN CONSTITUYE UN EJEMPLO EXCEPCIONAL DE LOS VALORES SOLIDARIOS DEL CUERPO DE POLICÍA.

«La identificación de ambas sospechosas.» Esa frase había sido redactada con mucha cautela. Murray se reprochaba en parte no haber podido llevar a Caroline Johnson ante la justicia. Se había tirado desde el balcón del séptimo piso de Mark Hemmings, y había caído frente a una multitud de transeúntes que quedarían traumatizados de por vida por la visión de su cuerpo impactando contra el suelo. Caroline se llevó a la tumba los secretos que todavía no había compartido con su hija.

Laura Barnes estaba en prisión provisional pendiente de juicio. No había hecho ningún comentario durante el interrogatorio, pero las cámaras corporales que llevaban los agentes encargados de la detención grabaron una serie de hechos que Laura reconoció en el fragor del momento. Esas grabaciones, junto con las pruebas reunidas por el sargento James Kennedy y su equipo, hacían que Murray estuviera seguro de que la declararían culpable. Laura había borrado bien sus huellas, pero el sistema de reconocimiento automático de matrículas demostraba que su coche había sido visto en Brighton en el momento de la compra en la tienda de telefonía móvil Fones4All. Un especialista en reconocimiento de voz había confirmado que la llamada al centro de control realizada por «Diane Brent-Taylor» coincidía con la voz de Laura, y se presentaría como testigo experto en el juicio para declararlo.

Pero Murray no estaría allí para verlo.

La ovación había ido apagándose. Murray hizo un gesto de agradecimiento con la cabeza hacia el público y bajó de la tarima que hacía las veces de escenario. Cuando se dirigía de regreso a su asiento para escuchar el discurso de clausura del evento pronunciado por su jefa, vio a Dowling sentado junto a su antiguo sargento; ahora colega de Sean en la Unidad de Delitos Informáticos. Ambos se levantaron al unísono. Empezaron a aplaudir de nuevo, esta vez con más parsimonia. Las demás personas sentadas a la mesa se unieron al aplauso. Y mientras Murray avanzaba por el centro de la sala, se oyó el ruido de las sillas que se arrastraban y una agitación creciente cuando, uno a uno, todos los amigos y colegas con los que había trabajado durante años se levantaban para dedicarle una ovación de pie. El ritmo del aplauso aumentó, era más rápido que sus pasos, pero no tanto como los latidos de su corazón, que estaba henchido de gratitud hacia las personas de esa sala.

Su familia de la policía.

Cuando Murray por fin llegó a su asiento, estaba muy colorado. Se oyó un vítor final y luego más sillas que se arrastraban cuando la jefa puso punto final al acto. Fue un alivio que todas esas miradas estuvieran dirigidas hacia otra persona que no fuera él, y aprovechó la oportunidad para volver a leer la placa de su reconocimiento. Era la tercera que había recibido durante su carrera policial, aunque la primera como civil. La primera y la última.

—Bien hecho, amigo.

—Buen trabajo.

—¿Una birra algún día?

Al concluir la parte formal de la velada, los antiguos compañeros de Murray se dirigieron a la mesa del bufet situada en el fondo de la sala e iban dándole palmaditas en la espalda al pasar junto a él. No era frecuente ver comida en un evento interno; y los policías aprovechaban al máximo cuando tenían la ocasión. Nish se abrió paso, le dio un fuerte abrazo y le susurró algo para que solo él lo oyera.

—Sarah habría estado muy orgullosa.

Murray asintió de forma enérgica, pues no creía ser capaz de hablar. Nish tenía los ojos vidriosos.

—Si me permitís interrumpir un segundo... —Era Leo Griffiths, vestido de uniforme y con una Coca-Cola Diet en la mano. Una miga de hojaldre de salchicha en su corbata sugería que había sido el primero de la fila en el bufet.

Murray estrechó la mano que le tendía Leo.

—Felicidades.

—Gracias.

—Esta celebración sí que tiene nivel. —Leo miró a su alrededor—. En la última ceremonia de reconocimiento a la que asistí sirvieron zumo de naranja caliente y una galleta por cabeza.

—Son dos celebraciones en una. Por el reconocimiento y por la jubilación. Economías de escala —añadió Murray con solemnidad usando una de las expresiones favoritas del comisario cuando estaba borracho. Nish tuvo que contener la risa.

—Y que lo digas. En realidad, es de eso de lo que quería hablarte.

—¿De las economías de escala?

—De la jubilación. ¿Has visto el anuncio solicitando inspectores civiles para el Equipo de Revisión de Casos sin Resolver?

Murray sí lo había visto. De hecho, no menos de siete personas ya se lo habían comentado, incluida su jefa.

—Es un puesto que te va al pelo, eso he pensado —le dijo ella—. Una oportunidad de dar un buen uso a tus dotes para la investigación, una capacidad que será una ventaja para los miembros menos experimentados del equipo. Y esta vez de forma oficial —añadió con una mirada intencionada. El resultado positivo para el caso Jonhson supuso que las violaciones del protocolo en las que incurrió Murray se pasaron por alto, pero le habían dejado muy claro que, si quería seguir en el puesto, eso no debía volver a ocurrir jamás.

Murray no quería seguir en el cargo. Ni siquiera quería seguir en el cuerpo de policía.

—Gracias, Leo, pero ya he entregado la placa. Voy a disfrutar de mi jubilación. Viajaré un poco.

Murray se imaginó la reluciente caravana de la que ya había dado la paga y señal y recogería la semana siguiente. Se había dejado un buen pellizco de la pensión, pero valía la pena hasta el último penique. El interior tenía cocina, un baño diminuto, cama de matrimonio y una cómoda zona de estar con una mesa plegable, además de un volante tan gigantesco que a Murray le daba la impresión de estar conduciendo un camión.

Estaba impaciente por salir con ella. Su familia de la policía había sido buena con él, pero era hora de bajar la barrera.

—Te entiendo. Aunque no puedes enfardarte porque intentemos que te quedes, ¿verdad? ¿Adónde irás?

Durante las semanas en las que Murray había compartido sus planes para la jubilación, muchas personas le habían hecho la misma pregunta. La respuesta no había cambiado. Durante años había vivido una existencia marcada por los horarios de otra persona: las estancias de Sarah en Highfield. Sus días buenos; los malos. Los turnos a primera hora, los de última, los de madrugada. Con el tiempo, el trabajo los fines de semana. Los informes; las reuniones informativas. En los planes de jubilación de Murray no había horarios. Ni calendarios. Ni planes.

—Iré donde me apetezca.

72

ANNA

El olor a césped recién cortado impregna el aire. Todavía hace frío, pero la promesa del buen tiempo está a la vuelta de la esquina. He cambiado el carrito de Ella por una sillita de paseo, y ella gorjea feliz mientras la ato. Llamo a Rita y le pongo la correa.

—Voy a quitarme de en medio un rato. Llevaré el móvil por si me necesitan.

—No te preocupes, guapa. ¿Hay algo de la cocina que quieras que dejemos sin embalar?

Oak View es un hervidero de actividad. Hay cinco hombres de la mudanza, cada uno en una habitación, y una montaña de cajas ya listas.

—Solo el hervidor eléctrico de agua, por favor. —En el coche tengo una caja con lo esencial: el té, el papel de váter, un par de platos y tazas, para no tener que desembalar cuando lleguemos a la casa nueva.

Voy charlando con Ella mientras paseamos, señalando un gato, un perro, un globo atrapado entre las ramas de un árbol... Pasamos frente al concesionario de Automóviles Jonhson, pero solo me detengo un instante para que Billy me vea. Me saluda con la mano y yo me inclino hacia delante para coger de la mano a Ella y movérsela para corresponder al saludo. Está ocupado hablando con un nuevo comercial, y no quiero interrumpirlos.

El concesionario tiene buen aspecto. El Boxster se vendió en cuanto empezó a asomar la primavera. Ha sido sustituido por otros dos coches deportivos, con las capotas bajadas, por puro optimismo. Y sus capós están relucientes. Mi tío Billy por fin me dejó echar un cable a la empresa; contribuí con una inyección de efectivo que mantendrá la situación económica a raya, al menos durante un tiempo. Mark pensó que estaba loca.

—Es una empresa, no una causa benéfica —me dijo.

Lo que pasa es que no es solo una empresa. Es mi pasado. Nuestro presente. El futuro de Ella. El abuelo Johnson tomó el relevo de su padre, y Billy y mi padre, de él. Ahora depende de mi tío y de mí mantenerla a flote hasta que despegue de nuevo. Quién sabe si Ella querrá seguir la tradición. En cualquier caso, Automóviles Johnson no se hundirá mientras yo pueda evitarlo.

Vamos caminando por el paseo marítimo. Miro el muelle y pienso en cómo paseaba por aquí con mis padres, y en lugar de la rabia que me había invadido durante estos tres últimos meses, ahora solo siento una tristeza abrumadora. Me pregunto si eso es un avance, y me anoto mentalmente comentarlo en la próxima sesión de terapia. Vuelvo a «ver a alguien». No es nadie de la consulta de Mark —eso me habría parecido demasiado raro—, sino una mujer seria y amable de Bexhill que me escucha más que habla, y después de cada sesión con ella me siento un poco más fuerte.

En una calle secundaria, apartada del paseo marítimo, hay una hilera de pequeñas casas idénticas. La sillita de paseo rebota por el pavimento irregular, y los gorjeos de Ella aumentan. Ya empieza a hacer ruiditos que suenan a palabras, y me recuerdo que debo escribir cada hito de mi niña antes de que se me olvide.

Nos detenemos ante el número cinco, y toco el timbre. Tengo llave, pero, por si acaso, nunca la he usado. Ya me estoy agachando para sacar a Ella de la sillita cuando Mark abre la puerta.

—¿Cómo va?

—Caos organizado. Sé que llegamos pronto, pero no hacíamos más que estorbar a los de la mudanza, así que... —Doy un beso a Ella y me quedo pegada a ella tanto como puedo, antes de pasársela a Mark.

Todavía no estoy acostumbrada, pero cada vez me resulta más cómodo. No hay ningún acuerdo oficial, ni la compartimos semana sí, semana no y un fin de semana alterno. Seguimos compartiendo la crianza a partes iguales a pesar de nuestras vidas separadas.

—No hay problema. ¿Quieres quedarte aquí un rato?

—Será mejor que vuelva.

—Te la llevaré a la casa nueva mañana.

—¡Así podré enseñártela!

Nos miramos fijamente un instante, en reconocimiento de todo lo ocurrido, por lo nuevo y raro que es, luego beso de nuevo a Ella y la dejo con su padre.

Al final fue fácil.

—¿Quieres casarte conmigo?

No dije nada. Él se mantenía a la expectativa. Esperanzado.

Me imaginé de pie ante el altar con él, y Ella portando las flores. Me imaginé volviéndome y mirando a la congregación, y me invadió el renovado sentimiento de pérdida por mi padre ausente. Me entregaría Billy, supuse. No mi padre, aunque mi tío era lo más parecido que tenía a uno. Era afortunada de tenerlo.

Asistirían amigos y vecinos que ocuparían los bancos.

No Laura.

Eso no me daba pena. Ya había fecha para su juicio y, aunque la idea de testificar en su contra me provocaba pesadillas, la Unidad de Apoyo a las Víctimas me había ayudado durante el proceso. Estaría sola en el estrado, pero sabía que habría un equipo de gente guardándome las espaldas. Ella sería condenada, no me cabía ninguna duda.

Me había escrito un par de veces, suplicándome que la perdonara. Los presos en prisión provisional tienen prohibido contactar con los testigos del juicio, y las cartas me habían llegado a través de una amiga común, demasiado cegada por su cariño hacia Laura como para creer que ella había perpetrado los delitos de los que la acusaban.

Las cartas eran largas. Emotivas. Giraban en torno a nuestro pasado compartido, al hecho de que solo nos teníamos la una a la otra. Hacía hincapié en que ambas habíamos perdido a nuestra madre. Las guardé como un seguro, no por sentimentalismo, aunque sabía que jamás se las enseñaría a la policía. Laura estaba arriesgándose al escribirme, aunque no tanto. Me conocía demasiado bien.

Tampoco me daba ninguna pena que mi madre no pudiera acudir a la boda. Pensar en ella me hace sentir una pelota de odio en el estómago que ni todas las sesiones terapéuticas del mundo podrían disolver. Pero no la odio por el asesinato de mi padre, aunque el rechazo sí empezó por esa causa. Ni siquiera es por las mentiras que contó para fingir su suicidio, ni por dejarme sola llorando su pérdida. Es por todas las mentiras que contó después; la historia que elaboró a partir de las medias verdades sobre su matrimonio con mi padre. Por hacerme creer que mi padre era el alcohólico; que era él quien le pegaba y no al revés. Por haber hecho que volviera a confiar en ella.

—¿Y bien? —insistió Mark—. ¿Te casarás conmigo?

Me di cuenta de que el «no» que tenía en la punta de la lengua no tenía nada que ver con quién estaría o no estaría en nuestra boda.

—Si no hubiéramos tenido a Ella —dije—, ¿crees que seguiríamos juntos?

Se quedó callado. Su silencio se alargó demasiado.

—Por supuesto que sí... —Le sostuve la mirada y durante un segundo nos quedamos así. Él miró hacia otro lado y esbozó una tímida sonrisa que no se reflejó en sus ojos—. A lo mejor.

Le tomé la mano.

—No creo que baste con un «a lo mejor».

Oak View se vendió deprisa, a una familia con tres hijos que aceptó la historia de la casa a cambio de un precio mucho más bajo del que hubiera tenido según el valor de mercado, y que, además, eso esperaba yo, llenaría las habitaciones de risas y jaleo. El piso de Mark en Putney está a la venta, y, de momento, se queda en Eastbourne, para que podamos seguir criando juntos a Ella.

Lloré cuando retiraron el letrero de Se vende, pero poco. No tenía ningún deseo de seguir en Cleveland Avenue, donde los vecinos me contemplaban con fascinación mórbida y los turistas se desviaban de su ruta para pasar por delante de la casa y mirar boquiabiertos un jardín que ni siquiera llegaban a ver.

Mi madre y Laura habían tirado los cristales rotos en la fosa séptica, junto con el cuerpo de mi padre. Las huellas de mi madre estaban en el cuello de la botella de vino; las de Laura en los fragmentos de cristal que con tanto cuidado había recogido y había tirado a la fosa.

Hace tiempo que la fosa ya no existe. La ampliación de Robert está en marcha, su zanahoria de treinta mil libras colgada en las narices de los vecinos sirvió para que los nuevos dueños apechugaran con las molestias. Aunque no piensan reponer los rosales de mi madre; una portería de fútbol y un columpio están en su lista de la compra como sustitutos.

Regreso caminando hacia Oak View, siento las manos vacías sin tener una sillita que empujar. Rita tira de la correa cuando un gato blanco y negro se cruza por mi camino, y logro frenar justo a tiempo de señalárselo a una Ella ausente. Me pregunto si alguna vez me acostumbraré a que no esté conmigo todo el tiempo.

La casa que he comprado es lo más distinto a una vivienda familiar que pueda existir. Un moderno diseño cuadrado, con tres habitaciones y una sola planta abierta donde, como Ella empieza a gatear, puedo tenerla vigilada desde la cocina.

Ya de regreso en Oak View, veo que están cargando el camión. Dejarán mi cama y la cuna de Ella, y esta noche dormiremos en una casa semivacía, listas para la gran mudanza de mañana. Está a solo un kilómetro y medio en línea recta, aunque me parece mucho más lejana.

—Ya casi hemos terminado, corazón.

El hombre de la mudanza está sudando por el esfuerzo de levantar los muebles para meterlos en la furgoneta. He dejado los armarios más pesados, la alargada mesa de la cocina y la enorme cómoda del recibidor para la nueva familia, que se mostró encantada de poder ahorrarse ese gasto. Son muebles demasiado grandes para la casa nueva, y demasiado cargados de recuerdos que ya no quiero. El de la mudanza se seca el sudor de la frente con el anverso de la mano.

—Ha llegado correo. Lo he apartado para dártelo.

La carta está sobre la cómoda. Entregada en mano por la amiga de Laura, otra vez. Me pregunto si seguirá siendo tan solidaria durante el juicio, en cuanto se presenten las pruebas ante el mundo entero. Los cargos se amontonan. Ocultación de delito; ocultación del cuerpo de mi padre; amenazas de muerte.

El sobre me trae a la memoria imágenes indeseadas. Laura empuñando una pistola. Mi madre asomándose al borde del balcón. Me estremezco. Ya ha terminado. Todo ha terminado.

Saco la carta. Una sola hoja. Esta vez no habrá disculpas emotivas como en las cartas anteriores. El hecho de que yo no haya respondido —que haya retirado mi apoyo a la defensa— por fin ha tenido el efecto deseado.

Desdoblo la hoja y de pronto oigo un zumbido en los oídos. El bombeo de la sangre; se me acelera el pulso.

Una sola palabra en el centro de la hoja.

¿Suicidio?

La carta tiembla en mi mano. Siento un calor abrasador y creo que voy a desmayarme. Atravieso la cocina, me abro paso entre las cajas y los hombres de la mudanza que entran y salen de la casa hasta la furgoneta, como una bandada de abejas, y abro la puerta trasera.

Camino hasta el jardín. Me obligo a respirar honda y lentamente, hasta que ya no me siento mareada, aunque me siguen zumbando los oídos, y el miedo me atenaza el pecho.

Porque esta vez no necesito buscar la respuesta en ningún otro lugar.

Esta vez tampoco fue un suicidio. Mi madre no saltó.

NOTA DE LA AUTORA

Como muchas personas en todo el mundo, me quedé impresionada por la reaparición aparentemente milagrosa en 2007 de John Darwin, quien, cinco años antes, había sido declarado muerto tras lo que se creyó un accidente de piragüismo en el noreste de Inglaterra. Su esposa, Anne, confesó más adelante que John había seguido viviendo con ella en la casa familiar, antes de que la pareja emprendiera una nueva vida en Panamá.

Me sentí fascinada por la historia, y por la ocurrencia de John Darwin, quien usaba un disfraz para poder moverse sin ser reconocido en su ciudad natal, y quien había espiado a menudo a sus dos hijos adultos cuando iban a visitar a su madre supuestamente de luto. Me pregunté qué debía sentir uno al descubrir que sus padres le habían provocado de forma deliberada el dolor por la pérdida, y cómo podría reconstruirse una relación con ellos. Me resultaba difícil entender que algún progenitor fuera capaz de tratar a sus hijos de una forma tan cruel.

Mientras escribía *Si te miento* encontré las siguientes publicaciones, especialmente útiles por los detalles que aportaban sobre la extraordinaria historia de Darwin: *Up the Creek Without a Paddle*, de Tammy Cohen, y *Out of My Depth*, de Anne Darwin. Sin embargo, los acontecimientos y personajes de *Si te miento* son productos ficticios nacidos de mi imaginación, y no están basados en ninguna historia que haya leído o escuchado.

En la investigación sobre los suicidios de Beachy Head, me

sentí muy conmovida por *Life on the Edge*, de Keith Lane: la autobiografía de un hombre cuya mujer se suicidó saltando desde los acantilados de Sussex. Keith Lane dedicó los cuatro años siguientes de su vida a patrullar por esos acantilados, y evitó así el suicidio de veintinueve personas.

El Equipo de Voluntariado Parroquial de Beachy Head realiza más de cien horas de vigilancia en Beachy Head cada semana. Trabajan en colaboración con la policía y los servicios de guardacostas en las búsquedas y partidas de rescate, y están especializados en la mediación en caso de suicidios y la intervención en momentos de crisis. Han salvado a más de dos mil personas desde el inicio de su actividad en 2004. El equipo subsiste exclusivamente gracias a las aportaciones de la ciudadanía, por lo que pido vuestro seguimiento a su grupo en Facebook, en @BeachyHeadChaplaincyTeam, y el apoyo a su labor siempre que podáis.

Según la organización benéfica Mind, una de cada cuatro personas experimentará problemas de salud mental a lo largo de este año, y más del veinte por ciento de nosotros reconocerá haber tenido pensamientos suicidas en algún momento de su vida. En Reino Unido se suicidan dieciséis personas cada día. Si te has visto afectado por cualquiera de los problemas descritos en este libro, o quieres hablar con alguien sobre cómo te sientes, te animo a que llames a los Samaritanos. En Reino Unido puedes contactar con ellos a cualquier hora y llamarlos desde cualquier teléfono marcando el 116 123.

AGRADECIMIENTOS

Mis antiguos compañeros de policía son incondicionales a la hora de darme aliento y apoyo, y me siento agradecida con ellos por celebrar la aparición de mis novelas, incluso cuando no soy todo lo precisa que debería al describir algunos procedimientos. En el caso de la escritura de *Si te miento*, me siento especialmente agradecida con: Sarah Thirkell, por su asesoramiento forense; Kirsty Harris, por responder a mis preguntas sobre las investigaciones; Di Jones, por explicarme el procedimiento de las llamadas al teléfono de emergencias; y Andy Robinson —de nuevo— por su reiterado asesoramiento sobre telefonía móvil. Algún día escribiré un libro para el que no requiera tu ayuda.

Quiero expresar mi agradecimiento a Heather Skull y Kaimes Beasley, de la Maritime and Coastguard Agency, que fueron generosos y creativos con su asesoramiento sobre la actividad de las mareas y el rescate de cuerpos; y a Becky Fagan, por sus consejos sobre el Trastorno Límite de la Personalidad y el sistema sanitario británico con respecto al sector de la salud mental. Pido perdón a todas las personas mencionadas por cualquier libertad que me haya tomado al describir la realidad; todos los errores son míos y solo míos.

Marie Davies fue la ganadora de un concurso celebrado por una organización benéfica llamada Love Cyprus Dog Rescue, que realiza una labor maravillosa a la hora de encontrar hogar a perros abandonados. Me ha encantado incluir al perro rescatado de Marie, Rita, en *Si te miento*, y espero haberle hecho justicia.

Hace diez años, las redes sociales apenas tenían influencia en la vida de una escritora; ahora no podría imaginar vivir sin mis fabulosos seguidores en Facebook, Twitter e Instagram. Os habéis solidarizado conmigo cuando escribir era difícil, os habéis alegrado por mis buenas noticias, me habéis ayudado con la documentación y habéis impulsado mis novelas hasta las listas de más vendidos. Gracias.

Tengo la suerte de tener a las personas más maravillosas trabajando conmigo. Sheila Crowley y el equipo de Curtis Brown siguen estando en cada paso del camino —no podría desear una agencia literaria mejor que la suya— y cuento con maravillosos editores en todo el mundo. Mi especial agradecimiento va dedicado a Lucy Malagoni, Cath Burke y el equipo de Sphere; a Claire Zion y a su panda en Berkley; y al equipo de Little, Brown Rights. Gracias a todos, me encanta trabajar con vosotros.

Hay demasiados blogueros que hablan de libros, libreros y bibliotecarios a los que dar las gracias a título personal, así que, por favor, sabed que valoro todo cuanto hacéis, y me siento agradecida por vuestras opiniones, recomendaciones y el espacio que me dejáis en vuestras estanterías, ya sean virtuales o las de toda la vida.

Y un enorme «gracias» a todos los incondicionales de mi escena del crimen; a Kim Allen por conseguir que me organice, a mis amigos y familia. Rob, Josh, Evie y George: sois mi mundo. Siento ser tan gruñona.

Y, por último, y tan importante, gracias a ti por escoger este libro. Espero que lo hayas disfrutado.

EN EXCLUSIVA PARA ESTA EDICIÓN

Lee una escena adicional de *Si te miento*, protagonizada por Murray y Sarah.

—¡En formación... vista... a la derecha!

Tras la brusca voz de mando, los ojos de sesenta y cuatro hombres y diecisiete mujeres se volvieron de golpe hacia la derecha. Todos y cada uno de ellos con un brazo estirado hacia ese lado, los policías recién licenciados se desplazaron para formar hileras simétricas, separadas exactamente por un brazo de distancia, antes de volver a adoptar la posición de firmes, con las manos enguantadas de blanco muy pegadas a ambos costados del cuerpo.

Murray tenía la vista clavada en el oficial Henderson. Como muchos de sus instructores de la academia de policía, Henderson había estado en el ejército y, en ese momento, su mostacho canoso se retorcía en anticipación de la siguiente orden.

—Vista a la izquierda... —Henderson tomó aire. Murray sentía su propia tensión corporal, aunque hubieran realizado ese ejercicio de instrucción tantas veces que en ocasiones se despertaba moviendo los pies marcando el paso bajo la áspera manta que entregaban a cada nuevo cadete—. Paso ligero... ¡Mar... chen!

Rodillas en alto y cabeza más alta, la promoción de junio de 1982 marchaba por el patio de armas al ritmo de la banda de viento, que sonaba demasiado alta para incordiar a cualquiera que hubiera estado celebrando la ocasión y se hubiera pasado un poco la noche anterior. «Nunca más», pensó Murray, recordando el entusiasmo con el que había servido medidas dobles de whisky en los vasos de plástico robados de la cafetería. En ese momento, la celebración le había parecido buena idea. Esa mañana, con unas botas pendientes de lustrar y una camisa que planchar, Murray deseó haber seguido el consejo de su sargento e irse a dormir temprano.

—¡Compañía... Aten... ción!

Le daba el sol en los ojos, e intentó no guiñarlos, porque se encontraba, como la mayoría de sus compañeros, en posición de firmes en pleno centro del patio de armas. Una pequeña delegación, escogida a dedo entre lo mejorcito de la promoción, marchó hacia la parte delantera del patio para presentar la bandera al personaje ilustre de aquella tarde. Les habían prometido la asistencia de un miembro de la realeza, y se había hablado mucho sobre quién podría ser, con Steve Bridges organizando una porra con la princesa Diana a diez contra uno. Murray había apostado una libra por la Reina Madre. Se preguntó si alguien habría propuesto al duque de York, y quién se quedaría con las ganancias si nadie había apostado por él.

El príncipe Andrés pronunció un emocionante discurso sobre Robert Peel, el «policía del pueblo», y sobre la carga de la responsabilidad que ahora recaía sobre los hombros de los nuevos reclutas. Murray sintió una oleada de orgullo.

Cuando fuera lunes por la mañana, estaría patrullando por las calles de Brighton, deteniendo delincuentes y poniendo en práctica todo lo que había aprendido en el aula.

Cada agente recién licenciado había recibido cuatro entradas para los miembros de su familia. Murray había enviado dos a sus padres y había pasado las otras a la agente Claire Woods, quien tenía una familia numerosa y una estrategia muy persuasiva. En ese momento, Murray observó con atención las filas de sillas muy pegadas de primera línea del patio de armas hasta que localizó a sus padres. Su padre, agarrotado, con un traje prestado y la corbata del día de su boda, dedicó a Murray una sonrisa de orgullo cuando sus miradas se encontraron, y a Murray le costó un mundo no sonreírle para corresponder su gesto. Su padre había sido el agente Mackenzie 27 hasta que se había jubilado hacía tres años, y aunque había dado a su hijo la libertad de escoger su propio camino, Murray no podía sentirse más orgulloso de seguir sus pasos. Miró a su madre, pero ella estaba mirando al príncipe Andrés con unos ojillos que solía poner al ver bebés recién nacidos o cachorros.

—¡Compañía... descansen!

Al unísono, ochenta y un agentes de policía levantaron la pierna izquierda en un ángulo de noventa grados sobre el suelo, antes de dar un taconazo con el pie sobre el suelo, a quince centímetros a la izquierda de donde lo tenían antes. Entre el público llamó la atención de Murray, de manera momentánea, un destello de rosa chillón y una impactante melena amarilla peinada en un moño, como una piña, semioculta entre el mar de trajes y sombreros de colores apagados.

—¡Compañía... a sus puestos... Rompan filas!

Se dispersaron, libres ya para ir al encuentro de sus familias y hacer cola para posar ante el fotógrafo del cuerpo, quien inmortalizaría el día con una imagen impresa en cartón y enmarcada que reposaría sobre la repisa de las chimeneas de orgullosos padres y cónyuges.

Pasó otra hora antes de que Murray volviera a ver el jersey rosa chillón. Su padre estaba hablando con un inspector jefe que conocía de sus tiempos, y su madre estaba interrogando al oficial Henderson sobre las instalaciones de las viviendas para policías solteros a las que Murray se mudaría el domingo.

La chica que llevaba el jersey rosa —Murray vio en ese momento que estaba cubierto de lentejuelas y tenía las mangas como las de un murciélago; iban del puño a la parte inferior de la prenda sin llegar a tocar la axila— se encontraba junto a la mesa del bufet. Tenía más o menos la misma edad que él —quizá diecinueve o veintiún años— y pinta de poder ser derribada por una fuerte corriente de aire. Llevaba una sombra de ojos de intenso azul turquesa y una docena o más de esclavas que tintineaban en sus antebrazos mientras alargaba la mano para coger unos volovanes. Se sirvió dos en el plato, levantó la vista para ver si alguien estaba mirando, sacó las gambas de otros tres y se las metió en la boca. Murray sonrió, y cuando la chica levantó la vista de nuevo, sus miradas se cruzaron. Lejos de mostrarse avergonzada, ella también le sonrió, robó otra gamba y se la metió en la boca.

—¡Macca! —Jim Ryder dio un palmetazo en la espalda a Murray—. Menuda nochecita, amigo.

—Ahora mismo estoy pagando las consecuencias. —Murray sonrió.

—¿Antídoto para la resaca?

Como un mago sacando el conejo de la chistera, Jim sacó una petaca de debajo de la casaca y echó un buen chorro de vodka en el zumo de naranja de Murray antes de hacer lo mismo con el suyo.

—¿Tienes idea de quién es esa rubia con el jersey rosa? —Murray señaló con la cabeza hacia la mesa del bufet, donde la chica estaba sacando los trocitos de salmón ahumado de un aro de mousse. Mientras lo hacía, miraba a Murray, con mirada maliciosa, y él tuvo la clara impresión de que sus maniobras en la mesa del bufet eran, al menos en parte, para que él la mirase.

—Estaba con Ralphy y sus viejos la última vez que la vi.

Como era previsible, la chica llevó su plato a un rincón de la sala, donde Karl Ralph estaba presentando a sus padres a uno de los sargentos. Cuando la joven se acercó, Karl la rodeó con un brazo. Murray se volvió.

—Ponnos otro chorrito de vodka, ¿quieres?

—En cuanto se marchen los viejos, me voy a la ciudad, a correrme una juerga en condiciones. ¿Te apuntas?

—Intenta impedírmelo —dijo Murray, para olvidarse de la decepción fugaz que sintió cuando vio que Karl Ralph estaba con la chica del jersey rosa chillón. Les deseaba buena suerte. No conocía muy bien a Ralphy, pero el tipo era bastante simpático y los dos hacían buena pareja.

Murray había permanecido soltero durante toda su formación en la academia, con la excepción de una breve aventura con una cadete que ambos intentaban fingir que no había ocurrido. A lo mejor, en cuanto estuviera instalado en su comisaría conocería a más chicas.

Las quiches y patés se habían terminado en la mesa del bufet y habían sido sustituidos por troncos de nata y tartas selva negra. Murray estaba sirviéndose de esta última cuando un ruidoso brazo se alargó y robó la reluciente guinda que decoraba el trozo de pastel de Murray. Él torció el gesto. Esperó a tener el pedazo de tarta en el plato antes de volverse, con una expresión que él esperaba que fuera totalmente neutral.

—Me llamo Sarah. —Se metió la guinda en la boca. Un poco de nata pasó de sus dedos al labio superior.

—Yo soy Murray Mackenzie. Tienes algo en... aquí.

Se tocó su propia cara. Sarah asomó la lengua y se lamió la nata.

—¿Ya está?

—Ya está.

—Ha sido un desfile muy chulo. —Empezó a marchar sin moverse, con sus enormes aros de plata balanceándose por encima de sus hombros—. La última vez que vi a Karl tan elegante fue en el funeral de la abuela.

La sonrisa de la chica era intensa y fugaz. Si parpadeabas, te la perdías. De cerca, Murray vio las ojeras que tenía. Las mangas de su voluminoso jersey estaban estiradas hasta taparle las manos y, mientras hablaban, ella iba estirándolas hasta más abajo. Murray pudo ver un trocito de su clavícula cuando el cuello de la prenda se desplazó; su piel blanca como la leche y un crucifijo de plata.

«El funeral de la abuela...»

—¿Ralphy es tu...? —Dejó la pregunta incompleta y ella no dio la respuesta hasta pasado un rato, para que él supiera que estaba tomándole el pelo.

—Mi hermano, sí.

Murray intentó disimular su alegría.

—Oh.

—Oh —repitió Sarah y pronunció la vocal con un soplido, como si estuviera echando el humo de un cigarrillo.

Ambos estaban riendo; cada uno retando al otro en silencio para que diera el siguiente paso.

—¿Tienes...?

—¿Novio? —Sarah negó con la cabeza.

—Yo tampoco. —Murray se puso colorado—. Novia, quiero decir. Bueno, pues yo también. Quiero decir, yo tampoco.

Dios, aquello se le daba fatal. Se estrujó el cerebro para decir alguna ocurrencia, pero solo recordaba ese piropo de que ella debía de haber caído del cielo, y estaba claro que a Sarah no le iban esos rollos cursilones para ligar. En realidad, Sarah no era como ninguna de las chicas que Murray había conocido.

Ella le sostuvo la mirada, pero pasó un rato antes de que volviera a hablar.

—Ya sabes que estoy chiflada, ¿verdad? —Su sonrisa era radiante, pero su mirada expresaba algo muy distinto y tenía la barbilla levantada, con gesto desafiante—. ¿Karl te lo ha dicho?

Murray hizo el gesto de encogerse de hombros, que podría haber significado tanto «Claro, ya lo sé» como «Me importa un pito». A pesar de la sonrisa firme de Sarah, casi burlona, Murray no se unió a ella. No le pareció algo por lo que sonreír. No recordaba que Ralphy hubiera mentado siquiera a su hermana, ni mucho menos había descrito los detalles relativos a su salud mental.

—Trastorno Límite de la Personalidad. —Sonrió incluso más ampliamente y esta vez lo aderezó poniendo los ojos en blanco—. Suena peor de lo que es, te lo prometo.

—¿Qué significa? —preguntó Murray, sintiéndose estúpido por no saberlo.

—Puedes ir a hablar con otra persona, si quieres. —La chica se encogió de hombros—. Vete a comer tu tarta. Busca a alguien normal con quien conversar. —Hablaba con un tono normal, no a la defensiva, pero a Murray lo conmovió. Sintió un estúpido impulso protector con esa chica que acababa de conocer; una chica que, a todas luces, era muy capaz de cuidar de sí misma.

—No quiero ir a hablar con... —Murray se quedó callado. «Alguien normal» había estado a punto de decir. A Sarah le brillaba la mirada—. Ni siquiera me apetece la tarta.

—¿Te importa si como yo? —Quitó el tenedor de la mano a Murray y rebuscó en la tarta hasta encontrar la guinda. La pinchó, y el plato descendió sujeto en la mano del chico—. Tengo días buenos y días malos —dijo mientras se metía la guinda en la boca y prosiguió enseguida—. Subidones y bajones.

—¿No los tenemos todos?

Sarah asintió con la cabeza mientras masticaba, corroborando el comentario.

—Puedo asustarme. Me pongo paranoica.

Lo miró y, por primera vez desde que habían empezado a hablar, el brillo de sus ojos se ensombreció.

—Bueno —dijo Murray con seriedad—. Ya sabes lo que dicen: que seas una paranoica no quiere decir que las voces vayan solo a por ti.

Sarah rompió a reír.

—¿En qué comisaría estará, agente Mackenzie?

—En Brighton.

—Yo vivo en Hove.

—Oh.

—Oh. —El brillo de los ojos volvió. Y Sarah formó la misma «o» de antes con los labios, mientras alargaba la pronunciación de la interjección.

Murray inspiró hondo.

—¿Te gustaría ir a cenar conmigo alguna noche?

Sarah enarcó una ceja, como si la sugerencia la hubiera pillado por sorpresa. Se quedó mirando a Murray y empezó a golpear el tenedor sobre los dedos de la mano que tenía libre.

—¿Aunque esté un poco loca?

Murray se quedó mirándola. Observó con detenimiento su jersey rosa chillón, sus pendientes de aro y su sombra de ojos color turquesa. Vio cómo se balanceaba sobre los talones y las puntas de los pies, como si estuviera a punto de despegar. Pensó en cómo se había sentido cuando la vio de refilón desde el patio de armas, y en su mirada maliciosa mientras robaba las gambas del bufet.

Murray sonrió de oreja a oreja.

—Precisamente porque estás un poco loca —respondió.